Newton Compton Editores

Título original: *The Almost Sisters*

© 2017, Joshilyn Jackson. Publicado por acuerdo con William Morrow, un sello de HarperCollins Publishers.
© 2026, de la traducción por María Cemborain Moratinos
© 2026, de esta edición por Antonio Vallardi Editore S.u.r.l., Milán

Todos los derechos reservados

Primera edición: abril de 2026

Newton Compton Editores es un sello de Antonio Vallardi Editore S.u.r.l.
Pl. Urquinaona, 11, 3.° 1.ª izq. Barcelona, 08010 (España)
www.newtoncomptoneditores.com

Gruppo editoriale Mauri Spagnol S.p.A.
www.maurispagnol.it

ISBN: 979-13-87788-20-9
DL: B 1.894-2026

Diseño de interiores:
David Pablo

Composición:
Brioworkx

Impreso en abril de 2026 en Puntoweb s.r.l., Ariccia (Roma), en Italia.

Joshilyn Jackson

El corazón indómito de las mujeres

Traducción de María Cemborain Moratinos

Newton Compton Editores
Barcelona, 2026

Para Jacques de Spoelberch

Capítulo 1

Mi hijo Digby se manifestó exactamente a las 3:02 h de la mañana el primer viernes de junio. No me refiero a su concepción ni a su nacimiento. Me refiero al momento en el que empezó para mí, algo que sucedió entre esos dos grandes acontecimientos. Fue un comienzo tan pequeño que casi no me di cuenta. Estaba muy pero que muy ocupada entrando en pánico por mi trabajo.

Acababa de terminar de dibujar y entintar una serie limitada para DC Comics, el último contrato que se interponía entre yo y mi novela gráfica, *Violence in Violet*. Cada palabra y línea de esta última había sido dibujada, escrita, entintada y coloreada por mí. Estaba muy orgullosa de ella, pero no la había continuado como serie. No podía. *V in V* terminó en un apocalipsis total. En el mundo de Violence ya no podía suceder nada, porque no había nada más. Todo había terminado, y así se quedó hasta que Dark Horse Comics me ofreció hacer una precuela. Querían la historia del origen de Violence.

Todos los superhéroes tienen una. A Peter Parker le mordió una araña radioactiva y Bruce Banner se expuso a una explosión de radiación gamma. Dark Horse quería la historia de cómo mi protagonista se convirtió en lo que es.

Acepté casi al momento, emocionada ante las posibilidades. Era un viaje de vuelta a mi propio mundo inventado, la oportunidad de volver a trabajar con mis personajes. Por primera vez en mi vida profesional, tendría el total control creativo sobre el guion y el diseño. Estaba entusiasmada, incluso. Hasta que tuve que hacerlo de verdad.

Quería a Violence (todo lo que se puede querer a una justiciera caníbal morada y de dientes afilados), pero nunca había explicado lo que era o de dónde venía, ni siquiera a mí misma. Tan solo era una potencia de pechos monumentales, con los ojos alocados y botas plateadas hasta el muslo, que encarnaba una sangrienta venganza con la que cualquiera al que le hayan roto el corazón en mil pedacitos podría sentirse identificado. De repente, tenía que averiguar cómo se originó. Ya había firmado un documento en el que prometía revelarlo, y los artistas de cómics no pueden saltarse los plazos de entrega.

Siempre se me ocurren las mejores ideas en la cama, entrando y saliendo del sueño, cuando la membrana entre mi mente consciente y las oscuras ciénagas del subconsciente se vuelve fina y permeable. En mi industria las imágenes crean la historia, y las imágenes son mi punto de partida. Cerré los ojos y esperé a que aparecieran manchas de colores sin nombre dentro de formas, moldeando figuras que se convertirían en los paneles. Pero no era capaz de caer en esa profunda y verde ciénaga, entre el sueño y la vigilia, en la que nacían las mejores ideas. Al cerrar los ojos, lo único que veía era el plazo de entrega. Sentía que se acercaba demasiado rápido. Incluso parecía que venía a por mí, y con malas intenciones.

Golpeé la almohada y me giré, y ahí estaba. Había empezado. Digby.

Supe que existía antes de esa madrugada de junio, claro. Intelectualmente hablando. Había tenido una pequeña sospecha en marzo, cuando la menstruación no hizo acto de presencia. Eso fue un par de semanas después de ir como artista invitada a una convención de cómics en Atlanta y de que sucediera una debacle con un Batman. Así que, técnicamente, era posible. A duras penas.

Pero ya tenía treinta y ocho años, no era una veinteañera hiperfértil que pudiera quedarse embarazada con la misma facilidad con la que coges un resfriado. «Los retrasos y ausencias de regla son mi nueva normalidad», me dije a mí misma cuando llegué a los diez días de retraso. De todas formas, tenía que ir a la farmacia a por cuchillas de afeitar, así que eché una Coca-Cola y un test de embarazo en el carrito. Me bebí lo primero de camino a casa, donde utilicé lo segundo.

Me apoyé contra el lavabo esperando a que sonara el temporizador. El test estaba encima de la parte trasera del váter, a plena vista, sobre un pañuelo de papel. No me asomé. Mantuve la mirada fija sobre el par de peces *steampunk* que había colgado en la pared, sobre la bañera. Los había hecho un artista local a partir de «objetos encontrados», lo cual era un eufemismo artístico para decir «basura». Engranajes oxidados y descascarillados, clavos, muelles y trozos de herramientas rotas habían encontrado una segunda vida como peces en mi pared. Siempre me habían gustado, pero entonces sentía que me observaban. Tenían unos ojos enormes hechos de piezas de telescopios antiguos y bocas fabricadas con tubos de goma girados hacia abajo.

–Anda, callaos ya –les dije. No sabía que los peces podían juzgar de esa manera.

Dos minutos después estaba observando una cruz de color rosa.

Me quedé ahí, entrecerrando los ojos como si no viera bien. Estaba en el enorme baño de la habitación principal que, junto al estudio con tragaluz de la planta de arriba, había hecho que me enamorara de mi extraña casa de estilo georgiano. En esos momentos la habitación parecía una caverna; si gritaba, sentía que podría haber eco. El embalaje rosa del test de embarazo que había en el lavabo me parecía demasiado ridículo como para ser portador de sucesos reales.

No quería ir a mi ginecóloga habitual, así que llamé a mi amiga Margot Phan.

–¿Me puedes dar una cita de emergencia? ¿Para ahora mismo? –le pregunté.

Ella y su marido llevaban ya doce años en mi estrecho círculo de jugadores de los martes, pero nunca había ido a su consulta como doctora. Era pediatra.

—Tengo la sala de espera llena de niños hasta arriba de mocos. Estoy con alerta amarilla por aquí, Leia —me dijo.

—Esto es más que una alerta amarilla. Es una alerta roja, rojísima —contesté—. También atiendes a adolescentes, ¿no? ¿Puedes comprobar si estoy embarazada?

—¡Joder! —dijo Margot—. ¿Batman? ¿Me estás vacilando? Ven ahora mismo.

Margot me instaló en una pequeña sala de diagnóstico forrada con papel pintado de animales ilustrados. Me hizo otra prueba de orina que salió positiva, y, tras insistirle, echó un vistazo extremadamente incómodo a mi cérvix.

—Leia, cariño. Estás preñada —anunció.

—¿Estás segura? —le pregunté, aunque Margot era una de mis amigas más cercanas. No bromearía con asuntos médicos. Pero aquello parecía una broma muy elaborada, como si, de repente, mientras yo tenía los pies en los estribos, fuera a asomarse entre mis piernas, sujetando una gofrera y diciendo «Vaya, ¡mira lo que he encontrado!»— Igual deberías hacerme un análisis de sangre.

—Eso sería innecesario. Al igual que esto —dijo Margot, levantándose y dirigiéndose a la puerta. Me senté y me aferré a la sábana que me rodeaba—. Vístete y ven a mi consulta, ¿vale? Tenemos que hablar. No estás sola en esto.

Estaba tan atónita que por un segundo pensé que se refería a que Batman estaba conmigo. El verdadero. No un superhéroe cutre vestido con una capa comprada en Etsy y que se llamaba Matt, o Mark. O Marcus. No lo recordaba muy bien.

Sí que me acordaba que era de un sitio que terminaba en A. ¿Florida? ¿India? Igual era Canadá, como el nombre de la cerveza que nos tomamos entre chupito y chupito de tequila. Era más alto que yo, pero ¿quién no? Puede que fuera bastante gracioso; estaba segura de que me pareció muy divertido en su momento. Era negro (de eso estaba segura), con una sonrisa y una mandíbula preciosas. En algún momento se debió quitar la máscara de orejas puntiagudas, porque tenía algunos recuerdos borrosos de sus ojos grandes y marrones parpadeando lentamente y de sus tímidas y gruesas pestañas. Hacían que su rostro fuera mucho más dulce de lo que pensé al verle la sonrisa traviesa.

También me acordaba de que *Violence in Violet* le encantaba. Me había reconocido en el bar del hotel y se acercó a hablarme de sus paneles favoritos. Se había fijado en los pájaros y en los pequeños animalillos que había escondido aquí y allá en los dibujos, camuflados entre las sombras o entre los rizos del pelo de Violence. Me preguntó cuándo se publicaría la precuela y me dijo que no podía esperar a tenerla entre las manos. Su admiración fue un bálsamo reconfortante, un bálsamo que necesitaba. Unas horas antes había estado muy quemada e irritada. Además, el tequila nunca acompaña a las buenas decisiones. Lo invité a subir a mi habitación.

Empezamos a besarnos en el ascensor, donde me echó la cabeza hacia atrás agarrándome del pelo de una forma que me estremeció. Recordaba cómo adentré las manos bajo la parte delantera de su traje, buscando su cálida piel. Recordaba su cuerpo desnudo, extendido sobre la alfombra de mi habitación, a mí misma desnuda también, estremecidos por el alcohol que habíamos ingerido, dando vueltas, y recordaba después estar encima de él con la cabeza echada hacia atrás. ¿Me había puesto su capa y su capucha de Batman? Sí. Lo había hecho, y lo recordé con un escalofrío de vergüenza por todo el cuerpo. Me puse ambas, riéndome como una maniaca de Arkham mientras estaba a horcajadas sobre él.

Por la mañana estaba sola y con resaca. Me había dejado una nota en la almohada:

Eres increíble. ¡Qué ganas de la precuela!

Y había escrito un número de teléfono con un prefijo que no era de Virginia. Probablemente era falso y, de todas formas, yo volaba de vuelta a Norfolk en un par de horas. No podía llamarle e intentar verlo como más que un lío de una noche yendo a una verdadera cita con él. Batman no iba a ser algo serio.

Me vestí, pero no fui a la consulta de Margot. Me quedé con la mirada fija en una pared cubierta con conejitos sonrientes y ciervos bebés de colores pastel. Los mapaches parecían muy engreídos, como si se estuvieran riendo de mí.

¿Y por qué no? Un embarazo indeseado es trágico cuando la madre es una niña en sí misma, pero a mi edad entraban en juego varios elementos cómicos. ¿No tendría que saber a esas alturas que no debía arrastrar a un Batman aleatorio a mi habitación tirándole del cinturón de herramientas? ¿No debería saber al menos cómo usar correctamente un condón? Igual la gente no me lo diría a la cara, pero lo hablarían entre ellos. Lo pensarían muy alto.

¡Y mis padres! Me llevé las manos a la cara, muerta de vergüenza al pensar en su reacción. Son metodistas de los suburbios, ambos de pueblos pequeños, básicamente la pareja más convencional del mundo. Podía imaginarme a mi madre chasqueando la lengua y lamentándose, y a mi padrastro, Keith, incómodo detrás de ella e intentando darme algo de dinero. Además, decírselo a Keith significaba decírselo también a Rachel, y eso era lo peor que podía pasar.

Mi hermanastra nunca había tenido ni un leve incidente, ni con el coche ni mucho menos un accidente del ámbito reproductivo. Había creado su propia familia en un orden perfecto, siguiendo una regla no escrita: «Primero el amor, después el matrimonio, luego viene Rachel con un carrito» …Yo no era capaz de conseguir ni lo primero.

Lo último que quería era que se enterara de que había terminado embarazada. Sentiría tanta lástima por mí que resultaría irritante. Pondría excusas para defenderme frente a nuestros padres: «No podemos culpar a Leia», podía oírla. «Debe sentirse muy sola. Si no, no habría sucedido tal incidente desesperado y vulgar con un Batman desconocido». Y lo peor es que estaría intentando ayudarme de verdad. Rachel siempre me ayuda, a veces de una forma tan incansable que me habría gustado tener una palabra acordada para decirle que parara.

Llamaron brevemente a la puerta y Margot asomó la cabeza.

—¿Ya te has puesto los pantalones? Llevas un rato aquí —dijo.

Tras ella, en el pasillo, escuchaba a niños jugando en la sala de espera. Pequeñas vocecillas de pito. El traqueteo de los juguetes de plástico y los pies pataleando. Al entrar había pasado a través de esa multitud de pequeños y mocosos humanos con sus madres. Eran todo madres, aunque muy probablemente cada uno de esos niños tenía un padre... En algún lado. En ese momento casi ni los había oído, porque estaba ansiosa por entrar y dejar que Margot corrigiera el claro error del test que me había hecho en casa. Pero ahora sí los oía.

Al otro lado de la fina pared, en la habitación de al lado, un bebé estalló en un ruidoso llanto, lleno de furia. Incliné la cabeza hacia el origen del sonido.

—¿Qué le pasa? —pregunté

Margot se encogió de hombros, recogiéndose las puntas de su pelo corto y negro detrás de las orejas.

—Pobre pequeñín, le están poniendo las vacunas.

Margot cerró la puerta, pero aun así podía oírlo. Sonaba muy ofendido. Treinta segundos antes era tan inocente como los conejitos rosas de la pared. Ni siquiera sabía que las cosas podían doler. Alguien debería haberlo avisado de que en el mundo hay cosas afiladas y de que los adultos iban a clavárselas en sus pobres piernitas. A propósito.

Mientras pensaba en ello, el bebé empezó a calmarse. Debía estar en los brazos de su madre, siendo mecido y tranquilizado por ella y olvidándose del dolor. Un bebé real, vivo. Me puse la mano en la tripa. Era suave y algo más rechoncha de lo que me gustaría, pero nada fuera de lo habitual. Aunque por dentro, en secreto, algo había cambiado. Debido al humillante *shock* de estar embarazada, no había pensado en lo que significaba tener realmente un bebé. Al fin y al cabo, ese era el propósito del embarazo.

–Sabes que todo va a ir bien, ¿verdad? –prometió Margot. Se sentó a mi lado y me rodeó los hombros con el brazo.

–Es muy raro pensar que el sexo funciona de verdad –dije.

«Reproducción» es una palabra de libro de texto del instituto. Era como la fotosíntesis o la oxidación, tan solo un proceso más que tenía que memorizar para aprobar Biología. Ahora la biología estaba allí, real y relevante, funcionando como debía en la oscuridad del centro de mi cuerpo. Si todo iba bien, una nueva persona llegaría al mundo. Una pequeña persona, creada dentro de mí. Mi persona. Mi hijo o hija.

–¿Quieres que hablemos de las opciones que tienes? –preguntó, pero yo ya estaba negando con la cabeza.

–Tengo treinta y ocho años, Margot –respondí, seria–. ¿No me estoy quedando sin opciones?

Margot era mi amiga. Sabía que quería decirme que eso no era verdad. Pero también era médico, y yo estaba soltera y me quedaba un año y pico para los cuarenta. Me había alejado de cualquier hombre con el que podría haberme casado. No, había huido. Empezó a tomar forma en mi cabeza la regla no escrita: «Primero llega el amor, luego la traición más atroz y después llegan los arrepentimientos para los que se necesita terapia cara». Era una regla horrorosa. Pero era mía, y yo no había formado una familia, aunque lo hubiera querido.

Y todavía lo quería. Quería enamorarme, casarme con un friki como yo y crear más frikis. Quería noches de juegos, vacaciones de verano frikis durante las cuales ir a ferias del Renacimiento o a Orlando y hacer *cupcakes* de Yoda por una razón que no fuera solo mi entusiasmo por el azúcar. Me había imaginado cómo sería atreverme a crear una vida con alguien. Concebir bebés que fueran una mezcla de los dos. Tener uno con la nariz de mi marido y mis ojos hundidos debía ser algo casi mágico.

¿Pero, y ese bebé? Podría nacer con la nariz de Batman, pero

¿cómo iba a saberlo? Ni siquiera la recordaba. El niño sería birracial; tendría mis ojos hundidos, pero, aun así, mi vecino racista no pensaría que es mi hijo. De hecho, ningún vecino racista lo pensaría, en realidad, y el mundo está lleno de ellos. Además, lo tendría que criar yo sola. No era precisamente mi vida soñada.

Pero no importaba. No importaba lo ridícula que fuera la historia ni los potenciales peligros; una pequeña pieza de mi familia había aterrizado de repente en mi útero.

—Voy a tener un bebé —le anuncié a Margot, aterrorizada.

Aun así, tras la voz temblorosa noté alegría. Y me pareció que ella también, porque sonrió y me abrazó más fuerte.

—Efectivamente, «mamá» —dijo, y me recetó vitaminas prenatales.

Durante los primeros meses lo mantuve como un secreto entre Margot, mi ginecóloga y yo. Me compré un libro llamado *Retoños tardíos: El manual para mujeres embarazadas de más de treinta y cinco*, que aconsejaba no contárselo a nadie, al menos hasta después de superar el primer trimestre. Me pareció que tenía sentido, no solo porque contárselo a todos fuera a ser incómodo ni porque estaba evitando activamente contárselo a Rachel. Había otra razón más importante. Me quedaban más citas médicas y pruebas, y en el fondo no confiaba en que fuera a salir bien. Sentía que era algo que yo no iba a poder tener.

Trabajaba, quedaba con amigos y dejaba comida para los desconfiados gatos callejeros que vivían en el patio trasero. Iba a la Iglesia y organizaba noches de juegos los martes. Sacaba la basura al contenedor. Me sentía igual que tantas otras veces que había hecho esas cosas sin estar embarazada. Echaba de menos tomarme una copa de vino con la cena, aunque, exceptuando en las fiestas tematizadas de Batman, no solía beber mucho. No tenía náuseas ni más cambios de humor de lo normal. Tampoco sentía la necesidad de echarle sal al helado ni de comer plátano con *ketchup*. En un par de semanas tendría que empezar a usar mis vaqueros de gorda, pero no era un problema, me pasaba todas las Navidades.

En mi cuarta cita médica la ginecóloga me hizo un análisis de sangre, y todo indicaba a que mi bebé estaba sano genéticamente y a que definitivamente sería un niño. Ya estaba oficialmente en el segundo trimestre.

Según *Retoños tardíos,* ahí era cuando la cosa se ponía seria. Igual no lo decía con esas palabras, pero el libro y mi sentido común coincidían en que era el momento de transformar la habitación de invitados en un cuarto para el bebé, comprar algunos *bodies* y un cubo de pañales, y, quizá, explicarles a mi familia y amigos que estaba embarazada. No lo hice. Portaba en mí un ser humano real y entero, pero todavía me parecía intangible. El bebé era como un dibujo ya ideado, pero sin plasmar en el papel.

Ni siquiera se lo había dicho a mi abuela, mi único familiar vivo por parte de padre. Vivía a más de mil kilómetros de distancia, en Birchville, Alabama, encargándose de que su jardín de orquídeas miltonias estuviera impecable y juzgando a los jóvenes y a su vecino racista. Era mi mejor opción, porque jamás me delataría a mi madre, a Keith o a Rachel y porque me quería muchísimo.

Le recordaba a mi padre, que fue bajito, con el pelo oscuro y de constitución tirando a rechoncha, como yo. Al igual que a mí, le encantaban las librerías de segunda mano, comía mucho queso y jugaba a juegos de mesa. En mi foto favorita de él, la que llevo en la cartera, lleva unas orejas de Spock. El frikismo iba dentro de él. Estuvo eligiendo nombres de bebé cuando solo era un bulto dentro de mi madre, pero nunca llegó a ver si sería una Leia o un Leo. Lo mató un borracho en la carretera tres semanas antes de que yo naciera, la mayor desgracia de Birchie en su vida llena de desgracias menores.

Se merecía saber que pronto tendría un bisnieto, pero, aunque la llamaba por lo menos dos veces a la semana, yo no sacaba el tema. El parto (que implica la llegada definitiva del bebé) parecía algo improbable y distante. Sentía que contárselo a Birchie era como prometer algo que no estaba segura de poder cumplir. No creí en ello, en Digby, hasta aquel primer viernes de junio a las 03:02 h de la mañana en el que me encontraba soportando el insomnio e intentando sin éxito que se me ocurriera alguna idea para la precuela de *Violence in Violet*.

Quizá era porque había escrito *V in V* hacía mucho tiempo. Empecé con los bocetos de Violence hacía dos décadas, en mi último año de instituto, cuando prácticamente yo también era un feto. Esos dibujos hicieron que me admitieran en la Escuela de Arte y Diseño de Savannah, y la novela gráfica completa fue mi trabajo final del grado en Bellas Artes y Arte Secuencial.

Llevé la novela gráfica ya terminada a una pequeña convención en Memphis, donde se la enseñé a un tío que contrataba artistas para DC. Le gustó mi sombreado y me ofreció un contrato. Metí *V in V* en una caja y me puse a trabajar, convirtiendo ese primer encargo en una carrera como *freelance*. Era buena y me volví mejor, y nunca me salté un plazo de entrega. Durante varios años estuve trabajando para las mayores editoriales en la industria, dibujando y entintando personajes desde Ant-Man hasta el General Zod.

Unos seis años antes, mientras actualizaba mi página web, escaneé y subí las primeras páginas de *V in V*. Fue algo improvisado, una manera sencilla de rellenar el contenido de la web. El primer mes tuvo cientos de descargas. El siguiente, varios miles. Para finales de verano ya tenía más de veinte mil compartidos y citaciones, y el tráfico estaba colapsándome el servidor. Mis redes sociales estallaban con personas pidiendo la historia completa.

La autopubliqué, hice una edición con impresión bajo demanda y un *e-book*, y vendí más de cien mil copias solo en el primer año. Para entonces, *V in V* seguía vendiéndose, y, en vez de participar en charlas, me pagaban para ser ponente invitada en convenciones de cómics, fantasía y ciencia ficción de todo el país. Cuando dibujaba para otras series mi nombre en la portada aumentaba las ventas, y la oferta que me había hecho Dark Horse para la precuela era muy tentadora. El único problema era que tenía cero ideas.

Golpeé la almohada, inquieta, intentando concentrarme en el interior de mi antiheroína de dientes afilados. ¿Cómo había aprendido Violence a volar, a morder o a empuñar sus cuchillos curvos? Cuando empecé la novela gráfica, veinte años antes, me centré más en Violet, la chica con el corazón roto a la que Violence va a proteger. Violet estaba basada en mí misma en muchos aspectos, así que conocía su personaje de pies a cabeza. Violence solo era el medio para un fin. Para muchos fines y muy sangrientos, de hecho, y nunca había pensado más allá. Era un hueco en blanco que debía rellenar. Me sumergí de lleno en la oscuridad del interior de mi cuerpo, esperando ver el comienzo de una historia, esperando que aparecieran colores y formas que me la mostraran. Casi estaba quedándome dormida, pero no del todo, y me puse de lado.

Cuando casi había conseguido descansar, algo pequeño dentro de mí empezó a girar sin parar. Lo notaba. Era la vibración silenciosa de una especie de sonido. Una llave minúscula girando en un candado que nunca había pensado que estuviera presente en mi interior.

El movimiento estaba en mí, pero no era yo. Era algo pequeño, un alguien que movía deliberadamente sus futuros bracitos, o lo que sea que tuviera en ese momento. Era una elección, pero no la había hecho yo. Estaba dentro de mí, era mío, pero yo no lo controlaba.

Fue justo entonces cuando mi hijo se manifestó. Se volvió real, de una manera diferente a como lo era cinco segundos antes. Era mucho más tangible que hacía cuatro meses, cuando, mientras recogía mi habitación de hotel en Atlanta, encontré un condón usado, aunque yo recordaba dos actos sexuales. Había un segundo condón en la mesita de noche, reflejando buenas intenciones, pero estaba intacto en su embalaje. Ahora podía sentirle tomando pequeñas decisiones dentro de mí, y ya sabía su nombre. Era una referencia friki tan concreta que nunca nadie excepto yo la entendería.

–Hola, Digby. ¿Estás ahí? –le pregunté, esperando oír ese extraño sonido que, en realidad, no era un sonido.

Llegó otra vez, como en respuesta. Era extraño, pequeño e imposible de sentir bajo cualquier otra circunstancia.

–Oh, Dios mío, estás ahí de verdad –le dije, aunque *Retoños tardíos* mencionaba que todavía le quedaban un par de semanas para empezar a oír.

«Vivificación», así lo llamaba el libro, y era la palabra perfecta, porque cuando él se aceleró, mi vida también lo hizo. Estaba embarazada, y el bebé ni siquiera tenía una cuna. En aquel momento, solo me tenía a mí. Tenía que contárselo a la gente. Mi grupo de jugadores de los martes siempre preparaba comida cada vez que alguien tenía un hijo o se ponía enfermo. A lo largo de los años había cocinado innumerables guisos y litros de sopa; ahora las cosas cambiarían.

Sobre todo, tenía que contárselo a mi familia. Y rápido. Mis padres iban a necesitar tiempo para superar el *shock* inicial antes de que llegara el bebé, y así mamá podría enseñarme a dar el pecho y Keith a instalar correctamente el asiento para el coche que todavía no tenía.

Todos los domingos por la tarde, Rachel organizaba una comida familiar después de ir a la Iglesia. Ya había ido a más de una docena de ellas desde que me había quedado embarazada, y había comido gambas rebozadas o medallones de solomillo por dos, manteniéndome callada. Decidí que ese domingo lo contaría.

«¡Hay algo por ahí que huele genial! Ah, y estoy preñada». Listo.

Iba a perdonar por adelantado a mamá y a Keith por cualquier reacción inicial no muy agradable. Iban a sentirse muy avergonzados. Yo se lo pintaría genial, asegurándoles que estaba feliz y sana y recordándoles que por fin tendrían un segundo nieto. Al final, no querrían menos a Digby por no tener padre o por tener la piel más oscura que ellos. Pero ese final parecía estar bastante lejos.

Rachel me defendería, pero, en cuanto estuviéramos solas, me daría un sermón también. Se enfadaría conmigo por dar mal ejemplo a su hija de trece años. Su marido probablemente también, pero que le den. De todos los gilipollas que se pasean por este azul planeta, Jake Jacoby es el último en tener el derecho de opinar sobre mí.

Aguantaría todas las gilipolleces que tuvieran que decirme, y después todos se solidarizarían conmigo. Tendrían que hacerlo, especialmente con Rachel obligándoles. Ella podía movilizarse muy rápido, y tenía que estar preparada para eso también. Debía pedir antes del domingo todo lo que necesitaba para hacer un cuarto para el bebé colorido y de temática de Superman, antes de que Rachel me invadiera con sus tonos neutros *trendy*, su madera gastada y esos horrorosos animales suecos de la tienda Goop.

El domingo por la noche llamaría a mi abuela de Alabama. Si Birchie hubiera sido cualquier otra señora de noventa años de un pueblo del sur, decírselo me habría dado vergüenza ajena, pero ella era una persona única. Sí, Birchie vivía con rigidez y en base a normas, pero eran normas que ella misma se había impuesto. Esa llamada sería más bien una recompensa por lidiar con el tormento de contárselo a Rachel y a mis padres.

Sabía que, cuando le hablara sobre Digby, ella estaría feliz. Feliz porque finalmente ella y yo no seríamos las últimas descendientes de los Birch. Feliz de la misma manera desorbitada y secreta en la que yo lo estaba. ¿Y en aquel momento? ¿Al sentirlo moverse? Estaba prácticamente embelesada. Me recosté en la oscuridad, deleitándome con el movimiento de ese pequeño, tardío e imperfecto pedacito de lo que siempre había deseado.

No podía esperar a llamarla. Ella había vivido una versión

de esa historia: un solo hijo, nacido cuando ella tenía más de treinta y al que había criado sola. Eso sí, se había quedado viuda muy joven. Aunque había tenido un buen marido para la parte de la concepción. Aun así, Birchie entendería mejor que nadie, al ver el inicio de mi hijo, como sentía que mi vida estaba iniciándose también.

No tenía forma de saber que, a unos mil cien kilómetros al sur, la abuela a la que deseaba contárselo estaba llegando al final de su historia.

Capítulo 2

Birchville, en Alabama, tenía su propia historia, una tan enlazada a la de mi abuela que era imposible contar una sin contar la otra. El pueblo lo fundó el abuelo de Birchie, Ethan, el hijo mayor de una antigua familia naviera de Charleston que había usado sus barcos para romper bloqueos en la guerra de Secesión. Mantuvieron su dinero seguro en el extranjero, por lo que sobrevivieron la guerra con la fortuna intacta, aunque no sucedió lo mismo con su reputación. Su círculo social recientemente destituido no apreciaba particularmente a aquellos sureños que habían escogido la prudencia frente al patriotismo.

Hacia el 1874, Ethan, que era un niño durante la guerra, vivía bajo la incómoda combinación de riqueza y condena por parte de la vieja guardia. Quería un nuevo comienzo, y no era el único joven en Charleston que se sentía así. Se fue, llevándose con él a varios de los hijos de las antiguas familias: un Darian, un Alston y dos de los empobrecidos chicos Mack. Los Mack habían perdido todo su dinero en bonos del Gobierno confederado; el resentimiento de la familia era tanto que penetró en su linaje y en su genética.

Ethan fundó Birchville sobre las ruinas de un pueblo de Alabama que había perdido su acta constitutiva durante la guerra. Primero reconstruyó la Iglesia, y después levantó una casa victoriana grande y blanca en la colina frente a la carretera. Cuando terminó ambos edificios volvió a Charleston a por su chica; iba a casarse con ella en la Iglesia y a mudarse con ella a la casa. Mi bisabuelo, Ellis Birch, nació allí, y mi abuela también.

A las 9:00 h de la mañana de un domingo cualquiera, Birchie

se sentó en la elegante mesa de su comedor en esa misma casa y vio desde el gran ventanal cómo el pueblo despertaba. Tras ella, a ambos lados de la puerta que llevaba a la cocina, le flanqueaban los retratos de su padre y de su abuelo, que también observaban el pueblo, con aire severo y benévolo. Ethan parecía orgulloso, la expresión habitual en los retratos de la época. Ellis lo parecía todavía más y, encima, sus inquietantes ojos de Tío Sam parecían recorrer la estancia. Nunca me gustó almorzar en el comedor bajo la mirada del retrato, pero era el día del Señor. Las probabilidades de que Birchie sirviera la comida del domingo en la mesita de los desayunos eran tantas como las de que empezara a practicar yoga aéreo. Me la podía imaginar ahí perfectamente, con la espalda totalmente recta, cruzando los tobillos, comiendo su huevo y tomándose un café junto a Wattie Price, su amiga del alma.

No me hacía falta elucubrar los desafortunados sucesos que les esperaban al cruzar la calle hacia la Primera Iglesia Bautista de Birchville en esa particular mañana de domingo. Podía ver toda la historia en mi cabeza desde distintos ángulos, porque todos los miembros de la Iglesia presentes (e incluso algunos que no lo estaban) me contaron después todos los detalles interesantes.

Mientras las campanas daban las diez y cuarto, Birchie y Wattie enlazaron los brazos para hacerse paso cuidadosamente por las amplias escaleras del porche frontal.

Las dos pequeñas ancianas, suaves, ligeras y frágiles, parecían un salero y pimentero a juego mientras se tambaleaban juntas por la cuesta hacia la Iglesia, tan puntuales como las mareas.

La población de Birchville había decrecido y envejecido un poco desde que yo era pequeña, pero todavía había una familia de Darians, unos cuantos Alstons y un montón de Macks viviendo en el pueblo. Mi abuela era la única Birch que quedaba, y todas las viejas familias del pueblo eran miembros de la Primera Iglesia Bautista. Cuando Birchie y Wattie entraron, caminando con aires majestuosos por el pasillo izquierdo, los demás les abrieron paso ofreciéndoles saludos y sonrisas. Birchie se lo tomó como algo que le correspondía por derecho, y solo se detuvo para intercambiar una mirada elocuente con Wattie al ver a Martina Mack avanzando por el otro pasillo con su enorme sombrero dominical, alto y de color rojo intenso, que descansaba sobre sus greñas grises de bruja. El sombrero tapaba la vista, pero Martina no iba a moverse y mucho menos a quitárselo. Tuvo que sentarse en el lado derecho de la segunda fila, justo enfrente del banco de Birchie.

Wattie tenía mal las rodillas, así que mi abuela la ayudó a colocarse antes de sentarse ella misma, y algunas personas en la Iglesia desviaron la mirada. Algunos no parecían recordar que la señora Wattie no trabajaba para Birchie. De hecho, nunca había trabajado para nosotros. Sí lo hizo su madre, Vina, que fue el ama de llaves de los Birch. Cuando mi bisabuela murió en el parto, Vina meció a Birchie, le enseñó canciones y la arropó mientras se echaba la siesta en el corralito de la cocina. Todavía producía leche por su hijo pequeño, por lo que la alimentó también a ella con su propio cuerpo. Aproximadamente un año después apareció Wattie para hacerle compañía a mi abuela, y crearon un vínculo tan profundo como el de dos hermanas. Ambas habían preparado mermelada juntas todos los agostos de su vida en aquella cocina; como bebés, observando; como niñas, demasiado pequeñas para poder ayudar; como adolescentes; como mujeres casadas y, finalmente, como dos maestras de la mermelada que se ganaban regularmente varias medallas en las ferias del pueblo.

Hace unos doce años me empecé a preocupar porque Birchie viviera sola en esa casa tan grande y llena de escaleras, sobre todo por su mal equilibrio y peor vista. Quería que se mudara a Virginia, a una residencia cerca de mi casa, pero ella estaba totalmente en contra.

A su vez, el marido de Wattie falleció, y sus dos hijos vivían lejos; Stephen en Chicago y Sam en Houston. Ellos también estaban preocupados. La casa de Wattie estaba situada en una carretera aislada fuera del pueblo. Conducía todos los días hasta Birchville, y era cada vez menos consciente de en qué carril iba con el coche. Ella y mi abuela solían sentarse juntas en el porche cuando hacía buen tiempo, o enfrente de los ventanales del salón si llovía. Tejían, charlaban y comentaban los temas del pueblo. Fue un alivio para todos que Wattie suspendiera el examen de conducir y tuviera que irse a vivir con Birchie a su gran casa victoriana. Podían ir caminando al salón de belleza, a la biblioteca, a tres restaurantes o a la tienda de lanas. El supermercado Piggly Wiggly no tenía servicio a domicilio *per se*, pero, ¿para Emily Birch Briggs? Por supuesto que le traían la compra a casa.

Cuanto más tiempo pasaban viviendo juntas, su relación se volvía más simbiótica. La práctica religiosa había sido su última fusión. En sí, Wattie todavía formaba parte de Redención, la Iglesia de la comunidad negra que había cerca de su casa. Birchie continuaba siendo miembro de la Primera Iglesia Bautista, pero llevaban años yendo juntas a la eucaristía, así que la mitad del tiempo iban a esta última y la otra mitad a Redención con uno de los diáconos. Aquella semana les tocaba ir a la Primera Iglesia Bautista, así que ojearon el boletín hasta que empezó el sermón.

Birchie tomó notas sistemáticas en los márgenes de su orden de adoración, seria y atenta, asintiendo decorosamente hacia la señora Wattie cuando creía que el pastor decía las cosas bien y frunciendo el ceño ligeramente cuando se equivocaba. Asintió muy pocas veces.

La señora Wattie se mantuvo impasible. Apenas parecía pestañear con sus grandes ojos hundidos, pero, al observarla de cerca, se podía notar que apretaba los labios al mismo tiempo que Birchie asentía. El reverendo Richard Smith era nuevo y muy joven, y le entusiasmaba hablar sobre las bienaventuranzas. Les pidió a todos que lo llamaran pastor Rick, y, a veces, cuando mencionaba el infierno, casi parecía que se refería a él entre comillas. Aún peor; no se detectaban comillas cuando hablaba de los dinosaurios. Ni Birchie ni Wattie lo aprobaban.

El antiguo pastor, un hombre seco y formal propio de su generación, había fallecido. En vez de ascender a Jim Campbell, el atractivo e insulso pastor adjunto de mediana edad, la Iglesia escogió a ese chico nuevo. Había nacido en Alabama, lo cual era bastante respetable, aunque había asistido al Seminario Golden Gate en California.

Hasta donde yo sé, volvió de allí con la rígida doctrina baptismal del sur aún intacta, aunque también se compró un par de sandalias para hombres y dejó de comer carne roja. Peor aún; convenció uno a uno a todos los miembros de la Iglesia para que se hicieran Facebook. Hasta Birchie y Wattie se hicieron una cuenta por hacerle el favor, aunque se arrepintieron de su buen acto cuando vieron que el boletín de noticias se había vuelto virtual para salvar árboles, según el pastor. Eso significó que tenían que aprender a encender el ordenador que yo les había comprado. Según mi abuela, todo aquello era prueba de que él ya era de California, que para ella era prácticamente Babilonia (el escenario de miles de películas sobre fornicación que se negaba a ver).

—Y encima suda cuando predica —me dijo por teléfono. Cuando la decía con su boca pequeña y fruncida, la palabra «sudar» parecía una palabrota.

—Seguro que no lo puede evitar —le respondí.

—Sí que podría, la Iglesia tiene aire acondicionado.

Birchie lo sabía mejor que nadie, ya que ella fue quien pagó para que lo instalaran en los setenta, cuando estaba pasando por la menopausia.

—El púlpito está justo debajo de la rejilla del aire, pero no quiere predicar desde ahí —añadió Wattie. Tenían el manos libres puesto. Siempre les había gustado participar en las conversaciones de la otra, pero en los últimos años habían empezado a utilizar el manos libres cada vez más. Cogían todas las llamadas juntas. Había sucedido tan gradualmente que ya me había acostumbrado–. Se pone esa especie de auriculares como si fuera una estrella del pop y empieza a mover los brazos y a corretear de un lado para otro.

–¡Es verdad! –confirmó Birchie–. Me siento como si estuviera viendo a la chica comunista esa, Fonda, en una de sus vergonzosas cintas de aeróbic, con todas sus piruetas en esas… pantallas.

–Hoy en día todo el mundo usa pantallas –les dije– y nadie ve cintas ni hace aeróbic.

Oí un «Mmm» escéptico, pero no supe si había sido Birchie o la señora Wattie.

–En la pantalla solo ponen la letra de las canciones –siguió Wattie–. ¿Cómo canta la gente sin ver las notas?

–Os juro que Lois Gainey no ha afinado ni una sola vez desde que las pusieron. Dice que los himnarios estaban ya muy gastados, pero yo me ofrecí para cambiarlos. Dos veces.

Entendí por su tono (cualquiera lo habría hecho) que los considerables recursos de Birchie no estuvieron disponibles para ayudar con la instalación de las pantallas.

Pese a todos esos cambios, mi abuela estaba feliz en su banco. Aquel día se celebraba en el jardín de la Iglesia la Fiesta del Pescado Frito de Inicio de Verano. Era una tradición tan longeva y venerada como la propia Birchie.

Cuando era pequeña iba todos los años; pasé todos los veranos de mi infancia en Birchville. No era muy fan del fútbol ni de pescar en el lago Coosa, pero el pueblo me encantaba de todas formas. Birchie me compraba tizas de todos los colores y yo dibujaba tiras de cómic por toda la manzana; cada acera era un panel. Me dibujó patrones de Batman y Star Wars en papel cuadriculado para que aprendiera a bordar, y Wattie me enseñó a preparar su deliciosa base de tarta antes de recompensarme con un pedazo de esta. Ambas me cosían un disfraz de Wonder Woman cada año. Me dejaban correr por todo el pueblo con él puesto y jugar con los niños a ser superhéroes hasta que escuchaba a mi abuela tocando la campana del porche para llamarme a cenar. En Norfolk, solo podía ponerme el disfraz en casa, porque mi madre decía que avergonzaba a Rachel (y sus mejillas sonrojadas indicaban que no era solo a ella).

Para mí, el verano empezaba con el sabor del pez gato empanado con harina de maíz y sal gruesa y servido crujiente y ardiendo en un plato de papel, acompañado de té helado en un vaso de plástico. También con el sabor de la ensalada de lechuga iceberg con tomates *cherry* y salsa ranchera casera. Y con el de las gachas con queso. Y el de la ocra frita. Y con los trozos enormes de tarta helada de postre. Esas comidas todavía me evocan el verdadero sabor de la libertad.

Aquel año estaba lloviznando fuera, algo que las oraciones de la señora Birchie habían evitado durante décadas en el domingo de pescado frito. Probablemente se trataba de Dios, que daba su opinión sobre el nuevo pastor. Pero el evento no se canceló ni se pospuso. Los chicos de la asociación de jóvenes tan solo movieron las mesas al pórtico de la Iglesia. Cuando la Birchie y la señora Wattie entraron, tomadas del brazo, el pastor Rick estaba ahí para recibirlas.

—No hace falta que esperen en la cola. Vengan, tomen asiento. Les traeremos los platos.

Por lo menos hacía algo bien por fin. Ninguna mujer con edad suficiente para ser abuela ni ninguna embarazada debería tener que esperar en la cola en una fiesta de la Iglesia. El pastor condujo a Birchie y a la señora Wattie a su mesa, donde también estaban sentados varios diáconos, el pastor asociado Campbell y su mujer, Myrtle. Birchie se sentó frente a Frank Darian, su abogado, que vivía y trabajaba en la casa azul que estaba a dos viviendas de distancia de la suya. Era el único hombre en la mesa que no formaba parte de los directivos de la Iglesia, pero su mujer, Jeannie Anne, era la pastora de los niños. Se trataba de un trabajo a jornada parcial que implicaba utilizar marionetas y que, por tanto, abrieron también a las mujeres.

El pastor Rick volvió y puso platos de papel frente a todos, diciendo: «¡Ahí va! ¡Ahí tienes!». Su mujer estaba detrás con las bebidas y las servilletas.

Los platos no eran los correctos. No había pez gato. Ni ocra frita. Ni ensalada de lechuga iceberg. En vez de eso, había algo que a la señora Birchie le pareció un paquetito listo para enviar; un rectángulo de papel de horno amarrado con un cordel.

—¿Y esto qué es? —preguntó la señora Wattie.

—Es salmón. Está envuelto y cocido al vapor con hierbas aromáticas y verduras de temporada —explicó el pastor Rick.

Se hizo silencio por un momento. Wattie se giró para susurrar algo, casi tocándole la oreja a Birchie con los labios. Muchas de las conversaciones de mi abuela con la señora Wattie eran susurradas, y la respiración esta movía los ligeros rizos blancos que se le escapaban a Birchie del moño. Era algo tan común que nadie le dio importancia. Por lo menos, no en ese momento.

—Pero es la Fiesta del Pescado Frito —dijo Birchie, haciendo énfasis en «frito».

—Se llama salmón *en papillote* —se justificó él.

—Suena a francés —bromeó mi abuela con tono irónico, que el pobre Rick no captó.

—¡Sí! Sí, es francés —canturreó felizmente—, y mucho más saludable.

Birchie iba a decir algo más, pero Wattie se quedó cerca de ella, con una voz suave que era como un sonido de fondo que la relajaba. Un momento después, mi abuela bajó la mirada y dijo:

—Bueno, probémoslo, entonces.

La señora Wattie giró la cabeza hacia su propio paquetito. Apretó sus carnosos labios hasta formar una línea recta. Había calmado a Birchie, pero no pretendía probar esa comida tan improcedente.

Su amiga retiró el envoltorio del salmón para encontrarse un montoncito de llamativos espárragos verdes y un par de tomates *cherry* con la piel arrugada por el vapor. Frunció los labios hasta formar un círculo, la forma contraria a la de Wattie, pero que expresaba el mismo sentimiento.

El pastor Rick se giró hacia Jeannie Anne Darian.

—¿Has encontrado los dos voluntarios que faltaban para trabajar en la guardería de la Escuela Bíblica de Vacaciones?

Jeannie Anne había empezado a balbucear una respuesta, pero Birchie la interrumpió.

—¿No hay pan de maíz?

—No..., pensamos que... los carbohidratos son... —empezó el pastor, triste, y Birchie lo interrumpió también.

—¿Ni siquiera hay panecillos?

—Puede que haya galletitas saladas en la despensa —ofreció él.

—Esto es un despropósito —dijo Birchie, y su amiga se le acercó para susurrarle algo.

Wattie había conseguido evitar más de un altercado en su momento. Pero que no hubiera panecillos era demasiado, y mi abuela se dirigió hacia ella para decirle:

—No, Wattie, no te molestes.

A causa de esa suave declaración, todos los integrantes de la mesa callaron. El pastor Rick era nuevo, pero incluso él pudo entender el poder de aquellas palabras, pronunciadas por la Birch suprema de Birchville. Estaba casi encogiéndose, con aire conciliador.

—¡Debería probarlo antes de juzgar! Es muy saludable y está delicioso. Sé que si lo prueba le gustará.

Birchie alejó la cabeza de los susurros tranquilizadores de Wattie. Retiró las verduras con el tenedor de plástico, tratando de encontrar el salmón. Brillaba por el aceite de oliva y el jugo de los tomates, con motas de pimienta negra y hierbas aromáticas.

—No, cariño, no me voy a comer esto —dijo, con un tono de voz extremadamente dulce. Tan dulce como la tarta helada y el té con azúcar.

Wattie se le volvió a acercar, con susurros más urgentes esta vez, pero Birchie la interrumpió, con los ojos azules abiertos de par en par en su rostro empolvado.

—Parece el pene del pastor Campbell, rosa y pecoso.

Dijo la frase de una manera tan remilgada y tranquila que todos tardaron varios segundos en procesar sus palabras. El diácono Lester se atragantó. Reprimió la tos, tratando de no asfixiarse y de no hacer ruido en medio del estupor y el silencio. Anna Gentry se derramó el té helado encima de la blusa y no dijo ni una palabra. Jeannie Anne Darian se quedó inmóvil con el pescado a medio bocado y los ojos abiertos de par en par en su bonito rostro, que era similar al de un perro carlino.

No era posible que Emily Birch Briggs hubiera dicho la palabra «pene» o que tan siquiera reconociera la existencia de este. Si un pene de dos metros hubiera empezado a correr por su propio pie en el jardín de la Iglesia, todo el mundo habría esperado que la señora Birchie se mantuviera impasible e hiciera como que no lo había visto, aunque estuviera en medio de su campo de visión. «Qué bonito atardecer», diría, mirando el glorioso paisaje de Dios a través de él. Pero acababa de reconocer la existencia de los genitales en el pórtico de la Iglesia, y, peor aún, había dicho en voz alta que el pastor adjunto Campbell los tenía. Los había descrito con tal detalle que casi se podría pensar que los había visto personalmente, lo cual era completamente inconcebible. Al pastor Rick le caían gotas de sudor por la frente, y todos los diáconos estaban boquiabiertos. El pastor Campbell, que acababa de escuchar cómo se le calumniaba, abrió y cerró la boca varias veces, sin ser capaz de articular palabra y respirando con dificultad.

Wattie, la única persona que no estaba sorprendida, se levantó y dijo:

—Birchie, vámonos a casa. Ahora.

Ella pinchó con desdén el pescado con el tenedor de plástico, diciendo:

—¡Es la verdad, Wattie! Pregúntale a Jeannie Anne. Ella ha visto ese pene mucho más de cerca. La sala del coro no es exactamente para eso, pero supongo que no debería andar diciéndolo.

El ambiente, que ya estaba tenso de por sí, se cargó de electricidad. El silencio que se formó en la sala hizo que la gente pudiera escuchar los urgentes susurros de Wattie a Birchie:

—¡Levántate! ¡Venga! ¡Tenemos que irnos!

Como si estuviera pasando una corriente por la sala, toda la congregación comprendió, uno a uno, lo que Birchie estaba describiendo, y fijaron la vista en mi abuela, horrorizados. Al fin y al cabo, conocía todos los pecados del pueblo, pero escuchaba los cotilleos de la misma forma que una reina escucha las suplicas. No discutía las «noticias» del pueblo con nadie excepto con Wattie, e iba directamente donde los pecadores de la Iglesia Bautista de forma privada, como el apóstol San Pablo (pero ella llevaba sopa casera). Alentaba de forma severa a apartar la ira, dar el diezmo correcto o dejar de desear a las mujeres de otros, pero a puerta cerrada. Birchie era la viva imagen de la decencia, y que ella dijera esas palabras era tan impactante como la propia idea del adulterio. Toda la estupefacción se concentró en mi abuela hasta que Jeannie Anne se sonrojó.

No se sonrojó delicadamente como cualquier otra mujer haría tras escuchar tal lenguaje obsceno en la mesa. Era un rubor rojo, de vergüenza, que empezaba por la frente y terminaba en el cuello. Su escote, visible por la blusa de punto en pico, estaba enrojecido. Su piel se convirtió en un fondo escarlata para el pedazo rosa de pescado con motas de pimienta que aún sujetaba entre los labios brillantes.

Se dio cuenta entonces del bocado que tenía entre los dientes y lo tiró al aire violentamente. El tenedor aterrizó con un triste repiqueteo, seguido del pescado, que cayó sobre la mesa con un desagradable «plof». Los murmullos se iniciaron en las mesas más cercanas a la central, en la que estaba Birchie, y se extendieron por todas partes como la marea.

Frank Darian fue el último en comprender lo que estaba

sucediendo. No fue hasta que su mujer se levantó agresiva-mente de la silla que cambió de expresión, pasando de estar sorprendido a algo mucho peor. Incredulidad. Incertidumbre antes del dolor.

–¿Jeannie Anne? –dijo, y ella se fue–¿Jeannie Anne?

Jeannie Anne no se giró ni titubeó y continuó escabulléndose entre las mesas mientras los murmullos sobre ella crecían.

Birchie la observó irse, con los ojos brillantes y una sonrisa incongruente en el rostro al ver cómo sus demoledoras pala-bras destruían dos de los matrimonios más importantes de la Iglesia. Wattie estaba inerte a su lado y ya no le susurraba; su urgencia había desaparecido. Parecía extrañamente tranquila, toqueteando los tirabuzones plateados de su corto cabello como si peinarlos fuera su principal preocupación.

–¿Cómo has podido? –rugió el pastor Campbell, dirigién-dose a Birchie. Se levantó, empujando la silla hacia atrás y golpeando con fuerza la mesa con las manos. Se inclinó hacia ella, casi amenazante, y volvió a decirle, con rabia–: ¿Cómo has podido?

–¿Cómo has podido tú? –susurró su mujer, aunque él no pareció oírlo.

–Birchie –dijo Wattie, tranquila y firme–, necesito tu ayuda.

Pero ella estaba ya retirando la silla para levantarse y devol-verle la mirada amenazante a Campbell.

–¡Ni se te ocurra levantarme la voz, chivo en celo, si no quie-res que te pegue una patada en ese culo flácido! –amenazó Birchie. Su tono era correcto, frío y autoritario. Pero sus pa-labras… no eran palabras que Emily Birch Briggs utilizaría jamás, y vinieron seguidas de una aguda risa maligna.

El pastor Campbell se alejó de ese inquietante sonido, con rabia e incredulidad en el rostro a partes iguales. Entonces vio a su mujer, que lloraba en la silla que tenía al lado. Wattie se mantuvo de pie junto a Birchie hasta que esa horrible carca-jada llegó a su fin. Después le tocó el brazo, y esta se giró hacia ella como si acabara de descubrir que se encontraba ahí.

—¿Has visto ese culo flácido que tiene, Wattie? ¿Lo has visto? —dijo mi abuela, y después empujó la mesa con la cadera, simulando el acto sexual.

Los trescientos fieles se quedaron petrificados viendo a Emily Birch Briggs en plena crisis nerviosa, y solo Wattie se atrevió a hablar.

—Claro, Birchie, ¿pero has visto que Mercy Lester está cortando pimientos al lado de la masa de las bolitas de maíz? —dijo.

La expresión ávida de Birchie se convirtió en confusión, y dejó de hacer esos obscenos movimientos. Hacía unos años, Mercy Lester había puesto la Fiesta del Pescado Frito en peligro al intentar añadir queso y jalapeños a la masa de las bolitas de maíz. Birchie se dio cuenta antes de que los mezclara con la masa. Mientras Wattie retiraba esos ofensivos ingredientes de la superficie de la mezcla, Birchie rodeó a Mercy con el brazo, como Jesús cuando acogía a alguna mujer acusada de adulterio. En vez de pedir que el que estuviera libre de pecado lanzara la primera piedra, Birchie recordó a la escandalizada congregación que Mercy había crecido en una comunidad presbiteriana antes de casarse con Davey Lester; no podían esperar más de ella.

Sacar el tema en ese momento tenía tan poco sentido que parecía que Wattie estuviera perdiendo la cabeza también, pero Birchie exclamó:

—¡Señor, esa mujer! ¡Hay que pararle los pies!

Lo dijo como si Mercy y Davey no se hubieran mudado a Montgomery hacía ya tres años. Wattie, con el rostro petrificado y expresión indescifrable, comenzó a guiarla hacia la salida.

—Bueno, bien. Bien. Ahora… bien —balbuceó el pastor Rick.

Mientras las dos se abrían paso lentamente hasta la salida, la congregación llegó a una conclusión clara: los tranquilizantes susurros de la señora Wattie llevaban tiempo escondiendo que algo se estaba desmoronando dentro de Birchie.

Era impensable. La señora Birchie, como la llamaban todos, olía a pétalos de rosa y a historia. Era la última Birch viva en Birchville, con noventa años, pero todavía con la espalda completamente recta, esa mirada que mostraba interés y su antigua colección de preciosos bolsos. Para muchos, ella era el pueblo. La idea del pueblo. Era la viva imagen de cómo solía ser el pueblo en una especie de antigua utopía sureña que solo existía si eras blanco, adinerado, bautista y no te dabas cuenta de cómo vivían todos aquellos que no eran ninguna de esas cosas. Incluso antes de que salieran de la reunión, la gente ya empezó a mandarme mensajes. Cuando cerraron la puerta tras ellas, empezaron a llamarme también.

Pero no respondí. Para entonces ya era mediodía y estaba de camino a casa de Rachel. Tenía el móvil apagado y estaba decidida. Estaba lista para soltar la bomba, y mentalizada para la explosión.

Capítulo 3

Frené frente a la impoluta casa colonial de Rachel en East Beach, que tenía las persianas negras y unas columnas horripilantes. Era la primera en llegar, pero aparqué fuera de todas formas. Si aparcaba en la entrada mamá y Keith podrían bloquearme la salida; entonces estaría atrapada sin posibilidad de huir en caso de que el interrogatorio fuera insoportable. Había preparado un bizcocho de nueces pecanas, para que así todos estuvieran al menos contentos y hasta arriba de azúcar cuando llegara la conversación, aunque querrían saber igualmente cuándo, dónde y cómo había dejado que me pasara eso. Sobre todo Rachel, que podía llegar a ser muy insistente.

Llevaba mucho tiempo dibujando y entintando, y de los guiones se encargaban otras personas. Al igual que con Violence, no era capaz de inventarme una historia sobre el origen de Digby. El propio Digby, aunque fuera pequeño, seguramente se sorprendería cuando se enterara de que nació de un encuentro a medianoche con un Batman. Y ya ni hablemos de cuando fuera mayor. No quería contarles ni a mis padres ni a Rachel ni a mi hijo que no conocía el nombre del padre. Ni su trabajo. Ni su historial médico. Ni si era tan siquiera una buena persona. Pero era la verdad.

«Tenía buen gusto para los cómics», podría decir. «Y besa muy bien».

Mientras subía las escaleras hacia el enorme porche blanco, el marido de Rachel, Jake, salió como una bala por la puerta principal, sin mirar y dando un portazo. Casi me arrolla. Intenté esquivarlo y me tropecé. Él dejó en el suelo la bolsa que

39

llevaba para poder sujetarme antes de caerme por las escaleras con el bizcocho en mano.

—¡Joder, Lay! —dijo. Me ruboricé y él se quedó inmóvil, con las manos aún sobre mis brazos. Hacía años que no me llamaba Lay.

Había recuperado el equilibrio, así que me deslicé hacia un lado para dejar de estar a su alcance. No me gustaba que me tocara. Para mí, Jake era casi siempre solo un accesorio de Rachel; estaba siempre ahí, pero era irrelevante, como un reloj de pulsera.

Dejó las manos en el aire por un segundo, de forma incómoda, hasta que las bajó y las apoyó en los costados.

—Joder tú, J. J. —me quejé, usando también su viejo apodo y con el tono más amable que pude.

Esas dos letras me dejaron un mal sabor de boca, y me costó conectarlas al hombre que tenía frente a mí. Siempre pensaba en él como Jake o como el Sr. Rachel. No nos habíamos llamado Lay y J. J. desde que éramos niños. En tercero de primaria solíamos pasar las tardes en la sala de juegos del sótano de mi casa, leyendo cómics nuevos lo más rápido que podíamos. Comíamos palomitas de caramelo y analizábamos los giros de trama, intentando averiguar si nuestros personajes favoritos sobrevivirían a los finales en suspense. Mientras colocábamos cada tomo en una funda de plástico y los clasificábamos por orden en una caja, hablábamos sobre qué superpoder querría tener cada uno, debatiéndonos entre supervelocidad, volar, teletransporte o telequinesis.

Nunca lo decía en alto, pero, al igual que todas las niñas, yo quería ser superguapa. Pero ese superpoder ya se lo había pedido Rachel antes. Todos los chicos que conocía se volvían un manojo de nervios en su presencia, incluido J. J. En realidad, especialmente él, que se sonrojaba y jadeaba cada vez que la veía aparecer por la sala de juegos. Lo que J. J. quería era ser un super niño no gordo, aunque él tampoco lo confesó nunca. Sabíamos esas cosas sobre el otro sin necesidad de decirlas.

Luego, cuando estábamos en el último año de instituto, el padre de J. J. tuvo un infarto muy fuerte y murió. Después de eso todo entre nosotros se volvió raro, y dejó el instituto para ayudar a su madre con Jacoby Motors, su concesionario de coches usados. Nuestros caminos no volvieron a cruzarse tras eso. No hablamos ni nos vimos ni una sola vez. Su casa estaba muy cerca de la mía en bici, así que era a propósito.

Cuatro años después, apareció en la fiesta abierta a todos que mamá y Keith organizaban todos los años en Nochebuena. Yo me encargaba de estar en la puerta, pero no lo reconocí. Era un desconocido alto, rubio, sonriente y con una botella de vino blanco en la mano.

–¡Feliz Navidad! –dijo.

Se inclinó para besar el aire de alrededor de mi mejilla, y, por extraño que parezca, lo reconocí por el olor. Había crecido unos siete centímetros, tenía cuerpo de gimnasio, se había hecho unas mechas sutiles y quizá incluso una rinoplastia. Estaba claro que también se había hecho algún tratamiento en los dientes, de esos que se hacen las estrellas de cine. Eran uniformes y extremadamente blancos, y hacían que su sonrisa pareciera poco sincera. Pero, bajo un toque de loción de afeitar, pude notar el olor característico del que fue mi mejor amigo.

–¿J. J.? –balbuceé, atónita.

–Ahora me llaman Jake, Leia –dijo, y me dio una palmadita en el hombro. Enérgicamente. Como si fuera un amigo suyo y estuviéramos en un anuncio de cervezas.

–¡Me alegro de verte! Tendremos que ponernos al día.

Me plantó la fría botella de vino en las manos y fue directo hacia Rachel. Estuvo con ella toda la noche, apoyado en la pared y contándole cómo había salvado el negocio familiar y que ahora tenía un plan a tres años para abrir también un concesionario de Nissan. Era un Ken hecho a sí mismo intentando bajarle los pantalones a Barbie Champagne Navideño.

Me llamó Leia porque normalmente no llamas a la primera chica con la que te acostaste por su antiguo apodo. No cuando su apodo es «Lay». No cuando has estado toda la vida enamorado de su hermanastra.

Y ahí estaba entonces, nuestros viejos apodos acababan de resurgir y yo agarraba con fuerza el bizcocho y sentía un olor raro en el aire a mi alrededor. Jake se agachó para llenar la bolsa con la ropa que se le había caído. Era una de las bolsas reutilizables del supermercado Whole Foods de Rachel.

–¿Te vas a donar ropa a la tienda de segunda mano? –le pregunté. Era una estupidez, pero fue lo único que se me ocurrió.

–No. ¿Qué haces aquí? –Se retiró el cabello rubio de la frente mientras se enderezaba.

–Es domingo. ¿Dónde más iba a estar?

Él levantó las cejas.

–Rachel ha cancelado la comida. Te envió un correo.

La pierna de un pantalón caqui perfectamente planchado colgaba de la bolsa. La metí dentro y vi una camisa a rayas de color azul claro y cuello abotonado. Jack la llevaba siempre. Luego me di cuenta de que el montón de tela gris que estaba encima eran unos bóxers, me sonrojé y volví a mirarlo a la cara, esta vez fijándome mejor.

Tenía ojeras y la cara hinchada. Por un momento fue como si pudiera ver el rostro redondeado y triste de mi antiguo amigo, J. J. Un rostro de fantasma, transparente y borroso, superpuesto sobre las marcadas facciones de mi cuñado.

–¿Qué vas a hacer? –le pregunté en voz baja.

Su boca se curvó en una mueca triste, y dijo:

–Nada. Me tengo que ir.

Me apartó para pasar y bajó las escaleras, apresurándose hacia su Nissan Armada rojo.

–¿A dónde? –grité.

Apenas me dedicó una mirada por encima del hombro. Metió la bolsa en el coche y se montó. Di un par de vueltas por el porche, aún con el bizcocho en mano, aunque mi misión original se había truncado. Parte de mí quería volver corriendo a casa, pero, tras el extraño comportamiento de Jake, tenía que ver si Rachel y Lavender estaban bien. Intenté abrir la puerta y estaba abierta. Me adentré en el recibidor abovedado de mi hermanastra, e inmediatamente la escuché corriendo hacia mí desde la cocina, chillando:

–¡Te he dicho que te vayas, hijo de pu...!

Rachel se quedó a medio insulto cuando llegó al arco de la bóveda y vio que era yo. Se detuvo en seco en medio del comedor. Estaba descalza, algo que nunca hacía. Llevaba el pelo alborotado y enredado, algo que tampoco hacía nunca. Y tenía los ojos manchados de negro.

–¡Rachel! –dije, horrorizada y con el corazón acelerado. Todavía estaba intentando procesar esa nueva dimensión alternativa en la que mi hermana llamaba hijo de puta a su marido, y ya me había trasladado a un universo totalmente imposible; uno en el que J. J. la pegaría.

Rachel parpadeó en mi dirección y, aunque los tenía hinchados, me di cuenta de que la oscuridad de sus ojos era por la máscara de pestañas y el delineador líquido emborronado que le habían dibujado unas ojeras de mapache. Volví a respirar. Más o menos. El pobre Digby acababa de ponerse hasta arriba con los químicos del pánico que me habían llenado el flujo sanguíneo, y burbujeó como un vaso de 7 Up en mi barriga.

Tras una tensa pausa, Rachel se llevó las manos al pelo, intentando arreglarlo, todavía con la respiración agitada. Me pareció divertido porque, dentro de lo horrible de la situación, el pelo era el menor de sus problemas. Cada cosa que veía a mi alrededor estaba mal, y eran tantas que no era capaz de catalogarlo todo. El enorme espejo sobre la barra de los desayunos estaba destrozado, había pedacitos de cristal verdoso y manchas de algo que parecía vino tinto por todas partes. Una de las sillas del comedor estaba girada en el suelo, y el resto estaban tiradas por todas partes. Normalmente las ocho sillas estaban colocadas con una precisión matemática en torno a la mesa.

Rachel se rindió con su pelo y se dirigió a mí, quitándome el bizcocho de las manos como si fuera una elegante anfitriona. Se dio la vuelta, lo dejó en la mesa y le quitó la tapa.

–¿Es la receta de tu abuela? –dijo.

Cuando asentí, procedió a meter la mano en el molde para arrancar un enorme pedazo del bizcocho. Yo observaba, incrédula, a esa extraña criatura de ojos negros que había sustituido a mi hermanastra, viendo como empezaba a comer, metódicamente, como si fuera un castigo.

Ahí fue cuando supe que Jake le estaba poniendo los cuernos.

Algo inconcebible. Rachel era el premio que él siempre había deseado, el premio por el que había luchado y que finalmente había conseguido. Dieciséis años de matrimonio, y, hasta la semana pasada, él todavía la seguía con la mirada con aire avaricioso cada vez que estaban en la misma habitación. Miraba a Rachel como si en cualquier momento fuera a agarrarla por su grácil cintura, levantarla y colocarla sobre la repisa de la chimenea, como si fuera una preciosa obra de arte que debía ser expuesta en el centro de la estancia. Pero le estaba poniendo los cuernos. Habría apostado un millón de dólares por ello.

Llegué a esa conclusión a raíz del estrecho incidente sudoroso y frenético que ocurrió una sola vez entre nosotros cuando todavía éramos niños. Quizá solo porque me había llamado Lay. De esa única sílaba asomaba una historia tan antigua que casi parecía mitológica.

El día después de la muerte de su padre, J. J. vino a mi sótano, llorando. Lo estreché entre mis brazos y se aferró a mí, presionando el cálido rostro contra mi cuello, con las lágrimas calientes cayendo. Era un animal frágil y triste que me olfateaba con urgencia, atormentado por el duelo. Lo atraje hacia mí aún más, abrazándolo con tanta fuerza que casi parecía que estaba intentando que mi piel absorbiera toda su desesperación y le calmara. Pero, por mucho que lo rodeara con fuerza con brazos y piernas, su cuerpo se escapaba a mi agarre y su dolor era demasiado grande para poder ser contenido. Y después nos besamos. Fue triste, húmedo y frenético y él tenía el rostro manchado de lágrimas y mocos, pero no me importó. Sentí un amor desmedido, que crecía y crecía.

Nos quitamos algunas prendas de ropa, cada vez más cerca, hasta que él se adentró en mí. Me dolió un poco, pero me sentía tranquila y cálida, y algo más. La única palabra para describirlo era «poderosa». Poderosa pero no superior, no por encima de él. No era así.

Era como si me hubiera tirado por un precipicio y me encontrara de repente flotando en el aire, sin hacer esfuerzo, sorprendida. Siempre había tenido ese poder oculto y lo había usado sin pensarlo, sin saber que siempre había estado en mí. Lo había usado para hacer el bien, pensé; para ayudar a mi amigo herido.

No fue algo romántico. Nunca fue mi *crush* ni me había gustado de esa manera tan tonta. Simplemente le quería. Era mi mejor amigo. Conocía todos mis secretos, y él me había contado todos los suyos, excepto uno. Lloré apoyada en su regazo cuando murió mi gato. Era la última persona con la que hablaba por teléfono por las noches y la primera a la que quería ver cada mañana; retomábamos nuestra conversación interminable en el autobús, entre las clases, a la hora del almuerzo y en mi casa, sin necesidad de transiciones ni saludos. Y estaba allí, en mi sótano, destruido entre mis brazos, y me gustaba envolverlo con el cuerpo, como protegiéndolo, mientras él se aferraba a mí, empujando y llorando a mares.

Después jadeó y se puso rígido, y pude sentir cómo todo salía de su interior. Saqué de él toda esa miseria que se retorcía y la metí dentro de mí. Su rigidez se convirtió en paz, y sentí una punzada de orgullo por haber podido hacer eso por él.

Nos quedamos tumbados y entre los brazos del otro durante una docena de latidos, perfectamente quietos y juntos. En ese silencio sentí que empezaba algo; mi historia con J. J.

Vacilé internamente y pensé en que nos adentrábamos en el inicio de una vida real, plena. Primero viene el amor, pensé, y, aunque solo tenía diecisiete años, sabía qué era todo lo que venía después. Nos imaginaba en la universidad, en el trabajo, en nuestra boda e incluso concibiendo un bebé, haciendo exactamente lo que acabábamos de hacer. Un bebé con su nariz y mis ojos hundidos. Teníamos unos pasos a seguir, muy obvios y sencillos, y no hacía falta apresurarse. Estaban ahí delante y nosotros estábamos quietos, completos, con los cuerpos entrelazados y al borde de nuestro comienzo.

Después él empezó a alejarse de mí y a intentar ponerse la ropa, sonrojándose aún más cuando vio la mancha de sangre en mis ingles. Murmuró algo sobre que tenía que irse a casa. No me quiso mirar a la cara.

Todavía llevaba casi todas las prendas de mi uniforme de chica empollona predeterminado; un vestido de segunda mano y unas botas militares, pero me sentía muy desnuda, expuesta. Me levanté y metí la pierna izquierda de nuevo en las bragas, me abotoné el vestido, me até la bota izquierda y me arreglé el dobladillo. Cuando levanté la mirada, ya se había ido. Al día siguiente no vino al colegio. Nunca volvió al colegio y no devolvió ninguna de mis llamadas. Fui a su casa cuatro veces, pero no quería bajar a verme. No volvió a hablar conmigo hasta aquella Navidad en la que fue detrás de Rachel.

No me quedé embarazada esa vez, así que el contador de encuentros sexuales aleatorios y desprotegidos marcaba un uno de dos. Nunca le conté a nadie lo que pasó entre J. J. y yo. Ni a Rachel ni a mamá ni a Keith ni al pequeño grupo de chicas empollonas con las que me sentaba en el almuerzo. Dolía demasiado como para decirlo; me había bajado de categoría, había pasado de mejor amiga a Kleenex.

Había roto algo dentro de mí. Ese año empecé a dibujar a Violence. Estaba desarrollando una tira cómica cuya protagonista se llamaba Violet; se parecía a mí y jugueteaba con la idea de frenar crímenes. Después de J. J., empecé a ocultar prototipos de Violence en los márgenes, observando los dibujos, observando a Violet. Ella también cambió, y evolucionó a una versión de mí misma que sí tenía la superbelleza como poder, y cualquiera que se metía con ella se encontraba con Violence. Violence se comía a los hombres como si fueran aperitivos, y nunca se sentía mal por ello. Esa era la verdadera historia del origen de Violence. Nació cuando me arrancaron el corazón y me lo destrozaron en menos de siete minutos, pero eso no era una historia que pudiera venderle a Dark Horse.

Tiempo después, cuando J. J. reapareció y Rachel entró en una relación seria con él, me autoconvencí de que era un tío distinto; alguien a quien acababa de conocer. Sobre todo, cuando se casaron y tuvieron a Lavender. Separé a Jake de J. J., mi exmejor amigo que en una ocasión lloró, se retorció y me usó, ahogando las penas en mi cuerpo, pero guardando su corazón para Rachel. Esa horrible historia secreta me hacía estar segura de que él era capaz de tener comportamientos sexuales de mierda.

—Este bizcocho está buenísimo —dijo Rachel con la boca llena. Se comió otro pedazo más.

—¿Dónde está Lavender? —le pregunté.

Rachel me dedicó una mirada molesta, con la boca demasiado llena como para responder. Estaba de perfil frente a mí, masticando y respirando agitadamente por la nariz. Cuando tragó, tiró lo que quedaba del pedazo de tarta al suelo y se agitó las manos para quitarse las migas.

—Ha bajado a la casa de Olivia a jugar. No creerás que iba a dejar que mi hija presenciara esto.

Lo dijo con un tono plano, retórico, pero después de lo que había presenciado durante aquellos cinco minutos, ya no podía estar segura de nada. Nunca la había visto así. No me lo habían permitido, incluso cuando quizá podría haber ayudado. Cuando era pequeña, Rachel lloraba en el armario de la lavandería, con Thimble, su conejito de peluche, como único testigo. Por aquel entonces, por lo menos sabía cuándo estaba destrozada. Solía sentarme fuera del armario en silencio, y después era especialmente amable con ella. Como adulta, ni siquiera podía hacer eso. No sabía cuándo se encontraba mal. Nunca la había visto con el rímel corrido, jamás.

—¿Qué ha hecho? —pregunté, más bien queriendo preguntar cómo lo había pillado, si era una aventura o una cosa de una noche o si había sido con una prostituta.

Pero eso no importaba. Estaba del lado de Rachel, porque era mi hermanastra, aunque esa palabra solo fuera una forma de llamarla. Apenas teníamos tres años cuando mamá y Keith se casaron. No tenía recuerdos de mi vida antes de ella. Era mi familia, mientras que Jake era como una caseta, algo fabricado en otro lugar y que se añadió después. ¿Y el chico que era antes? ¿J. J.? Era una bala que había esquivado hacía tiempo.

Rachel se enderezó. Me sacaba unos doce centímetros, incluso estando descalza. Vi cómo intentaba reunir los pedazos de su dignidad color rubio platino. Pero no podía. Los ojos de mapache ya decían mucho, y la forma en que le temblaban las manos hablaba por sí sola.

—Pero ¿qué haces aquí, Leia? ¿No has recibido mi correo?

Su voz temblorosa rompía con su habitual tono exasperado pero cariñoso. Estaba intentando hacer como si su comedor no estuviera repleto de cristales rotos y muebles patas arriba, como si el problema más importante ahí fuera mi incapacidad para revisar mis mensajes.

—Voy a ver —le dije, y fue un alivio retirar la mirada de esa Rachel destrozada mientras rebuscaba en el bolso para encender el móvil—. ¿Seguro que esto es de lo que quieres hablar ahora?

—No quiero hablar de nada, en general —rugió de repente, con un tono tan severo que me hizo mirarla, aunque no quisiera. Estaba revolviéndose el pelo con las manos.

El teléfono empezó a vibrar y sonar en mis manos. Me llegó un mensaje. Y otro. Y otro. Empezó a sonar mi tono de llamada con la canción de *Underdog*, tan alegre en el tenso silencio. En la pantalla aparecía el nombre de Polly Fincher, miembro de la Primera Iglesia Bautista en Birchville. Colgué la llamada y le empecé a preguntar a Rachel si por lo menos podía ayudarla a ordenar la sala antes de que Lavender llegara. Apenas pude articular dos palabras antes de escuchar más notificaciones de mensajes. Después volvió a sonar el tono de llamada.

–¿Qué pasa? –preguntó Rachel.

Abrí Messenger y vi un montón de nombres conocidos. Lois Gainey, Chester Beckworth, Alston Rhodes, el pastor Rick y más, todos ellos gente de Birchville. Mi corazón dio un vuelco y procedí a revisar los mensajes. Todos ellos decían variaciones de lo mismo:

«¿Qué le sucede a la señora Birchie?».

«Cariño, ¡estamos muy preocupados!».

«¿Qué le ha dicho el médico?».

«¿Cuánto tiempo lleva así de mal?».

También había uno de Martina Mack, esa vieja arpía:

«Vaya espectáculo ha montado tu abuelita en la Iglesia esta mañana…».

Dirigí la mirada a Rachel, afligida.

–¿Qué? Leia, ¿qué pasa?

–Birchie –dije–, le pasa algo a Birchie.

Y al parecer algo muy grave, porque el teléfono empezó a sonar otra vez. Era el pastor Rick, pero no quería hablar con él. Tenía que hablar con Wattie. Le colgué y siguieron llegándome más mensajes.

Nunca había vivido en Birchville, aparte de en los veranos de la infancia. Tras graduarme del instituto, no había vuelto a pasar más de una semana seguida allí. Pero era una Birch. La última Birch, hasta donde ellos sabían, y los siguientes mensajes decían:

«Ven a casa».

«Ven a casa».

«Tienes que venir a casa».

Alargué la mano hacia Rachel, buscándola a ciegas, y automáticamente volvió a su estado habitual. Era como si se hubiera teletransportado y ahora estuviera sobrevolando su propio desastre, lista para ayudarme a mí a arreglar el mío. Esa era su verdadera naturaleza, lo había sido siempre, mientras que el resto de los mortales nos limitábamos a chapotear como podíamos en el lodo. Era algo triste e incluso molesto, a veces, pero también era muy muy útil cuando las cosas iban mal.

–¿Se ha caído? –preguntó Rachel, rodeándome con el brazo cariñosamente mientras mirábamos el teléfono. Esa llevaba años siendo mi mayor preocupación, por esas malditas escaleras que estaban en todas partes en la casa.

–No lo sé, no lo sé –dije. Abrí el correo electrónico y empezaron a llegar las primeras versiones de los hechos.

Rachel y yo las leímos juntas. Estaba demasiado horrorizada como para alegrarme de que no se hubiera roto la cadera; aquello era incluso peor. Mi abuela había sobrevivido a tantas cosas siendo siempre ella misma… Era cabezota y tenía opiniones contundentes que habitualmente contradecían su imagen de señora refinada del Viejo Sur. Pero aquella vez los mensajes indicaban que, con la ayuda de Wattie, había ocultado que estaba profundamente afectada por una demencia senil o por alzhéimer.

–¡Tengo que ir, me tengo que ir!

Ahora eran mis manos las que temblaban, y no era capaz de usar correctamente el teléfono. Birchie siempre se había negado a abandonar su pueblo y mucho menos su casa, y antes de que Wattie se mudara con ella ya había echado a múltiples enfermeras domiciliarias. Se había deshecho de su alarma personal, alegando que solo los perros llevan collarín y casi nunca se acordaba de cargar el móvil que yo le había comprado. Su único apoyo era Wattie, que era prácticamente igual de mayor que ella.

–Respira, cielo. No podemos estar seguras de lo que pasa hasta que vayas a verlo. Puedo reservarte los billetes mientras haces la maleta –dijo Rachel.

Aprecié mucho que utilizara ese pronombre inclusivo. «No podemos estar seguras», una declaración casual, inconsciente, de que ella también compartía mis preocupaciones.

–Pero tú también tienes cosas que hacer aquí, con J-Jake

–dudé. Quería compartir sus preocupaciones también–. No quiero que…

–Calla, ya me encargaré de eso después –mintió Rachel.

Dejé que mintiera. Mi querida y anciana Birchie, débil y lejos, me importaba más que lo que fuera que Jake estuviera haciendo con su pene.

Seguí revisando los correos, y cuantas más versiones leía, más me daba cuenta de que también estaba enfadada. Esas dos ancianas retorcidas habían estado engañando al pueblo durante Dios sabe cuánto tiempo, haciendo encaje y acudiendo a la feria de pasteles de la Iglesia. No querían que sus vidas cambiaran, así que habían escondido la verdad deliberadamente. Estaba muy enfadada. Seguir leyendo los mensajes me enrabietaba aún más.

Muchos de los amigos de la familia asumían que yo ya lo sabía. Me preguntaban sobre lo que le habían dicho los médicos, cuánto tiempo llevaba así y qué pensaba hacer. Solo Martina Mack asumió que yo ignoraba el asunto. En su último mensaje por Facebook decía que era «una irresponsable, o estás ciega o eres muy estúpida» por abandonar a una «pobre anciana loca» al cuidado de «una chapucera y vieja criada de color». No estaba segura de cuál de las tres descripciones me enfadaba más, aunque luego me di cuenta.

La primera. La que iba dirigida a mí. Porque era la única que era medianamente cierta. Era una irresponsable y, efectivamente, estaba ciega y era estúpida.

Aquello no era un problema del pueblo, ni siquiera de las dos ancianas engañadoras. Me tendría que haber dado cuenta. Tendría que haberlo visto. Era la más cercana a Birchie, lo único que tenía. Era la única a la que no deberían haber engañado. ¿Quién sabe todo lo que había pasado sin que yo me diera cuenta?

–Debería haberla traído aquí, conmigo, para poder ayudarla –dije, y me arrepentí en el momento en que me encontré con la mirada de Rachel.

Podía soltarme cientos de «te lo dije»; ella siempre había pensado que mi abuela no tenía que vivir en un pueblo que ella describía como «un lugar remoto del tamaño de un grano en el que solo hay una farmacia y un veterinario para caballos». Podía ver cómo intentaba escoger las palabras que mejor expresaran que tenía razón, como siempre, y durante esa pausa, lo oímos. Un suave resoplido que venía de algún lugar sobre nosotras.

Miramos hacia arriba y vimos a Lavender. Estaba sentada, hecha un ovillo en el balcón que se encontraba sobre la entrada abovedada. Nos observaba a través de las barras blancas de la barandilla, con las manos apoyadas en dos de ellas como si fuera una chica en una delicada cárcel para mujeres. Cuando cumplió trece años, Rachel la llevó a la tienda de Clinique para que aprendiera a maquillarse y a cuidarse la piel; en aquel momento sus ojos estaban igual que los de su madre, manchados de máscara de pestañas marrón.

La frase de superioridad y sabiduría que Rachel estaba a punto de decirme se desvaneció en sus labios. Exhaló con un pequeño y agudo grito ahogado.

—Olivia no estaba en casa —dijo Lavender.

—Oh, no. —Rachel sonó desconsolada.

Me di cuenta entonces de que ya tenía manos de madre. Se movieron por su propia voluntad hacia mi barriga, antes de que yo me diera cuenta, protegiendo a Digby de cualquier cosa que le pudiera hacer daño algún día cuando ya estuviera fuera de mí. Rachel levantó las manos al mismo tiempo, acercándose a Lavender. Pude ver en ese gesto esa necesidad de abrazar a su bebé, de taparle los ojos y los oídos.

Pero era demasiado tarde. Sea lo que sea que hubiera sucedido entre J. J. y Rachel, mi sobrina lo había presenciado. Desprotegida. Lavender era testigo de todo.

Capítulo 4

Empieza con Violence.

Sin causa, sin razón, sin explicación. Ella tan solo es eso: mi mal interior.

Cuando estaba en la universidad dibujé la primera página como un solo panel: Violence saltando sobre el tejado de un edificio de una ciudad en blanco y negro, vestida con su modelito de superheroína monstruosa y sexy, como un estridente toque de color en la oscuridad. Su *bodie* violáceo tirando a negro tenía un profundo escote en V con contorno plateado para insinuar su inicial. Era como la S de Superman, pero con tetas asomando. Llevaba unos cuchillos largos y amenazantes atados a los muslos desnudos, sobre las botas altas. Su estrambótico cabello morado sobrevolaba tras ella y se convertía en mechones puntiagudos en forma de rayos negros cuando se superponía a la enorme y redonda luna. Su sonrisa mostraba unos dientes ligeramente puntiagudos.

Vi como mi estilo emergía a partir de ese panel. Se encontraba en la forma en que la luz se reflejaba, en ese frenético cuerpo femenino sobre un fondo estático, en el uso de una paleta de colores limitada para poner el foco donde yo quería.

Una vez que abandoné el aeropuerto y salí de Birmingham, esa imagen de Violence apareció en mi cabeza. Podía conducir a Birchville casi en automático, porque hacía esa ruta por lo menos dos veces al año desde que tenía seis meses y me mudé con mamá a Virginia. Birchie pagó la mudanza y la matrícula de mi madre en la Universidad Old Dominion. Lo último que mi abuela deseaba era que la única nieta que iba a tener se mudara lejos, pero mamá no era del pueblo. Ella había crecido cerca de Jackson's Gap. Conoció a mi padre en la heladería Dairy Queen justo después de graduarse del instituto, en el primer verano de sus vidas en el que las etiquetas de «empollón» o «animadora» ya habían perdido peso. Se enamoraron y se casaron jóvenes y muy rápido, como se hace en los pueblos pequeños normalmente. Después de que él muriera, mamá quiso empezar de cero; Birchie hizo que fuera posible, así que mamá y yo pasamos con ella todos los veranos de mi infancia y todos los días de Acción de Gracias.

Me gustaba esta ruta. Era una carretera poco transitada, de cuatro carriles, que atravesaba lo más recóndito de Alabama hasta llegar a mi pedacito de esa nulidad. Me permitía conducir en un estado que se parecía un poco a la primera fase del sueño, en el que las imágenes se forman y se desplazan.

Quería pensar en cualquier cosa menos en la salud de Birchie. Estaba muy enfadada conmigo misma y muy preocupada, y no podía saber la verdadera gravedad del asunto hasta que llegara allí. Mantuve el foco en esa primera imagen de Violence, intentando visualizar cómo había llegado hasta ahí para escribir la precuela. Todavía no la había empezado.

Estaba acostumbrada a trabajos creativos que tenían plazo de entrega, pero siempre eran colaborativos, como parte de un equipo. Además, mis equipos tenían acceso a historias muy elaboradas y mundos complejos que ya habían sido inventados por otros años atrás.

V in V era diferente. Era la primera y única cosa en la que había trabajado que era totalmente mía.

Tenía que recordar cómo se trabajaba sola. Mientras gestaba a un humano que todavía era secreto, también sola. Mientras averiguaba qué había pasado con Birchie y decidía qué hacer al respecto. Mientras apoyaba a Rachel en la distancia con su matrimonio que se derrumbaba, lo cual era como intentar acariciar a un gato que no quiere que lo toquen y que además está a tres estados de distancia.

De cualquier forma, tenía que intentarlo. Era la única persona en el planeta que sabía que Rachel estaba pasándolo mal. Excepto Lavender, claro. Que apenas me hablaba. Era como un ovillo de tristeza rubia sentada a mi lado, mirando hacia la ventana. Desde que la había ido a buscar (a ella y a su ridículo set de equipaje de tres piezas de Louis Vuitton) a casa de Rachel aquella mañana, solo había asentido con desdén, encogido los hombros y respondido con monosílabos.

Era tan pequeña que dudé sobre si debería sentarse delante, aunque ella no preguntó. Se sentó ahí directamente, y Rachel no dijo nada. Lavender ya iba a pasar a su segundo curso de secundaria y Rachel ya no podía usar el argumento de «Tienes que pesar al menos cuarenta y cinco kilos». Había nacido tan prematuramente que quizá nunca llegaría a pesarlos. Dios mío, si teníamos un accidente, incluso el airbag podría matarla. Su cabeza era del tamaño de un melón pequeño, y sus manos parecían las de una muñequita, entrelazadas bajo sus recién aparecidos pechos, que presionaban la camiseta.

–Me alegra que vengas conmigo –le dije, y no era del todo mentira. Era agradable viajar con Lavender porque le gustaban los mangas y *Magic: The Gathering*, y podía usar palabras como «Whedonverso» correctamente en una frase. Lo compensé diciendo una verdad–: Y a veces está bien alejarse de casa un tiempo.

–A Maya la llevaron a París –contestó Lavender

Era la frase más larga que había dicho en todo el día.

–¿Preferirías estar en París? Yo también, cielo.

La verdad es que comer merengues y *macaroons* y pasearme por el Louvre con mi (normalmente) adorable sobrina sonaba genial. En ese universo Birchie estaba sana y salva, e iba con la señora Wattie a la frutería a pellizcar los tomates para ver si estaban buenos.

–Es que no quiero estar en Alabama –dijo Lavender–. La abuela de Maya se la llevó dos semanas, y cuando volvió a casa estaba ya todo hecho.

–¿El qué? –pregunté, y me arrepentí nada más formular esa pregunta tan estúpida.

–Lo del divorcio –respondió, mirando hacia el enorme montón de *kudzu* que estábamos sobrepasando a su derecha–. Maya se bajó del avión y solo su madre fue a recogerla. Su padre estaba esperándolas en la heladería. Le compraron un helado de triple chocolate, aunque su madre siempre esté diciéndole que el azúcar es malísimo. Y ya le había hecho una maleta con la mitad de sus cosas para que las tuviera en el cuarto de su padre, que ya se había mudado a otro piso. Era como: «Mira, esto es lo que hay. Tienes que vivir con ello, y toma este helado porque nos pensamos que tienes cinco años, o que eres tonta». Ahora le han salido un millón de granos porque él le deja comer lo que quiera los findes para molestar a su exmujer. Su madre nunca está en casa porque siempre está teniendo citas con cualquier tío raro de Tinder, lo cual da mucho asco, y la novia de su padre se ha mudado a su casa y tiene veintiséis años, lo cual es aún más asqueroso. Maya ya ha probado los porros y se ha teñido el pelo de verde, y odia a todo el mundo. Ya ni siquiera somos amigas, porque queda con los porretas.

Lo más triste de todo era el tono tan monótono con el que lo dijo. Como si fuera algo normal y ahora le tocara a ella. Hasta entonces siempre había estado protegida; no sabía que había personas que crecían coleccionando golpes y moratones. Odiaba ser testigo de su primer golpe, odiaba escuchar cómo su fe se rompía.

–Lavender, a ti no te va a pasar eso. –No podía evitar su dolor, pero no iba a dejar que la destrozara. No si podía evitarlo.

–¿No voy a fumar porros y a tener granos? –dijo ella–¿O mamá y papá no se van a divorciar?

Lavender sabía la respuesta a la segunda pregunta mejor que yo. Tampoco es que esperara oír mi respuesta. Se giró hacia la ventana y se puso los auriculares, y empezó a escuchar música tan alta que hasta podía oír cómo resonaba la voz de un cantante de pop lamentándose sobre el amor con un falsete. Tomé aire y volví a centrarme en Violence, que estaba suspendida a medio salto sobre los rascacielos.

Mira hacia abajo, con esa mueca salvaje. Solo hay una palabra en toda la primera página, escrita dentro de un pequeño rectángulo blanco para indicar que es un pensamiento de Violence, no un diálogo.

«Hola».

Ha visto a Violet trotando por el estrecho y sucio callejón bajo sus pies. En el segundo panel (y en todos los paneles en los que se ve a Violet a través de los ojos de Violence) sus pasos dejan un rastro de flores, plantas, mariposas y conejitos bebé. Me resultaba un poco vergonzoso pensar en lo precioso y puro que es el avatar de mí misma que creé. Violence, que ha aterrizado en un techo, la mira y piensa: «Eres un rayo de luz en este oscuro y sucio lugar».

En la siguiente página aparecen unas formas de entre las sombras y se convierten en una pandilla que sigue a Violet. Bueno, era joven y estaba lo suficientemente dolida como para convertir a un triste y egoísta J. J. en una manada de chicos malvados propensos al caos. Violence, al ver que siguen por un callejón a la personificación de mi propia inocencia, piensa: «Como cualquier luz en la oscuridad, atraes a lo que te rodea».

Sigue al grupo, deslizándose por los tejados.

Los chicos de las sombras llaman a Violet. Ella acelera el paso, buscando una forma de volver a una calle transitada o a una tienda abierta. Pero ha ido por la dirección equivocada. La calle no tiene salida y los chicos la rodean, bloqueando gran parte de su luz. Coge el bolso y lo deja frente a ellos. Como si quisieran algo tan simple, tan fácil de robar como un bolso. Sus ojos están llenos de lágrimas que aún no se han derramado. Nada se ha derramado aún.

Violence observa desde su elevada posición, y a través de sus ojos los chicos están jorobados y tienen un gran hocico, como si fueran hienas más que humanos. Empieza a bajar por el muro tras ellos.

«Tu luz ha llamado a estos niños feroces. Y a algo peor…».

Uno de los chicos tira el bolso al suelo, y otro le quita a Violet el sombrero. Un tercero la agarra del hombro, rompiendo el tirante de su vestido con un chasquido.

«Tu luz me ha llamado a mí».

Violet se cae de rodillas. Mientras se cubre los ojos con las manos, Violence aparece tras ellos. El traqueteo de los largos cuchillos que está desenvainando llama su atención. Y después, empieza la carnicería, porque eso es lo que trae Violence. Ella destroza, muerde y rebana, convirtiendo a los chicos malos en montones de huesos y pedacitos.

«Vive, fragmento de luz. Vive para darme calor».

Mientras vuelve a trepar rápidamente por el muro del callejón, echa una última ojeada atrás. Violet está de rodillas en ese matadero recién creado, cubriéndose los ojos con las manos; no ve, pero puede ser vista. Los conejos bebé se enconden entre su falda. Su vestido parece un test de Rorschach rojo y amarillo. Un pajarillo se apoya en su hombro y sujeta el tirante roto del vestido para mantenerla cubierta.

Cuando Violet se destapa los ojos, Violence ya se ha ido. Pero no del todo. Sus colores, su sombra y sus formas rondan por los márgenes del panel hasta la próxima vez que Violet se sumerja en el peligro.

Pasé las páginas en la cabeza hasta llegar al principio. Ahí Violence dice que la luz de Violet la ha llamado. ¿Y si estaba mintiendo? ¿o si simplemente estaba equivocada? ¿Sabía Violence su propia historia? Era una pregunta interesante, y sentí una pequeña chispa. La chispa de una historia que empieza. Y si…

–¿Has comido mucho o estás embarazada? –preguntó Lavender, sacándome del callejón oscuro y llevándome bruscamente al coche de alquiler.

Estaba tan sorprendida que me giré hacia ella y giré el volante hacia un lado. Los neumáticos golpearon la franja rugosa del arcén de la autopista, y me di cuenta de que había estado todo el tiempo conduciendo con una sola mano. La otra se había movido por su cuenta, dado su nuevo estatus de mano de madre, hacia la curva de mi barriga. Acariciaba a Digby, creciendo poco a poco frente a mí en su pequeño marsupio.

Tuve que mirar hacia delante y coger el volante con las dos manos para recolocar el coche en la ruta, pero antes de eso vi que Lavender estaba tan sorprendida como yo.

—Dios mío, ¿lo estás? —dijo, casi gritando. Se quitó los auriculares—. Estaba bromeando.

Empecé a sentir la cara caliente. Quería decir «¡Ja, ja, tienes razón, me estoy acariciando el abdomen estrictamente por razones relacionadas con sándwiches picantes!». Pero ya estaba de dieciséis semanas. En más o menos un mes, Digby diría la verdad por mí. Además, siempre había respetado la norma de no decirle mentiras a Lavender. Era una de las razones por las que éramos tan cercanas.

—¿De verdad estás embarazada? —preguntó de nuevo, insistente.

—Un poco —dije.

Me arriesgaba a recibir una miradita de reojo por su parte, pero, para mi sorpresa, cerró los puños sobre el regazo y se le acumularon lágrimas de enfado en los ojos.

—Nadie me cuenta nada —dijo—. Los adultos hacéis lo que os da la gana. Hacéis lo que queréis en secreto. Nunca me enteró de las cosas importantes a no ser que las descubra por accidente.

—Oh, cielo —dije suavemente, porque aquello no iba sobre mí, ni mucho menos sobre Digby. En absoluto—. No sé qué está pasando con tus padres, pero sé que los dos te quieren. —Resopló al escuchar eso, y le pregunté—: ¿Quieres hablar de ello?

Quería saber qué es lo que sabía. El domingo por la tarde Rachel subió las escaleras y llevó a Lavender a su habitación. Bajó media hora después, pero yo estaba al teléfono con Birchie.

Para entonces ya había escuchado y leído los suficientes testimonios de testigos de la Fiesta del Pescado Frito como para estar convencida de que tenía que bajar a Birchville lo antes posible. Llamé directamente a mi abuela para avisarla de que iba a ir. Mientras Rachel se sentaba en las ruinas de su salón, encendiendo tranquilamente el portátil, yo hablaba ante los suaves «mmm-hm» de Birchie y el palpable silencio de Wattie.

—Estaré por allí el martes, como muy tarde.

Estaba empezando a odiar el altavoz. Sentía que mis palabras perdían fuerza al llegar al otro lado, como si estuvieran cayendo en un resonante agujero negro en vez de en un salón elegante con cortinas de damasco y sofás victorianos de dos plazas.

—No hace falta tanto lío —dijo Birchie.

—Estamos bien por aquí, Leia —añadió Wattie, lo cual era una trola tan descarada que me dejó sin aire por un momento.

—Me alegra oír que estáis bien, Wattie —dije, con tono cortante.

Birchie nunca habría sido capaz de esconder por tanto tiempo que la mente se le estaba deteriorando sin la ayuda de Wattie. Y las dos tenían un tono truculento, desdeñoso y sin un ápice de lamentación, como si fueran unas traviesas niñas que habían escondido el chocolate.

—¿Estáis las dos bien?

—Bueno, la verdad es que Wattie ha estado con molestias en las rodillas —respondió Birchie con tono tranquilo.

No sabía ni cómo responder. Quizá estaba tan inmersa en las profundidades de su mente que se había olvidado ya de lo que había pasado. Quizá estaba manteniendo la discreción de señora sureña elegante respecto al último desagradable accidente que había protagonizado en la Iglesia. Tenía que verla para saberlo.

En cuanto se terminó la llamada, llamé a mis padres. Rachel levantó la mirada de los vuelos y coches de alquiler que estaba buscando para mí en cuanto me oyó decir «Hola, mamá», pausando para escuchar mi parte de la conversación.

—Es demasiado para ti sola —dijo mamá cuando le conté todo—. ¿Crees que debería ir contigo?

–No –contesté al instante.

Mi madre siempre tenía la necesidad de hacer lo correcto y lo que se esperaba de ella, pero su presencia solo iba a hacerlo todo más difícil. Ella y Birchie no tenían relación desde que mamá se volvió a casar. Birchie no se negó a la unión; mi padre había muerto hacía ya tres años. El problema fue que mamá quería cambiarme el apellido y que Keith me adoptara. Pensó que me sentiría un bicho raro si seguía siendo Leia Birch Briggs mientras que ella cambiaba a Clara Simpson. Birchie se enfrentó a ella, lo que causó un distanciamiento permanente entre las dos. Después de eso, cuando mamá me llevaba a Birchville en verano, no se quedaba, como hacía cuando era un bebé.

Ya de adulta, agradecía que Birchie hubiera ganado. Mi apellido daba igual, porque habría sido un bicho raro igualmente; una friki de metro y medio con la piel pálida de los Briggs y el cabello oscuro y ojos azul claro de los Birch. Mi madre, alta y delgada, parecía que venía en el mismo pack que Keith y Rachel. Todos eran altos, con piel del color de la miel y delgados, y ninguno de ellos había visto jamás un solo capítulo de *Xena*.

–Yo me encargo, mamá –le dije. La enfermedad de mi abuela era un asunto de los Birch, y mi madre no pintaba nada ahí–. De todos modos, Rachel me está ayudando a reservar...

Mi hermanastra se levantó inmediatamente, agitando las manos para llamar mi atención y negando con la cabeza.

Dejé de hablar, desconcertada, y mamá dijo:

–¿Rachel? ¿No estaba mala del estómago? –recordé que Rachel había cancelado la comida.

–Sí, pero la he llamado igualmente. Ya la conoces, seguro que está buscando vuelos desde el suelo del baño.

Mi hermanastra levantó el pulgar en señal de aprobación y se volvió a sentar frente al portátil. Colgué el teléfono y pensé en lo raro que era estar del mismo lado que Rachel. Ninguna de las dos estaba preparada para contar sus importantes noticias familiares a nuestros padres, pero yo sabía lo de Jake, y ella no sabía lo de Digby. Era como si nos hubiésemos intercambiado los roles. Mientras me dirigía hacia ella, pensando en animarla a pedir ayuda a Keith y a mamá, vi que metía un segundo vuelo de ida en la cesta de la web de la aerolínea. Estaba a nombre de Lavender Marie Jacoby.

—Ni de coña —dije, pero me interrumpió.

—Leia, vas a tener mucho trabajo. Te vendrá bien una ayudante —dijo, como si estuviera haciéndome un favor—. Además, ¡seguro que Lavender se divierte también en ese viejo ático lleno de muebles, cartas y ropa! Ay, la ropa… Siempre me ponía celosa cuando veía tus fotos del verano jugando a disfrazarte con faldas de *flapper* y de caniche, polisones y ese vestido de novia…

—Sí, cuando tenía nueve años —dije.

Cuando cumplí la edad de Lavender, el ático solo me parecía un lugar perfecto para que me diera un golpe de calor y me picaran arañas. Echaba tanto de menos la Super Nintendo de J. J. que Birchie fue hasta Montgomery para comprarme una y asegurarse de que me quedara todo el mes de julio. Rachel pasó los veranos de la adolescencia en Myrtle Beach, poniéndose más rubia y morena con su bikini y besando con decoro a todos los chicos monos de Carolina del Sur.

—Ninguna adolescente de trece años sueña con pasar las vacaciones en Birchville, Alabama. Y, además, tengo que centrarme en Birchie.

—Exacto —Rachel asintió—. Pero también tendrás que decidir qué cosas guardas y cuáles vas a donar, y eso se te da fatal.

—No sé si voy a hacer eso —empecé, pero ella me interrumpió.

—Sí, lo vas a hacer. —Mientras hablaba, seguía escribiendo la fecha de nacimiento y dirección postal de Lavender en la web, como si ya estuviera decidido—. Lo siento, pero sí. Tienes que traer aquí a Birchie, a una residencia. Ya lo has pospuesto más de lo que debías. Necesita más cuidados de los que pueden darle en un lugar recóndito de Alabama.

—Puede ser, pero ella tendrá su propia opinión —dije, subestimando enormemente a mi abuela, tanto que me sorprendió que mis palabras no se me atascaran y me asfixiaran antes de llegar a la boca.

–Tienes que ser firme. Llega un momento en el que hay que hacerse cargo de las cosas, y con tu abuela ese momento llegó hace años.

Estaba escogiendo dos asientos contiguos en el diagrama del avión. De primera clase, lo cual me pareció ridículo. Cien pavos extra por una toalla caliente, un poco de espacio para las piernas y cócteles gratis que Digby no me permitía beber.

–Lavender te ayudará. Es una organizadora nata.

Era cierto; el legado genético de Rachel era visible en las estanterías organizadas alfabéticamente por autor y los cajones de jerséis ordenados por colores de Lavender. Pero mi hermanastra nunca había visto la ancestral casa Birch en persona. Había ciento cincuenta años de historia ahí dentro, la mayoría de ellos en forma de basura que se había acumulado en el ático. A cuatro hombres fuertes les haría falta una semana para poder hacer tan solo algo de hueco ahí. Lavender no me sería mucho más útil que el Sargento Rayas, el gato salvaje que vivía en mi patio trasero. Se lo empecé a decir, pero Rachel me cortó.

–Así tendré tiempo para buscar algún lugar para Birchie aquí. Las mejores residencias tienen listas de espera larguísimas, como ya sabrás, pero puedo meterla donde ella quiera. En todas partes hay gente que me debe favores

Creo que todavía veía la negación en mi cara, porque dejó de teclear, miró hacia mí y añadió:

–Por favor, Leia. Necesito un poco de tiempo para pensar ahora mismo. ¿Por favor?

Con eso consiguió que dejara de rechistar. Estaba pidiéndome ayuda. Algo sin precedentes, aunque ella llevara treinta y cinco años imponiendo su incontenible ayuda sobre mí. Incluso en preescolar, ella me «ayudaba» a colorear. Uno de mis primeros recuerdos era Rachel ceceando, diciendo: «Las perzonaz no son verdez, las perzonaz son azí», mientras me quitaba una pintura de color verde lima de la mano para sustituirla por una de color melocotón.

Como adulta, me había ayudado a elegir todo, desde coches a árboles de Navidad o brillos de labios. Me había obligado a sobrevivir después de lo que me hizo J. J., aunque ella ni siquiera supiera lo que había pasado. Él estaba socialmente muy por debajo de ella, tanto que apenas notaba su presencia, y mucho menos su ausencia. Lo único que sabía era que había dejado de comer y de lavarme el pelo. Incluso había dejado mis cómics de Wonder Woman amontonados y sin leer. Rachel dio un paso adelante y me dijo que si no salía de la cama me iba a pudrir. Me llevó obligada a un restaurante con sus amigos y me arrastró a ver a su novio del momento jugar a sus cosas de balones y deportes. Cuando me veía con expresión vacía en estos eventos, cambiaba de táctica y sufría viendo conmigo *Men in Black* y *El quinto elemento* o incluso acudiendo a una pequeña convención local de Star Trek, intentando cualquier cosa para despertar mi interés. Incluso me sacó mi paleta de colores, porque, según ella, ir a la universidad requería un cambio de *look*, así que cogió la visa de Keith y me compró un montón de bufandas de colores primaverales para compensar con mi escueto armario de invierno.

–Tienes que ponerte algo rosa o turquesa alrededor del rostro –me decía, lo cual me enfadaba porque estaba claro que, si con esos colores chillones no parecía más fresca y no tenía la mirada más luminosa, apaga y vámonos.

Por lo menos no parecía estar tan demacrada. Veinte años después seguía llevando una llamativa bufanda de los colores correctos en el cuello, convirtiendo así mi uniforme habitual (camiseta negra, pantalones de campana y Converse) en un verdadero modelito. Sus buenas intenciones y lo mucho que confiaba en su propio criterio hacían que su ayuda fuera irritante y a la vez imposible de rechazar.

¿Y qué había hecho yo para compensárselo? Nada. Nunca dejaba que nadie la ayudara. Incluso en las pocas ocasiones en las que dejaba que un virus pasara por su barrera de vitaminas, Rachel tenía el congelador listo con sopa de pollo casera congelada hecha con caldo de huesos orgánico y cualquiera de esas verduras que tienen más antioxidantes.

—Bueno, no hay problema con que busques sitios para Birchie, pero deben tener unidades con dos habitaciones. Wattie y Birchie querrán seguir juntas. Les tengo que dar la opción —le dije, sacando mi tarjeta American Express. Rachel ya estaba en la ventana de pago—. Coge billetes en turista. Esos asientos son lo suficientemente grandes para que entren dos Lavenders.

Ella dudó, mirándome el culo, que había crecido por Digby. Siempre se daba cuenta de cuando ganaba un par de kilos y me regalaba cestas de fruta y entradas a clases de yoga hasta que me entraran los vaqueros de nuevo. Fue a por el bolso, y también conocía ese movimiento suyo: iba a pagar con su tarjeta de crédito para colocarme donde ella quisiera.

—¿Quieres que me lleve a Lav o no? —le pregunté.

—Está bien, te pongo en tercera clase —cedió, e incluso utilizó mi tarjeta.

Y ahí estábamos Lavender y yo, ambas bajo distintos tipos de coacción de Rachel, y yo sin la menor idea de lo que había pasado entre sus padres.

—No quiero hablar sobre ello —dijo Lavender—. Nadie me cuenta nada nunca, ¿así que por qué tendría que hablar contigo? Eres igual que ellos, vas por ahí con un embarazo secreto y yo soy la última en enterarse, o la que nunca se entera.

Estaba tan enfadada, se sentía tan impotente ante lo que estaba pasando con su familia que le temblaban las manos.

—Lav —le dije suavemente—no eres la última en enterarte, ¿vale? Eres la primera. Sin contar a los médicos, no le he dicho a nadie que estoy embarazada.

Hubo una pausa, y después preguntó:

—¿Los abuelos no lo saben? —Negué con la cabeza—. ¿Mamá no lo sabe?

—No. Y me gustaría contárselo yo a todos a mi ritmo, si no te importa –dije, mirándola a los ojos para que entendiera que lo decía muy en serio.

Ella asintió solemnemente y volví a dirigir la mirada a la carretera. Tras un minuto, Lavender preguntó:

–¿Y dónde está el padre? ¿El padre del bebé? ¿Lo sabe? –Estaba más tranquila, lo cual era bueno, pero vaya pregunta más complicada.

En vez de responder directamente, le dije:

–El padre no va a estar involucrado.

–¿Pero lo sabe? –preguntó Lavender, tan insistente como su madre.

Negué con la cabeza, deseando poder tener trece años y decir «No quiero hablar sobre ello». No quería explicarle a una preadolescente que no había dado ni su primer beso mis cuestionables decisiones sexuales de cuando estaba borracha. Pude sentir la repentina presencia de Rachel en el coche, pidiéndome que fuera con mucho cuidado. Lavender me admiraba. No ayudaba el hecho de que estuviera hasta arriba de estrógeno y acabara de ver a su padre irse de casa con una bolsa del supermercado llena de mudas y calcetines. Hormonas y problemas parentales, la clásica fórmula para hacer que las chicas corran a los brazos de los tíos demasiado pronto.

–¿Qué te ha contado tu madre sobre el sexo? –tanteé.

–Dios mío, absolutamente nada –Lavender se sonrojó–. O sea, me dio un libro sobre ello. Y me dijo que no lo tuviera.

–Pues eso es un gran consejo –le dije–. La reproducción funciona, Lav. Basta con una sola vez, y te puede pasar hasta cuando crees que estás teniendo cuidado.

–¿O sea que fuiste a una sola cita? –preguntó Lavender.

–No –dije–, no fue nada de eso.

–¿Y qué fue?

Fue una no-cita, de hecho, y no me acordaba ni de su nombre real. Batman apareció de repente en mi mente, con esa sonrisa traviesa bajo la capucha y esos brazos tan sorprendentemente musculados (yo pensaba que esa definición era solo del disfraz), y pensé en contestar: «Algo muy muy *sexy*». El pensamiento vino tan rápido que ya me encontraba diciéndolo. En el último segundo reemplacé la última palabra:

—Algo muy muy estúpido.

Ni siquiera crucé los dedos en el volante. No estaba mintiendo. Fue estúpido. Pero, aun así, no podía evitar recordar que también fue muy *sexy*.

—Quiero saber lo que pasó —insistió Lavender.

Nada en esa historia era particularmente apropiado para una niña de trece años, pero a veces el mundo no lo es. Las niñas de trece años tienen que vivir en él sin que les mientan. Aun así, el espíritu de Rachel era prácticamente una fuerza sobre mí; se podía ser honesta, y se podía ser demasiado honesta. Si no mentía, Rachel esperaba que al menos le diera una lección.

—Estaba en la FanCon de Atlanta y había tenido un día horrible. Así que fui al bar, lo cual fue una mala idea, y se me acercó un tío y me invitó a una copa.

—¿Cómo se llamaba? —preguntó Lavender.

—No importa —dije.

—¿Y cómo era? —quiso saber, lo cual no era para nada relevante.

—No sé. Iba vestido de Batman —contesté—. Así que…

—¿Batman? —interrumpió ella, y después resopló, casi riendo—. ¡A ti te encanta Batman! ¿Era un Batman mono?

—No lo sé, y no importa —repetí, pero su mirada me indicó que, para ella, sí que importaba. Bueno, al menos era una pregunta que podía responder—. Tendría mi edad, más o menos, y era afroamericano. Tenía la voz gra…—

—¿Era negro? ¿Vas a tener un bebé negro? —Lavender volvió a interrumpirme.

—Bueno, el bebé también es mío. Será birracial, así que no sé cómo será ni qué pensará él de sí mismo.

Se quedó mirándome en silencio, con los ojos como platos.

—¿Qué pasa?

—Caray, tía Leia. Eres… muy guay.

Rachel me iba a asesinar.

—No, no soy guay —dije—. Soy una irresponsable, y dejo que mis sentimientos me lleven a tomar malas decisiones. Que sepas que no me hizo sentir mejor. —Eso no era totalmente cierto, pero la mañana siguiente estuve con resaca, así que sí tenía parte de verdad.

—Podría haber sido un violador o un psicópata acosador, y yo me lo llevé a mi habitación. Podría haber tenido alguna enfermedad. Me tuve que hacer pruebas de un montón de mierdas y fue muy vergonzoso, y todavía me tengo que hacer otra prueba de VIH en un par de meses, para asegurarme. Se me fue la olla y, aunque voy a querer mucho al bebé, no me malinterpretes…, va a crecer sin padre, Lav.

Lo último le tocó de cerca. Quizá demasiado. Miró hacia otro lado, tragando saliva.

—Eso va a ser un asco. Lo de no tener padre —dijo ella, y yo no estaba segura de si se refería al bebé o a ella misma. O quizá a los dos.

Retrocedí, eligiendo otra lección moral.

—Cuando bebes mucho, tomas decisiones que no tomarías cuando estás sobria.

Ella puso los ojos en blanco, aceptando que había cambiado el tema de la conversación.

—Nos lo dijeron en el cole.

—Bueno, pues te lo digo otra vez —me defendí—. Es fácil pasarse con la bebida, sobre todo si no estás acostumbrada.

Lavender asintió, muy solemne.

—O sea que dices que debería empezar a beber lo antes posible para acostumbrarme, ¿no?

Lo dijo tan seriamente que me llevó un segundo darme cuenta de que me estaba vacilando. Sonreí, aliviada al ver que la niña astuta que conocía seguía ahí, bajo la tristeza.

—Exacto. En Birchville está prohibido, pero, si no, pararía para comprarte un biberón de burbon. —Giré hacia Main Street—. Mira, ya casi estamos.

Mi sobrina hizo una mueca, como si estuviera oliendo algo asqueroso.

–¿Esto es Birchville?

Más adelante se veía la farmacia Walgreens y el Subway frente a la gasolinera Tiger Gas, un guiño a la ciudad de Auburn. Los fans del Alabama echaban gasolina en la gasolinera Shell.

–Son las afueras –expliqué–. Llegaremos al centro tras este cruce.

Se enderezó en el asiento, mirando a su alrededor mientras pasábamos por el supermercado Piggly Wiggly, que compartía aparcamiento con el videoclub Movie Town.

–¿Qué es ese sitio?

–Es para alquilar DVD. También tienen un solárium en la parte de atrás –dije. Entrar en Birchville era un poco como transportarse treinta años atrás, con sus calles llenas de colores y señales que parecían recién salidas del 1987.

–Qué cosa más rara. –Esa señora de la esquina nos está saludando.

Dot Foster, una dulce señora mayor que dirigía el ministerio de Rezos y Tejidos en la Iglesia, se había fijado en el coche de alquiler. Le saludé de vuelta, y ella se apresuró hacia la casa de Lois Gainey. Era cuestión de minutos que todo el pueblo se enterara de que había llegado acompañada de una adolescente desconocida. Si nadie se acordaba de que tenía una sobrina, contratarían a alguien que intentara averiguar de dónde venía Lavender. En ese aspecto, entrar en Birchville era más como retroceder ciento treinta años, hasta el 1887.

Me detuve en uno de los tres semáforos, observando cómo Lavender analizaba el pueblo.

Era más que superguapa; era preciosa, y la verdadera belleza siempre viene acompañada de una sana chispa de rareza. Parte de ello se debía a que era tan pequeña. Cuando estaba en la incubadora parecía una manzanita morada y arrugada con un par de palitos pegados, y todo lo que había bajo su cuello se reducía a unos huesos de pajarillo para protegerle el cerebro.

El cuerpo no se le había desarrollado del todo todavía. Tenía la misma estatura que yo, pero ella era proporcional a su altura, por lo que en las fotos en las que aparecía sola se la veía larguirucha y alta. Su rostro era más ancho que largo, con enormes ojos hundidos y pómulos perfectamente esculpidos. La nariz era pequeña y afilada, y la boca era ancha. Su cuerpo había cambiado también; aunque fuera pequeña, no parecía una niña. Deseaba que no se diera cuenta de lo espectacular que era hasta que tuviera veinticinco años y ya no pudiera dejar que eso la arruinara.

Ya estábamos en la plaza, desde la que se veía el chapitel de la Primera Iglesia Bautista. Al otro lado había un parque con bancos y fuentes que compartía espacio con la biblioteca. A los lados se encontraban varias tiendas en fila: la mercería Knittery, la peluquería Sally's Hair Emporium, la librería Read-Over de libros nuevos y usados, la pastelería Cupcake Heaven y el salón de manicura Pinky Fingers.

La propia Iglesia ocupaba gran parte del cuarto lado, y el centro constaba de terrenos que formaban parte de ella y un pequeño y antiguo cementerio. La mayoría de casas alrededor de la plaza eran edificios victorianos que se habían convertido en oficinas y tiendas. Unas pocas todavía eran residencias cuyos propietarios eran herederos y parientes de las familias más antiguas.

–Esa es la casa de Birchie –anuncié mientras girábamos por la última esquina, pero los ojos de Lavender se habían quedado fijos en la casa victoriana azul claro que se encontraba a dos puertas de la de mi abuela. Los dos hijos adolescentes de Frank Darian estaban sentados con aire triste en los escalones del porche.

Frank o Jeannie Anne debieron haberlos recogido del campamento antes de tiempo. ¿Existía una tendencia parental a trasladar a los hijos entre estados cuando el matrimonio estaba en crisis? O quizá ellos mismos habían pedido volver a casa. La mayoría de los miembros del grupo de jóvenes de la Iglesia estaban en la Fiesta del Pescado Frito, así que no cabía duda de que Hugh y Jeffrey Darian habrían tenido su dosis de mensajes y correos explícitos y detallados.

Me pregunté quién estaría en casa con ellos. Tradicionalmente, cuando un matrimonio se rompe en los pueblos pequeños del sur, la casa se la queda la mujer. Pero que los maridos fuesen los que engañaban a sus mujeres era lo más habitual, y además el despacho de abogados de Frank estaba en la primera planta. Estaba dispuesta a apostar que Jeannie Anne era quien se había marchado.

—Qué monos —dijo Lavender, aún observando a los chicos. Los dos se giraron.

Eso de hacer comentarios sobre chicos en alto era nuevo. Quizá venía en pack junto a las curvas que le habían salido hacía poco.

—La casa de Birchie es esa, la victoriana con el porche con varias entradas. ¿Ves la torrecilla? —le indiqué—. La habitación circular de la segunda planta tiene un sofá cama y una estantería curva. Cuando era pequeña la llamaba «la habitación de la princesa». Puedes dormir ahí si quieres.

—Guay —dijo tras echar un vistazo, aunque después volvió a dirigir la mirada hacia los chicos. Sentí una punzada de tristeza. La habitación de la princesa le habría hecho ilusión a la Lavender del verano pasado, una niña de doce años segura de sí misma y todavía sin curvas, con padres que aún se querían. Pero la niña que estaba allí ese verano tenía trece años, estaba bañada en hormonas y tenía el corazón roto.

Aparcamos en la entrada. La señora Wattie esperaba en el confortable columpio del porche, meciéndose lentamente con los pies contra el suelo. Su cabello era tan corto que no se veía afectado por el movimiento. Se levantó y salió al sol. A medida que bajaba las escaleras, sus cortos rizos parecían cada vez más plateados. Birchie estaba debajo, en el jardín, con el enorme sombrero de jardinería. Estaba arrodillada frente a uno de los parterres, plantando algo y echando tierra encima con una pequeña pala. Se enderezó cuando Wattie levantó la mano y después se puso de pie lentamente, pero no saludó. Se quedó mirando el coche de alquiler, aún con la pala en una mano y las semillas en la otra, inexpresiva.

–Voy a ir sacando las maletas, después voy a conocerlas –dijo Lavender–. Ve a saludarlas.

–¿Estás segura? –pregunté, y ella hizo el gesto de sacar músculo con el brazo. Me sorprendió ver la fibrosa definición que tenía en los bíceps.

–Soy bastante fuerte –me dijo, haciéndome sonreír. Le di las llaves.

Mientras me hacía camino hacia las escaleras del porche, Birchie se sorprendió y sus ojos inexpresivos finalmente se fijaron en mí. Pestañeó con rapidez, anonadada, y me dio un vuelco el corazón. Venía para ver cómo de mal estaba, y nada más llegar me di cuenta: estaba mal. No me reconocía.

–¿Birchie? –tanteé.

Ella pestañeó de nuevo dos veces, confundida, y dijo:

–Ay, no, creo que no he comprado el pavo. Wattie, ¿hemos comprado el pavo?

Tuve que aguantarme las lágrimas como pude. Estábamos a treinta grados y Birchie estaba rodeada de coloridas gardenias de verano, pero el verme la había transportado de repente a Acción de Gracias.

–El súper nos ha traído todo lo necesario –le respondió Wattie, viniendo a abrazarme.

Birchie se agachó para dejar la pala en el cubo de herramientas. Tiró las semillas por ahí y aterrizaron justo en la porción de tierra labrada. Eran unas pequeñas bolitas de un color naranja artificial. Parecía como si Birchie estuviera plantando caramelos, quizá Tic Tacs. Le di un beso en la mejilla a Wattie y después fui a abrazar y besar a mi abuela, cerrando los ojos y abrazándola un poco demasiado fuerte. No sabía cómo empezar.

–Dios santo –se quejó Birchie–. Me vas a aplastar. Yo también me alegro de verte.

Cuando la solté por fin, Wattie se inclinó hacia ella para decirle algo sobre la cena al oído, tan suavemente que apenas pude oírlo. Birchie hizo como si Wattie no estuviera hablando, y comunicó la información haciendo como si ya la supiera de antes:

—Hoy tenemos codornices para cenar.

—Suena genial —dije con voz grave.

Mi Birchie plantaba caramelos y no me había reconocido. Todavía no estaba segura de que se hubiera dado cuenta de que estábamos en junio. Sentí crecer una burbuja de ira dentro de mí, ira por ver hasta qué punto habían llegado las cosas sin que yo lo supiera.

Digby empezó a dar vueltas como un molinillo dentro de mí, como si me estuviera recordando lo fácil que era no contar las cosas. Incluso las que eran importantes. Incluso a aquellos que más te quieren. Pero, aun así. Aun así, no pude evitar decirlo:

—Deberías habérmelo contado. —Mis palabras iban dirigidas a Wattie, pero ella solo miraba a mi abuela. Así que me dirigí a Birchie.

—Ni siquiera sé qué es, ¿es alzhéimer? ¿Y qué vais a…?

—No tengo alzhéimer —interrumpió mi abuela, que de repente parecía presente y ofendida—. Tengo… —Hizo una pausa y se inclinó hacia Wattie, que ya le estaba susurrando algo—. Me están creciendo cuerpos de Lewy en el cerebro, y eso no es alzhéimer.

—Cuerpos de Lewy —repetí.

—Es como el párkinson, pero los cuerpos de Lewy son depósitos hechos de proteínas. No son malignos, pero pueden crear problemas. Además ya ha tenido dos mininfartos, que no han ayudado —explicó Wattie. Era una bomba de información concreta que lanzó con un tono objetivo.

—Gracias, Wattie, muy breve y concisa —dije, más visiblemente enfadada. ¿Se pensaba que tres frases eran suficientes?—. No sé qué narices significa nada de eso.

Wattie no se enfadó.

–Significa que Birchie dice palabras aleatorias en sus días malos. Se cansa, se confunde y se enfada muy fácilmente. Ahora ha empezado a decir en alto y en público cosas que se deberían decir en privado, y ve animales donde no los hay.

–Conejos –comentó mi abuela–. Últimamente el pueblo está lleno de conejos. Haciendo cosas de conejos.

Señaló, irritada, el fondo de la calle. Miré y no había conejos. Solo estaba Lavender. El maletero del coche estaba abierto de par en par, pero el equipaje seguía ahí. Estaba en un bordillo hablando con los chicos Darian. Fantástico.

–El doctor Pettery le ha recetado Exelon y Sinemet –continuó Wattie. Esas palabras médicas tan formales sonaban raras viniendo de una boca tan familiar, como cuando yo intentaba usar el francés que aprendí en el instituto–. Le ayudan a dejar de temblar y evitar que se caiga. Le dijo que tomara aspirinas pediátricas para evitar un infarto mayor. Hay otra medicina que servía para la memoria y los conejos…

–¡Mira cómo copulan! –exclamó Birchie.

Wattie siguió hablando:

–Pero existe la probabilidad de que le empeore los temblores. Así que tendremos que vivir con esos sucios conejos, ¿no?

–Sé que esos conejos no están ahí en realidad –comentó–. Los de verdad se comportan mejor.

Sacudí la cabeza.

–Tendrías que haberme dicho que estaba enferma.

–Oh, cariño –dijo Wattie, compasiva y con un tono recriminatorio.

Los brillantes ojos de Birchie me miraban a mí, vivaces, activos y completamente suyos. Me dio unas palmaditas con las manos como si fuera un perro triste o un bebé.

–Oh, cariño –repitió, imitando el tono de Wattie–, no estoy enferma. Tan solo me estoy muriendo.

Después me tomó de la mano y, tras subir las escaleras, me llevó a casa.

Capítulo 5

–Ya sabes lo que tienes que hacer –anunció Rachel, con voz firme pero amable.

La tenía que llamar de todas maneras para avisarle de que habíamos llegado a salvo. Mientras hablaba con ella, le pedí que buscara «Cuerpos de Lewy» en Google. Yo ya lo había hecho. Me había sentado en el escritorio nada más quedarme sola en el cuarto y había encendido el viejo portátil que había traído para Lavender. Pero fue un error. Los datos aparecían en una fuente negra simple, solemnes ante el fondo blanco de la página web. Eran frases aterradoras que parecían subrayarse solas para llenarme el campo de visión. «Deterioro cognitivo». «Alucinaciones con animales o personas». «Ansiedad». «Demencia». Cuando llegué a «Avanza inevitablemente a la muerte», cerré de un golpe el ordenador con más fuerza de la necesaria. Y ahí fue cuando llamé a mi hermanastra.

–No he tomado ninguna decisión –le dije a Rachel, y mi voz sonó apagada. En realidad era mejor. Lavender estaba dando vueltas en la habitación de al lado, y el ruido que hacía al deshacer las maletas me recordó lo finas que eran las paredes. No quería que ni mi abuela ni Wattie me oyeran–. No he hablado con los médicos de Birchie todavía.

–Sé que sientes que te estás apresurando, pero no, cielo –contestó ella–No es por juzgar, pero llevas casi diez años preocupándote por la situación de Birchie y Wattie. Lo has dejado pasar, pero ahora tienes que declarar el estado de emergencia. Los cuerpos de Lewy son solo la punta del iceberg. Tienes que ser firme.

Aparté el portátil y cogí el cuaderno de bocetos. Tenía un

lápiz enganchado en la espiral y lo saqué. Muchas veces me ponía a garabatear cuando hablaba por teléfono, o cuando estaba estresada. El cuaderno estaba abierto por una página con un dibujo simple de Violence, saltando y con los cuchillos desenvainados. Dibujé una forma viscosa frente a ella, grande y abultada, mientras hablaba.

—Lo sé, Rachel pero es que es Birchie. Es tan... invencible.

Me parecía extraño que los mundanos principios y reglas de la vejez y el cuerpo se le aplicaran. Las normas nunca se habían aplicado a mi abuela; era una leyenda y provenía de otras leyendas. Su abuelo era el fundador del pueblo y su padre lo había mantenido a flote durante la Gran Depresión, y ella misma lo salvó también en 1957.

Ese verano Ellis Birch se marchó abruptamente a Charleston, sumido en una espiral de rumores que comentaban que la fortuna familiar estaba en peligro. Algunos decían que era por un malversador en su empresa de inversión, y otros comentaban que podía deberse a problemas en un banco extranjero, donde se rumoreaba que los Birch guardaban el dinero de los bloqueos marítimos.

—Estos Birch no diversifican —dijo Jelly Mack, con tal combinación de deleite mal disimulado y total ignorancia del significado de «diversificar» que la declaración se hizo famosa. Los habitantes más ancianos del pueblo aún la decían una y otra vez entre risas, aunque Jelly llevara ya veinte años muerto.

Pero en el momento no fue tan divertido. La mayoría de los empleos en Birchville estaban vinculados al capital de los Birch, y la familia era propietaria de casi toda la plaza. Los alquileres podían considerarse actos de caridad, porque mantenían la prosperidad del pueblo.

Ellis Birch murió por un fulminante ataque al corazón nada más llegar a Charleston, lo que intensificó aún más los rumores. El mundo se venía abajo y, por primera vez, la gente empezó a preguntarse: ¿qué hará Emily Birch? Tenía treinta años, era rechoncha y todavía no se había casado. Había tenido pretendientes cuando era más joven, pero ninguno era lo suficientemente bueno a los ojos orgullosos de Ellis. Los había disuadido, aunque eso era un eufemismo. A uno de los chicos Mack lo disuadió hasta llevarlo a las fronteras del estado.

De todos modos, Emily tampoco era considerada una anciana solterona. Su dinero y su nombre la mantenían al margen de los grupos de eternas optimistas que se sentaban a ver la vida pasar sentadas con sus tristes vestidos de color pastel en los eventos de la Iglesia. Pero ¿y si su dinero desapareciera? ¿Y si solo fuera una pobre señora de cierta edad, rechoncha y sin familia con la que hablar?

Los vecinos se agruparon frente a la gran casa victoriana con los ojos llorosos y llevando guisos, pero se encontraron a mi abuela haciendo las maletas, mordaz y con mirada severa, sin mostrar pena alguna. Al día siguiente se montó en un tren hacia la costa. La gente asumió que iba a traer el cuerpo de su padre al pueblo para enterrarlo en la cripta tras la Iglesia, y así sumergirse en una elegante vida de duelo y pobreza.

Pero la habían subestimado. Se quedó, y enterró a su padre en Charleston para poder terminar la misión de rescate fiscal que él había empezado. Fue a las reuniones que él había organizado con abogados y banqueros de inversiones, y no volvió a casa hasta que se aseguró de que tanto ella como el dinero de los Birch hubieran atravesado la tormenta.

¿Cómo iba la muerte a tocarla? Había mantenido un pueblo entero con vida y había visto casi cien años de historia, había sobrevivido a ser viuda joven y a la pérdida de su único hijo. La vejez no podía ser capaz de destruirla.

—¿Sabes lo que es un síncope? —preguntó Rachel

—¿Tiene que ver con esto? ¿Con los cuerpos de Lewy en el cerebro? —dudé. No conocía esa palabra, por lo que no debía haberla visto en la web.

—Sí, es como un desmayo. Un desmayo repentino. Está en la lista de problemas físicos que tiene o tendrá pronto. También salen los temblores, los mareos y la pérdida de equilibrio.

Del último me había dado cuenta. Ese ya estaba presente.

Bajo mi mano, a la forma viscosa frente a Violence le habían crecido unos largos brazos que terminaban en garras. Le dibujé el cuello, grueso y anexado a una tensa cabeza que tenía bultos en lugar de ojos. Le agregué también las fosas nasales, grandes y abiertas.

—No estoy diciendo que no tengas razón —dije—. Solo digo que es complicado.

—No lo es. Ahora te toca encargarte de ella. Piénsalo, ¿cuántos tramos de escaleras hay en esa casa? ¿Quieres que pase los pocos años que le quedan en tracción? ¿Sufriendo por el dolor de cadera? No se puede quedar ahí. Es muy sencillo si te haces las preguntas correctas.

Pensaba que quería la claridad de Rachel, pero era igual de severa y solemne que las letras en negrita de la web. Ella también avanzaba inevitablemente. Mi lápiz arañó el papel mientras sombreaba.

—¿Sigues ahí? —preguntó.

—Sí, pero es que no creo que los asuntos familiares se vuelvan más sencillos si te haces las preguntas correctas —me defendí. Después me aseguré de que no hubiera ni rastro de ironía en mi voz para decirle lo siguiente—: ¿Crees que las preguntas correctas podrían simplificar lo que ha pasado con Jake?

Ahora era mi hermanastra la que estaba en silencio. Empecé a dibujar un segundo monstruo viscoso sin ojos. «Violence versus los cuerpos de Lewy».

—Tienes razón —concedió Rachel, al fin, con voz tensa—. Pero prométeme que vas a estar bien atenta. Esas ancianitas te han estado mintiendo, y lo seguirán haciendo si les dejas. Y por cómo hablas, yo creo que quieres que lo hagan.

—Lo prometo, pero ¿cómo te va a ti? ¿sabes algo de Jake?

—No —dijo, repentinamente cortante—Tengo que empezar a preparar la cena.

Eso era su forma de decir «Métete en tus asuntos, Leia», porque sabía que solo iba a descongelar algo ya preparado.

Lav estaba conmigo, Jake, desaparecido, y ella nunca cocinaba si estaba sola.

Deshice la maleta y me di una ducha, tratando de arrastrar con el agua el cansancio del viaje y un poco del duelo e ira que tenía dentro. Mi hermanastra tenía razón, pero ¿tan malo era querer pasar una sola noche tranquila y en paz? Mientras me vestía me llegó el olor de las codornices asadas, deliciosas y especiadas, a través de las escaleras como si fuera un argumento sensorial para optar por la tregua. Birchie solía servirlas con rodajas gruesas de los primeros tomates del verano, cultivados en el jardín, y con su famoso pan de maíz. Para prepararlo guardaba la grasa del beicon en una lata de café junto a los fogones, y después ponía parte de esa grasa en una sartén de hierro fundido que metía en el horno. Preparaba la masa del pan mientras la grasa se calentaba hasta empezar a humear. El sonido chisporroteante de la masa cayendo sobre esa sartén fue la banda sonora de la cocina en mi juventud.

No sabía si mis ansias de paz provenían de un sentimiento de dulzura o de estar asustada. ¿Era una cobarde por disfrutar de una cena en compañía de mi sobrina favorita, mi única pariente Birch y mi querida Wattie? Estaba segura de que lo mejor era empezar a investigar y decidir al día siguiente.

Pero la voz de Rachel seguía en mi cabeza, preguntando: «¿Podrá Birchie preparar el pan de maíz? No tiene la receta escrita, ¿se acordará?». Quizá estaba quieta en la cocina, impasible mientras Wattie lo preparaba, como parte de su conspiración de ancianitas.

Estaba demasiado desanimada para más conversaciones, así que envié unos breves correos para actualizar a mamá, a Keith y a mi amiga Margot, que estaba dando de comer al gato de mi jardín. A las seis llamé a la puerta que unía mi cuarto con el de Lavender. Estaba tirada en el sofá cama, profundamente inmersa en los misterios de su móvil. No había armario en esa habitación, pero vi los pantalones cortos y las camisetas de mi sobrina organizadas por colores en las estanterías. En el suelo, colocados en fila, estaban sus cuatro pares de zapatos y sus botas de agua.

—A cenar —le dije, y ella se levantó y me siguió por las escaleras, chateando y hablando conmigo al mismo tiempo.

—¿Cuánto tiempo crees que nos quedaremos aquí?

No parecía tan afligida como esa mañana en el coche, probablemente porque había estado fuera con los chicos Darian hasta que los llamaron por teléfono para que fueran a casa. Eso era algo novedoso, pero a la vez era lo mismo de siempre; Birchville era tan pequeño y seguro que los niños podían deambular libremente.

Cuando tenía la edad de Lav, la mayoría de las madres de mis amigas las llamaban gritando sus nombres para que volvieran a casa. Aquellas más pudientes enviaban a sus empleados domésticos para avisarlas. Birchie hacía sonar una inconfundible campana de latón desde el porche. Se oía desde cualquier parte de la plaza, y pobre de mí si no volvía a la primera llamada. Ella misma era quien tocaba la campana; estaba por encima de los gritos, y no había tenido empleados domésticos desde que su padre murió. Era famosa por ello. Volvió de Charleston con ropa de luto, pero una semana después la cambió por un vestido de novia y se casó con su frutero, Floyd Briggs. Después le ofreció a Vina, la madre de Wattie, una buena pensión para que pudiera jubilarse. Vina trabajó para los Birch durante casi toda su vida; seis días a la semana, desde el amanecer hasta la hora de la cena. Se lo había ganado.

Tras eso, Birchie se encargó sola de todo, incluso el año que estuvo embarazada. Su padre había sido un hombre orgulloso, más venerado que querido. Para la gente del pueblo siempre fue el «señor Birch», y nunca «Ellis». Mi abuela quería que todos supieran que a la nueva Birch reinante no se le caían los anillos por fregar su propio suelo.

En aquellos años insistí en contratar a algunas chicas locales que la ayudaran con las tareas más pesadas y con la colada, pero ella seguía encargándose de cocinar y del jardín. Aunque a aquellas alturas, viendo cómo plantaba Tic Tacs, supuse que Wattie estaba haciendo esas cosas cada vez más.

–Nos tendremos que quedar por lo menos una o dos semanas –le dije a Lavender.

No estaba segura de nada, ni siquiera de la gravedad en la que se encontraba Birchie. ¿Cuánto tiempo llevaban engañándome?

De camino al salón, mi mirada influenciada por Rachel se fijó en dos sillas tapizadas que estaban juntas mirando al ventanal central, tan juntas que los brazos se tocaban. También vi los sofás dobles victorianos, que estaban uno mirando al otro frente a la chimenea, lo cual me hizo parar en seco.

Lavender se chocó conmigo por detrás.

–¿Qué pasa? –se quejó, sin levantar la vista del teléfono.

–Nada –dije.

El sofá de la izquierda tenía una mesita a juego en cada lado; en una estaba colocado un libro de Phyllis Tickle de Birchie con un marcapáginas y otras tantas novelas, mientras que en la otra se encontraba la enorme biblia del rey Jacobo de Wattie y el libro *La vida inmortal de Henrietta Lacks*. Al lado de la mesita redonda del lado más amplio del porche se encontraban dos sillas con el respaldo pegado al muro de la casa, seguramente para que ambas pudieran contemplar claramente la plaza.

Habían recolocado todos los muebles de la casa de forma que ambas pudieran sentarse siempre como recién casadas en su luna de miel, juntas en una esquina del restaurante. Pero no había sido siempre así. Sucedió poco a poco, por lo que no me había dado cuenta de una visita a otra. Para entonces, incluso cuando estaban de pie, las rodillas doloridas de Wattie y la mala vista de Birchie las obligaban a estar tomadas del brazo, dándole así a Wattie acceso directo a las orejas de mi abuela para susurrarle. ¿Con cuánta profundidad habrían clavado los cuerpos de Lewy las garras en el cerebro de Birchie?

Respiré profundamente, con calma, intentando disminuir mi ritmo cardiaco. El manual sobre embarazo no tenía nada bueno que decir sobre los efectos del estrés en el pobre Digby. Dudo que recomendaran que lo atiborrara con duelo oscilante y hormonas de la ira.

Entramos en la cocina a través de la puerta del comedor. Birchie y Wattie estaban en los fogones, sirviendo la comida en los platos. Habían colocado una estrecha mesa rectangular en un hueco junto a la puerta trasera. La mesa estaba ya lista para la cena, lo cual me contaba la misma historia que el resto de los muebles: siempre me sentaba en el banco integrado bajo la ventana mientras que ellas se sentaban juntas mirando hacia el jardín trasero. Pero aquella vez no sería así.

Le retiré a Lavender la silla de Wattie deliberadamente, diciendo:

–¿Tienes hambre? Siéntate aquí.

Ya había tenido suficiente paz y amabilidad. Rachel tenía razón; tenía que mantener los ojos muy abiertos. Tenía que ver cuánto de la personalidad de Birchie estaba aún presente sin los susurros de asistencia de su cómplice.

Lavender se aposentó en la silla, aún con los ojos fijos en la pantalla. Cogió sin mirar el vaso que estaba colocado junto a su plato y tomó un gran sorbo. Abrió los ojos de par en par y por fin levantó la vista del teléfono, tan desconcertada y espantada que pensé que estaba a punto de escupir el líquido.

En cuando tragó, susurró:

–Dios santo, ¿qué es eso?

–Es té –dije. Rachel preparaba un té fuerte y lo servía sin azúcar, con tanta canela y limón que parecía un remedio astringente. Lav me miró con tal incredulidad que decidí ser más específica–. Té dulce.

Birchie y Wattie se acercaron; cada una llevaba dos platos llenos. Birchie se sentó en su sitio habitual y colocó los platos en la mesa sin reparar en Lavender, pero Wattie se frenó en seco, dándose cuenta de mi golpe maestro asistido por una adolescente. Me dirigió una larga mirada despectiva mientras colocaba los platos. Yo le retiré la mirada. El papel de Wattie en esa historia no era puramente altruista. Sus propios hijos habían querido trasladarla a una residencia cuando le quitaron el carné de conducir. En vez de eso se mudó con Birchie, algo que solo podía funcionar mientras que las dos estuvieran en un buen estado de salud.

–Agachad la cabeza –dijo Wattie mientras se sentaba en el banco junto a mí.

Lav se guardó instintivamente el teléfono en el bolsillo. Rachel no permitía el uso de teléfonos en la mesa. Juntamos las manos mientras Wattie bendecía la mesa.

El marido de Wattie había sido pastor en la Iglesia Bautista de la Redención durante décadas, y ella era muy devota. Comenzó a agradecer a Dios con extremo detalle por la comida y la familia, los viajes seguros y la belleza del día. Todas sus palabras iban dirigidas hacia el cielo, no hacia mí, pero al mismo tiempo me estaba tomando de la mano con tanta fuerza que parecía que me estuviera pellizcando. Estaba enfadada conmigo por cederle a Lav su sitio, lo cual me daba una pista de lo mucho que necesitaba Birchie que la cubrieran.

Abrí los ojos un momento y vi que Wattie era la única que los tenía cerrados. Birchie miraba con desdén la mano de Lavender, como si fuera la pata ensangrentada de algún sucio animal. Lav tenía la mirada perdida, ajena, sin escuchar nada. Cuando me vio mirarla hizo una expresión apropiadamente devota y cerró los ojos.

–En el nombre de Jesús, ruego por estas cosas –terminó Wattie. Por fin.

Todas dijimos «Amén» al unísono.

Todas menos Birchie, que estaba mirando fijamente a Lavender, prácticamente con la palabra «problemas» escrita en las empolvadas arrugas de su frente.

–Me alegra que hayas colocado la mesa aquí –dije, para llamar su atención.

Quería que Birchie hablara, pero lo que dije era cierto. Normalmente, el hecho de que viniera tan solo una persona extra ya era suficiente para que mi abuela declarase que teníamos «compañía» y preparara la mesa en el comedor formal, con el enorme mobiliario de madera de nogal. Allí se alzaba, sobre la pared más larga, una vitrina que exponía piezas de plata y la vajilla nupcial en porcelana de la madre de Birchie. El comedor de mi casa tenía una mesa para juegos, y la vitrina incorporada conservaba mis figuras de acción de Wonder Woman. Ochenta y siete figuras en perfecto estado y con su caja original del 1966. No se me daba muy bien lo del estilo formal.

Birchie me miró detenidamente.

—¿Cómo dices?

—Me refiero a que me gusta comer aquí, en la cocina, como una familia.

Dirigió la mirada a la silla de Wattie, parpadeando con desconcierto cuando vio que ahí estaba Lavender.

—Pásame la sal —dijo Wattie, y así Birchie la localizó en la mesa. Sonrió con obvio alivio y le pasó el salero. Wattie mantuvo la mirada en ella, como haciéndole una señal.

—Este lugar está bien para cenar. Como es la sobrina de Leia, Lavender es como de la familia.

—Sí, Lavender es como de la familia —repitió Birchie. No me gustó la forma en la que repitió las palabras de Wattie tan literalmente.

—Aquí estamos más cómodas —dije.

Mi abuela volvió a mirarme con ojos de pajarillo.

—Bueno, a mí me gusta cenar en el comedor de vez en cuando. Un almuerzo en compañía tiene que ser algo especial. Aun así, he de decir que hago mejor la digestión cuando mi padre no está observándome con cada bocado. No le gusta que esté tan rolliza.

Lo dijo como si su padre, fallecido años atrás, estuviera realmente esperándola en el comedor para mirar con desaprobación la mantequilla que había puesto en el pan. Esperaba que estuviera bromeando, haciendo referencia al retrato de su padre que estaba colgado tras la mesa.

—Si quieres puedo descolgar el cuadro de tu padre. Hay muchísimos en el ático, podría buscar un par de esas pinturas de barcos que siempre te han gustado. Son del mismo tamaño —ofrecí.

—¿Crees que sería tan fácil echar a mi padre de esta casa? —dijo Birchie con una risa—. ¡No se puede! Podrías incluso quemar la pintura, pero él seguiría presente. Mi padre nació en esta casa y su retrato ha estado colgado en esa pared durante décadas. Nunca fue un hombre fácil de mover.

Esa sí era la verdadera Birchie. Aún estaba ahí, incluso aunque las mentiras se hubieran alargado más de lo que me gustaría. Unté mantequilla en mi pan de maíz, mirando de reojo a Wattie. La encontré mirándome fijamente, como diciendo «Te lo dije» en idioma de anciana.

—Pues el retrato se queda —respondí, y tomé un bocado. Si ese pan de maíz lo había hecho Wattie, le había quedado perfecto. Tenía los bordes crujientes y el interior blandito, como un dónut salado. Sabía a mi infancia.

—Creo que el retrato debe quedarse, sí —coincidió Birchie—. Aunque papá a veces fuera un gilipollas de manual.

Me atraganté con la comida, y Lavender ahogó una risita, impactada. No sabía qué era más extraño: oír a mi abuela decir una palabrota u oírla criticar a su alabado padre.

—¡Birchie! —exclamé cuando conseguí tragar—. ¡Mi sobrina está aquí!

Lavender probablemente escuchaba esa palabra un mínimo de nueve veces por hora en el instituto, pero nunca procedente de una dulce ancianita bautista.

—Por favor, Leia —dijo Birchie con soltura y mirando hacia arriba, resignada—. Bájate de la nube. Todo el mundo dice «gilipollas».

Lavender estaba riéndose en alto. Me di cuenta que inconscientemente había cubierto las orejas emergentes de Digby con la mano, lo cual casi me hizo unirme a las risitas.

Parecía que Birchie se había dado cuenta de que había dicho

algo que no debía. Estaba mirándome, pero su cuerpo estaba ligeramente inclinado hacia Lavender, sin duda esperando un susurro. Lav estaba tapándose la boca con las dos manos para intentar reprimir la risa. Mi abuela se giró hacia el sitio donde se solía sentar Wattie y se sorprendió al ver a mi sobrina.

–¿Quién es esta? –preguntó. De repente adoptó un tono de queja y empezó a parecer mucho más mayor–. ¿Quién es esta niña? ¿Por qué está aquí?

–Es mi sobrina, Birchie –le dije con suavidad, sin risas–. ¿Te acuerdas?

–¿Y por qué me está mirando como si fuera un pez fuera del agua? ¿No le han enseñado modales a esta niña? –Era una frase muy suya dicha de la forma más arrogante posible, lo cual, de alguna forma, lo hacía aún más triste. Estaba ahí. Pero no del todo.

–Lavender estaba sorprendida por oírte decir… –No fui capaz de repetir la palabra, no allí, en la mesa donde de pequeña dije «pedo» y me expuse a un sermón de una hora sobre el vínculo entre el vocabulario que utilizaba y la decadencia moral del país–. Es mi sobrina. ¿Te acuerdas?

–Claro que me acuerdo –dijo, aún con tono quejumbroso y enfadada–. ¡Claro que me acuerdo! ¿Pero por qué está aquí?

–¿Me disculpáis un momento? –murmuró Lavender con su vocecita.

–No hay disculpas para ti –bramó mi abuela, girándose hacia ella.

–¡Ya basta! –intervino Wattie, en un tono que no admitía contestaciones.

Se levantó lentamente de su sitio y, al moverse, Birchie la miró y vio la silueta de su amiga. Su rostro de repente quedó limpio de cualquier expresión, como si fuera una antigua pizarra. Se veían todavía los rastros de algún pensamiento, pero eran ilegibles.

–Siéntate en mi sitio –le ordenó Wattie a Lavender, cambiando de sitio los platos y vasos con movimientos bruscos.

—¿He hecho algo malo? —preguntó mi sobrina. Me sentí mal por hacerle pasar por esa situación.

—No, niña, calla. Lo único que has hecho mal es no haber tocado apenas las codornices siendo más pequeña que un mosquito. Es solo que últimamente Birchie necesita que las cosas se hagan de una determinada manera, y cambiarlas es una tortura para ella. Una tortura pura y dura. —Al igual que cuando me echaba la bronca de pequeña, sentí cómo me encogía cada vez más. Lavender y Wattie se intercambiaron los sitios, y Wattie continuó hablándome con cierto desdén—. Las noches se le complican. Las mañanas son mucho mejores, ¿verdad?

Mi abuela asintió, alargando la mano con calma para coger otro pedazo de pan de maíz.

—Cambié de horario el club de jardinería a las diez de la mañana y Martina Mack reaccionó como si le hubiera dicho que nos íbamos a comer un bebé. Si hubiera sabido que le iba a molestar tanto, lo habría cambiado mucho antes.

Wattie le dio la mantequilla y Birchie la tomó; inclinaba el cuerpo instintivamente hacia su amiga.

—Yo solo quería… —empecé, pero Wattie me interrumpió.

—Tú come también.

Fijó la mirada sobre Lavender y, cuando volvió a posarla sobre mí, vi que sus ojos estaban colmados de enfado. Mi minúscula sobrina era la única inestable barrera que me separaba de algo fuerte y repleto de una furia justificada. Todas seguimos comiendo, aunque yo apenas era capaz de saborear nada. Lavender dio cinco bocados lo más rápido que pudo. Estábamos en un silencio tan sepulcral que se podía escuchar el zumbido de los mensajes y correos que le llegaban al teléfono.

En medio del tenso silencio, Lav dijo:

—¡Estaba delicioso! Gracias. —La habían educado para que dijera esas palabras tras cualquier comida, incluso si le servían vísceras—. ¿Me disculpáis?

Asentí. Me dio una palmadita en la rodilla por debajo de la mesa. Sabía a lo que me enfrentaba. Después se marchó mientras sacaba el teléfono del bolsillo. Oí sus pasos por las escaleras y me di cuenta de que la pequeña barrera que me protegía se había desvanecido.

—Lo siento —les dije a ambas—. Lo de cambiar los sitios no ha estado bien.

No estaba segura de que mi abuela supiera por qué me estaba disculpando, pero ella inclinó la cabeza, aceptando mis disculpas elegantemente.

—Sí, no ha estado bien —coincidió Wattie. Se inclinó hacia mí—. Ahora podemos ser claras la una con la otra.

Eso me molestó un poco, y volví a sentirme con algo más de confianza.

—Deberíais haber sido claras conmigo desde el principio. Quizá no lo habría hecho si vosotras no hubierais mantenido tanto secretismo.

Wattie encogió los hombros con enfado.

—Te quiero mucho, Leia, y siempre lo he hecho. Pero no es mi responsabilidad engañarte.

Tardé un segundo en asimilar eso, pero después Birchie dijo:

—No. Es responsabilidad mía, cariño.

—Así que estáis diciendo que ella ha tomado sus propias decisiones, como siempre. Vale, pero ¿hace cuánto fue eso? —Las fosas nasales de Wattie se agrandaron, lo cual era una señal de peligro, pero continué haciendo las preguntas difíciles que Rachel me había presionado para que hiciera—. La que decide ahora eres tú, Wattie. Tú has decidido mantenerme apartada de esto.

—Niña —dijo Wattie, sin un ápice de la paciencia que había mostrado con Lavender—, Birchie tiene razón. Estás subida en una nube tan alta que al final te vas a caer y te vas a romper el coxis. Tomó esas decisiones cuando aún era capaz de hacerlo.

—Ella las está manteniendo por mí —confirmó Birchie—. Yo a veces me olvido de las cosas. Ella te dirá la verdad.

—Escucha —dijo Wattie, tan coordinada que sus frases casi se sobreponen—. Se quiere quedar aquí.

—No es seguro —respondí. Wattie y Birchie intercambiaron una mirada. Mi abuela rio.

—¿Y te crees que morir es algo seguro? —preguntó Wattie, igual de entretenida ante mi declaración.

—Sabes a lo que me refiero. Tus hijos también han tenido esta charla contigo más de una vez, Wattie. Al igual que yo con ella. Ambas tenéis que vivir en un lugar sin escaleras y donde podáis llamar a un médico en cualquier momento. Deberíais haber tenido por lo menos algo de ayuda en casa desde hace años, pero también os opusisteis y nos rendimos. Ahora las cosas han de cambiar —concluí. Las palabras de Rachel salían por mi boca como si yo fuera su marioneta—. ¿Hace cuánto diagnosticaron a Birchie?

—Hace un par de años —dijo Wattie con tono evasivo. Fue suficiente para que se me hiciera un nudo en el estómago. Empezaron a brotar lágrimas de mis ojos y, al verlo, el rostro de la anciana se entristeció un poco también, aunque se enderezó en la silla, indignada—. Estoy haciéndolo lo mejor que puedo, y, ¿sinceramente? Preferiría cambiarme con ella, porque sé que ella haría lo mismo que yo. Estoy perdiendo a mi amiga y no queda nadie que vaya a defenderme así. Mi marido se fue al cielo demasiado pronto. Criamos a nuestros hijos para que sean buenas personas, pero en cuanto ella se vaya me llevarán a alguna residencia. Por mi propio bien, dirán. Por seguridad, dirán. Justo como tú. Y no queremos eso.

Birchie tomó la mano de Wattie, diciendo:

—Ahora, ahora.

Wattie la miró, y su tristeza tan visible me destrozó. Era duro y horrible.

—No es justo. Sé que nada de esto es justo —dije, pero ya había visto suficiente para darme cuenta de que Rachel tenía razón. Como siempre. Sabía lo que tenía que hacer y le debía a Wattie la verdad justo en ese momento. Ella me la había dado, y yo se la devolví–. Voy a hablar con el médico, pero creo que ya sabéis lo que me va a decir. Birchie y tú no podéis quedaros aquí. El hospital más cercano está a cincuenta kilómetros. –Los pesados párpados de Wattie se cerraron sobre sus ojos. Por primera vez, no era capaz de mirarme; el doctor Pettery ya debía haberle dicho eso–. Se avecinan cambios fuertes, Wattie. Y vienen rápido.

Odié el tono que había utilizado. Sonaba como cuando Rachel le habla a Lavender, como esa vez que Lav anunció que se iba a teñir el pelo de rosa fucsia. Wattie intentó intercambiar miradas con Birchie, pero ella no estaba mirándola. Se había marchado mientras yo hablaba. Se acomodó en la silla, mirando con expresión vacía el jardín más allá de mi cabeza. Continué:

–Tienes que hablar con tus hijos, Wattie. Yo puedo hablar con Sam y Stephen también. Si queréis seguir juntas, podemos pensar en cómo hacerlo. Tu opinión también es importante.

Pero ella no había terminado.

–¿Quieres mi opinión? Múdate aquí. Podemos convertir la sala de costura en una habitación para ella, para que no tenga que subir escaleras. –«Excepto las siete escaleras del porche y la larga y empinada rampa desde la puerta trasera», pensé. Pero Wattie siguió hablando–. Múdate a Alabama.

Lo dijo con tanta firmeza que supe que no se trataba de una idea espontánea. A mí sí se me ocurrió una respuesta espontánea, y era un estridente «Ni de coña». Wattie debió notarlo en mi cara, porque se puso a hablar más alto y con tono urgente.

–¡Escucha! No estás casada y ni siquiera tienes un novio. Al menos no uno serio. Y puedes hacer tus dibujos en cualquier lado. Solo tienes que pensar en ti misma, así que, ¿por qué no pensar también en Birchie?

La forma en la que subestimó mi vida entera me dolió. Hablaba como si mi trabajo solo fuera estar apoltronada en una cómoda silla, haciendo garabatos y atiborrándome a chucherías y no un trabajo real, con plazos de entrega y viajes. Como si mamá, Keith, Lavender y Rachel no contaran como mi familia y como si mis jugadores de los martes y mi comunidad de la Iglesia no fueran nada.

Pero, incluso aunque hubiera querido mudarme, tenía a Digby. Podía sentir cómo se movía y se estiraba; era un segundo corazón dentro de mí. Tenía que priorizarlo.

«Laz perzonaz son azí», me dijo Rachel un día mientras me daba una pintura de color melocotón rosado, que antes se llamaba carne. Como si toda la carne que importara fuera de ese color. Ese color pasó a llamarse melocotón, pero las ideas tras su antiguo nombre estaban todavía vivas y presentes. Presentes en todas partes y por todo el país, pero más evidentemente en Birchville.

No quería criar a Digby en un pueblito del sur, por muchas cosas buenas que tuviera. Los niños seguían paseándose por ahí sin miedo y sin horario y se les llamaba para cenar con campanas, aunque ahora esas campanas estuvieran en el teléfono. Teníamos buenos vecinos que preparaban pastel de caramelo cuando los visitaba y que me tenían en su grupo de Facebook y en su libreta de contactos, incluso aunque estuviera a mil doscientos kilómetros de distancia. Birchie, mi padre y yo nacimos ahí, y para mí no había nada más bonito que el verde intenso, el marrón oscuro y el azul luminoso de la Alabama rural.

Pero seguían en el 1987, y no solo por su videoclub. No quería que mi hijo birracial creciera en un pueblo donde Wattie era la única persona negra jamás vista en los bancos de la Iglesia, sobre todo teniendo en cuenta que la mitad de los vecinos hacían como si fuera una criada. Y Birchie era la única persona blanca jamás vista de forma habitual en Redención. Allí, las familias blancas adineradas enviaban a sus hijos a una pequeña escuela privada con paredes blancas que se encontraba en el pueblo de al lado. Los colegios públicos del condado tenían mala fama, y los niños blancos y negros se sentaban en diferentes mesas a la hora de comer.

De cualquier modo, no quería sacar el tema de mi embarazo en ese momento. La conversación ya era suficientemente dura sin el jaleo que se montaría al contar la noticia. Además, quería que mi abuela fuera la primera en escucharlo, pero en forma de buena noticia, no repentinamente en un momento de enfado. No iba a usar a Digby como as en la manga en una discusión difícil. Birchie no estaba totalmente presente, aunque su mirada estuviera fija sobre mí. Estaba sentada en la silla, inclinándose cada vez más hacia Wattie.

–Lo siento. Wattie, llama a tus hijos por la mañana. Tenemos que organizar un viaje a Norfolk cuanto antes para que puedas ver tus opciones. Vais a tener que mudaros.

Me miró de arriba abajo en silencio, tan rígida e impasible como un muro.

–Ya veremos –dijo, y el gran reloj del abuelo empezó a dar las siete en el vestíbulo.

Birchie empujó la silla y se levantó automáticamente al oír el sonido, con los ojos fijos en la distancia. Wattie se levantó también.

–Tengo que empezar a preparar sus cosas para irse a dormir.

Rodeé la mesa para darle un beso a Birchie en su suave y polvorienta mejilla. No respondió. Normalmente le daba un beso a Wattie también, pero no me parecía que estuviera de humor. Tenía los ojos fijos en mí, duros y oscuros como piedras de ónix. E inclinaba la puntiaguda barbilla hacia mí.

–Déjame ayudarte a llevarla a la cama –propuse, intentando apaciguarla.

Ella negó con la cabeza y, después, para mi sorpresa, me dio un beso. Sentí sus labios fríos como piedras del jardín en la mejilla.

–Hago lo mismo todas las noches, y ella necesita que todo esté igual. ¿Me oyes? Deja las cosas como están. Déjalo estar –dijo con esos labios de piedra. Al final parecía que no estuviera hablando de llevar a Birchie a la cama. Parecía una advertencia.

Capítulo 6

Me desperté demasiado pronto por culpa de los crujidos y golpes provenientes del piso de arriba. Me froté los ojos y miré el reloj. Eran las seis y media de la mañana. Dios mío. Por encima de mi cabeza oía pisadas de alguien correteando por el techo, rápidas y ligeras. Lavender estaba investigando el ático. Había pasado los últimos días paseándose por el pueblo con los Darian o jugando en mi antiguo portátil, pero esa mañana era su última oportunidad, y me pareció que la estaba aprovechando.

Cuando era pequeña encontraba el ático irresistible. Me pasaba las horas tempranas y más frescas de los días de verano probándome sombreros de plumas y el antiguo vestido de novia de encaje, o removiendo la caja con cientos de botones desordenados que había en la mesa de costura. Desordenaba todo mientras jugaba; tiraba un traje con hombreras de los años cuarenta encima de un montón de corsés hechos de hueso de ballena y mezclaba libros de cuentas del 1890 con chalecos de punto y libros de bolsillo de ciencia ficción de cuando mi padre era pequeño. Conociendo a Lav, probablemente estaba recolocando todo por época o por colores. Al menos estaba explorando mientras podía. A las 10:00 h llegaría la empresa de ventas de patrimonio de Montgomery que había contratado para comenzar con la tasación.

Gruñí y me puse la almohada sobre la cabeza. Organizar el ático era un trabajo digno de Hércules, e incluso él tendría que llamar al resto de Los Vengadores. Lav y yo no podríamos hacerlo ni aun teniendo tres meses por delante y una retroexcavadora. La sección principal ocupaba casi una planta entera, y estaba formada por estrechas estanterías enredadas como en un laberinto entre un batiburrillo de basura y premios que bien podían ser reliquias familiares. La estrecha sala trasera bajo el alero era aún peor. En ella se encontraban cajas, baúles y armarios apilados en torres de seis alturas sin estanterías, todo lleno hasta el tejado con ropa, papeles, muebles y libros. Siempre me habían dicho que me mantuviera alejada de esa sala, porque si movía la pieza equivocada, como en el Jenga, me arriesgaba a que todo se cayera y me aplastara.

Había desobedecido esa orden lo suficiente como para saber que en los baúles junto a la puerta había un set completo de obras de Jane Austen. *Persuasión* guardaba los restos polvorientos de algunas flores prensadas, recuerdos de amores que pudieron ir bien o mal. De cualquier forma, cuando las encontré estaban completamente secas hasta deshacerse entre los dedos, y para entonces probablemente eran ya polvo. Dejé *Persuasión* en su sitio, porque los aceites de las flores habían arruinado la tinta y, en las páginas en las que las habían colocado, la historia era ilegible.

Contraté al equipo inmobiliario para que me ayudara a distinguir entre basura y tesoros y para dejar que Birchie se quedara con las cosas que más le importaran mientras todavía pudiera acordarse de ellas. También era un mensaje indicando que se avecinaba un cambio, como los folletos de residencias que les había impreso o las llamadas en altavoz con los hijos de Wattie. Pero, sí, iba a ser un día duro.

Mis pequeñas ancianitas no iban a entrar en una residencia sin luchar. Wattie se enfrentaba conmigo a cada minuto y Birchie lo hacía de vez en cuando, cuando era capaz. Aquel día sería igual, pero al cuadrado. No, al cubo. Tenían muchas armas en su astuto arsenal: insinuaciones que, aparte de hirientes, apelaban a la pena o a la nostalgia. Birchie era especialmente buena haciendo «suaves reproches», que consistían en parecer herida y conciliadora al mismo tiempo. Cuando lo hacía bien, esa mirada suya me llegaba al pecho y me aplastaba, atravesándome como con una espada de lamentación que me recorría todo el cuerpo.

De todos modos, no había hecho que cambiara de opinión. Tuve una larga charla con el doctor Pettery y apoyó mis decisiones. Él llevaba tiempo preocupado, pero la ley de Responsabilidad y Portabilidad del Seguro Médico y la señora Wattie lo mantenían atado de pies y manos.

Rachel me había enviado por correo electrónico una lista de residencias en Norfolk con excelente reputación y unidades de cuidados de la memoria. Esperé a reservar los viajes hasta que Wattie y sus hijos decidieran si iba a venir con nosotras a ver las residencias. Sam quería que se mudara a Houston cerca de su familia, pero Stephen insistía en que era ella quien debía decidir. Yo pensaba que al final se decidiría por quedarse con Birchie, aunque solo hubiera reiterado que ninguna de las dos se iba a ir a ningún lado. El cambio de roles y el ponerles normas a las mujeres que prácticamente me habían criado me entristecía y me hacía estar incómoda, tanto que terminé pasando mucho tiempo en mi habitación, diciendo que estaba trabajando. Lo estaba haciendo, si por «trabajar» cuenta hacer infinitos borradores de Violence en una libreta en sucio y no tener ninguna idea para la precuela.

Me acurruqué bajo las sábanas. Cerrar la casa en sí iba a ser sencillo cuando llegara el momento. En el 1870 las casas se construían para durar y en esa nunca se le había dado pie a la entropía. Estaba tan ordenada que prácticamente tan solo tenía que tirar los huevos y la leche y cubrir los muebles para darla por cerrada. Las reformadas ventanas antitormentas brillaban tras las cortinas, que eran transparentes y luminosas. El mobiliario estaba anticuado, pero no era realmente antiguo. Cualquier cosa que empezara a desgastarse o romperse desaparecía, y normalmente iba a parar al ático. Y ahí estaba el problema. Me acurrucaba bajo el peso de unos cuarenta años de historia familiar Birch, apilada y desorganizada.

Estaba posponiendo levantarme de la cama y empezar el

día, pero Digby no pensaba lo mismo. Él ya estaba ocupado. Puse la mano sobre la parte de mi barriga donde sentía sus movimientos alegres y su meneo. Presioné, pero, estando de diecisiete semanas, solo podía sentirlo desde dentro. Oí el familiar chirrido de la puerta entre mi cuarto y el de Lavender. El primero había sido el de mi padre; sus pegatinas de estrellas que brillan en la oscuridad seguían pegadas en el techo, y la habitación que estaba en la torre había sido su sala de juegos. Abrí los ojos y miré hacia la puerta. Lavender se quedó quieta de repente, con el portátil en las manos.

—Buenos días —dije, sorprendida porque ya hubiera bajado del ático y estuviera jugando en el ordenador.

—No quería despertarte. —Entró en mi cuarto y dejó el portátil en el escritorio.

—Ya estaba despierta.

Ella miró hacia otra parte. Se acercó a la chimenea y cogió la pastorcita de cristal limpia y brillante que estaba sobre el mantel. Mi cuarto, como todos los de la casa, parecía un quirófano acogedor; impoluto, ordenado y cálido. Lavender, cuya vivienda siempre parecía lista para una sesión de fotos de una revista de decoración, se sentía como en casa. Pero no en ese momento. Estaba inspeccionando la pastorcita con mucho interés, como si Bo Peep estuviera en tendencia en Twitter.

¿Habría estado mandándose mails con uno de los Darian? O quizá había estado chateando por Messenger con Rachel y contándole lo de Digby. Las niñas les cuentan las cosas a sus madres, aunque prometan no hacerlo. Creé una nota mental para recordar revisar su historial de búsqueda, porque definitivamente estaba tramando algo. «Por favor, dios mío, que solo haya visto un anime de clasificación R con mi cuenta de Netflix». Ya tenía suficiente de lo que preocuparme.

Un inmenso impacto hizo templar el techo; se había caído algo pesado y había golpeado el suelo sobre nosotras. Lavender brincó y yo me sobresalté tanto que me quedé rígida mientras escuchaba como una serie de pequeños impactos seguían a ese primer golpe.

–¿Pero qué…? ¿No eras tú la que estaba antes en el ático? –pregunté, intentando quitarme las sábanas de encima.

–No –dijo ella, y corrió a ver qué pasaba.

Me liberé de la colcha y corrí tras ella por el pasillo hacia las escaleras del ático, vestida con mi pijama con estampado de sushi. Ya me estaba imaginando a Birchie, confundida y destrozada bajo una cajonera o una pila de cajas pesadas.

Lavender abrió la puerta que daba a las escaleras mientras yo la alcanzaba, y me llegó una ráfaga de calor del ático, densa y húmeda y llena de polvo. Adelanté a mi sobrina y me apresuré por los empinados tramos de escaleras, diciendo:

–¿Birchie? ¿Birchie, eres tú?

–¡No pasa nada! ¡Estamos bien! –dijo una voz masculina, lo cual me hizo detenerme a medio camino.

Frank Darian se acercó a la barandilla y se quedó mirándome desde arriba, limpiándose el rostro enrojecido con una bandana. Varios mechones de su cabello, peinado hacia atrás para ocultar los inicios de su calvicie, estaban desordenados. Parecía que hubiera envejecido diez años desde que lo vi en Acción de Gracias.

–Hola Leia, perdona. Se ha caído una pila de cajas llenas de libros, pero estamos todos bien.

–¿Todos? ¿Quién está contigo? –pregunté. Todavía sentía que mi corazón se estaba marcando un Hulk dentro de mí, hinchándose y latiendo con rapidez e intentando salir de la prisión que constituían mis costillas mediante la fuerza bruta–. ¿Está Birchie ahí?

–Claro que no –dijo Frank, y junto a él aparecieron sus hijos, con los rostros sudados y manchados de polvo del ático.

–Hola, señorita Leia –saludó Jeffrey, lo cual me hizo sentir que tenía unos cien años.

–Hola, Lavender –dijo Hugh, muy informal, ladeando la cadera como si fuera Elvis. Se parecía a Frank cuando tenía quince años; alto, larguirucho, con el pelo rizado y una sonrisa que denotaba seguridad.

De pronto fui consciente de que mi sobrina tan solo llevaba puestos unos pantalones cortos de algodón y una camiseta interior. La treceañera se había levantado con el rostro brillante, ojos de gata y con aspecto adorable, y había subido las escaleras con gracia, moviendo las caderas. Empecé a bajar de nuevo, girando a Lavender y colocándola frente a mí.

—Ve a vestirte —le susurré mientras llegábamos al vestíbulo.

Sentí un alivio notorio al entrar en una zona con aire acondicionado.

—Si llevo panta...

—Más ropa —dije entre dientes, y le di un empujoncito hacia su cuarto.

—Ahora vuelvo —le dijo a uno de los chicos, poniendo los ojos en blanco. O quizá se lo decía a los dos. Estaban siguiendo a su padre por las escaleras, pero ambos se detuvieron para verla revolotear por el pasillo.

Negué con la cabeza y me eché hacia atrás, dejándoles a los Darian espacio al final de las escaleras. La embarazada de treinta y ocho años no se había levantado tan fresca. Tenía el pelo alborotado de la almohada y no llevaba sujetador. Tenía la boca cubierta de baba mañanera que seguramente olía a la Cosa del Pantano.

—¿Qué estabais haciendo? —pregunté.

Afortunadamente, Hugh, que fue el último en llegar, cerró la puerta de la que llegaba el calor.

—Hemos sacado tu baúl y lo hemos bajado, y ahora estábamos recolocando la sala trasera —dijo Frank, como si fuera lo más normal del mundo levantarme y encontrar el ático lleno de Darians moviendo libros a la puñetera primera hora de la mañana de un viernes.

—¿Mi baúl? —pregunté—, ¿qué?

—¿No querías un baúl de la sala trasera?

Negué con la cabeza, y Frank dijo:

–Birchie me llamó anoche y dijo que lo querías. Crees que estaba… –Hizo una pausa para buscar las palabras adecuadas–. Quizá estaba confundida. Ya sabemos que Birchie… –Volvió a hacer una pausa, mirando hacia el suelo–. No es ella misma.

Era una forma amable de decirlo, considerada. No podía imaginarme que hubiera una peor manera de enterarse de la infidelidad de tu mujer que escuchar como lo anuncian públicamente ante tu familia, amigos y clientes en un evento de la Iglesia. Tuve la repentina necesidad de buscar a Jeannie Anne y pegarle un bofetón. Había sido una de mis amigas durante los veranos, aunque cuando entré en el instituto me cansé de sus dramas interminables. Actuaba como si tuviera la misión de recrear todas las tramas de la telenovela *All My Children* antes de graduarse.

–No tenía otra opción. Tuve que hacer lo que me dictó el corazón –decía al intercambiar un novio por otro mientras estaba con los dos al mismo tiempo a escondidas. Después de veinte años de matrimonio y dos hijos, seguía siendo la misma. Esa vez su corazón le había dictado que tenía que enrollarse con el pastor Campbell en la sala del coro. A esas alturas ya debería haberse dado cuenta de que su corazón era una mierda y de que debía decirle que se callara.

Frank tenía un aspecto terrible. Tenía los ojos hinchados, por lo que parecían más pequeños, y ojeras moradas por debajo. Las arrugas alrededor de su boca y en su frente parecían haberse hecho el doble de profundas.

Sentí como me inundaba la empatía, aunque él pensaría que esa palabra era demasiado presuntuosa. Jeannie Anne se había cargado casi veinte años de vida compartida; en la clasificación de imbéciles, se merecía una mayor puntuación que J. J. Con todo, Frank y yo éramos dos personas, de pie en el pasillo, que sabían lo que era la traición.

–No, Birchie no es ella misma, Frank –suspiré, pidiéndole disculpas indirectamente.

—Sonaba normal por teléfono —dijo, sin mirarme a los ojos.

—¿A qué hora te llamó? —pregunté, cambiando de asunto, aunque no de tema, para aliviarlo un poco.

—¿Sobre las ocho?

Fruncí el ceño. ¿Se había escabullido de la cama para llamarle?

—¿Estaba con Wattie?

—Sí, por el altavoz. Ya sabes cómo son. Quizá lo que haya en el baúl sea una sorpresa.

No creía que fuera a serlo. O, por lo menos, pensé que no sería una sorpresa agradable, teniendo en cuenta nuestros constantes enfrentamientos durante los últimos días. Me estaba surgiendo un vago y desagradable sentimiento de sospecha.

—Disculpa, señorita Leia —dijo Jeffrey al pasar por mi lado con Hugh detrás—. ¿Papá, podemos bajar? Parece que los rollitos ya están listos.

Cuando lo dijo, yo también lo noté. Era el aroma azucarado y cálido de los rollitos de canela de Wattie, que venía desde la cocina. Debía estar despierta desde muy pronto; los rollitos tenían que subir dos veces y hornearse durante cuarenta minutos.

—Claro —dijo Frank—. Pero después tendréis que ayudarme a recolocar esas cajas.

Se fueron estrepitosamente por el pasillo, y Hugh se detuvo frente a la habitación de Lav. Tocó la puerta suavemente con los nudillos.

—Oye, Zurdita, ven a desayunar.

¿Zurdita?

Lavender, que se había puesto un vestido de algodón y unas zapatillas de deporte, salió de la habitación, y ambos galoparon juntos por las escaleras dirigiéndose a comer cientos de calorías en forma de mantequilla y carbohidratos azucarados que su cuerpo adolescente digeriría al momento.

—¿Cómo lo estás llevando? —le pregunté a Frank una vez solos.

Negó con la cabeza como si le hubiera hecho una pregunta de sí o no, y después sonrió de una manera tan triste y cínica que se me volvió a romper el corazón. Era una buena persona y se había portado muy bien con mi abuela. En verano mandaba a sus hijos a cortarle el césped y siempre hacía de manitas cuando se iba la luz en el porche o el timbre dejaba de funcionar. Y ahí estaba, en el ático, antes de irse al trabajo, a cuarenta grados y moviendo cajas para dos ancianitas que habían destrozado su matrimonio frente a toda la comunidad de la Iglesia.

—¿Qué tal están los chicos? —pregunté.

Por un segundo no respondió y me examinó el rostro con la mirada, buscando algún rastro de alegría por su dolor o de ansias de cotilleo en mí. Esperaba que no viera nada de eso. Le había preguntado porque era un amigo de la familia, y porque acababan de destruirle; un sentimiento que me había resultado familiar durante toda la vida adulta.

Frank debió analizarme bien, porque bajó la guardia. Relajó los hombros, y las marcas oscuras de sus ojos me indicaron lo difícil que le estaba resultando seguir adelante.

—Hugh se ha cerrado en sí mismo, así que no tengo ni idea. Jeffrey es joven. No puede ocultar lo que siente, y verlo intentarlo me rompe el corazón —confesó.

—Vaya, Frank. Lo siento mucho —dije.

Sabía por Lavender que los chicos estaban con él en casa. Habían ido a ver a su madre un par de veces a casa de su abuela, donde se estaba quedando, a ochocientos metros de la plaza.

—¿Has hablado con Jeannie Anne?

—Sí. Estoy intentando ser civilizado, aunque se está viendo con Campbell. Al parecer están enamorados. Martina Mack, Dios bendiga ese corazón oscuro que tiene, se pasó por casa con un guiso de pollo quemado y esas maravillosas noticias.

—No me extraña. También vino por aquí con una tarta de zanahoria derretida para contarme la interminable y agonizante muerte de su tía con alzhéimer. No la dejé entrar, pero se apoyó en la puerta de la entrada y me dio todos los horribles detalles. Nunca nadie, en ningún porche del planeta, ha disfrutado tanto de hablar sobre su tía muerta. –Ambos reímos simultáneamente con esa resignada aceptación que solo tienen los habitantes de los pueblos pequeños ante sus problemas locales–. Si te sirve de algo, también me dijo que la Iglesia ha despedido a Campbell –añadí. El adulterio que había perpetuado el pastor adjunto no era precisamente algo que levantara la moral en la congregación.

–Ya. Si no, no sería capaz de poner un pie en esa Iglesia. Aunque también tiene su parte mala. Me da miedo que se mude con él. Le digo a todo el mundo que estoy bien, que no pasa nada. Siempre les recuerdo a todos que ella también lo está pasando mal, y créeme; esas palabras son más amargas que el guiso de Martina. Pero tengo que hacerlo. No quiero que la echen del pueblo. O, bueno, sí. En una barandilla, y cubierta de alquitrán y plumas[1] –Sonrió, irónico y cansado–. Pero si se va querrá llevarse a los chicos, y la ley respalda más a la madre. No voy a dejar que eso pase. No puedo. Ahora tengo que pensar en ellos, y no en estrangularla.

Tragué saliva y noté que el nudo en mi garganta se hacía más grande aún. Así se veía la paternidad cuando se hacían las cosas bien desde el principio.

Yo no podía saberlo, porque el linaje Birch siempre había tenido mala suerte con los padres. Birchie había sido la última en tener un padre presente durante su adultez. Yo tenía a Keith, que había sido un gran padrastro. Me quería mucho, pero yo seguía llamándole Keith. Una vez, cuando Rachel y yo éramos muy pequeñas y aún íbamos a preescolar, él estaba jugando con nosotras a las casitas de muñecas en la sala de estar. Sin apenas darme cuenta, dije:

–No, la silla va aquí, papi.

---

[1] Castigo popular muy común en Estados Unidos durante los siglos XVIII y XIX. (N. de la T.)

De repente Rachel se abalanzó sobre mí, pegándome y gritando. Me mordió en el hombro con tanta fuerza que empecé a sangrar. Keith tuvo que separarla de mí mientras se sacudía. Mamá vino corriendo cuando nos escuchó a las dos llorar. Se detuvo en la puerta, agitada, y preguntó:

—¿Qué ha pasado, qué ha pasado?

Yo dejé de llorar primero. Rachel sollozó y fue a los brazos de mamá mientras Keith me vendaba el mordisco. Rachel no paró de sollozar desesperadamente hasta que él terminó y fue a abrazarla. Desde entonces no volví a llamar a mi padrastro nada que no fuera su nombre. Al recordarlo me llevé las manos a la barriga para cubrir a Digby, la tercera generación Birch sin padre.

—Estás haciendo lo correcto —le dije a Frank.

—Sí. Gracias por escucharme. No le puedo contar estas cosas a la mayoría de la gente, ¿sabes? Al final se entera todo el mundo. —Frank se enderezó, moviendo manualmente los hombros de arriba abajo, como si estuvieran volviendo a levantar un peso—. Tengo que volver a casa. Lois Gainey va a venir a las nueve para quitar a su sobrina de la herencia otra vez. Por eso hemos venido a por tu baúl tan pronto, siento haberte despertado.

Ya me había olvidado del baúl.

—¿Dónde lo habéis dejado?

—En la sala de estar. Wattie quería que lo metiéramos en tu coche, pero le he dicho que lo haríamos al salir —dijo.

Mis sospechas estaban activas, así que me giré hacia las escaleras, diciendo:

—Veamos qué trama la brigada de ancianitas furtivas. —Considerando que habían escondido la enfermedad de Birchie por tanto tiempo, podía imaginarme que su nuevo plan no me iba a gustar demasiado.

Frank iba a responder, pero se detuvo. Ladeó la cabeza, como escuchando algo. Era el motor de un coche en marcha. Cerca. Tan cerca que tenía que venir de la entrada de casa.

–¿Qué demonios? –dije

–¿Es tu coche? –preguntó, aunque luego negó con la cabeza como si estuviera respondiendo su propia pregunta.

Pero tenía que serlo. El único vehículo aparcado fuera era mi coche de alquiler, pero nadie de esa casa podía estar conduciéndolo.

Tenía treinta y ocho años y estaba embarazada, pero corrí por las escaleras de la misma forma en la que lo hacía de pequeña: deslizándome y dando brincos, y con las manos derrapando por la barandilla. Entré en la sala de estar, donde se encontraba Lavender, sentada en el sofá entre los dos chicos y con mi portátil sobre el regazo. Estaban con la mirada fija en la pantalla y comiendo rollitos de canela. Me miraron sorprendidos y con las caras llenas de azúcar mientras pasaba por allí con Frank Darian siguiéndome. Abrí la puerta principal, me apresuré por el porche y corrí por las escaleras.

El coche de alquiler estaba saliendo de casa por el camino de gravilla hecha de conchas, con Wattie al volante. Birchie estaba sentada en el asiento del copiloto. Vi la silueta de un cofre grande en el asiento trasero. Wattie debía haberles pedido a los chicos que lo movieran mientras Frank y yo charlábamos.

–¡Para! ¡Para! –grité mientras corría descalza por la hierba mojada del jardín.

Wattie llevaba años sin carné de conducir, y por muy buenas razones. ¿Adónde se creía que estaba yendo? Nuestras miradas se cruzaron y ella pisó el acelerador. El coche empezó a retroceder.

Frank me adelantó con sus piernas largas para ponerse tras el coche y hacer que parasen.

–Frank, ¡no! –grité, mientras seguía persiguiendo el coche por delante. ¿Y si la anciana no lo veía? Los chicos Darian llegarían al porche justo a tiempo para ver cómo aplastaban a su padre.

Pero el coche se estaba moviendo muy rápido. Frank no iba

a conseguirlo. Wattie seguía mirándome fijamente y perdió la inclinación mientras se acercaba al final de la entrada. La rueda trasera izquierda entró en el jardín, y el coche rebotó y se sacudió. Ella giró el volante en la dirección contraria, acelerando el motor y corrigiendo en exceso. Las ruedas derechas se desviaron hacia el jardín y se deslizaron por la hierba, y frenó por fin.

Pero era demasiado tarde. El maletero del coche se estrelló contra el pilar de ladrillo que sujetaba el buzón, con un crujido horrible.

—¡Dios mío! —gritó Lavender. Había llegado con Jeffrey y Hugh en el momento justo para ver el choque.

Yo seguía corriendo tras el coche. Frank llegó primero al lado de Wattie. Intentó abrir la puerta, pero estaba bloqueada.

—¡Abre la puerta! —gritó a través del cristal.

Wattie ni siquiera lo miró. Tan solo miraba hacia delante a través del parabrisas, nerviosa y rebelde al mismo tiempo.

Brinqué torpemente por la entrada hasta el lado del copiloto y la gravilla de conchas se me clavó en las plantas de los pies. Las miré desde la ventanilla.

Birchie, que llevaba el moño abultado hecho un desastre, me observó con ojos asustados.

—¡Abre! —grité.

Ella pulsó el botón obedientemente y pude mantener la puerta abierta antes de que Wattie la pudiera volver a bloquear. De hecho, lo estaba intentando, pero Frank mantuvo su puerta abierta también. Me acerqué a Birchie y le palpé por todas partes buscando daños; los brazos, el rostro y el cuello, el pecho y las costillas.

—¿Estás bien? —dije demasiado alto, justo frente a su cara.

—Claro que lo estoy, cielo. Cuánto escándalo —dijo, mirándome irritada e intentando quitarse mis manos de encima—. Leia, deja de toquetearme los pechos.

—¿Estáis bien? —Frank estaba alterado y también estaba gritándole en la cara a Wattie.

–Dejad que nos vayamos –dijo ella, en voz baja pero con intensidad–. Volvemos en un momento.

–¡Te has chocado con mi coche de alquiler! –grité. No podía parar de gritar.

–¡Bah! No es nada. Nos tenemos que ir –dijo Wattie, enfadada y con urgencia–. El coche sigue funcionando. Ni siquiera se han activado los airbags.

Por un segundo me mareé y me sentí indispuesta, imaginado que se hubieran activado. Los airbags saliendo disparados como balas y estrellándose contra sus frágiles cuerpos de ancianas, estrujándolas.

–¿Quieres que llame al 112? –le pregunté a Birchie–. ¿Te duele algo?

–Dile que nos deje irnos –dijo Wattie, agarrándose al brazo de Frank e intentando convencerlo.

Como respuesta, Frank alargó el brazo sobre ella, cogió las llaves, y apagó el motor.

–¿Qué está pasando? –dijo una voz detrás de mí.

Miré hacia atrás y vi a los Barley, los ancianos vecinos de la casa a la izquierda de la de Birchie, que se acercaban hacia nosotros. Era demasiado pronto para que hubiera gente fuera, pero localicé a Martina Mack apresurándose hacia nosotros por la calle desde la plaza, justo lo que me faltaba en ese momento.

Wattie se desplomó en el asiento del conductor, resignada.

–Estamos todos bien, Lisbeth. Podéis volver a casa –dijo Birchie, dirigiéndose a los Barley. No le hicieron caso, pero se quedaron en el bordillo de su jardín. Birchie se quitó el cinturón y empezó a menear los pies.

–No deberías levantarte –le dije, pero ella agitó la mano frente a mí como respuesta y empezó a levantarse de todas formas. La agarré del codo para ayudarla. Me llevó a rodear el coche, y chasqueó la lengua al ver el golpe en el parachoques.

–¿Estáis todos bien? –preguntó Lavender.

Wattie también salió del coche, silenciosa y estoica y con una expresión ilegible en el rostro.

—Saca el baúl del asiento trasero —le ordené a Frank, lo cual llamó la atención de Wattie.

—Deja eso como está —dijo Wattie, pero la interrumpí.

—Sácalo, Frank. No estoy bromeando.

—Frank, tienes que hacerme caso —dijo Wattie.

Él se detuvo, mirándonos a las dos, y su mirada se posó finalmente sobre Birchie. Todavía estaba estupefacta ante el parachoques.

—¿Señora Birchie? —dijo Frank.

Ella lo miró.

—Dios mío. ¿Nos hemos chocado con el coche?

La rodeé con el brazo y me enderecé para ser lo más alta posible. No era mucho, y además llevaba puesto un pijama rosa con dibujos de *california rolls* y *unagi* por todas partes, pero seguía siendo una Birch en Birchville. Quizá no era «la» Birch, pero mi abuela no parecía estar a la altura de ese rol esa mañana.

—Saca el baúl, Frank.

Frank agitó la cabeza, como disculpándose con Wattie, y procedió a hacer lo que yo le había pedido. Hugh bajó del porche y le ayudó sin que se lo pidiera. Jeffrey y Lav lo siguieron con curiosidad.

Wattie estaba lanzando miradas asesinas a todos. Principalmente a mí. Todos nos quedamos en grupo en el centro del jardín viendo cómo Frank y Hugh sacaban el baúl del asiento de atrás. Wattie se acercó a Birchie para reclamar su lugar junto a ella. Entrelazaron los brazos, que encajaban perfectamente como piezas de Lego. Al otro lado de mi abuela, de repente sentí que no pertenecía ahí.

Frank y Hugh colocaron el baúl en el césped. Era un antiguo baúl marrón con bordes metalizados y moteados con óxido.

—Está cerrado con llave —dijo Hugh.

Efectivamente, había un antiguo candado, oxidado pero funcional, en el cierre del baúl.

Martina Mack llegó al jardín.

—¿Qué pasa? —preguntó con su chirriante voz de anciana.

—¡No te atrevas a pisar mi césped, Martina Mack! —ordenó Birchie—. Ya tenemos suficientes pisoteadores de césped por aquí.

Cuando vio que el resto la ignoramos, se unió a los Barley, que estaban susurrando en el bordillo del jardín.

—¿Qué hay ahí? —le preguntó Lavender a Wattie. Los chicos la flanquearon, ambos inclinados hacia ella.

—Nada —dijo Wattie.

—Mentira —repliqué. Wattie se había dejado la puerta del conductor abierta. Fui al coche, me incliné y abrí el maletero.

—El baúl en sí es bastante ligero —afirmó Hugh—. Así que no son libros ni nada de eso.

—¿Os ibais a fugar? —le pregunté a Birchie mientras me dirigía a la parte trasera del coche para buscar la palanca para neumáticos.

Era lo único que podía imaginarme; que fuera un baúl de emergencia lleno de zapatos ortopédicos, bragas de algodón y bonitos camisones escondido en el ático por si insistía demasiado en que Birchie viniera a Norfolk.

—¿Eso es mi baúl nupcial? —preguntó mi abuela, como si se acabara de dar cuenta de que el objeto estaba ahí. Las mañanas solían ser el momento en el que mejor estaba, pero el choque la había confundido.

—Es como la caja de Pandora —les susurró Lav a Hugh y Jeffrey—. Yo creo que no deberían abrirlo.

—No es tu baúl nupcial —le aclaró Wattie a Birchie—. Tu vestido no está ahí dentro.

Me giré y levanté la palanca para neumáticos.

—No te atrevas —me advirtió Wattie.

Intenté echar abajo el viejo candado. El baúl se movió, pero el candado se mantuvo en su sitio.

—¿Quieres que pruebe yo? —se ofreció Jeffrey, con ese entusiasmo adolescente que suscita romper cosas con un palo.

—Es mi vestido de novia. Son mis sábanas nupciales —dijo Birchie.

Empujé con la palanca de nuevo, usando toda la fuerza que tenía. El candado seguía en pie, pero el cierre del baúl se rompió y se cayó sobre una de las bisagras. Los Barley y Martina Mack se acercaron más, cruzando la barrera invisible hacia nuestra propiedad. Los tres niños se acercaron, y Lavender agarró a los chicos del brazo. Dejé la palanca y puse las manos sobre la áspera madera de la tapa.

Hubo una emocionante pausa cuando lo abrí.

Vi algo pálido, quizá de color blanco, que estaba envuelto ligeramente con una lámina de plástico tan vieja que estaba amarilleada. Retiré la capa de plástico que tenía por encima.

Lavender dio un grito ahogado, agarrándose con fuerza a los chicos. Frank dijo una palabrota entre dientes. Pude oír a Wattie jadeando detrás de mí.

–¿Qué es eso? –preguntó Martina Mack, acercándose a través del jardín, nerviosa–¡No vemos! Estás tapan… –Su voz se cortó abruptamente cuando vino detrás de mí.

–Pues eso no es mi vestido de novia –dijo Birchie–. Tendrás que volver a mirar en el ático, Frank. Mi baúl nupcial debe estar más escondido.

No me podía mover y apenas podía respirar.

Birchie se puso por delante de mí y cerró suavemente y con calma el baúl, cubriendo así la pila de huesos y dientes sueltos que estaban distribuidos al fondo. Cubriendo también la calavera humana que descansaba junto a una mandíbula desencajada, y cuya corona estaba decorada con una grieta profunda y antinatural que llegaba hasta la parte de atrás. El baúl era el único párpado que podía cerrarse sobre esos agujeros negros de las cavidades oculares, que miraban hacia arriba desde las profundidades, oscuras y completamente vacías.

Capítulo 7

Empieza con Violet.

No aparece en la primera página, pero es la luz que llama a mi antiheroína. La que le hace decir hola.

Hasta ahora solo había pensado en Violence, dibujándola constantemente sin conseguir encontrar su origen. Durante los últimos días había incluso deseado parecerme un poco más a ella. No por su naturaleza caníbal, pero teniendo a Wattie y a Birchie enfrentándose a mí por miles de pequeñas cosas, deseaba un ápice de su voluntad y decisión. Violence era muy determinada.

No había prestado atención a Violet, aunque, cuando empecé a diseñarla en el colegio, tenía el pelo oscuro, la mandíbula prominente y los ojos hundidos, como yo. Cambió durante mi último año de instituto después de lo de J. J., cuando inventé a Violence. Convertí a Violet en superguapa, y pasó de ser la prima tercera menos glamurosa de Hilary Swank a ser una grácil rubia de ojos grandes y tetas aún más grandes. Era tan dulce que me dolían los dientes cuando la dibujaba, era como una de esas antiguas novias de superhéroes. DTPV, siglas en la jerga friki para: «Demasiado tonta para vivir». Violet escapa con una alegría despreocupada de ese primer callejón oscuro, y el estado de peligro en el que está casi todo el tiempo permite introducir mucho humor feminista y astuto en la primera mitad de la historia. Al final ya no era gracioso, porque tanto ella como el mundo acaban destruidos. Quizá hice que fuera menos parecida a mí para que me resultara más fácil arruinarla.

Violet está entrando con su novio en un almacén abandonado al que les ha llevado un capo de la droga. Es un espacio enorme y oscuro, repleto de palés con cajas apiladas, y hay matones en todas las entradas y esquinas. El tío del cartel quiere saber qué le ha pasado a su equipo. Los chicos del callejón. Violet llora y jura que no lo sabe, y los conejitos, los ratones con expresión amable y los pájaros rechonchos empiezan a arremolinarse a su alrededor. Sus expresiones suplicantes combinan con la de ella.

Los animales son una pista; los conejos y los petirrojos solo aparecen cuando vemos a Violet a través de los ojos de Violence. Aparecen fragmentos de ella en las sombras negras y grises cerca de los márgenes: un mechón de pelo, el borde de una bota, una mano de uñas afiladas. Cada plano general muestra cada vez menos matones rodeando el perímetro y más líquido viscoso corriendo por las paredes y acumulándose en el suelo.

El tío del cartel pierde la paciencia justo después de ver desaparecer los pies del último matón sobre el margen. Se acerca, y la silueta morada de Violence, cerca del techo, brilla tenuemente sobre él. Está agarrada como si fuera una araña y los cadáveres de los matones cuelgan de las tuberías alrededor suyo.

El tipo se saca una pistola del cinturón y dispara cinco balas al novio de Violet.

–Última oportunidad –le dice a la chica y le apunta con la pistola.

Ahí es cuando Violence cae entre ellos, con tanta gracia que el traqueteo de sus cuchillos al desenfundarlos es mucho más notorio que el ruido que hace al caer.

El panel se centra en Violet. Tiene las manos sobre la cara, pero está echando un vistazo a través de los espacios de sus dedos. Está llorando, pero… puede que también esté sonriendo. Las palmas de sus manos están haciendo presión sobre sus mejillas, así que quizá esa presión sea la que está levantando las comisuras de su boca.

Es difícil saberlo, hasta que se ve a los conejos. Mientras que los ratones y los pajaritos trabajan con calma, tranquilizando a Violet y recortando un retal de su falda para colocarlo sobre el rostro del chico fallecido como si fuera un velo, los conejos están observando a Violence. Se levantan sobre las patas traseras y les salpica sangre sobre los blancos pelajes. Están presentes cuando el asesino es comido vivo, y no les disgusta del todo. Han empezado a cambiar.

Quizá esa es la razón por la que la novela gráfica se hizo viral; la historia de Violet le ha pasado a todo el mundo. Todos nosotros, cada bebé inocente que llega a este planeta, nos rompemos en algún momento. Todos podíamos alargar los dedos y tocar esos momentos: la muerte de un ser querido, ver a tu padre o madre irse de casa, tener relaciones sexuales por primera vez y darte cuenta de lo prescindible que eres. O levantar la tapa de un viejo baúl.

No había mirado a Birchie desde que cerró ese baúl por mí. Mis ojos no querían girarse hacia ese lado. ¿Qué veía? ¿Culpa? ¿Desafío? ¿Pura furia ante mi torpe insistencia? Mi abuela, la que preparaba tarta helada y me llamaba «cielo», tenía huesos humanos escondidos en el desván. ¿Quién era esa mujer? Tampoco quería mirar a Wattie. No después de haber dejado que entrara la luz en esa cosa que debería haberse quedado en la oscuridad. Esa cosa que jamás debería haber ocurrido.

Pero, cuando las miré, lo único que vi fue a mi abuela y a su amiga del alma, pequeñas, frágiles y queridas. Wattie también me miró, y la compasión en sus grandes y redondeados ojos me destruyó. Esos ojos demostraban perdón, incluso, y por su mirada supe que yo misma nos había conducido a aquella oscura situación.

Cuando contraté a los de la inmobiliaria para que ayudaran a ordenar el desván, Wattie movió el baúl. No le había dado otra opción. E intentó advertírmelo. La primera noche que pasé allí me dijo que dejara las cosas como estaban. Me había suplicado que no abriera el baúl. La conocía de toda la vida, pero nunca se me había pasado por la cabeza que pudiera confiar en ella. Nunca había pensado «Si Wattie roba un coche, será por una buena razón. Quizá debería dejar que se lleve ese baúl y ya está».

Birchie parecía afectada. Movía los labios para murmurar o para rezar. Se alejó de él y Wattie la tomó del brazo de nuevo, unidas por las caderas y los codos.

–¡Santo cielo! ¿Quién es? ¿A quién habéis matado? –chilló Martina Mack desde el lateral.

–Cállate, Martina –dije incorporándome de golpe.

No importaba de quién eran los huesos ni cómo habían llegado hasta ahí. Birchie y Wattie estaban ante restos humanos, pero, al mirarlas, no era capaz de pensar en que fueran asesinas o en que hubieran hecho ninguna maldad. No entendía sobre huesos, pero entendía a esas mujeres. Confiaba en ellas. No me hacía falta saber la historia, porque si no Birchie me la habría contado hacía años.

Lo único que deseaba era haber dejado que Wattie me robara el coche y fuera a esconder ese baúl muy lejos. Esconderlo mejor, y para siempre. Cuando la vi irse por la salida, debería haber cogido dos rollitos de canela y habernos empachado a mí y a Digby con azúcar. Debería haberme sentado con Lavender y haberle dicho «¿Qué es eso tan interesante en mi ordenador?». Los secretos de unos treceañeros habrían sido inocentes y novedosos, más dulces que ese cofre que albergaba un pasado oscuro.

–¿Eso es… era una persona? –preguntó Lisbeth Barley–. ¿Eran los huesos de una persona?

–Voy a llamar a Cody –anunció Martina Mack.

«Que Dios nos ampare». Birchville contaba con cinco policías a tiempo completo, y uno de ellos era el nieto de Martina. La idiotez se pasaba de generación en generación, al menos en la familia Mack. Cody era lo último que me faltaba en el jardín.

–Señora Wattie, usted y la señora Birchie deberían ir dentro –dijo Frank en voz bajita.

Birchie se inclinó con el ceño fruncido, preocupada.

–Tengo que llevarme mi baúl –dijo, alargando una mano hacia él. Wattie le agarró rápidamente, evitando que lo tocara–. Tengo que...

–Ve adentro. No te preocupes –la interrumpí.

Me daba miedo lo que pudiera decir. Acababa de admitir públicamente que un baúl con restos humanos le pertenecía. No iba a dejar que los cuerpos de Lewy la acusaran de Dios sabe qué otra cosa en el jardín, y además frente a los Barley y Martina Mack.

Martina ya estaba vociferando al teléfono.

–¡Ahora, Cody, te lo estoy diciendo! ¡Mueve el culo y ven ahora mismo a casa de los Birch!

–Venga, por favor –se quejó Wattie–. Leia y Frank se encargarán de esto.

Yo asentí, segura, aunque no tenía ni idea de lo que significaba «esto». Cuando por fin se dirigieron hacia casa, me giré hacia Frank.

–¿Deberíamos dejar el baúl dentro también?

–No te atrevas a moverlo –advirtió Martina. Ya había colgado el teléfono y estaba señalando el objeto con su tembloroso dedo de anciana–. ¡Es una escena del crimen!

Lavender y los chicos la observaron, atónitos y en silencio. Hugh se acercó más a ella, con aire protector. Jeffrey estaba solo a unos centímetros de Lav, pero estaba haciendo todo lo posible por protegerla también desde el otro lado. Mis pies descalzos se estaban enfriando sobre el césped húmedo. Pude ver la silueta azulada y en forma de lágrima de Cody Mack, que venía a paso rápido desde la plaza. Sus andares exagerados hacían que su linterna se balanceara.

–No es una escena del crimen, Martina –dijo Frank, tranquilo y algo desdeñoso–. Todavía no sabemos lo que es.

–Tengo casi todas las temporadas de *Ley y orden* en DVD. Reconozco una escena del crimen cuando la veo. –Me miró con sus pequeños y malignos ojos–. ¡Estos Birch, siempre tan arrogantes! Debería haberlo sabido. Espero que traigan a los perros que rastrean cadáveres y os remuevan todo el jardín.

Asintió con seguridad hacia los Barley, y añadió:

—Apuesto a que hay un montón de huesos y de gente enterrada ahí abajo.

Los Barley parecían asustados.

—No seas ridícula —solté.

Martina me miró de arriba abajo, inclinando la cabeza hacia atrás y abriendo las fosas nasales, tanto que casi podía ver las cavidades oscuras en las que debía encontrarse su cerebro.

—Mi hija me llevó a ver *Arsénico y encaje antiguo* al teatro de Montgomery. ¡Sé de lo que hablo!

También había informado a su nieto, porque cuando vi a Cody aparecer me di cuenta de que llevaba un viejo rollo de cinta de barricada amarilla. Era tan vieja que estaba llena de polvo.

—¿Qué diantres está pasando? —saltó, mirándonos a Frank y a mí—. La abuela dice que tenéis un cuerpo en ese baúl.

Iba a contestarle, pero Frank posó la mano sobre mi brazo para tranquilizarme.

—Todavía no sabemos bien de qué se trata —dijo Frank.

—Voy a tener que abrirlo —le anunció Cody a Frank—, tengo que verlo.

Frank agitó la mano como diciendo «adelante». Cody se acercó y se puso de rodillas.

Yo giré la cabeza y miré a los Barley, que estaban apiñados y murmurando entre ellos. Oí el ruido de la tapa abriéndose y a Cody gruñendo. Un poco más lejos se encontraba Della Brody, que había salido al porche y nos estaba observando. En la puerta junto a la suya estaban los Maxwell, que también habían salido, así que el muy eficiente sistema de comunicación de la Primera Iglesia Bautista estaba funcionando. Tendríamos a todo Birchville en el jardín en los próximos diez minutos. Me quedé con la cabeza apuntando en dirección a los vecinos para ver cómo se fusionaban, hasta que oí el sonido del baúl cerrándose de nuevo.

Cody le estaba preguntando a Frank acerca del parachoques destrozado y sobre cómo había llegado el baúl hasta el césped en primer lugar.

—Estaba en el asiento trasero del coche.

—¿Y dónde estaba antes de eso? —preguntó Cody—. ¿De dónde ha salido?

Esa era la verdadera pregunta, ¿no?

—Del desván —respondió Frank, tranquilo y conciso, dando datos verídicos, aunque solo aportando la información concreta que Cody le pedía.

Mientras hablaban, yo fui a buscar a Lavender y a los chicos, caminando con los bajos del pantalón de pijama húmedos que me rebotaban en los tobillos desnudos.

—Id a prepararles a Birchie y a la señora Wattie un té calentito, por favor. O un chocolate caliente. Creo que están en *shock*.

—¿Podemos tomar chocolate nosotros también? —dijo Lavender, cuyo interés infantil se había visto atraído por el chocolate y el azúcar. Jeffrey sonrió optimista ante la pregunta, pero el rostro de Hugh se mantuvo serio, al igual que su padre. Solo era dos años y medio mayor que Jeffrey, pero eran años importantes; esperaba que Lav hubiera escogido la seguridad que le daba el más joven. Lavender no estaba lista para un chico de instituto al que le quedaba poco para poder conducir y que tenía testosterona adolescente corriendo por el cuerpo. Pero vi lo cerca que estaba de ella, protector, y supe que él estaría ahí, estuviera o no lista.

—Claro —dije. Se pusieron manos a la obra.

—Voy a tener que interrogar a la señora Birchie —oí decir a Cody detrás de mí. Me giré.

—Yo soy su abogado. Puedes hablar conmigo —dijo Frank.

—No me sirves. ——Ya te he estado interrogando. No sabes un carajo.

—Tendrás que conformarte conmigo. No puedo dejar que hables con mi cliente. Estabas en la Fiesta del Pescado Frito, así que sabrás que la señora Birchie no está capacitada.

–Tonterías. Yo creo que la señora Birchie solo dijo verdades en la fiesta. Si lo que dijo fuesen papanatas, tu mujer no estaría viviendo con su madre ahora mismo, ¿no? –dijo Cody, y Frank se quedó atónito.

Joder, eso había sido un golpe bajo en una herida aún fresca. ¿Por qué Dios no había hecho que los genes de la idiotez fueran recesivos?

–Birchie tiene cuerpos de Lewy –intervine, intentando sonar más tranquila de lo que estaba–, es un tipo de demencia, puedes comprobar el diagnóstico con su médico. No puedes interrogarla bajo ningún concepto –le lancé una mirada asesina a Martina Mack. Yo también había visto *Ley y orden*, aunque solo fuera un par de veces. No era muy de mi rollo–. Solo vas a hablar con Frank, y lo vas a hacer con un lenguaje civilizado. –Era una frase sacada del repertorio de Birchie.

Vi los dos coches de policía del pueblo acercándose lentamente desde la plaza. Parecía que el jefe estaba al volante. Era un tipo razonable, más mayor y tranquilo, que valía más que quince Codys. Estaba deseando que condujera más rápido.

Cody no paraba de mirarnos a los dos.

–Traedme a Wattie entonces. Ella no tiene demencia de repente y tan convenientemente, ¿no?

–La señora Wattie, querrás decir. ¿Quién te ha educado? –En ese momento me sentí una verdadera habitante de Birchville, hablando por mi abuela y haciéndolo lo suficientemente bien para avergonzarlo. Estaba en nuestro jardín. Joder, estaba en nuestro pueblo. Debería haber llamado «señora» a Wattie, considerando su edad y la de ella y especialmente frente a su propia abuela, y él era consciente de ello–. Veo que se acerca tu jefe, y él hablará con Frank, conmigo o con quien tenga que hablar. Tú quédate ahí fuera, en el jardín, como el perro que eres. Deja que los humanos tomen las decisiones.

Me giré con confianza y fui hacia casa.

–¡Espera! –le ordenó Frank a Cody, y procedió a seguirme

hasta el porche. Se inclinó, hablando bajo–. No le hagas ninguna pregunta a Birchie. Puede que te diga algo.

–¿Decirme algo? ¿El qué? –dije.

–Cualquier cosa. Debes tener cuidado con lo que sabes. No preguntes y no dejes que te explique nada.

Yo ya estaba negando con la cabeza:

–Frank, tengo que…

Me interrumpió, en voz baja pero con urgencia:

–Escúchame. Son ancianas y Birchie está enferma. No voy a dejar que nadie la interrogue. No si puedo evitarlo. Pero lo más probable es que alguien te interrogue a ti. Si sabes algo que no debes y lo dices, puedes hacer más mal que bien. Deja que os proteja.

Puse las manos en alto en señal de rendición, pero no iba a ser fácil. Mientras me adentraba en casa intenté no pensar en preguntas que hacerle, pero no lo conseguí. ¿Quién estaba en ese baúl? Debía ser alguien que estaba relacionado con Birchie de alguna forma. Al fin y al cabo, era su casa. ¿Cuánto tiempo llevaba ahí? Solo había echado un vistazo a los huesos, pero parecían antiguos. Lo suficientemente antiguos para encontrarse desencajados. Además, habían escondido el baúl en lo más profundo de la sala trasera. Cuando era pequeña, esa sala ya estaba demasiado abarrotada para poder entrar. ¿Estaba ya presente ese baúl, fétido y en descomposición, mientras yo jugaba a disfrazarme? Podría haber estado ahí desde antes de que nací, con pilas de historia creciendo a su alrededor y enterrándolo más profundamente cada año en el desván.

Esperaba que fuera así. Esperaba que estuviera ahí desde hacía un siglo o más, que fuera una horrible herencia que le había llegado a Birchie de alguien que llevaba mucho tiempo muerto. Mi cerebro de escritora estaba buscando narrativas. Ellis Birch era definitivamente un padre sobreprotector y orgulloso. Quizá esos huesos pertenecían al pretendiente desaparecido de Birchie, el que supuestamente se fue hasta los confines del estado. Quizá eran aún más viejos y se trataba de los restos de un soldado yanqui asesinado durante la agónica era de la Reconstrucción. Puede que hubieran viajado en ese mismo baúl junto a Ethan Birch, y que por esa razón se marchara de Charleston y fundara Birchville. Si esa caja tan solo contenía una fea historia del pasado, todo se arreglaría pronto. Unos restos tan antiguos requerían de antropólogos, no de policías.

Lo único que debía hacer era esperar. Dejar que Frank averiguase la historia. Nos la contaría a mí y a la policía de la mejor forma posible. Birchie era consciente de la existencia de esos huesos, eso estaba claro, pero no podía creer ni por un segundo que se tratasen de algo que ella hubiera «hecho».

Los niños estaban todavía en la cocina. Se oía el traqueteo de los platos y el zumbido de sus voces jóvenes. Birchie y Wattie estaban solas en la sala de estar. Estaban sentadas una al lado de la otra, por fin, en los sofás dobles victorianos.

—¿Estás bien? —le pregunté a Birchie, acercándome a ella y arrodillándome.

—Supongo que sí. ¡Vaya desastre! —dijo—. Lo siento mucho. Nunca pensé que…

—Shhh. —Le di un beso—. No te disculpes. No hables de ello. Frank dice que ni siquiera hables conmigo, ¿vale?

Ella asintió, pero me quedé mirando fijamente sus brillantes ojos azules hasta asegurarme de que estuviera escuchándome. Me giré hacia Wattie y la tomé de la mano. Podía sentir sus huesos, vivos, intrincados y delicados, y me parecieron más frágiles que su piel curtida.

—Ahora tú y yo estamos en el mismo equipo —le dije.

—Yo he estado en tu equipo desde el día en que naciste, querida —contestó Wattie, aunque después añadió, con aspereza—. Aunque esta semana me haya estado preguntando si quizá eras analfabeta. No te preocupes. No voy a dejar que diga ni una palabra.

—Bien —asentí, aunque mi corazón dio un vuelco.

Si Wattie no quería que hablara, significaba que Birchie tenía bastante que decir. No estaba haciendo preguntas, pero estaba enterándome de demasiada información.

Mantenerla en silencio iba a ser un trabajo para ambas. La Fiesta del Pescado Frito demostró que la enfermedad de mi abuela había progresado tanto que los poderes de Wattie apenas podían contenerla; Birchie podría decir una verdad de lo menos conveniente en cualquier momento. O peor, podría decir cualquier disparate que la incriminara. Tenía cuerpos de Lewy y veía unos horrorosos conejos copulando por toda la ciudad. ¿Y si la enfermedad le hacía recordar cosas que nunca habían sucedido?

Observé a Wattie con mirada severa y le dije:

—¿Ese baúl es de Birchie?

—Creía que no íbamos a hablar de esto —dijo Wattie.

—Estoy asegurándome de que protegemos a la persona correcta. ¿Es suyo?

Wattie apretó los labios, grandes y carnosos, y frunció el ceño con sus cejas blancas y poco pobladas, pero, tras un momento, agachó la barbilla, asintiendo.

—Vale. Escúchame —dije, y soné justo como Frank—. Si la policía te pregunta, tú di que solo has ayudado a Birchie a mover el baúl porque te lo ha pedido. Seguro que estaba muy alterada por su enfermedad. Y la enfermedad hace que no se la pueda responsabilizar por nada. Así que tú accediste a ayudarla a mover el baúl sin saber lo que había dentro.

A Wattie se le dilataron las fosas nasales:

—Mi madre no me educó para que fuera una mentirosa.

—Pues se ve que has aprendido muy bien por ti misma, entonces —contesté bruscamente, aunque me sentí mal. Pues claro que Birchie le habría contado lo que había en ese baúl. Le contaba todo—. Vale, eso ha estado feo, pero en mi defensa diré que yo no sabía que mi abuela estaba enferma hasta la semana pasada, así que creo que tengo el derecho de decirlo.

Ella miró hacia otro lado, pero noté que mis palabras le habían llegado.

–Si te digo la verdad, mi madre tampoco me educó para que fuera una mentirosa. Por suerte para ti, no siempre sigo sus buenos consejos.

–Hmm. El mundo sería un lugar mejor si todas escuchásemos a nuestras madres. Y a nuestras abuelas –sentenció.

–Puede ser. ¿Tu madre te enseñó a mantener la boca cerrada?

–Eres de lo que no hay, niña –dijo Wattie, sonriendo un poco pese a todo–. Te pasaste la mitad de la infancia en ese desván y nunca te diste cuenta de que él estaba ahí, ¿no? Se podría decir que sé guardar secretos.

Sacudí la cabeza.

–Shhh. Dejemos que hable Frank y esperemos.

Pero la información me caló de cualquier forma. «Él». La persona del desván era un «él». Un «él» era algo mucho más humano que un «eso», y lo peor es que Wattie sabía que los restos eran masculinos. Aun así, no significaba que lo hubiera conocido personalmente o que tuviera algo que ver con su muerte o con su internamiento en un baúl.

–No digas nada más. Frank cree que es mejor que no sepa quién está ahí.

–Ya te lo dije –saltó Birchie, agitada.

–Birchie, por favor, no hables más –le dije, alargando el brazo sobre Wattie para poder darle una palmadita.

–Te lo dije la primera noche que pasaste aquí –insistió–, te lo dije en la cena.

Era por la mañana, el momento en el que Birchie estaba más lúcida, y sonaba muy convencida. De cualquier forma, estaba bastante segura de que no se había comentado nada sobre quién estaba o no estaba muerto en el desván mientras comíamos codornices y ensalada de tomate.

–No me acuerdo de cómo se prepara el pan de maíz –soltó Wattie de repente. Birchie se quedó observándola, pestañeando–. No me acuerdo de las cantidades de harina y de maíz.

—Dos de harina por una de maíz —dijo mi abuela—, dos por una, ya lo sabes. Y tres huevos frescos de buen tamaño.

Wattie negó con la cabeza:

—Será mejor que me lo expliques desde el principio.

Birchie parecía haber vuelto en sí misma.

—Tienes que coger el bol de tu madre, porque ahí podemos medir a ojo hasta dónde poner la harina. Lo tengo en el segundo armario desde abajo, a la izquierda de los fogones…

—Mientras nos explicaba el proceso para preparar su plato estrella, me di cuenta de que Wattie ya había hecho eso antes. Era un mecanismo para lidiar con los cuerpos de Lewy, llevar a Birchie a explicar paso a paso algo que ya conocía de sobra. Algo que sus manos, su nariz y su boca recordaban, no solo su mente.

Lavender entró con una bandeja llena de chocolate caliente y con rostro preocupado.

—¿Dónde están Hugh y Jeffrey? —pregunté.

—Comiéndose otros cincuenta rollitos de canela. Si no paran van a terminar vomitando. —Dejó la bandeja en la mesa—. ¿Me dejas otra vez el portátil? Estábamos haciendo una cosa.

—Claro —dije.

El portátil seguía en la mesita. Lo cogió y se dio la vuelta para irse, mientras decía:

—Ah, y cuando tengas un momento, ¿puedes llamar a mi madre? Ya le he dicho que estás ocupada con los polis, pero se está preocupando.

—¿Has llamado a Rachel? —dije. No me hacía falta ver a Lavender asentir. Cuando las cosas van mal, las chicas llaman a sus madres. Mi propia madre olía a manzanilla y miel, y en parte quería correr a casa, apoyarme en su regazo y olvidarme de todas las pretensiones de la edad adulta. Pero, en vez de eso, tenía que llamar a Rachel. Debía estar de los nervios—. Jesús, ten piedad de mí.

—¡Leia! No uses el nombre de nuestro Señor en vano —dijo mi abuela. Mi abuela, la misma que había escondido un cadáver en el desván durante Dios sabe cuánto tiempo.

–¿Cuánta grasa hay que untar en la sartén? –preguntó Wattie, insistente, llamando la atención de Birchie.

–Una buena cucharada. Usa la cuchara que tengo justo al lado de la lata de café – dijo ella, que volvía a estar centrada en la receta.

Toqué el hombro de Wattie en señal de agradecimiento y subí las escaleras. Tenía que explicarle a Rachel cómo es que había llevado a su única hija a una casa en la que guardaban un cadáver en el desván. Un cadáver muy muy viejo, debía remarcar. Eran solo huesos, en realidad. ¿Cuándo deja una persona de ser un cuerpo y se convierte en un pedazo de historia? Quizá cuando ya no queda nadie vivo que le quiera. ¿Cuánto tiempo era eso en un pueblo como Birchville, que tenía una memoria colectiva tan larga?

No lo sabía.

No quería saberlo.

Cerré la puerta de mi habitación, me preparé y llamé a mi hermanastra.

Capítulo 8

Preocuparse era una subestimación. Rachel estaba de los nervios, y procedió a bombardearme a preguntas con tono agudo y tenso. No tenía las respuestas, pero tampoco importaba demasiado. Me interrumpía a cada segundo para despotricar y mostrar su asombro ante esa injusticia; había evacuado a su hija de una zona de combate conyugal solo para ubicarla en medio de la escena de un crimen.

Cuando pude hablar, le pregunté:

—¿Vas a decírselo a Jake?

Hubo un pequeño silencio.

—¿Has hablado con Jake, en general?

—No. Supongo que tendré que hacerlo si resulta que vas a encontrar cadáveres apilados encima de la habitación de su hija —saltó Rachel.

Como si para mí fuera habitual ponerme a desenterrar restos humanos tan tranquilamente y necesitara que ella me mantuviera bajo control antes de que encontrara a Jimmy Hoffa bajo las flores del jardín. Lo único positivo que podía sacar de aquello era que mi hermanastra podría llamar al padre de Lavender. No es que yo fuera fan de Jake, pero era el único padre que la niña tenía.

—¿Y ahora qué? —pregunté.

—Lavender se vuelve a casa —dijo Rachel, con un tono que no admitía discusión.

—Vale —asentí—. ¿Quieres que llame a la aerolínea?

—Yo me encargo —contestó Rachel, y colgó el teléfono.

Me di una ducha rápida, y apenas acababa de salir de ella cuando el teléfono volvió a sonar. Era mamá, elogiando a

Rachel, y quería saber qué demonios estaba pasando en casa de Birchie. Estaba claro que mis padres debían saber lo que pasaba, pero quería ser yo quien se lo contara. Con calma. Y con mucho contexto. No me había sentido tan delatada desde que mi hermanastra y yo teníamos seis años y se chivó de que había tirado el pendiente de esmeraldas de mamá por el váter sin querer. ¡Y yo después no dije nada de lo de Jake!

Me envolví en la toalla y me sequé, y durante diez minutos estuve asegurándole a mi madre que no había razón alguna por la que Lavender y yo tuviésemos que volver ya a casa. Le conté mi teoría del soldado yanqui y le dije que, de todas formas, Birchie estaba enferma, por lo que yo era la adulta responsable en esa situación.

–Puede ser –dijo mi madre, inquieta–. Pero sigues siendo mi bebé. Eso nunca cambia.

Eso me hizo posar la mano en mi barriga de embarazada, preguntándome en qué narices me había metido. En cuanto pude colgar el teléfono me puse un poco de colorete y brillo de labios, esperando que me hiciera parecer menos tensa. Intenté vestirme, pero los vaqueros más grandes que tenía, para emergencias, no fueron suficientes para sujetar a Digby. Perfecto. Los tiré en una esquina.

Al darme la vuelta me vi a mí misma de reojo en el espejo. Incluso cuando estaba más en forma, no era particularmente esbelta. Mi constitución era robusta, con las piernas rechonchas, y apenas tenía tetas. Pero últimamente mi cuerpo era distinto. Había ganado una talla más de copa y las caderas se me habían redondeado, igual que la barriga. Nunca había pesado tanto como entonces, pero me gustaba mi cuerpo en el espejo. Me veía preciosa y muy muy femenina. Quizá incluso *sexy*. Me quedé observándome a mí misma durante diez segundos hasta que me di cuenta de lo que estaba haciendo. «¿Qué demonios te pasa?», le pregunté a mi reflejo, antes de ir a rebuscar entre la poca ropa que había traído.

Sabía la respuesta. Mi juzgón libro sobre embarazadas decía

que era normal en el segundo trimestre. Eran hormonas sexuales, que aparecían sin invitación en la loca fiesta de las hormonas que ya se estaba llevando a cabo en mi alarmado cerebro. Me puse una falda larga con estampado indio, una camiseta enorme que a veces usaba para dormir y un amplio cárdigan ligero. Cuando volví a mirarme en el espejo me vi gorda e incluso vagabunda, pero no embarazada. Ni tan mal.

Cuando bajé las escaleras, en el jardín no había rastro de huesos, baúles, vecinos ni policías. Frank estaba sentado en la barra de desayunos, comiéndose un rollito de canela frío y esperando para darme noticias.

—¿Has hablado con ella? —le pregunté sin preámbulos.

Él asintió brevemente, pero su rostro estaba tenso.

—Lo he intentado. Pero Birchie estaba agotada y lo que decía no tenía mucho sentido. Wattie dice que es porque se ha levantado demasiado pronto y se le ha desestructurado la rutina. Ahora están las dos en la cama. Ten paciencia, ¿vale?

—Bueno, al menos has evitado que ese gilipollas nos llene el jardín de cinta de barricada —dije, agradecida.

La última vez que esa cinta había visto la luz del día fue cuando el videoclub Movie Town instaló el solárium en la sala trasera. Tuvieron que mover su pequeña reserva de pelis porno para alquilar a una esquina con una señal de +18, porque habían pillado a un chaval del instituto saliendo de la tienda con una copia de *El follable Will Hunting* metida en los pantalones. Cody (obviamente tenía que ser él) llenó esa esquina de cinta amarilla, tanto para indicar el gran crimen cometido como para mantener a los adolescentes lejos de la sección.

—¿El jefe Dalton te ha hecho muchas preguntas?

—No, después de que le dejara llevarse los huesos para que los analicen. Está teniendo tanto cuidado como yo. Es la casa de la señora Birchie, al fin y al cabo. Sabe de dónde viene la mayoría de su sueldo.

—Genial —dije, y de repente noté que tenía hambre.

Me senté frente a él y cogí un rollito de canela de la bandeja. Le di un buen mordisco y pregunté:

–¿No podemos decir que nos encontramos el baúl por casualidad? ¿Que estábamos sacando cosas de valor sentimental para Birchie y lo encontramos por ahí? Ella podría haberlos visto y entrar en pánico. O, incluso, quizá estaba llevándolos en el coche a la comisaría de Policía, ¿no? –Era una forma muy optimista de llamar a la oficina del tamaño de un armario que tenía la policía en la plaza, al lado de la cafetería Brother's Café.

–¿Te refieres a mentir directamente? –dijo Frank serio.

–Sí. Claro –contesté, vehemente pero muy silenciosa.

La casa estaba llena de adolescentes escondidos en algún lado susurrando sus propias preocupaciones y de ancianitas exhaustas que se estaban echando la siesta. Mi Birchie tenía noventa años y estaba muy enferma. Me daba igual lo que supiera, lo que hubiera presenciado o lo que hubiera hecho; la perdonaba. Si es que necesitaba que la perdonaran, lo cual dudaba totalmente.

–Dejando a un lado la moralidad, esa historia no va a colar –dijo Frank–. El baúl estaba cerrado con el candado cuando intentaron huir con él. Martina Mack te vio romper el cierre en el jardín, y lo ha anunciado tan ruidosamente que creo que lo deben saber hasta en Georgia.

–¿Y qué le digo a la gente? –pregunté.

Nuestro jardín y la calle frente a casa estaban vacíos, pero conocía Birchville. Todo el pueblo estaría preparando guisos de pollo y bizcochos, y pronto los miembros de la Primera Iglesia Bautista estarían frente al porche, cargando con comida y hambrientos de información.

–Nada. Absolutamente nada. Y no mientas, por el amor de Dios. Mantén la boca cerrada y tampoco dejes que tu sobrina, la señora Birchie o la señora Wattie hablen. Diles a los que se pasen por aquí que no puedes hablar porque el caso está bajo investigación. Ya les he dicho a Hugh y a Jeffrey que no digan nada, bajo amenaza de muerte o de pasar cincuenta horas trabajando en el jardín, lo que odien más. Vamos a ir viendo cómo se desarrolla. A ver qué hace el jefe Dalton.

–¿Necesitamos un abogado criminalista? –le pregunté. Pensé que quizá sí, pero Frank negó con la cabeza.

–De momento no, no lo creo. Te avisaré si llegamos a ese punto.

Su respuesta me resultó reconfortante.

Alguien llamó al timbre, pero me quedé sentada. Estaba exhausta y llevaba toda la semana con una nueva especie de hambre de embarazada que empezaba en los huesos. Ya me había comido el rollito, pero aún sentía el estómago vacío. En el porche me esperaban unos macarrones con queso vecinales y una ávida ansia de información, y casi estuve dispuesta a afrontar esa última con tal de obtener lo primero.

Casi.

–Joder –dije, y enterré el rostro entre las manos.

Frank se levantó.

–Le diré a quién sea que esté ahí que Birchie está dormida y que vuelva más tarde. ¿Puedes buscar a Hugh y a Jeffrey y decirles que vayan a casa de su abuela? Ya van tarde, y no quiero darle a Jeannie Anne una excusa para escribirme.

–Hecho –contesté, contenta de intercambiar problemas– Pero si quien esté en la puerta ha traído un guiso, cógelo. Estoy tan estresada que necesito comerme la mitad.

Arriba se escuchaban voces jóvenes, graves, que venían de la torre. La puerta estaba cerrada, y esa habitación era técnicamente la de Lav. Todo mal. Lo peor era que solo se oía a dos personas. A Lavender y a uno de los chicos. Estaban hablando demasiado bajo como para poder entender algo y tampoco quería cotillear a mi sobrina, pero la escuché decir la palabra «papá» cuando pasé por delante. Estaban creando lazos en base a sus familias recientemente desestructuradas, en una habitación cerrada con una cama dentro. Todo fatal. Llamé a la puerta y abrí, esperando encontrar a Jeffrey.

Pero, por supuesto, era Hugh, que tenía una amplia espalda

y casi le crecía bigote. El pobre Jeffrey aún tenía las mejillas mulliditas y era larguirucho. Hugh y Lav estaban muy juntos, sentados al lado del otro en la perfectamente hecha cama, ambos con la cabeza inclinada hacia el portátil. Levantaron la mirada en cuanto entré, pero no se separaron.

—¿Dónde está tu hermano? —le pregunté a Hugh, tranquila.

—Le he dicho que vaya a casa de la abuela. Mamá me ha escrito y está bastante agobiada por...lo que ya sabes —dijo él.

Así que la información ya había salido de la plaza y se había extendido también por las fronteras del pueblo. Genial.

—Vale, igual deberías ir yendo tú también. —Fue suficiente para hacer que Hugh se levantara.

—Sí señora —accedió mientras Lavender apartaba el portátil—. Adiós, Zurdita.

En cuanto nos quedamos solas, dije:

—Oye, «Zurdita», estaría bien que no cerraras la puerta cuando estés con un chaval en tu cuarto.

—No es nada de eso. No estábamos haciendo nada —dijo ella, y después cambió de tema—. ¿Mamá me va a hacer volver a casa?

—Por supuesto que sí —contesté. Estaba claro que Rachel no iba a dejarla en una casa donde se acababa de desenterrar un cuerpo. O sacado de un baúl, más bien.

—¡No, tía Leia! Se supone que tenías que convencerla. Es una estupidez. No es que hayamos encontrado una pila de adolescentes asesinadas bajo el porche. No estoy en peligro.

Me senté en un puf y me puse un cojín en el regazo, sobre la barriga, que albergaba a Digby.

—Lo siento, Lav, pero ya está hecho.

—Esto es probablemente lo más interesante que me ha pasado nunca, y no quiero irme antes de que descubramos quien fue asesinado —dijo.

—No digas «asesinado» —la advertí al momento—. Nadie ha dicho nada de un asesinato.

Lavender me miró, cariñosa, escéptica y condescendiente,

todo al mismo tiempo, de la misma manera que la miraba yo cuando tenía ocho años y aún dejaba los dientes en la almohada para el ratoncito Pérez. Estaba casi segura de que solo lo hacía por el dinero. Casi segura.

–Venga ya, tía Leia. Hugh dice que a la gente que no es asesinada la entierran de forma normal. No la meten en un ático –dijo, y la verdad es que la niña tenía algo de razón. Peor aún, si Hugh ya había llegado a esa conclusión, ¿que estaría pensando el resto de Birchville? Casi toda la gente del pueblo quería a Birchie, pero no como yo. Solo podía imaginarme a Martina Mack lanzando bilis por la boca, con su cara de engreída.

–¿De verdad me tengo que ir a casa?

–Es muy probable que tu madre te esté comprando el billete en este exacto segundo. Mañana como muy tarde, o incluso esta noche, iremos al aeropuerto. Será mejor que empieces a hacer la maleta, ¿vale?

–Pues vaya rollo –bufó.

No hizo amago de levantarse ni de ir a por su maleta. Tan solo se empezó a morder el labio inferior. Identifiqué las emociones en su cara. Culpa. Había hecho algo y quería confesarse.

Abajo, el timbre volvió a sonar. Tenía que ayudar a Frank a tranquilizar al pueblo, meter algo de comida en mi cuerpo de embarazada para no desmayarme y ver cómo estaba Birchie. Pero me quedé donde estaba. Fuera lo que fuese, estaba carcomiéndola por dentro.

–Venga, dime –la animé, lo más cuidadosamente que pude–. ¿Qué has hecho?

Recé a Dios para que no tuviera que ver con Hugh. Solo llevábamos unos pocos días aquí, pero habían sido difíciles, y sabía de primera mano que la pérdida de un padre puede llevar a tomar decisiones sexuales precipitadas y dañinas. Las malas decisiones de su propio padre, ahora desaparecido en combate, fueron las que me enseñaron eso cuando ambos no éramos mucho mayores que ella.

Lavender se sonrojó y dijo:

–No hemos hecho gran cosa.

–¿Tú y Hugh? –dije.

Ella asintió.

–Creo que deberías soltarlo. –Rápido, como si estuvieras quitándote una tirita. ¡Tira!

–Le he contado lo de tu bebé –dijo rápidamente–. No te preocupes, no se lo dirá a nadie.

–¡Lavender! –me quejé.

Eso distaba tanto de la confesión que me esperaba que estaba incluso en otro universo. En mi universo personal, de hecho, uno en el que ella no tenía derecho a entrometerse. Lo peor era que ya se lo había soltado al hijo del vecino y se iba a ir a casa. Mi secreto no sobreviviría mucho tiempo en aguas peligrosas e infestadas de Rachel. Después, mi hermanastra me delataría ente mamá y Keith, y entonces yo combustionaría espontáneamente por todo el estrés.

–Hugh es de fiar –dijo Lavender, con tanta tranquilidad que resultaba imposible que el habérselo contado a Hugh fuera la razón por la que se sintiera culpable–. Pero los dos estamos muy tristes por el bebé.

–¿Por qué estáis tristes? –dije, pero suavemente, porque ya estábamos entrando en la verdadera cuestión. Que le contara el secreto a Hugh me importaba a mí, pero esa era la parte que le importaba a ella.

No quiso mirarme. Habló tan bajo que apenas pude oírla:

–Porque el bebé no va a tener padre. No va a tenerlo desde el principio.

–Cielo, eso es lo último por lo que debes preocuparte –resolví.

Estaba claro que la falta de padre de mi hijo iba a resonar en ellos. La última vez que Lavender vio a su padre, estaba saliendo por la puerta con una bolsa de la compra llena de calzoncillos y zapatos *oxford*. La familia de Hugh también vivía un desbarajuste similar.

–El padre del bebé… ¿Parecía una mala persona? –preguntó Lavender.

—No lo sé. ¿No crees que esto se trata más de tu propio padre que del bebé?

Ella se encogió de hombros con expresión inescrutable. La treceañera resultaba mucho más difícil de leer que cuando tenía doce años y era simple y dulce.

—¿Has hablado con tu padre? ¿Le has escrito?

—Mamá me dijo que no lo hiciera —esquivó la pregunta—. Tía Leia, respóndeme. ¿Y si resulta que me tengo que ir al aeropuerto en cinco segundos? Tengo que saberlo; cuando conociste al padre del bebé, ¿parecía agradable?

Tomé aire y me resigné a seguir la conversación. La treceañera era insistente y corta de miras. Aquella era tan importante para ella que estaba hablando sobre el padre de Digby en vez de hablar sobre los huesos humanos o sobre sus padres. Tenía que tomármelo en serio, pero no estaba segura de tener una verdadera respuesta. Cuando empecé a beber con el Batman, ya estaba emocionalmente destrozada. No estaba en un estado que me permitiera analizar el carácter del padre de mi bebé aún no existente. Acababa de recibir una bofetada que me había llevado a veinte años atrás.

Fue una pena, porque el día empezó genial. Había llenado un auditorio de quinientas personas en la FanCon. Tuvieron que echar a gente por los estándares de seguridad contra incendios. Al final, cuando Dark Horse anunció que estábamos trabajando en una precuela de *V in V*, toda esa multitud de frikis maravillosos se levantó para darme una ovación, gritando y golpeando el suelo con los pies. Después, mientras caminaba por la convención, se me acercó mucha gente con timidez para pedirme un autógrafo. Vi al menos a veinte mujeres y dos hombres que se habían vestido de Violence. Era surrealista ver versiones y versiones de *cosplays* de la asesina que yo misma había creado, cada una con su propio corazón y su pelo morado. Altos y bajos, gordos y flacos, jóvenes y ancianos, todos llevaban cuchillos de mentira y botas altas hasta el muslo. Mi favorita se había embadurnado de color rojo intenso alrededor de la boca, y cuando me dedicó una sonrisa, pude ver ese mismo color entre sus afilados dientes falsos. Incluso vi una Violet con un dulce vestido amarillo y un pajarillo cantor taxidermizado sobre el hombro.

Ese tipo de cosas solo suceden en las convenciones. Ser famosa entre los frikis no era ser famosa de verdad. Nunca me reconocían en el supermercado Harris Teeter, y aquellos que no eran como yo perdían el interés acerca de mi trabajo cuando se daban cuenta de que no era amiga de Robert Downey Jr. o del Batman de Ben Affleck. Ni siquiera mi propia familia leía las series que yo dibujaba y entintaba; a mamá le gustaban los *cozy mistery* y los libros de *Sopa de pollo para el alma*. Violence le parecía realmente perturbadora, y Keith solo leía no ficción. Rachel jamás había visto más allá de la portada de mi novela gráfica. Les dijo a sus amigos de East Beach que era una «artista profesional», obviando la vergonzosa parte de los cómics. Pero en FanCon yo era una superestrella, y me sentía muy bien.

Los stands estaban empezando a cerrar, y yo me fui de la sala de exposiciones para pedirme un Starbucks en el vestíbulo del hotel. Y ahí es cuando lo vi. A Derek, mi exnovio de la época en la que iba a la Facultad de Arte. Estaba en la salida, sacando cake pops rosas de un ramo. Para su familia. Su mujer y sus hijos.

Su mujer se parecía a mí, era bajita y robusta, con piel pálida y pelo oscuro. «Bueno, se parecería a mí si yo pesara cinco kilos más», pensé, y me arrepentí al instante. No quería ser tan maligna. Ella llevaba en brazos a un bebé vestido de Hulk y reía mientras intentaba comerse el cake pop sin que él lo pudiera coger. Él ignoraba el cake pop que estaba apachurrando con su regordeta manita. También tenían dos niñas preadolescentes, una vestida de la Bruja Escarlata y otra con un disfraz de princesa estilo anime que no reconocí. Las niñas estaban parloteando con Derek sobre alguna cosa espectacular para frikis que habían visto en la convención.

Catorce años atrás, Derek me ofreció esa vida, esa exacta vida que estaba observando.

O por lo menos lo intentó. No dejé que se sacara el anillo del bolsillo. No le dejé formular la pregunta.

Lo que él no sabía es que esa misma semana Rachel me había llamado y, en una larga y eufórica conversación, me había pedido que fuera su dama de honor. Me había contado cómo era su anillo. Jake, mi antiguo mejor amigo, que llamaba a todos los deportes «jugar a la pelota», había usado el Jumbotrón del estadio Pitt para pedirle matrimonio.

Miré a Derek. La cajita del anillo era un bulto que le delataba, metida en el bolsillo de su americana de la talla incorrecta. Teníamos veintiún años y él se sonrojó de orgullo por poder pedir legalmente un champán que no se podía permitir.

Antes de que pudiera sacar el anillo, le dije:

—Creo que deberíamos dejarlo, ¿no? La graduación está a la vuelta de la esquina y yo me voy a mudar a Norfolk. Ya sabíamos que esto tendría una fecha de caducidad, ¿no crees?

Me fui a casa de una amiga mientras él se llevaba sus cosas de mi apartamento. Dejé en su mano que dividiera los cómics que compartíamos. Se llevó todos los de la *Patrulla Condenada*, y eso fue prueba de que había hecho lo correcto al romper. Él sabía lo importante que era Robotman para mí.

En aquel momento, al ver su vida en el vestíbulo, con una marea de frikis en movimiento y el peso de los años entre nosotros, me sentí enferma. Me sentí puramente enferma y paré de darle vueltas en la cabeza al entender que ya era demasiado tarde. Era un buen chico. Me quiso. Quizá yo también lo quise, pero me alejé. Me alejé de Derek y después de Jonathan, de Kev y, finalmente, hacía tres años, de Jax. No tenía una buena razón, tan solo esa pieza rota y desconfiada que J. J. había insertado dentro de mí.

Tiré a la basura el café con leche sin azúcar y con vainilla y atravesé el vestíbulo para llegar al bar del hotel. Allí me esperaba el tequila. Y un Batman.

De hecho, Batman se acercó a mí.

—Perdona por ponerme en plan *fanboy*, pero eres Leia Birch. Me encanta lo que haces —dijo, con mucha admiración en sus palabras—. ¿Te puedo invitar a una copa?

Me gustó su amplia sonrisa y el destelleo de sus ojos oscuros bajo la máscara. Quería beber lo suficiente para dejar de pensar en que vivía sola con ochenta y siete figuritas de Wonder Woman con caja incluida y un gato llamado Sargento Rayas. Ni siquiera iba a dejarlo entrar en casa. No me importaba si Batman era bueno o no. En ese momento estaba siendo bueno conmigo. No era suficiente, pero era algo.

No tenía ni idea de cómo explicarle eso a Lavender, o de cuánto debía explicarle.

—No le pedí referencias —dije, al fin—. No estoy segura de qué buscas, pequeña.

Ella se encogió de hombros.

—No estoy buscando nada. Bueno, en realidad sí. Estamos buscando algo. Hugh y yo hemos estado buscando a tu Batman en internet. Pero luego he pensado: ¿y si no era buena persona?

—¡Lav! —la reprendí, estremecida hasta las trancas por tanta ingenuidad. Si le pusiera un vestido amarillo a esa niña, tendría a una Violet 2.0, con conejitos, pajarillos y todo—. Ya te he dicho que no hay forma de dar con él. Por favor, no te preocupes. ¿Vale? Mi hijo va a tener mucha familia. Te va a tener a ti, a Rachel y… —Me detuve, porque no estaba segura de la situación de Jake. Me lo salté y lo reemplacé—. Y tus maravillosos abuelos serán los suyos también.

Pero Lavender se había desconectado de la conversación. Se puso el portátil en el regazo mientras yo hablaba, y empezó a arrastrar los dedos por el panel táctil.

En cuanto dejé de hablar, dijo:

—Lo que quiero decir es que Hugh ha estado investigando en tu perfil de Facebook. Hemos pensado que Batman seguramente le haya dado me gusta a tu cuenta.

Sacudí la cabeza.

–Qué locura.

Mi cuenta de Facebook real tenía mi nombre legal, Leia Birch Briggs, aunque profesionalmente siempre había utilizado Leia Birch, en honor a Birchie. En mi cuenta personal tenía unos cien amigos, pero las profesionales, Leia Birch y Violence in Violet, eran enormes. Leia Birch tenía más de veinte mil me gustas y V in V casi cincuenta mil. No era posible que Lav y su pequeño novio hubieran rebuscado entre todos ellos, asumiendo que Batman tuviera Facebook.

–Hugh los ha filtrado por sexo –dijo Lav, pulsando las teclas–. ¿Sabías que más de la mitad de tus fans son mujeres? Además me dijiste que era negro, y no te haces a la idea de los muchos frikis blancos que hay. Después descartamos a los que parecían viejos, eran niños o daban mal rollo, y nos quedamos con nueve opciones. Miramos la foto de perfil, y uno de ellos hace *cosplay*. Adivina de qué personaje.

No lo dijo. No hacía falta que lo dijera.

Mientras hablaba, giró el portátil para ponerlo frente a mí. Ahí estaba. El padre de Digby.

No era tan mono como yo lo recordaba, pero ese día llevaba el ciego del tequila. Aun así, tenía la misma sonrisa traviesa que me llamó la atención y que iluminaba sus grandes ojos, que hacían que su rostro y mandíbula afilada parecieran más dulces que cuando llevaba la capucha puesta. Su nariz, que había olvidado, resultó ser una buena nariz; amplia y recta y con el tamaño perfecto para su rostro.

–Joder. Es Batman –dije, como si fuera una versión malhablada de Robin.

Me levanté y el cojín con el que estaba envolviendo a Digby se cayó al suelo. Mi mirada pasó de la foto de perfil de Batman a la cara de Lav.

–Por favor, dime que no le has dicho nada del bebé.

–¡No! Por Dios, no –dijo Lavender, y pude respirar de nuevo. Durante medio segundo, hasta que añadió algo más–: Solo le hemos enviado un mensaje, y después me he dado cuenta de que debería haberte preguntado antes si era buena persona. Tía Leia, ¿era buena persona?

—¿Qué le has dicho? —pregunté, con voz áspera y un tono tan enfadado que Lav se encogió de miedo—. ¿Qué le habéis escrito en el mensaje?

—Solo hola —dijo, a la defensiva—. Solo le hemos dicho hola.

Me acerqué más. Pude ver en la pantalla que un icono en la parte inferior de mi página de Facebook estaba parpadeando.

Batman ya había respondido.

Capítulo 9

Soñé que mi abdomen estaba hecho de vidrio curvo, como si fuera la mitad de una pecera sobresaliendo frente a mí. Rachel quería ver al bebé, así que me levantaba la camiseta y lo observábamos. Digby se parecía a esos monitos marinos de dibujos animados que había en los anuncios antiguos o en los cómics de mi infancia. Era adorable y sonreía, con tres antenitas en su cabeza y los pies aleteando. Movió la colita para saludarnos amigablemente. Yo le saludé de vuelta, pero Rachel dijo:

—¡Es de Aquaman! ¿Cómo te puedes olvidar de a qué Superamigo te has fo…?

Me desperté sobresaltada. La habitación estaba oscura, pero una tenue luz que venía de la ventana me indicó que iba a amanecer pronto. Me senté y me froté la cara con las manos con la estúpida voz de desaprobación de la Rachel de mi sueño aún en la cabeza… ¡Como si mi hermanastra tuviera alguna idea de quiénes eran los Superamigos!

Envolví con los brazos mi barriga real, opaca y mucho más pequeña. Digby estaba despierto y dando vueltas por ahí. Era mitad mío y mitad misterio. No me hacía falta un psicólogo para analizar el significado de mi sueño. Si alguien me hubiera dicho que habría algo capaz de quitarle el protagonismo a los huesos en mi subconsciente, me habría reído. Pero Lavender había hecho que fuera posible, y había dado inicio a la peor discusión que jamás habíamos tenido. Estaba horrorizada: ella era hostil y no sentía remordimiento alguno. Le dije que hiciera la maleta y que se mantuviera lejos de mis aparatos electrónicos bajo amenaza de muerte, pero su travesura no podía deshacerse.

Digby había sido mi secreto. Mi familia accidental. Mío.

Su padre estaba en paradero desconocido, era una ausencia aceptada. Él era el final, Digby era el principio. No había un «después» para Batman. Eso me había dicho a mí misma, una y otra vez, cada vez que él pasaba por mi mente. Y un par de adolescentes lo habían encontrado casi inmediatamente. Nunca había sido tan difícil.

Si hubiera querido encontrar a Batman, lo habría hecho. Era así de simple. No lo había intentado, lo cual era bastante incriminatorio. Me pregunté si, parcialmente, aunque fuera un poco, era porque Batman era negro. ¿Acaso había caído en los estereotipos sobre los hombres negros y la paternidad y había asumido que no le importaría no saberlo? No creía que fuera así. Dios, esperaba que no fuera así. Pero quizá, a nivel subconsciente, estaba ahí. Ese pensamiento me hizo sentir muy culpable por no haber leído su mensaje.

Lavender le había contactado a través de mi cuenta pública, gracias a Dios, por lo que él solo me conocía como Leia Birch, la artista, y no estaba en mi aplicación de Messenger o en mi aplicación de Facebook. Solo estaban conectadas a mi cuenta privada. Mi portátil estaba escondido en la sala de costura de Birchie, pero solo para mantenerlo fuera del alcance de Lav. No es como si Facebook estuviera solo ahí. Podía entrar en mi cuenta pública a través del navegador del móvil o con mi Cintiq Companion, una tableta extremadamente cara con pantalla táctil y un mejor procesador que la mayoría de ordenadores. Ahí tenía todo el software para dibujar. Todavía no había llegado a una idea real mientras garabateaba, por lo que ni siquiera la había sacado de la maleta.

Tenía que coger un aparato electrónico y leer su respuesta. Al fin y al cabo, no podía deshacer el haberlo encontrado. Pero cuando pensé en volver a abrir esa ventana y observar su mundo a través de ella, no me lo pude imaginar. Tendría una vida real, y cuando intentaba verme a mí misma entrando en ella, incluso virtualmente, mi cabeza, que normalmente estaba llena de color, se quedaba en blanco.

Agarré el cuaderno de bocetos y lo llevé al escritorio que estaba frente a la ventana, pensando en dibujar algunas Violence. Sabía por experiencia que dibujar a mano era una muy buena manera de comenzar a trabajar. Era una vía hacia mi subconsciente. Mi cabeza no sabía cómo gestionar lo de Batman, pero quizá mis manos sí. Y si en el proceso terminaba dibujando la precuela de *V in V* que supuestamente debía estar escribiendo, mucho mejor.

Empecé con una lúgubre fila de tiendas en un lado del papel, pero a medida que tomaban forma, me di cuenta de que estaban en peor estado del que pensaba. Estaba dibujando una fila de tiendas postapocalíptica. Era el mundo que Violence había dejado al final de *V in V*. Una extraña decisión, porque no había una continuación para ese mundo. Me habían pedido que escribiera la historia de los orígenes, no que dibujara la destrucción.

Oscurecí el cielo que estaba sobre los tejados, puse algunos fragmentos irregulares de una nube negra y dibujé el borde de un banco de hormigón destrozado junto a un pequeño y deteriorado árbol en una esquina. Los edificios estaban frente a un parque.

Se parecían mucho a las tiendas de la plaza de Birchville. Reconocí la silueta. Añadí algunos detalles hasta que las letras desgastadas y las piezas rotas que estaban tiradas en la acera se convirtieron en las ruinas de la mercería Knittery, la pastelería Cupcake Heaven y el salón de uñas Pinky Fingers.

Al sombrear alrededor de las ventanas rotas y las oscuras e inclinadas puertas, vi cómo las figuras amorfas de los cuerpos de Lewy personificados que había dibujado antes empezaban a tomar forma. Había cuatro de ellos merodeando entre las sombras antes de darme cuenta de que cada uno de sus rostros deformes y los bultos que les hacían de ojos estaban dirigidos hacia un espacio central y vacío.

Ahí es cuando supe que estaba dibujando a Violet. Ella siempre había sido el centro de las miradas.

Bien. En realidad la historia empezaba con ella y, de todos modos, no estaba de humor para Violence.

Quería más luz natural, por lo que corrí las cortinas. Todavía era muy temprano, pero el cielo se estaba volviendo de los colores de un algodón de azúcar de feria sobre la plaza. Eran los tonos que le gustaban a Violet; pálidos y dulces.

Violet formaba parte del origen de Violence; era mi medio de entrada. Quizá Violence no podía comenzar sin ella, aunque cuando firmara el contrato no pensara en incluirla en la precuela.

Pero quizá debía aparecer, pensé, mientras marcaba sus gráciles facciones, imaginando el tono mantequilla y los colores soleados que aparecerían en su pelo y su vestido. Estaba de rodillas sobre una porción de césped deteriorado, abrazando a un gatito mutante postapocalíptico. Violet había nacido como una versión de mí misma, y su inocencia había llamado a Violence. No podía imaginarme a Violence sin ella. ¿Violence había protegido la inocencia (o a inocentes) antes de que apareciera Violet? No creía que fuera así. Me parecía algo... La palabra que me vino a la cabeza era «infiel», aunque no hubiera ninguna señal que indicara que Violence y Violet fueran amantes. Aun así, me parecía algo desleal, a un nivel más profundo que un romance frustrado.

Me estaba gustando la expresión de Violet, feliz e inocente mientras se aferraba al horrible animal. Parecía que fuera a soltar un chillido. El monstruoso felino estaba en sus brazos, con las extremidades, de afiladas garras, colgando y con un aspecto sufrido y resignado. También me gustaba, pero cuantos más detalles añadía al «gatito», más familiar me resultaba.

Tenía unas orejas largas y puntiagudas en forma de cuchillas de una catana, y le dibujé en el cuello y en la barriga unos ribetes de pelaje negro. Así parecía menos postapocalíptico y más gótico. Bajé el lápiz porque las campanas del plagio empezaron a sonar en mi cabeza. Me recordaba a algo, pero ¿a quién estaba copiando?

Y después me di cuenta. Se parecía mucho a un Batman vampírico, como el que había dibujado Kelley Jones en *Knight-fall*.

Si estaba buscando el permiso para mover a Batman al archivo y bloquearlo, mis manos no parecían querer concedérmelo. Lo habían dibujado ahí mismo. Lo habían dibujado con Violet, además, y ella parecía estar bastante contenta con él. Jamás me habían acusado de ser optimista, pero mis manos estaban indicando que quizá el entrometimiento de Lav podía ser algo bueno. ¿Tendrían razón?

Me quedé mirando la plaza del pueblo como si la respuesta fuera a emerger por la esquina, pero lo único que apareció fue un SUV blanco. Un Nissan Pathfinder. Era muy nuevo y lujoso para ser de Birchville, y parecía tan limpio a la luz del amanecer que me recordó al de Rachel.

Me levanté casi inmediatamente y eché la silla hacia atrás.

Joder, era el de Rachel. A medida que se acercaba pude ver su cabeza rubia tras el volante. Era como despertarse y darse cuenta de que la Estatua de la Libertad se acababa de marchar por si sola del río Hudson mientras nadie miraba, como si fuera un Ángel lloroso de *Doctor Who* y hubiera cruzado el país para llegar a mí. Pestañeé y me froté los ojos, y cuando los abrí vi que el SUV había aparcado en nuestra entrada. Cogí mi bata y me la tiré encima, para cubrir el bulto de Digby y porque no todo el pueblo me había visto ya suficientes veces en el jardín con el pijama de piezas de sushi adorables. Metí los pies en mis Converse moradas y me apresuré por las escaleras con los cordones desatados y arrastrándose. Cuando llegué a la puerta, Rachel estaba de pie frente a su maletero abierto, sacando una maleta enorme.

—Rachel, ¿qué narices? —dije.

Ella tiró su cara maleta en el suelo, desgastando el cuero.

—Menos mal que es la casa correcta —suspiró.

Tenía los ojos rodeados por ojeras oscuras, y el pelo agarrado con una coleta desaliñada. Llevaba unos pantalones de chándal de marca, de esos que cuestan doscientos dólares. Tenían migas pegadas y estaba jadeando, con ese tipo de respiración tensa que precede al llanto. Su pecho subía y bajaba con una agitación desmedida, como si estuviera siempre al borde de una emergencia.

—¿Dónde está Lavender?

—Durmiendo. Eso es lo que hace la gente normal y humana a esta hora de la mañana —dije, aunque con suavidad, porque nunca había visto a Rachel en ese estado.

Estaba bajando por las escaleras del porche hacia ella, preocupada, aunque también algo asombrada.

—Rachel, ¿has estado conduciendo toda la noche?

—Claro —contestó. Estaba sacando una maleta aún más grande del maletero, y me acerqué para ayudarla—. Te dije que vendría.

No, me había dicho que se encargaría. Asumí que significaba que haría las reservas de los vuelos y me enviaría las instrucciones detalladas y precisas, tan sensata como siempre. Pero no me iba a poner a discutir con ella, no cuando estaba en un estado tan lamentable e impropio en ella.

—Traes mucho equipaje —dije, con tono demasiado formal.

Tenía que abrazarla, o acariciarle el cabello despeinado, o algo. En mis momentos más oscuros Rachel siempre me había envuelto con sus fuertes y medicinales abrazos, firme y segura, como si fuera un triste tubo de pasta de dientes y ella estuviera intentando sacar hasta la última gota de tristeza de mí. Pero no era capaz ni de acariciarle el hombro amistosamente con la mano; el aire a su alrededor parecía vibrar con una infelicidad que decía: «No me toques».

—¿Seguro que necesitas llevar todo esto dentro?

—No quiero que me lo roben. —Cerró el maletero de un golpe.

—No te lo van a robar —le aseguré. Rachel nunca había vivido en un pueblo pequeño.

Cogió la maleta más grande y empezó a arrastrarla hacia la entrada de casa, diciendo:

–Nunca se sabe.

–Sí, yo sí lo sé –le dije, aunque saqué el asa de la maleta más pequeña y empecé a arrastrarla también. Me hacía sentir que la ayudaba. La seguí hasta las escaleras del porche–. Podríamos dejarlo todo en el coche, incluso abierto, y no te lo robarían. O, si lo hicieran, ya habría tres testigos llamando a la policía y diciéndoles la identidad del ladrón con nombre y apellidos antes de que llegara a la siguiente manzana.

–Díselo al tipo muerto de tu desván –soltó.

Touché.

–Sí que te has traído cosas –dije, con el mismo tono demasiado formal mientras abría la puerta principal.

–Había pensado en hacer un viaje por carretera con Lavender. Podríamos bajar a Disney World. Ahí es donde les he dicho a mamá y papá que vamos. Todos. Como si Jake y yo estuviéramos viniendo juntos a recoger a Lavender. Así que quizá debería llevarla, ¿no? No me vendría mal ver el lugar más feliz del mundo –dijo.

–Oh, Disney suena bien –contesté, aunque me parecía una locura. Podía imaginarme a Lavender chateando con el teléfono y adentrándose en la atracción It's a Small World mientras aquella frágil versión de Rachel sollozaba y se limpiaba la nariz con su coleta deshecha. Aun así, me parecía menos raro que tener allí a la Rachel desmoronada que estaba dando una vuelta lentamente en medio del recibidor, mirando las escaleras y el salón que estaba al fondo del pasillo.

–¿Dónde está todo el mundo?

–En la cama –dije–. ¿No crees que deberías contarles lo que está pasando a mamá y a Keith?

–No, por Dios, no hasta que tenga algún plan. –Yo estaba demasiado metida en mi embarazo secreto como para insistirle.

Terminó su vuelta y volvió a estar frente a mí, con aspecto triste.

–¿Dónde está todo?

–Rachel, no tengo ni idea de lo que estás diciendo.

145

—Creía que… —Se dejó caer sobre la maleta como si fuera Ana de las Tejas Verdes abandonada en la estación de tren—. Creía que habría gente, y una silueta hecha con tiza. Y cinta y perros. Y técnicos vestidos con monos. ¿Dónde está todo? —Era una pregunta retórica, aunque de todas formas no me dio tiempo para responder.

—¿Qué estoy haciendo, Leia? Estoy muy cansada. —Los ojos se le llenaron de lágrimas—. He estado conduciendo toda la noche para llegar hasta aquí. Y mira este lugar. Hay pajaritos cantando fuera y está todo limpio. Todo el pueblo está limpio, ¿y aquí? Podría hasta comer sobre esa barandilla. Es como si hubiera venido en modo misión de emergencia para rescatar a mi hija de un lugar de cuento de hadas.

—Intenté explicártelo por teléfono —dije, contenta al ver que entendía la situación.

Yo sí podía sentir lo afectado que estaba el pueblo, aunque ella no lo viera. Incluso en aquel instante, con el mundo a nuestro alrededor completamente dormido, había una chispa eléctrica de estrés acumulado, como si fuera una nube que rodeaba el campanario de la Primera Iglesia Bautista. Birchville no daba abasto últimamente entre las declaraciones públicas de relaciones adúlteras en la sala del coro, la revelación de la enfermedad de la «verdadera y única Birch» y lo peor: los huesos. Los huesos nos anunciaron que los recientes problemas que habían sucedido eran inevitables, o quizá incluso estaban justificados; algo podrido se había mantenido en el dulce y dormido corazón del pueblo durante años.

—Mira esa lámpara Tiffany. ¿Cómo va a pasar algo malo en una habitación con esa lámpara? —preguntó Rachel, resoplando. Para ella, que venía de fuera, Birchville en su mayor momento de histeria parecía tan plácido como un tranquilo lago—. ¿Qué estoy haciendo aquí?

—¿Huir de Jake?

Al oírme mencionar su nombre se levantó, automáticamente enfadada, tan distante y reservada como una fortaleza de soledad. Pero había conducido durante toda la noche para aparecer sin preaviso en medio de mi desastre. Era lo más cerca que estaría de tener permiso para meter el hocico en sus asuntos.

—Rach, dímelo. ¿Te está poniendo los cuernos?

—Ugh, ¡claro que no! —dijo, ofendida.

—Vale —dije. No estaba del todo convencida. Ella no había conocido bien a Jake cuando aún era J. J. Solo lo veía como mi amigo rarito, si es que lo veía de alguna forma. Se asombró cuando mamá le dijo que el guaperas que había aparecido en nuestra fiesta de Navidad era el niño gordo que solía prácticamente vivir en el sótano conmigo.

—¿Alguna vez fuisteis novios, o algo? —me preguntó, muy tranquila, mientras ayudábamos a mamá a limpiar tras la fiesta. Antes de que pudiera responder, se apresuró para añadir algo más—: Porque me ha invitado a una cita, y obviamente no querría salir con tu ex.

—Nunca fue mi novio —le dije, porque era verdad, y también porque pude ver las ganas que tenía de que lo dijera. Lo dije de forma algo tensa, pero Rachel no se dio cuenta. Su sonrisa brillante en forma de respuesta me dejó claro que no quería darse cuenta.

Cuando salió a sacar la basura, mamá me dijo, en bajito:

—Leia, si no te parece bien, deberías decírselo.

—Nunca fue mi novio —repetí, aunque en cierto momento había sentido un comienzo entre nosotros. Junté su cuerpo con el mío y vi un futuro.

—Yo podría decírselo —dijo ella, aunque podía notar la reticencia en su oferta.

Ambas sabíamos por experiencia lo mucho que le dolía a Rachel que mamá se pusiera de mi parte de forma que pareciera que estaba en su contra. Yo negué con la cabeza. No merecía la pena. J. J. no merecía la pena y, además, pensaba que no había posibilidad de que Rachel tuviera algo serio con él.

Nunca le hablé a Rachel sobre esos siete tristes y pringosos minutos que pasamos en el sótano, y estaba bastante segura de que J. J. tampoco lo hizo. Aunque tampoco es que importara. Estaba claro que el sexo tiene una fecha de caducidad; todos los secretos humanos llegan a un punto en el que se vuelven demasiado viejos para ser importantes, desintegrándose hasta convertirse en la nada. Pero pensaba que un hombre que oculta un secreto así a su mujer podría perfectamente esconderle otros.

—Si no te está poniendo los cuernos... ¿Qué pasa? ¿Se está pasando con la bebida? ¿Es adicto a algo? ¿Porno, drogas o apuestas?

Rachel miró las escaleras, pensativa, asegurándose de que Lavender no estuviera cotilleando por la barandilla. Estábamos solas, pero seguía sin responder.

—¿Es algo más raro? ¿Está obsesionado con *World of Warcraft* o con esos vídeos de mujeres con tacones pisando cucarachas?

—Que asco —dijo, y se acercó a mí.

Posó la mano en mi brazo y, cuando la cubrí con mi mano, noté que sus dedos estaban fríos como el hielo. Me incliné hacia ella, y ella se acercó para decir:

—Me ha traicionado.

Apenas pudo decir esas tres palabras, como si cada una de ellas fuera un cuchillo afilado que tuviera que expulsar de la garganta por la boca.

—¿Cómo? ¿Cómo te ha traicionado? —pregunté, frustrada. Tanto enredo solo para tres palabras que no me decían nada sobre Jake que no supiera—. Venga, Rachel, ¿qué? ¿Ha construido un aparato para destruir el mundo? ¿Es caníbal?

Quitó la mano y cruzó los brazos en forma protectora.

—No estoy cómoda hablando sobre dinero.

No me esperaba eso. Era mejor de lo que me esperaba, de hecho. Tenía la esperanza de que fuera un tema de dinero, porque me parecía que normalmente había más probabilidades de arreglar eso que de arreglar unos cuernos.

–¿Tiene alguna deuda?

Se abrazó a sí misma con más fuerza.

–Sí. De todo tipo. El concesionario de Nissan se ha hundido. Estamos cerca de perder la casa. Anoche le dije a la agente inmobiliaria con la que he estado hablando que estábamos listos para poner la casa en venta. He tenido que falsificar la firma de Jake, y le he dejado a la agente los papeles en el buzón antes de irme. Debería haberlo hecho antes, pero creía que no iba a ser capaz de soportar las preguntas de mis vecinos. Seguramente la agente esté ahora mismo en mi casa, poniendo una señal de «Se vende».

Ahora tenía más sentido que me hubiera dejado llevarme a Lav. Incluso pagué los dos billetes, y Rachel (la misma que siempre se organizaba previamente con las camareras para que solo le dejaran pagar a ella y que me ofreció cambiarme todo el armario por «ropa de adulta») me dejó hacerlo, por primera vez.

–Lo siento mucho. ¿Y la antigua empresa de su padre? –pregunté.

–No lo sé. Si la casa se vende rápido y a un buen precio, quizá pueda salvarla. Al menos algo de ella. No es mi problema.

Me quedé helada.

–¿Que no es tu…? Rachel, si os habéis metido en pro…

–No nos hemos metido en nada –me interrumpió, y había tanta frialdad en su voz que pude sentir un soplido gélido en mis pulmones cuando tomé aire–. Jake nos ha metido en problemas él solito. Jamás me dio ni un solo indicio de lo que pasaba. Dejó que las cosas empeoraran y lo escondió, y pidió préstamos para cubrirlo. Lavender y yo hemos vivido en un castillo de naipes durante Dios sabe cuánto tiempo, mientras que el feliz papaíto nos llevaba a Grecia de vacaciones. Me compró un fular de ochocientos dólares, y no podía ni pagar la hipoteca.

–Vale, sí que es horrible –dije.

Era un pecado que a Rachel le costara especialmente perdonar. Jake... se había marcado un Rachel. Se había llevado su conejito de peluche al armario de la lavandería para llorar ahí, y su mujer se había quedado fuera sin enterarse. Además, era una decisión estúpida, porque si hubiera hablado con Rachel cuando empezaron los problemas, ella podría haberlo arreglado. Podría haberlo arreglado todo y después habría inaugurado un blog sobre ahorros que habría aparecido en *Good Morning America*.

De todos modos, era una cosa muy propia de Jake Jacoby. No es que me pusiera de su parte. Nunca me pondría de su parte, incluso aunque se resbalara y accidentalmente cayera encima de la posibilidad de tener razón. Pero aquella vez podía verlo. Incluso podía entenderlo. Jake se había reinventado a sí mismo por Rachel. Se había convertido en un robot del éxito que seguía las tendencias de la moda masculina y al que le importaba mucho la liga de baloncesto universitaria March Madness. Cuando aún era J. J., ni él ni yo sabíamos lo que era March Madness; a día de hoy sigo sin estar segura de saberlo. Jake Jacoby era básicamente un constructo falso, y era un milagro que lo único que hubiera hecho fuera mentir sobre deudas.

Al ser aparentemente lo único que había hecho, pensé que cagarla con el dinero me parecía perdonable. Sabía reconocer una traición cuando la veía, y mentir para que tu mujer siga viéndote como alguien exitoso no me parecía algo que llegase a ese nivel.

—Es una mierda, pero es el único padre que Lavender va a tener —incluso mientras lo decía, me di cuenta de lo hipócrita que era.

Batman era el único padre que Digby tendría jamás, y también un completo desconocido. No podía ni buscarlo en Facebook, pero ahí estaba, defendiendo los derechos paternales de un completo gilipollas. Pero todo eso no iba de mí, así que seguí con mi argumento.

—Tú podrías arreglarlo.

–¿Mi matrimonio, dices? La pregunta no es si puedo arreglarlo. Te estás yendo del tema.

–Vale. ¿Cuál es el tema? –pregunté.

Sacudió las manos en el aire con los diez dedos, como si la respuesta estuviera flotando en la atmosfera a nuestro alrededor, completamente obvia.

–Nunca me lo dijo. No planeaba hacerlo. Iba a… –Su voz se rompió, y cerró los ojos de golpe, como si Jake estuviera ante nosotras y ella no pudiera soportar más la idea de mirarlo–. Iba a endiñárnoslo a Lavender y a mí. Iba a desaparecer y dejarnos con su desastre.

–Oh –dije, comprensiva.

Era lo que había hecho la madre de Rachel cuando tenía tres años. Le habría hecho tanto daño y de una forma tan directa que me pregunté si no fue su propio pasado el que le hizo llegar a esa conclusión. Se lo pregunté:

–¿Estás segura de que iba a hacer eso?

–Claro que estoy segura –dijo con frialdad–. Estaba buscando una receta antigua en los documentos del Microsoft Word, y encontré el borrador de una carta triste que estaba escribiendo. Parecía una carta de suicidio, Leia. Pensé que era una carta de suicidio, pero después empecé a investigar su historial del navegador y su correo electrónico, y vi que había usado lo poco que nos quedaba en comprar un billete de avión a Oregón. Un billete. En singular. Solo para él. Si no llega a ser porque me apeteció preparar las barritas de limón de mi abuela, se habría marchado.

Efectivamente, ese era el J. J. que conocía. El J. J. que siempre había sido. Claro que planeaba desaparecer, aun sabiendo que su mujer no le perdonaría. Cuando hacía algo tan malo que no podía evitar, desaparecía, dejando atrás a cualquiera que hubiera sido lo suficientemente estúpida como para quererle. Era la hora de J. J. versión 3.0. Me lo imaginaba en Portland, dejándose crecer una barba larguísima, con barriga cervecera por tantas cervezas artesanales y viviendo en una de esas casas pequeñitas. Se haría llamar Jac y haría lo que sea que la gente haga por allí. Nada de friki de Superman ni de fan de los deportes. Quizá se aficionaría a jugar a la petanca. Vaya absoluto gilipollas.

—Lo confronté ese mismo día, cuando viniste con la tarta. Le dije que tenía que decidir. Podía quedarse y afrontar el desastre con nosotras o huir como el gusano más cobarde del planeta.

—Jesús, Rachel —dije. Birchie me habría echado la bronca por usar el nombre de Dios en vano, pero, en ese caso, creo que realmente sí era un rezo. Lav había presenciado esa discusión. Sabía que su padre tenía planeado abandonarla—. ¿Y qué dijo?

—No me ha respondido todavía —dijo Rachel, frívola y resentida—. Ni siquiera sé si se montó en ese avión. Le dije que no me hablara, que no me mirara y que ni siquiera se atreviera a pensar en mi nombre a no ser que estuviera dispuesto a echarle huevos al asunto.

Así que cuando las cosas se pusieron feas, J. J. llenó una bolsa del supermercado con calzoncillos y se marchó. Genial. Por lo menos Rachel lo había confrontado. Cuando Jake me jodió, le di el lujo de no tener que explicarse jamás. Y yo tuve el lujo de no tener un hijo suyo.

—Sé que es un tema sensible, pero Lav necesita aunque sea saber de él. Ella…

Rachel tenía mirada asesina.

—Le dije que tampoco se atreviera a pensar siquiera en su nombre. No si pensaba abandonarla.

Si Jake no fuera tan cobarde, se habría puesto en contacto con su hija de todas maneras. Traspasé el campo de fuerza del «No me toques» de Rachel y posé una mano sobre su sudoroso brazo.

—¿Qué puedo hacer para ayudar? Déjame ayudarte, por favor. Puedo ayudarte a ponerte al día con los pagos de la casa para que tengas tiempo para vender…

Ella pestañeó múltiples veces, rápido, como si acabara de

notar mi presencia en la habitación. Las comisuras de los labios se le curvaron ligeramente.

—Es muy amable por tu parte. Sé que te ganas la vida con tus cosas artísticas, y está genial. Está superbién que puedas hacer eso. Pero eres autónoma y estás soltera. Jamás aceptaría quitarte el dinero.

Me miró como si ella fuera Super Woman y yo solo una niña ofreciéndole ayuda para construir un edificio.

Suprimí una amarga ola de irritación, tan ácida como la ralladura de un limón. Dibujaba para el putísimo Marvel y para DC y Dark Horse, por el amor de Dios. Cientos de frikis del arte intercambiarían un pedazo de alma inmortal por tener mi carrera laboral. Gracias a *V in V* me había pagado una casa propia. Si quisiera podría comprarme un Lexus y un perrito para llevar en el bolso, y llenarme la frente de bótox como sus amigas de East Beach. En vez de eso me compraba figuritas de Wonder Woman con caja incluida y los contenidos de las vitrinas de mi comedor valían tres veces más que su vajilla de Spode. De todos modos, Rachel siempre actuaba así. Como si vendiera jarrones cutres hechos a mano de casa en casa, pero no debiera preocuparme, porque ella estaría ahí para pagarme la factura de la luz cuando todo me fuera mal.

Respiré profundamente para dejarlo pasar. Rachel y yo éramos dos mitades rotas que habían pegado para formar una familia. La diferencia era que mi padre había muerto; jamás pensé en que pudiera volver si yo fuera perfecta. Rachel había vivido durante toda su vida como si fuera el cebo para que su madre volviera, siempre brillando por una mujer que jamás le había enviado ni una felicitación de cumpleaños. Que Jake decidiera marcharse había tocado a Rachel en su herida abierta más antigua, y si tratarme con actitud condescendiente la hacía sentirse mejor, aunque solo fuera por un segundo, me parecía bien.

—Vale, ¿entonces qué? ¿Qué puedo hacer?

Mi hermanastra observó la habitación de nuevo, desde los

sillones victorianos hasta las lámparas y las ordenadas estanterías.

–Qué bonito es esto. ¿Crees que podríamos quedarnos aquí contigo? ¿Por poco tiempo?

Dudé. Rachel era una mujer dominante entrando en una casa en la que ya vivían Birchie y la señora Wattie.

–¿Estás segura de querer eso? Después de que hayamos encontrado… ¿después de haber encontrado eso?

–No lo tenía planeado, en absoluto –dijo. Abrió las manos–. No quiero volverme a Norfolk. No tengo ni idea de dónde está Jake, y no soporto estar en casa mientras Barb, la super animada agente inmobiliaria, trae a familias para que vean mi casa. Me la puedo imaginar acercándose y susurrándole a alguna pija insufrible y a su marido depilado que deberían hacer una oferta, cualquiera, porque estamos desesperados por no entrar en una ejecución hipotecaria.

Rachel me hacía tanta falta como un apocalipsis zombi de los anticuados ahora mismo, pero me estaba pidiendo ayuda. Algo que nunca había hecho antes. Había abierto una ventana en el muro liso que había erigido a su alrededor, y me estaba dejando asomarme por ella. Dentro de ese muro había una fosa llena de monstruos y otro muro aún más grande, probablemente con dragones, pero era un comienzo.

–Claro que puedes –acepté–, si es lo que quieres.

Ella me mostró una sonrisa brillante y verdadera, incluso cuando añadí:

–Aunque tendrás que dormir conmigo. Nos hemos quedado sin habitaciones vacías.

–Genial, no pasa nada. Será como cuando éramos pequeñas y nos íbamos de vacaciones en familia –dijo, como si eso fuera algo bueno.

Mamá y Keith siempre planeaban vacaciones en Semana Santa. Nos metían en una furgoneta y conducían por todo el país, llevándonos a acuarios, cañones y parques de atracciones. Nadie en la familia era particularmente fan de los *campings*, así que dormíamos en hoteles familiares baratos con dos camas de matrimonio por habitación, piscinas y desayuno continental gratuito. Rachel y yo siempre compartíamos la cama que estuviera más cerca del baño. Keith tenía que estar junto a la puerta, para que en caso de que viniera una brigada de piratas o un grupo de aliens hostiles pudiera proteger a sus mujeres.

–Odiabas dormir conmigo cuando éramos pequeñas –le recordé.

–¡Solo porque siempre me pegabas patadas! –dijo ella–. Además, no tenía Zolpidem en ese entonces.

Intenté disuadirla de nuevo para que olvidara esa malísima idea, pero sin hacer que la ventana se cerrara del todo.

–Bueno, si te molesto, siempre puedes quedarte en mi casa en Norfolk. Está vacía.

–Gracias, pero Lavender ha hecho algunos amigos aquí. Me ha estado mandando mensajes sin parar suplicándome que la deje quedarse, y la verdad es que me gustaría que se divierta un poco este verano. No me puedo permitir ir a Disney ahora mismo –dijo, y sonrió de una forma un poco más falsa–. A no ser que no quieras que nos quedemos, claro.

–No, no –contesté–. Quedaos. Lavender va a estar muy contenta, tienes razón.

Además, con Rachel allí, los problemas de chicos eran menos probables y dejaban de ser mi responsabilidad.

–¿Necesitas algo ahora mismo? ¿Tienes hambre? ¿Quieres un té calentito?

–Una siesta. Si me pudiera tumbar un momento… –Sonaba muy cansada y se había pasado toda la noche conduciendo.

La llevé por las escaleras hasta llegar a mi cuarto. Yo cargué con la maleta más pequeña, teniendo en consideración a Digby, pero aun así parecía que hubiera metido la mitad de su armario dentro.

–Lav está ahí –dije, dejando el equipaje en el suelo, cerca de la puerta de al lado.

Ella fue a mirar, abriendo un poco la puerta y asomándose.

Vi cómo la paz se instauraba en su rostro al ver a su hija, durmiendo acurrucada bajo una montaña de mantas. El pelo brillante de Lav estaba extendido por la almohada, reflejando la luz que llegaba por la puerta abierta.

—Ay, qué mona es —susurró Rachel—. ¿Qué le pasa en la cabeza? ¿Cómo ha podido dejarnos? ¿Dejarla a ella?

Negué con la cabeza. La única respuesta a esa pregunta que no contenía culpa era la de mi padre. Jake se había largado porque era un egoísta, estaba asustado o demasiado destrozado para intentar hacer las cosas mejor. Luego me di cuenta de que Batman también tenía una respuesta que le hacía restar sin culpa: él no tenía ni idea de la existencia de su hijo.

Sentí cómo los restos de enfado con mi sobrina se desvanecían. Ella había creado una conexión, una cadena intangible. Me había unido con Batman al igual que el cordón de mi interior me unía a Digby. Se había entrometido en nombre del futuro bebé, contactando con su padre porque deseaba con todo el corazón que alguien se entrometiera y contactara con el de ella. Había fallado en mi papel. Había perdido los nervios y había dejado que encontrara refugio en la compasión reforzada de testosterona de unos adolescentes.

Mirando a Lav y pensando en el palpitante corazón de Digby en mi interior, supe qué tenía que hacer. Por ambos.

Rachel se giró y se quitó los zapatos, para después subirse a la cama con los pantalones de chándal y con el sujetador aún puesto. Cerré la puerta con cuidado al salir.

Bajé las escaleras y me dirigí a la sala de costura. Era la última de la que sacaríamos los muebles para llevarlos al ático. Dos sofás orejeros ligeramente hundidos y un suave y grande sofá con un cojín manchado compartían el espacio con la antigua mesita Singer de Birchie. La pared del fondo tenía espacios de almacenamiento, donde mi abuela, en vez de poner libros, había organizado sus telas. Los rollos estaban apilados en los largos armarios con puertitas de cristal, mientras que las estanterías estaban llenas de retales para hacer *quilt*, divididos por colores. Había escondido mi portátil entre los morados.

Lo saqué, incluso aunque el día anterior me hubiese dicho a mí misma que ya había abierto demasiadas tapas. Pero estaba equivocada, y Lav tenía razón.

Me tiré en el sofá, abrí el viejo portátil y lo encendí. La pantalla tardó una eternidad en iluminarse; solo lo había traído para asegurarme de que Lavender no se acercaba a mi Cintiq.

Mientras esperaba saqué el teléfono del bolsillo y busqué en mis contactos hasta encontrar a Jake. No lo tenía en favoritos.

Cinco tonos, y después me saltó el buzón de voz. Jake siempre llevaba en los pantalones su teléfono de mil dólares; se lo compró por la crisis de la mediana edad y era tan grande como una tableta. Lo tenía en la mano a todas horas, chateando mediante los audios de voz y gritándole a Siri como si de Miss Teschmacher se tratara. No era posible que no hubiera visto la llamada, aunque fuera por accidente.

–*Estás en el buzón de voz de Jake Jacoby. Dime en qué te puedo ayudar* –decía, con voz amable y de buen chico.

Era un mensaje dirigido a sus mejores clientes: deportistas que estaban envejeciendo y compraban camionetas, según yo, para compensar por su pene. Esperé el «bip».

–Llámame, J. J. Ahora. Ya mismo. –no me molesté en mencionar quién era. Él lo sabía perfectamente. No había nadie más en el planeta que lo llamara J. J.–. Me lo debes. Y lo sabes.

Colgué. Seguiría intentándolo hasta que ese idiota cogiera el teléfono. Mientras tanto, mi pantalla de bloqueo de Wonder Woman había aparecido. Tecleé la contraseña. Lo había cerrado de golpe sin haberlo apagado bien, y mi muy servicial aparato había reabierto todas las pestañas en las que se había quedado Lavender. Ahí estaba el navegador, con mi página de Facebook aún abierta.

La pestaña del chat parpadeaba minimizada en una esquina. Lavender había lanzado una llamada, y ahora tenía una respuesta. Pude leer su nombre en el encabezado. «Selcouth». Estaba completamente alejado de Mark o Marcus, y además me resultaba impronunciable. La primera sílaba la controlaba, pero ¿la segunda se pronunciaba como «cuz», «couz» o «coz»? Incluso podría ser que las últimas letras fueran mudas y que su nombre terminara con un sonido parecido al arrullo de una paloma. Su apellido era Martin, así que no había estado tan desencaminada con la M.

Ya había decidido que tenía que abrir el chat, leer el mensaje y ver su página. Parecía el comienzo de algo peligroso, algo que no podía controlar. Posé el cursor sobre la X que cerraba la ventana, pero después volví a la barra que abría el chat. Volví a la X. Llamar a Jake me había resultado más sencillo.

«Bueno, ¿cómo empiezan las cosas?» me pregunté a mí misma.

Quizá a veces con algo tan simple como un «hola».

Podían suceder muchas cosas a partir de ese pequeño comienzo, buenas o malas: un «hola» en un bar me había llevado a Digby. Violence le dijo «hola» a Violet, y después pararon el mundo.

Pero ya había tomado una decisión. Moví el dedo por el panel táctil y cliqué. Abierto.

Capítulo 10

Rachel bajó las escaleras con aspecto fatigado y con los ojos hinchados, dando cada paso vacilante y con cuidado, lo cual era extraño. Era como si mi hermanastra la imparable y fuerte se hubiera intercambiado con un cervatillo tímido.

Todavía era pronto para estar despierta un sábado, pero ella ya se había duchado y se había puesto unos pantalones capri de color caqui y una camiseta de flores. Llevaba un par de revistas en la mano. Le sonreí, pero no me miró a los ojos. Seguramente se sentía recelosa en esa nueva era en la que me permitía saber cuándo lo pasaba mal. Tenía que ser cuidadosa con ella, y así quizá, con suerte, esa ventanita que daba a su vida se abriría más. O se convertiría en una puerta.

Birchie y Wattie se estaban tomando el café en la sala de estar. Yo no estaba tomándome el mío, pero no paraba de olisquearlo, con la esperanza de inhalar algún vapor cargado de cafeína. Wattie parecía igual de extenuada que yo, pero Birchie se había despertado extrañamente alegre para ser una mujer a la que acababan de pillar guardando huesos humanos. Quizá era porque había cancelado la cita con los de la liquidación del patrimonio y porque las conversaciones sobre su mudanza a Norfolk se habían detenido; la fiscal del condado nos había dicho a través de Frank que «preferiría» que Birchie no saliera del estado mientras estuvieran conduciendo la investigación. Las dos ancianas estaban llevando a cabo una ronda de hacer punto antes de desayunar, pero solo Birchie tarareaba mientras tejía, como si las oscuras razones por las que se había prorrogado la mudanza hubieran desaparecido de su mente. Quizá lo habían hecho, por el momento.

Estaba intentando leer *Watchmen*, que me encantaba, pero estaba demasiado distraída para disfrutarlo. Estaba esperando una respuesta de Batman.

Cuando abrí la parpadeante ventana del chat, vi que Lav no había enviado un saludo normal. Había escogido un emoji extremadamente adorable de una rana que sujetaba una señal de protesta que decía «¡HOLA!» escrito con una fuente de fantasía en color morado. Increíble.

Se ve que no le había molestado demasiado, porque su respuesta fue amable. Incluso un poco coqueta: «Ey. Me ha gustado ver tu nombre en la pantalla».

«¿Ah, sí?», respondí yo, esperando no parecer escéptica o sospechosa. No había respondido inmediatamente y no podía quedarme frente al ordenador hasta que lo hiciera. Me hacía sentir como una adolescente granosa con mal de amores en la noche del baile, con un vestido de volantes y esperando en la puerta a que llegara un coche que no iba a venir. Además, no le quería enviar mensajes desde mi cuenta privada. Si veía mi cuenta de Leia Birch Briggs, seguramente se fijaría en unos meses en que estaba llena de fotos de un bebé que tendría mis ojos y su nariz. Le envié mi número de teléfono junto a otro mensaje que decía: «Entonces, escríbeme algún día». Ahora tenía el teléfono en el bolsillo trasero del pantalón, y estaba tan cómoda como si estuviera sentándome sobre una bomba.

Había informado a Birchie y a Wattie de la situación de Rachel, y habían dicho que por supuesto que podía quedarse. Nos levantamos cuando bajó, y mientras las presentaba, Rachel empezó a pedir disculpas por aparecer sin preaviso en su casa.

—Estoy teniendo problemas familiares —añadió, con voz temblorosa.

—Lo sabemos —dijo Wattie—. Nosotras también, cariño.

Cruzaron miradas, y Rachel asintió. Vi comprensión entre ellas, y Wattie dio un paso adelante para darle a mi hermanastra un espontáneo abrazo. Para mi sorpresa, Rachel se fundió en él, agradecida, haciéndome desear haber sido suficientemente valiente como para abrazarla yo también.

Podrían haberse quedado así para siempre, pero el reloj del abuelo marcó las siete y media.

—Es hora de preparar el desayuno. Mientras se hornean las galletas, voy a empezar a prepararos un caldo de tuétano en la olla de cocción lenta —dijo Birchie, sonriente.

—Es una excelente idea —contestó Wattie, finalmente dejando ir a Rachel—. Te ayudo, y de paso sacamos los hígados de pollo del congelador. Podemos freírlos para la comida.

Esas eran las comidas «para levantar el ánimo» predeterminadas para cuando «la gente estaba apesadumbrada». Se dirigieron lentamente hacia la cocina para ponerse manos a la obra. Nada más irse, Rachel se giró para mirarme. Toda traza del cervatillo tímido había desaparecido. Sacó mi libreta de bocetos de entre las revistas Vogue, y después dejó las revistas en la mesa. Abrió el cuaderno para enseñarme mi boceto a lápiz de Violet. Me lo había dejado en el escritorio de arriba.

—¿Estás dibujándola de nuevo? —dijo casi susurrando, pero con tono tenso.

—Sí —respondí, sorprendida. Rachel no solía fijarse en mis dibujos cuando estaban por la mesa, ni cuando estaban colgados en mi pared, ni siquiera cuando estaba dibujando frente a ella. Siempre lo había ignorado, y cuando intentaba enseñarle mis paneles, se notaba que le aburrían o que los menospreciaba—. Me han contratado para hacer una precuela.

Ella lo dejó caer sobre la mesita del café con un movimiento de muñeca.

—Por Dios, ¿por qué no sigues dibujando a Spider-Friki o a Wonderful Woman como antes? —dijo.

Me quedé atónita. Hasta Rachel sabía que su nombre era Wonder Woman y que era mi favorita. Cuando no le respondí, se dio la vuelta, como si hubiera desaparecido de la existencia. Se sentó en el sofá doble y empezó a ojear una de las revistas. Observaba las hojas con unos ojos que parecían láseres, y me dio miedo que empezaran a arder.

–Es una oportunidad para hacer mis propios proyectos –me defendí, manteniendo un tono bajo–. Yo no inventé a Wonder Woman.

Ella resopló.

–A ella tampoco la has inventado –dijo, señalando con la mano la mesita de café–. Tan solo me has dibujado. –Pasó una de las páginas de la revista con tanta rabia que la esquina se rasgó.

–¿Crees que eres tú? –pregunté–. ¿Crees que *Violence in Violet* es sobre ti?

–No he dicho eso –replicó Rachel, pero yo la interrumpí. Mi mal genio estaba empezando a resurgir, por mucho que intentara mantener el tono bajo.

–Aunque te sorprenda, porque crees que eres el ombligo del mundo, hay muchas cosas en mi vida que no giran en torno a ti.

–¡No he dicho que esa movida tuya sea sobre mí! O sea, podría serlo, ¿quién sabe? Es muy raro. Podría ser sobre cualquier cosa.

–¿Lo has leído? –dije, pasando de estar sorprendida a estar totalmente estupefacta. ¿Lo había leído y nunca me lo había dicho? Bueno, al parecer, lo odiaba, así que quizá mantener silencio fuera su concepto de ser amable.

–Lo he ojeado, no estoy ciega. Y es mi cara, es mi pelo, es mi cuerpo. –Hizo una pausa para señalar con ira el boceto–. Hasta tiene mi vestido amarillo preferido.

–¿Qué vestido amarillo? –pregunté. Rachel no era el tipo de persona que llevaba vestidos cortos boho.

Entrecerró los ojos.

–Ya lo sabes. El que llevaba cuando tenía seis años.

Levanté las manos.

–Todo el mundo tiene un vestidito amarillo cuando tiene seis años.

–Tú no –dijo Rachel –, el tuyo era azul y el mío era más bonito.

Los llevamos un día al jardín botánico, y papá nos dijo que éramos el sol y el cielo.

Estaba desconcertada e intentando recordar. Íbamos mucho al jardín botánico de Norfolk cuando éramos pequeñas. A mamá y a Rachel les encantaba ver cómo florecían las plantas. Yo siempre me llevaba un libro y me sentaba en un banco para leer sobre Conan o Cthulhu cada vez que se paraban para decir «Aah» sobre algo.

—Rach, ¿cuándo me ha importado a mí la ropa? —le pregunté.

—Nunca. No era por el vestido. —Su tono era acusador—. Tú querías ser el sol.

—No me acuerdo de ningún vestido y no me acuerdo de que Keith nos dijera que éramos el sol y el cielo —dije—. Violet no está hecha para parecerse a ti. Es una chica rubia y guapa como cualquier otra.

—Crees que yo soy una chica rubia y guapa como cualquier otra —soltó, vehemente.

Se quitó la revista del regazo y se volvió a levantar. Esas palabras resonaron en mí. Eran incriminatorias y ciertas al mismo tiempo. Sí que tenía esa imagen de ella, delicada, genérica, simétrica y guapa. No me enorgullecía pensar así, pero, ¿era totalmente culpa mía? ¿Teniendo en cuenta que lo único que siempre me ha mostrado es un exterior precioso y sin problemas? Para cuando llegué a una conclusión para defenderme, ella ya estaba hablando, en voz baja pero repleta de una ira reprimida.

—¡Me has hecho ayudar a destruir la tierra! ¡Y me has convertido en una especie de lesbiana!

—Violence y Violet no son amantes —dije, aunque eso fuera lo de menos.

No quería que redujera *V in V*, lo mejor que había creado, a que yo la estuviera llamando lesbiana, como si fuera un insulto. Parecía que al venir a Birchville hubiéramos vuelto al 1987 de verdad.

–Están mucho más unidas. Son dos caras de la misma moneda.

En medio de aquella extraña y airada conversación, intensa pero silenciosa por la niña que dormía arriba y las abuelitas que estaban en la cocina, la artista que había en mí me oyó decirlo. La artista que había en mí entendió que esas palabras iban a importar.

–¿Como si fueran hermanas? –atacó Rachel, sarcástica–. Si no soy yo, ¿entonces por qué me robaste el nombre que quería para mi bebé y se lo pusiste a ella?

–¿Robarte el nombre? ¿Qué? –pregunté–. Ni siquiera tengo un bebé.

Digby pataleó, llamándome mentirosa aunque todavía ni siquiera tuviera los pulmones creados. Lo ignoré por ese pequeño detalle.

–Violet –dijo, levantando la mano izquierda como si el nombre estuviera escrito en su palma–. Lavender. –Levantó la otra mano y después las tambaleó una al lado de la otra, como si las estuviera pesando y las dos quedaran al mismo nivel.

Yo ya estaba demasiado enfadada para estar callada:

–Violet y Lavender son dos palabras completamente distintas, y…

–¡Son el mismo color! –me interrumpió.

–Pero, además, ¡Violet vino primero! Empecé a dibujar ese personaje en el instituto. Lav no era siquiera un pensamiento en tu cabeza. Así que si realmente crees que Violet y Lavender son el mismo nombre, significa que tú me lo robaste a mí.

Por un segundo sentí que Rachel iba a explotar, a tirarse sobre mí y darme un bofetón o a morderme por lo enfadada que estaba. Pero tomó aire y levantó la barbilla.

–Vale, Leia. Me vas a dejar quedarme aquí y me hace mucha falta ahora mismo, así que si así es como quieres recordarlo, vale. Supongo. Olvidaremos a la bebé de la casita de muñecas a la que llamé Lavender cuando estaba en preescolar.

Negué con la cabeza. Nunca había sido muy de jugar con la

casa de muñecas, solía preferir saltar en el sofá jugando con mi maqueta del Halcón Milenario a acercarme lo máximo que pudiera al techo. Jugar a las casitas ahí abajo, en el suelo, no me interesaba, sobre todo porque Rachel nunca me dejaba organizar un ataque de moradores de las arenas hacia la familia que vivía en la casa. Había una familia, de eso me acuerdo. Mamá y papá, una niña y un niño, y un bebé.

Rachel había puesto nombre a los muñecos, pero no me acordaba de todos. El niño se llamaba Jean-Pierre, o algo del estilo, y si Rachel iba en serio con eso, Lav había tenido suerte de haber nacido niña.

—¿La niña se llamaba Lavender? —pregunté.

—No, la bebé —dijo Rachel—, la bebé pequeñita. La niña era Madeline. Ugh, olvídalo. Este es el menor de mis problemas, así que vale, dibújame otra vez. Me da igual, porque, seamos sinceras, nadie va a leerlo. Así que da igual. Haz lo que quieras. Haz a una supervillana que se llame Rachenator y que tenga seis o siete cabezas malignas. Te perdono.

Se volvió a sentar y cogió la revista, como si la conversación hubiera terminado, pero no coló. Le temblaban las manos. Oía el crujido de las páginas.

—¿Me perdonas? —dije, incrédula.

—Ya me has oído —resopló y pasó la página—. Mira, el color aguamarina va a volver a estar de moda este verano. Qué suerte, a ti te queda muy bien. Aunque no es que te lo vayas a poner.

—No te robé el nombre de tu bebé —volví a decir.

—Si tú lo dices —dijo Rachel.

Levantó la revista Vogue para ponerla al nivel de sus ojos y que fuera literalmente un muro entre nosotras. Pero no podía parar. Habló tras la foto de la delgadísima adolescente de la portada:

—Solo digo que papá construyó esa casita justo después de que yo naciera, mucho antes de que tú vinieras. Antes de que supiéramos que existías. La tuve durante toda mi vida, y ese bebé siempre se llamó Lavender.

Y finalmente me di cuenta. No iba sobre muñecas. Iba sobre nuestros padres. De repente éramos niñas pequeñas de nuevo, y eso iba sobre a quién le pertenecía Keith. ¿Acaso había elegido el color morado para reclamar algo que ella pensaba que era solo suyo? Era territorial y extraño; el morado, pertenecía a cualquiera que tuviera ojos y viera los colores. Nos pertenecía a las dos. Y Keith también, de algún modo.

–No lo sabía –dije. Ella no dijo nada y mantuvo los ojos fijos en la revista–. ¿Qué quieres que diga? ¿Cómo se puede arreglar esto? –pregunté.

Al ver que seguía sin responder, fui directa a la verdadera cuestión:

–Si las dos estuviéramos en un incendio, Keith te sacaría a ti primero. Las dos lo sabemos. No pasa nada.

Lo cual no significaba que no me quisiera. Me quería. Simplemente quería más a Rachel. Era el primer hombre al que ambas habíamos pertenecido, pero ella era suya de una manera que no era igual a la mía.

Rachel levantó la mirada, al fin, y dijo:

–Bueno, y tu madre te sacaría a ti primero en un incendio. Es biología.

–No estoy tan segura de eso –dije, y era verdad–. Mamá intentaría sacarnos a las dos y terminaría prendiéndose fuego, y las tres nos quemaríamos juntas.

–Ah, o sea que mamá es mucho mejor que mi padre, ¿no? –soltó.

–Eso no es lo que quería decir en abso… –empecé, pero ella me interrumpió.

–¿Por qué estamos discutiendo sobre esto? ¿Qué problema tienes en el cerebro? No estamos en un incendio. Nunca vamos a estar en un incendio simultáneamente en la sala de estar de nuestros padres, de manera que tengan que escoger a quién sacar primero.

«Bueno, las dos nos estamos quemando ahora mismo, y ninguna se lo quiere decir», pensé, y dije en alto:

–Yo lo llamo Keith, tú la llamas mamá. Haz las cuentas.

–¿Y quién eligió eso? –replicó ella.

Me quedé atónita.

–¡Tú! –dije–. ¡Me mordiste!

–Estoy bastante segura de que no hice tal cosa –lo decía en serio.

–¡Rachel! –contesté. Ella resopló, negando levemente con la cabeza como si acabara de asegurar que una vez levantó el martillo de Thor–. Intenté llamarlo papá, y me mordiste.

Ahora estábamos hablando sobre ella, y no le gustaba. Forzó los labios para crear una sonrisa burlona, y sus ojos se calmaron. Era como si hubiera apagado el interruptor de la furia. Así, de repente, había vuelto a erigir el muro. Y lo había fortificado. Quizá incluso había cubos de aceite hirviendo preparados sobre él, pero no podía saberlo. No desde donde yo estaba. Estaba muy lejos, fuera de esa fortificación.

–Lo que tú digas. Ahora estamos en tu casa y Lavender y yo no tenemos otro lugar al que ir. Aquí tú eres el sol y yo el cielo. Así que haz lo que quieras –dijo.

Me pilló desprevenida. ¿Estábamos discutiendo porque Rachel estaba fuera del territorio de su casa? Aún peor, el territorio de su casa tenía una señal de «Se vende» en el jardín y su marido estaba desaparecido. No estaba lista para contarles a mamá y a Keith lo mal que le estaban yendo las cosas en casa, quizá porque no estaba preparada para creerlo aún. O no se veía capaz de soportar la lástima y la preocupación de los demás, y podía empatizar con eso. Había venido a mí porque yo ya lo sabía. Era la única que lo sabía.

–Espero que sepas que eres bienvenida aquí –dije, aunque me salió un poco forzado y demasiado formal.

–Gracias –susurró, tan breve que parecía que fuera media palabra.

Antes de que pudiera decir nada más, Birchie se materializó con una manta afgana que había tejido y una taza de té de rosa mosqueta. Fue directa hacia Rachel y la envolvió con la manta.

Ella apartó la revista para poder acurrucarse. Incluso cogió el té, sonriéndole a Birchie. Normalmente le impacientaba que la mimaran, pero aquella vez se inclinó hacia la taza para beber un sorbo y disfrutarla. Así que sí aceptaba la simpatía de otros, pero no la mía. Vale.

Cogí el cuaderno de bocetos y me dirigí a mi habitación. Me hizo falta mucha fuerza de voluntad para no dar un portazo que resonara tanto que hasta despertara a Lavender. No, que levantara a todo el pueblo. Quería dar un portazo tan fuerte que hiciera que Martina Mack se enderezara de repente, agarrándose a las sábanas pensando que Satán había llegado finalmente a por ella.

Pero esa ya no era mi habitación. No era solo mía. Rachel podía estar enfadada, pero no lo suficiente como para marcharse. Sus maletas estaban abiertas en el suelo junto a la mía, llenas de camisetas de tirantes de satén, ropa interior de encaje y zapatos de verano.

Al fondo de mi maleta tenía una copia en papel de *Violence in Violet*. La había traído para que me sirviera de referencia con la precuela. La saqué.

Me apoyé en el borde de la cama y la hojeé, buscando imágenes de Violet que la mostraran desde diferentes ángulos.

Revisando los primeros capítulos, tuve que admitir que había una cierta similitud. Violet era rubia, alta y delgada, con ojos grandes y una nariz recta y fina, así que sí, se parecía a Rachel. Un poco. Y a cualquier presentadora de las noticias de la FOX.

A medida que la historia avanzaba, esa similitud se iba desvaneciendo. Cada vez se parecía menos a Rachel porque cada vez parecía menos humana después de la escena del almacén.

En el cómic, su novio, al que han asesinado, es el hijo de un diplomático. Su muerte desata una controversia internacional, y Violet se encuentra en el medio de escenas que amenazan su vida, cada vez más intensas. Se ha dado cuenta de que Violence la va a salvar. Ha visto que sus soluciones son despiadadas y permanentes, pero no le importa. Tiene el corazón roto. Quizá está tratando de crear una matanza tan grande que haga que Violence falle y ambas mueran, pero esta no falla. Violence gana siempre, aunque los riesgos aumenten, aunque haya mayores daños colaterales e incluso aunque los petirrojos de Violet se conviertan en cuervos y sus mariposas se deterioren y sus alas se llenen de hollín. Su precioso cuerpo pasa de ser delgado a parecer cadavérico, y su vestidito cuelga de su estructura esquelética.

En el último capítulo, Violet está acuclillada en un refugio antiaéreo, con la mirada fija en la televisión. Su rostro es prácticamente una calavera: le sobresalen los pómulos y estira los labios formando una mueca sobre su prominente dentadura. Violence está ahí. Debe estarlo, porque Violet tiene un mirlo sobre el hombro e insectos retozándose alrededor de sus pies descalzos. Los pequeños ratones ahora se han convertido en ratas, de cola larga y rolliza. A los ávidos y observadores conejos les han crecido colmillos, y ya no hay suficiente luz en ellos para mantener a Violence cerca.

En otros búnkeres alrededor del mundo, hay dedos pulsando botones rojos. Las bombas caen de un lado al otro del océano. «Adiós», piensa Violence. Es la última palabra del libro. Deja a Violet en el refugio y sale al exterior. Se deleita por estar fuera. Sonríe con su característica sonrisa de loba, de pie en el lugar donde caerá la primera bomba. Sus botas están firmemente colocadas, tiene los brazos abiertos de par en par y la columna doblada, con la cabeza echada hacia atrás, muestra de la felicidad con la que acoge la bomba. De hecho, es un misil con una forma bastante fálica, y parte de mí quería ir a donde Rachel y señalárselo. «Lesbianas, mis narices. ¿No entiendes el arte?».

Violence se convierte en una sombra morada en medio de una llama, como si fuera la mecha de una vela. El plano se va haciendo más amplio, retrocediendo. Hay unas setas enormes, tiznadas, sobre toda Norteamérica. La tierra es una esfera azul colgando en el espacio, y en todos los continentes brotan los mismos hongos que terminarán con el mundo. Las setas se disipan en una niebla oscura que se desplaza, cubriendo todo el planeta, y los animales destrozados de Violet se esconden entre sus curvas y sombras moradas. Y ese es el final. No hay nada después.

Cerré el libro, pensando: «Bueno, a veces no lo hay».

¿Le había robado la cara a Rachel? ¿Le había robado el nombre de su bebé? Quizá. No lo recordaba de esa manera, igual que ella no recordaba haberme mordido. Puede que una esquina oscura y hambrienta de amor paterno de mi corazón hubiera dibujado a Violet parecida a Rachel a propósito, para molestarla, y lo había conseguido.

Lo que pasó con J. J. no nos ayudó. A él le gustaba el concepto de ella, ansiarla, más que la yo humana y real, que lo había acogido en su momento más bajo. ¿Acaso la culpaba porque ella había capturado a J. J. con sus superpoderes cuando aún éramos niñas? Ella ni siquiera lo había intentado. Ni siquiera le gustaba en ese entonces, y cuando finalmente lo eligió, terminó destrozada.

Pero así es como siempre había terminado nuestra historia. Ella se llevaba las penas al armario de la lavandería, y yo esperaba fuera. Cuando yo estaba mal, ella me ayudaba porque le hacía sentir bien ser la heroína y sacarme del fango en el que me hubiese metido.

El sol y la luna. Ambas habíamos empezado con una grieta dentro. Si hubiéramos sido hermanas de nacimiento, si mi padre no hubiera muerto, si su madre no se hubiera marchado, si J. J. no fuera tan gilipollas… Si, si, si. Lo único que sabía era que nuestra hermandad había venido rota desde el principio. Dejar que se quedara en casa y ese breve momento en el que ella se había sentido vulnerable no nos arreglarían.

Cuando las cosas empiezan tan mal, con una guerra, una pérdida, una fisura o cinco chupitos de tequila, es como atravesar con dificultades un camino destrozado y empinado que va hacia abajo. Solo pueden degenerarse, ir a peor, hasta que estás caminando sobre las ruinas. Cuando te encuentras en un apocalipsis, no hay nada más.

Como si fuera una respuesta, la bomba en mi bolsillo trasero vibró y sonó.

La saqué rápidamente del bolsillo, con el corazón latiendo a mil. Me había llegado un mensaje de un número desconocido, pero sabía quién era.

«Cuánto tiempo. ¿Vas a volver a Atlanta? Me gustaría volver a verte».

Capítulo 11

Esa noche, Rachel se subió a la cama y se tumbó en el lado que me gustaba a mí, con la cara brillante por la crema hidratante, y anunció que ya se había tomado el Zolpidem. Ahuecó la almohada y se puso un antifaz sobre los ojos, acomodándose como si fuera lo más normal del mundo. Se quedó frita al instante. Yo me tambaleaba sobre el lado de la cama que no me gustaba, incómoda y con los ojos tan abiertos como los de un galago.

Cada vez que conseguía ponerme cómoda, me daba una patada en la espinilla con el pie o me golpeaba con su codo puntiagudo. Cuando éramos pequeñas yo siempre había sido la que no paraba quieta y la molestaba con los murmullos y canturreos que hacía al dormir. De pequeña, Rachel dormía de la misma forma en la que hacía todo lo demás: perfectamente, tan plácida que podría estar en una cajita de cristal con un trozo de manzana en la garganta y los labios listos para recibir un beso inevitable. Aunque aquel día no era así. Era como dormir con un grupo de gatos molestos. Cuando movió la mano y me dio un bofetón en la cara, decidí levantarme y dirigirme al sofá que estaba en la sala de costura de Birchie. Me llevé mi maleta conmigo y, pese al estruendo que hice al moverla, Rachel no se despertó.

La envidiaba por eso. Si no fuera por Digby, habría rebuscado en su equipaje y me habría tomado un Zolpidem también.

Al día siguiente, mientras desayunábamos, se disculpó:

—Estoy durmiendo fatal últimamente —dijo mientras Wattie le servía tortitas y una loncha extra de beicon en el plato—. Hoy dormiré en el sofá.

Wattie respondió antes de que yo pudiera:

—¡Ni de broma!

Birchie se metió en la conversación después de ella:

—No, no, querida, eso no puede ser. ¡Eres nuestra invitada!

Tras el desayuno, Birchie y Wattie deshicieron lo que parecía ser todo el guardarropa de Rachel y lo colgaron en el armario de la habitación que creía (con razón) que era mía. Pasaron las noches y Rachel siguió siendo fría conmigo y dejando que las dos cuidaran de ella. No hacía gran cosa. Era como si estuviera en un retiro curativo del 1800. Dormitaba y se sentaba a mirar libros y revistas. Siempre tenía el móvil al lado, y me di cuenta de que estaba esperando. Estaba esperando a que Jake le llamara con su decisión. Para decirle si iba a ser un hombre o un cobarde gusano.

Volví a sentirme mal por ella. Sabía por experiencia que cuando J. J. estaba decidido, estaba decidido. Iba a seguir siendo un cobarde gusano.

El quinto día de la «guardia de Jake», me senté junto a ella en uno de los sofás dobles.

—¿Puedo hacer algo para ayudarte? —pregunté, aunque ya supiera la respuesta.

Ella me miró, parpadeando como si tuviera la visión borrosa, y después centró los ojos y me miró fijamente.

—¿Me traes las pinzas de depilar? —preguntó—. Has engordado un poco. Puedo cambiarte la forma de las cejas para combinar con tu rostro más ancho.

Negué con la cabeza, sonriendo sin abrir los labios para contenerme de decir los diecinueve insultos que se me estaban atascando en la garganta, intentando salir todos a la vez. Tras eso la dejé en paz, porque no iba a dejarme ayudarla. A no ser que huir de mi propia habitación contara como ayuda.

Resultó ser algo bueno. Desde que encontramos los huesos, toda la casa parecía estar desequilibrada. Era como si ese baúl hubiera guardado cuatrocientos kilos de peso y los antiguos pilares de la casa se hubieran inclinado un centímetro hacia la izquierda desde que lo sacamos del ático. La sala de costura estaba en la parte trasera de la casa, pasado el despacho, al fondo de un largo pasillo. Compartía una pared con la cocina, pero no había puerta de un lado al otro. Como Birchie ya no cosía mucho, la sala era toda mía. Cuando estaba allí con la puerta cerrada y sin el sujetador, que tanto me apretaba en ese momento, con The Smiths sonando en la aplicación Pandora, tenía toda la privacidad posible en una casa tan llena de familiares de ambos lados de mi familia. Incluso dejaba el teléfono enchufado allí, porque no quería que el delatador zumbido de los mensajes que me llegaran anunciara que estaba chateando con hombres. Con cuatro hombres.

El primero solo era nuestro viejo amigo Frank Darian, que me mantenía informada mientras el sistema judicial investigaba los asuntos de la familia. La fiscal de nuestro condado, Regina Tackrey, era tan astuta como un pitbull. Y aquel año había elecciones. De todos modos, Frank había tomado declaración al doctor Pettery y, dada la enfermedad de Birchie y la proveniencia y edad desconocidas de los huesos, había podido bloquear los interrogatorios policiales. Por ahora. Tackrey tenía que demostrar que se había producido un crimen antes de que le sucediera cualquier otra cosa a mi abuela. Por tanto, había enviado los huesos a un antropólogo forense de Montgomery.

Sentía como si Birchie estuviera en la boca de algo, como de un reptil de ojos helados, que estuviera dándole vueltas, aún entera, como si fuera una píldora. Pero en cualquier momento, ese animal podría morderla a sangre fría y destruirla. Lo único que podía hacer era esperar para ver lo que decidía hacerle a ella y a todos nosotros.

También me estaba enviando mensajes con los hijos de Wattie, para actualizarlos y tranquilizarlos. Se habían enterado de lo sucedido mediante la comunidad de Redención. Solo la determinación de la firme voz de Wattie había evitado que ambos se montaran inmediatamente en un avión para volver a casa.

—No quiero que estén aquí en medio de este desastre —dijo ella—. Sobre todo Steven. Nació mordiendo, y además también ladra. Confía en mí.

No había confiado en ella anteriormente, y ahí estábamos.

Yo la apoyé y le aseguré a ambos que Wattie no se había hecho daño cuando mi coche de alquiler se chocó con el buzón y que los huesos eran principalmente un problema de los Birch.

Por último, pero no menos importante, estaba chateando con Batman:

«Cuánto tiempo. ¿Vas a volver a Atlanta? Me gustaría volver a verte».

Eso había escrito él.

Un vistazo a su Facebook, un mensaje y ya sabía su nombre, dónde vivía y que quería verme. Aun así, probablemente era demasiado pronto para decir: «Me preguntaba, por ninguna razón en particular, si ha habido diabetes o trastornos mentales en tu familia, si te gustan los niños y si eres un gilipollas integral». Tenía que ser más casual y cautelosa, pero ya estaba de dieciocho semanas. Digby ya tenía el tamaño de un pimiento y no paraba de moverse; cada día era más real. Lavender había abierto una ventana que daba a la vida de su padre. Y yo quería asomarme.

Estuve todo el día pensando en qué responderle, pero no fue hasta que me asenté en la sala de costura que le envié un mensaje.

«Ya, cuánto tiempo. Aunque tú podrías haberme escrito, míster».

La palabra «míster» lo suavizaba un poco. Quizá incluso le daba un toque de tonteo. Lo envié, aunque no se tratara de tontear. No iba de mí. Iba de mi hijo. Tenía que saber quién era Batman. Mi libro de embarazadas decía que podía culpar a las hormonas del cuarto mes por sentir mi cuerpo tan exuberante, por el deseo de ser tocada, tranquilizada y acariciada que sentía en el fondo y quizá por esto también: quería ligar.

Él respondió casi al momento, halagándome:

«No, eso parecería de acosador..., tú eres la artista famosa».

Era un halago bastante bueno, porque me recordaba lo mucho que le gustaba mi trabajo. Era famosa en el ámbito de los cómics, lo cual me hacía incluso menos famosa que ese tío del doble arcoíris de YouTube, pero aun así me gustaba oírle decirlo. Mis manos ya merodeaban por el teclado llenas de preguntas que hacer, pero vi los puntos suspensivos; estaba escribiendo algo más.

«Si te hubiera escrito te habrías ido a revisar el armario para asegurarte de que no estuviera dentro liándome con tus zapatos».

Así que era gracioso también cuando estaba sobria. Sonreí, pero por las malditas hormonas de los cuatro meses, no fue lo único que hice. También tuve un flashback en la cabeza: su voluminosa boca moviéndose contra mi empeine, mi tobillo, la parte trasera de mi rodilla, yendo inexorablemente hacia arriba, donde su mano ya estaba ocupada y trabajando. No ayudaba.

Tenía que cortar de raíz el tonteo. ¿Si Digby no existiera? Habría caído. Quizá bastante. Obviamente teníamos atracción física, y conocernos en la FanCon implicaba que teníamos intereses en común. Pero estaba embarazada, lo que significaba que en realidad yo era la acosadora, escondida en su armario metafórico con mi larga y secreta lista de preguntas invasivas. Tontear hacía que me sintiera aún peor haciendo esto, y cada mensaje en el que no mencionaba a Digby me hacía sentir falsa, casi cruel.

De todos modos, no era una decisión que hubiera tomado a la ligera. No estaba jugando, y no quería jugar con él. Era un asunto serio y tenía una decisión que tomar: una que influiría en el resto de la vida de los dos. Ese hombre había concebido a Digby, pero tenía que saber que al menos era decente o amable antes de darle la opción de ser padre. La ausencia era un mejor inicio para un niño que la desdicha. Si Batman era una especie de odiador de bebés que vivía en un sótano y tenía un carácter violento, Digby necesitaba que yo lo supiera.

Estuvimos varios días hablando por mensajes. Le pregunté muchas cosas. Quizá mi nivel de interés sobre su vida, su familia y su trabajo podía pasar por tonteo, pero no podía evitarlo.

Batman no parecía ser ningún tipo de depravado. Era CRNA, un tipo de enfermero especializado en trabajar con anestesia. Sus padres vivían en Columbus, Georgia, y tenía tres hermanas mayores repartidas por todo el sur, todas casadas y formando una familia.

Él solo tenía treinta y cuatro años. Se me hizo raro pensar en que me gradué en el instituto el año antes de que él empezara su primer curso. También estaba soltero, lo cual me golpeó con una ola tardía de alivio. Al menos no tenía que añadir «adulterio» a mi lista de crímenes y fechorías nocturnas.

Parecía estar muy interesado en mí rápidamente, tanto que, si no lo supiera, podría sospechar que él era el que estaba embarazado en secreto. Me preguntó por mi familia, mi Iglesia, mis amigos, mi vida. Le hablé de mis jugadores de los martes, de cómo era estar en Birchville, de los cuerpos de Lewy, de Lavender y de Rachel. No mencioné los huesos.

Nuestro contacto aumentó rápidamente. Al final de la primera semana de Rachel en Birchville, él ya me contestaba en los momentos libres entre cirugías, y yo me escapaba para responderle cada minuto, tan adicta al teléfono como mi sobrina adolescente. El viernes por la noche me encontré acurrucada en un nido de mantas en el sofá de la sala de costura, hablando con él hasta medianoche. Ahí es cuando me sugirió encontrarnos para jugar *online* al día siguiente. Él jugaba a *Diablo*, *Counter-Strike* e incluso al antiguo *StarCraft* con sus amigos de la universidad.

Me encantaba *StarCraft*, pero respondí:

«Mi ordenador de *gaming* está en mi casa en Virginia».

No me gustaba jugar con el lápiz táctil de mi Cintiq y el portátil antiguo era muy lento. Además, jugar un sábado por la noche al *StarCraft* sonaba demasiado a una versión extremadamente friki de una cita. En el momento en el que presioné «Enviar» me arrepentí un poco. Él tenía un servidor de TeamSpeak, lo que significaba que podíamos hablar por el ordenador mientras jugábamos. Era tentador. Una conversación real, con tono y matices, me ayudaría a conocerlo más rápido. A decidir más rápido. Cuanto más tardase en mencionar el embarazo, peor sería cuando lo hiciera (si lo hacía). Quizá era una oportunidad demasiado buena como para dejarla escapar. Añadí:

«Aunque mi viejo portátil puede ejecutar el *Scrabble* online. ¿Es demasiado raro?».

«Claro que no –respondió él–. Me apunto a unas cuantas *Palabras con amigos*».

El sábado por la noche Wattie se llevó a Birchie a las siete para comenzar su ritual nocturno. Rachel estaba sentada en el sofá doble de mi abuela con el pelo sucio, comiendo palitos de zanahoria de la manera en que una persona normal comería patatas fritas y viendo una de esas pelis antiguas de la productora Merchant Ivory que ella y mamá adoraban.

Lavender ya se había evaporado y estaba en la habitación de la torre, sin duda en su cita virtual de sábado noche vía Snapchat, o lo que sea que utilicen los chavales ahora. Como yo sabía que Snapchat existía, supuse que los adolescentes de trece años usarían otra cosa.

Seguía estando de malas conmigo. Estaba esperando, como la Rachel Jr. que era, a que le dijera que había hecho lo correcto contactando con Batman. O quizá yo solo estaba imaginándomelo y ni siquiera estaba evitándome. Al fin y al cabo era muy joven, y el mundo que estaba fuera de esta desequilibrada casa estaba bañado en la calidez del verano. Hugh y Jeffrey Darian llamaban a la puerta a todas horas para pedirle que saliera.

Volví a mi pequeña guarida en la sala de costura, donde había convertido la antigua mesa Singer de Birchie en un escritorio improvisado para el ordenador. Me puse los auriculares y abrí Facebook y el programa de chat de voz. Mientras *Palabras con amigos* se cargaba, escuché la voz robótica de TeamSpeak que decía: «Un usuario ha entrado en tu canal».

—Hola, usuario –dije.

—Ey –dijo él.

Era Batman. Reconocí su voz, el eco de un recuerdo que estaba escondido en el fondo de mi cerebro.

—¿Estás lista para un duelo al estilo *Scrabble*?

Recordaba que su voz era grave, pero no tanto. Quizá fuera su tono de antes de dormir, un poco áspero y rasposo por el cansancio. Hacía que una invitación para jugar a un juego de mesa sonara como algo sucio. También había olvidado que hablaba de forma suave, bajito. En el bar tuve que inclinarme hacia él para oírle, lo cual nos hizo acercarnos cada vez más, hasta que me lo llevé a mi habitación para estar lo más cerca posible. Dos veces. Ahora me encontraba acercándome un poco a la pantalla de forma estúpida, como si esto hiciera que le escuchara mejor. Me relajé en la silla y subí el volumen.

—No juego a esto desde que era pequeña –le dije.

—Yo tampoco –confesó él, aunque inmediatamente recibí una invitación, lo que indicaba que claramente conocía el programa.

—Eso me huele a farol. –Y acepté–. ¿Cómo sabías empezar el juego?

—Puede que… puede que haya entrado antes para mirarlo. Listo, ¿eh?

—Muy listo –dije–. Sobre todo por la parte en la que me lo cuentas.

Él se rio, pero no respondió. Observé mis letras en silencio, un silencio que se hizo más incómodo a medida que se alargaba. Me habían tocado fichas malas: P, R, L, E, L, F, M. Solo con una E como vocal. Por suerte le tocaba a él colocar la primera palabra. Quizá estaba callado porque a él también le habían tocado malas fichas. Pero, aun así, me había resultado más fácil «hablar» con él cuando no estábamos realmente hablando.

La palabra «CARRO» apareció en el centro del tablero, y era lo suficientemente larga para llegar a la casilla de palabra doble. En cuanto terminó su turno, dijo:

–Oye, ¿y cuándo vas a volver por Atlanta?

Bastante directo. Quizá yo era la única que estaba incómoda.

Bueno, yo sabía algunas cosas que él no.

–¿Por qué te interesa? –dije, y me salió un poco coqueto. Quizá incluso con tono travieso. Dios, esperaba que no hubiera quedado travieso. Eso le daba valor añadido al tonteo.

–Fuiste la mejor primera cita que he tenido en años –respondió, tan claro que me dejó sin aliento.

–Ah, ¿que eso fue una cita? –solté al fin. Me di cuenta de que en ese momento, intentando no sonar tan atrevida, sonaba estirada y rancia.

–Puede que al principio no, pero... definitivamente terminó como una primera cita – lo dijo tan suavemente que tuve que volver a subirle el volumen, intentando detener la sensación de que estaba susurrándome al oído.

–Mis primeras citas no terminan así. –Parecí aún más estirada.

–Vale, pues vuelve a Atlanta. Me gustaría ver como sueles terminar las segundas –dijo, coqueteando.

–Dios, hablas como un mujeriego.

–¡No, en absoluto! D-d-d –Estaba tan sorprendido que se quedó atascado en la D. Hizo una pausa, y después dijo–: ¿Ves? Hablar con mujeres guapas me pone nervioso.

–Buena jugada, feminista –le dije y se rio, sin asustarse por mi agudeza.

–Me gusta cuando me hablas como si fueras una... institutriz.

Eso me hizo reír. Me había olvidado de eso también, del extraño ritmo con el que hablaba. Pausaba en medio de la frase, como esperando a que le viniera la palabra adecuada, y casi siempre se trataba de una palabra que no me esperaba.

Miré las fichas, y todas las palabras que se me ocurrían eran un poco obscenas. No quería poner «LAME», y mucho menos «FOLLE». «PROLE» ni se me pasaba por la cabeza. Era una palabra que sonaba totalmente a embarazada, incluso más de lo que yo ya estaba. Finalmente escribí «PERLA», y cuando cliqué en «Jugar» me di cuenta de que también sonaba un poco extraño.

—No me pareciste el tipo de chico que se pone nervioso en la FanCon —comenté, para tapar mi propia vergüenza.

—Bueno, ya puedes imaginártelo. Me había tomado un par de cervezas y no pen… No me acerqué a ti para ligar. Solo quería una foto para mi perfil de Facebook.

—¿Te das cuenta de que eso es exactamente lo que diría un mujeriego? —dije.

Él soltó una risita e hizo una pausa para poner la palabra «LENTO» con mi L, y después dijo:

—¿Ah sí? Bueno, confieso: he tenido tres novias serias. Y una fue en el instituto, así que creo que no cuenta. No soy… —murmuró y pausó un segundo. Después dijo—: Es muy fácil hablar contigo.

Me pareció muy dulce, y quizá también tenía algo de cierto. Tragué saliva, incómoda de nuevo, y me puse a entretenerme colocando las fichas. Parece que se dio cuenta, porque automáticamente intentó aligerar el ambiente:

—¿Acabas de hacer bingo? ¿Quién es el farol ahora?

Me reí, porque, en efecto, había hecho bingo escribiendo «OLFATEAR» aprovechando su O, y además cayó en una casilla de doble palabra.

—¡Chúpate esa!

—¡Tía, me vas a dar una paliza! —dijo, pero con tono alegre. Me gustaba que no tuviera ese aburrido miedo de los *gamers* a perder contra una chica.

En la segunda partida, nuestro tablero parecía uno de niños de primaria, con palabras cortas y sin tener en cuenta la estrategia. Hacíamos pausas larguísimas entre palabras y después poníamos cosas como «CASA», «PATA», «MALA» y «PAN». Colocar las fichas era solo una manera de mantener las manos ocupadas mientras no parábamos de hablar.

Me gustaba cómo hablaba sobre su familia. Parecían estar muy unidos. Tenía particularmente una estrecha relación con su padre, a quien describió como un «friki de la vieja escuela» y con su hermana mediana, Vonda, que había superado un cáncer de mama el año anterior. Se juntaban todas las Navidades y todos pasaban los veranos juntos en una casa de playa alquilada en Savannah. Eran más de la una de la mañana cuando mi cuerpo de embarazada empezó a darme señales de que tendría que irme a dormir pronto, quisiera o no.

–Sí, yo también estoy cansado –me dijo. Hizo una pausa, y después murmuró–: El lunes trabajo. No puedo estar despierto hasta tarde antes de un día repleto de cirugías. El jueves lo tengo libre. ¿Quieres… volver el miércoles por la noche y… darme otra paliza con tus fichas?

Era más que tonteo. Lo reconocí por sus pausas y la repentina timidez en su voz ronca. Me estaba invitando a algo.

Dudé, con la culpa carcomiéndome. No creía conocerle. No bien. En absoluto. Lo único que conocía era su perfecto yo de la segunda cita, lo suficiente como para ir a una tercera si no estuviera embarazada. No estaba lista para invitarle a la vida de Digby basándome solo en una tarde entretenida. Pero, cuanto más tiempo pasaba con él, parecía más amable y yo me sentía peor.

–Creo que te hará falta que te ganen de nuevo para entonces –dije, intentando no extenderme demasiado y dejarle irse.

Esa noche soñé con los huesos. Descansaban, pacientes, sobre una caja de metal con bordes afilados que se encontraba en un laboratorio estéril, bañados por una luz intensa y tan amarilla como una yema de huevo. Sabían que iba a llegar su momento. Un par de manos con guantes puestos los giraban y organizaban, colocándolos de nuevo en forma de la persona que una vez fueron. Las manos recreaban el intrincado conjunto de falanges, colocaban las largas tibias, la pelvis y un costillar vacío.

Al final colocaban la calavera. Pude ver la fisura, agrietada y abierta, colocada en la parte alta de la zona trasera. Las manos empezaron a coger los huesos y a romperlos en dos. Eran unas manos largas, con dedos interminables. Las uñas puntiagudas rompieron las puntas de los guantes y asomaron, brillantes y pintadas de morado intenso. Las manos agarraron fuera de mi vista el costillar que estaba sobre la bandeja. Pero podía oírlo. El sonido de Violence engullendo el tuétano me despertó.

Claramente mi subconsciente no tenía tanta fe en que los huesos fuesen un asunto antiguo o una triste historia demasiado vieja para importarle a alguien.

Ya eran más de las nueve. Me levanté, con los huesos crujiéndome y sabor agrio en la boca, y fui a ver a Birchie. Cada paso que daba fuera de mi nido privado en la sala de costura me conducía más al interior de la parte de la casa que estaba más desequilibrada.

Me la encontré sentada en su mesita formal del comedor, comiéndose un huevo y viendo a su pueblo despertar a través del ventanal, como si se tratase de un domingo cualquiera. En la pared, tras ella, su abuelo sonreía con noble benevolencia desde su retrato a la derecha, y el retrato de su padre a la izquierda era muy parecido. Quizá se le veía algo más severo, algo más orgulloso. Rodeé la mesa apresuradamente para darle un cariñoso beso en su moño blanco y esponjoso. Olía a sus polvos de aroma a rosas y a menta, como siempre. Era el olor del hogar, del amor y la bondad.

—Buenos días, Birchie —saludé. Lavender estaba justo al lado de ella, pero no parecía querer recibir un beso. Me echó una mirada despectiva desde mi propia silla—. Lav, ¿has dormido bien?

—Mmm-hmm —murmuró. Iba preciosa, con brillo de labios y su vestido de vuelo azul.

—Buenos días, cariño —dijo Birchie, alargando la mano para acariciarme la mejilla.

El rostro de Birchie estaba empolvado y su pelo estaba acicalado. No parecía una persona que estuviera gravemente enferma. Y mucho menos una persona que había escondido huesos humanos al fondo del desván. Me alegraba verla tan arreglada. Parecía ella misma, mucho más que cuando la encontré al llegar plantando caramelos de naranja en el parterre de las miltonias. De hecho, parecía que estaba esperando compañía, como si fuera a participar en una de sus actividades habituales: un *baby shower*, el club de lectura, una lección sobre horticultura...

Vi su bonito vestido y después el de Lavender, con un pavor incipiente.

—¿Vamos a ir a la Iglesia?

—Es domingo —dijo Birchie, pero no en forma de pregunta.

—Frank dijo que debíamos pasar desapercibidas y no responder ninguna pregunta. —Ni siquiera quería que le preguntasen nada. Birchie y sus cuerpos de Lewy podían decir cualquier cosa.

Excepto Lavender, el resto habíamos pasado la semana en casa o trabajando en el jardín trasero. Podíamos fingir que no nos estábamos escondiendo (la cocina se había llenado con tantos guisos y ensaladas de vecinos curiosos que no nos había hecho falta ir al supermercado Piggly Wiggly), pero yo sabía que estábamos evitando tanto las palabras de lástima de amigos preocupados como las miradas acusadoras de aquellos que no eran tan amigos. Y las preguntas. Preguntas que estaba intentando por todos los medios no hacerme a mí misma en silencio. No quería que llegaran a mí a través de otros esa mañana, justo bajo el santísimo techo de Dios.

—¡Venga, tía Leia! —añadió Lavender. Todas la miraron, y puso cara de santa—. No me gusta faltar a la Iglesia.

—¡Que buena es esta niña! —dijo Birchie, dándole una palmadita de aprobación en el brazo.

Yo puse los ojos en blanco, a sabiendas de que Lavender no acababa de descubrir la necesidad de adorar al Señor dentro de ella. Los chicos estaban en la Iglesia. Birchie continuó:

—Recuerda que es el día del Señor y es santo. Los diez mandamientos no cambian aunque hayas tenido una mala semana.

Tuve que juntar los labios para evitar preguntar «¿Y qué pasa con el sexto? ¿Has incumplido el sexto, Birchie?». La mitad de la gente del pueblo estaría seguramente preguntándole lo mismo a la otra mitad. Me estaban empezando a sudar las manos.

Wattie entró con su huevo y con una cesta hasta arriba de galletas, que puso sobre la mesa. Lavender ya estaba yendo a por una. Wattie se sentó y se sirvió su mermelada de mora casera. También llevaba un vestido para ir a la Iglesia, con margaritas y hojas verdes primaverales.

—¿Crees que deberíamos ir a la Iglesia? —le pregunté a Wattie.

—No importa lo que yo crea —dijo ella, lo cual no era lo mismo que decir que le parecía una buena idea.

—No fuimos a Redención la semana pasada —recordé.

—Pero esa es mi Iglesia —aclaró ella.

—¡Y creías que Birchie no debía ir! —argumenté.

Wattie me observó con exasperación.

—Niña, creía que yo no tenía que ir.

Me avergoncé al instante. Solo estaba pensando en lo que la gente de la Iglesia bautista blanca pensaría sobre mi abuela. Wattie, la viuda del pastor más longevo y querido en Redención, era la Birchie de su Iglesia. Y había robado un coche y lo había estampado contra un buzón en el intento de fugarse con huesos humanos que se habían encontrado en el desván de la casa en la que vivía. La casa de su mejor y más querida amiga. Por supuesto que su comunidad estaría sorprendida.

En Birchville todavía existía la segregación, sobre todo en las Iglesias. Había versiones paralelas de bautistas y metodistas y una pequeña Iglesia presbiteriana blanca, que se balanceaba con una congregación de afroamericanos igual de minúscula. Las calles y los barrios también estaban divididos. Cuando venía de visita vivía en la versión de Birchie del pueblo, al igual que los hijos de Wattie vivían en la suya. Sabía todo eso, pero era fácil olvidarlo. Estos dos mundos raramente se sobreponían. El mayor solapamiento estaba allí, dentro de esa casa, donde las matriarcas de ambos Birchvilles vivían juntas. En mi interior estaba creciendo otro tipo de solapamiento. Si Digby hubiera nacido ya, tendríamos que ser miembros de las dos Iglesias, al igual que Birchie y Wattie. O tendríamos que elegir una a la que uno pertenecería más que el otro.

—Lo siento, Wattie, lo he dicho sin pensar —dije—. Pero creo que bajar ahí es una completa locura.

Wattie se encogió de hombros.

—Quizá no es lo que yo haría, pero esta es la Iglesia de Birchie. Es su decisión.

—Buenos días, Leia —saludó Rachel detrás de mí, asustándome.

Llevaba una falda midi y una blusa a rayas, lista para la Iglesia al igual que todas las demás. Yo era la única que se había perdido la llamada de arreglarse. Tenía el pelo rígido y grasiento y los ojos le brillaban por el Valium. Esa no era Rachel en su estado más puro. Era la versión depresiva que llevaba toda la semana en el sofá y que se había arreglado y puesto zapatitos de tacón, con la suficiente energía para ser un poco zorra conmigo.

—¿Tú también vas?

—Es lo menos que puedo hacer —dijo ella, valiente y con la voz tan temblorosa que pude sentir un goteo ácido y avinagrado entrando en mi organismo y aguando mi sangre.

—No deberíamos llegar tarde —intervino Wattie, mirándome desde la cabeza, donde los remolinos de mi pelo estaban alborotados, a los pies descalzos.

Me alejé un paso de Rachel, diciendo:

—Me preparo ahora mismo.

Birchie y Wattie me dedicaron un breve destello de aprobación. Cogí un par de galletas de la cesta mientras me iba.

—Ya sabes que eso es una bomba de carbohidratos simples —dijo Rachel.

Me di la vuelta, con una sobrecarga de rabia hacia ella tan clara, azul y brillante que estuve a punto de añadir proteínas a mi desayuno mordiéndole la cabeza. Pero ella ni siquiera estaba mirándome. Se sentó, despatarrada, con su galleta sin tocar frente a ella. Tenía el móvil al lado en la mesa, esperando un mensaje decisivo de J. J. que nunca iba a llegar.

Al otro lado de la mesa, Lavender observaba a su madre con miedo y con una mirada suplicante que me rompió el corazón. Casi podía escuchar a través de esos ojos la voz de pito de la Lavender de tres años llamando a su madre desde su cuarto a oscuras «¡Mami, aiua! Hay un monstros en mi armaio».

El teléfono de Lav sonó, e instantáneamente desapareció la niña que tenía al Ken ausente y a la Barbie zombi como padres. Ahora era una adolescente despreocupada que miraba los mensajes que le mandaban los chicos por debajo de la mesa del desayuno. Una adolescente cuyo padre no la había llamado aunque yo le hubiera dejado tres mensajes, a cada cual más cruel e insistente.

Una cosa era decidir que ayudaría a Lav, y otra era descubrir cómo hacerlo. La ayuda al estilo Rachel (armada, invasiva y sin permiso) era un tipo de arte, pero no era el mío. Viendo a Lavender chateando a escondidas se me ocurrió una nueva idea.

—Oye —dije—. Nada de teléfonos en la mesa.

Alargué la mano y ella miró hacia arriba, sorprendida.

—Ya lo sabes —dijo Rachel con suavidad.

Lavender puso los ojos en blanco y me pasó el teléfono.

—Te lo doy después de desayunar.

—Mejor después de comer —intervino Rachel mientras yo me apresuraba para irme.

Me llevé el teléfono a mi cuarto con rapidez. Se iba a bloquear en uno o dos minutos, y no sabía la contraseña de Lav. Jake no había respondido a mis llamadas, pero quizá respondería si le llamaba desde ese número. Cerré la puerta y me senté en el sofá.

Me tomó un momento encontrarlo, porque estaba buscándolo en el apartado de la J por costumbre. En el mundo de Lav, el número de Jake estaba guardado en la P. Toqué esa palabra, «papi», y vi que me temblaban las manos. Esa palabra nunca me había dado mucha suerte.

Pero respondió. Y rápido, porque lo cogió al segundo tono.

—¿Lav? —dijo con voz baja y áspera.

—Prueba otra vez —dije.

—¡Dios mío!

—Segunda ronda —dije, bastante maliciosa.

Era cruel, pero desde la primera vez que Jake me apartó de su vida como si fuera un tumor, había tenido la opción de ser cruel con él. Cuando reapareció en la fiesta de Navidad de mi familia, dejándome el vino en la mano para ir a encandilar a mi hermanastra, me quedé desconcertada. Esa noche lo evité y después cogí un vuelo de vuelta a la Escuela de Arte en Savannah. Rachel estaba hablando con él a distancia desde la Universidad de Richmond, pero estaba segura de que no llegaría a nada. Él no era lo suficientemente bueno para ella, y mi hermanastra creía firmemente en que se merecía lo mejor. Esperaba que viera más allá del nuevo dinero que había conseguido y de la aún más nueva nariz. Cuando se prometieron me refugié en los buenos modales; era superformal y estaba horrorizada. Cuando concibieron a mi sobrina tenía el compromiso de mantener esa formalidad. ¿Pero ahora? Tenía un permiso cósmico para destruirlo, y llevaba mucha crueldad guardada.

—¿Por qué tienes el teléfono de mi hija? ¿Está contigo? —preguntó Jake.

—¿No lo sabes? Yo sí que te digo «Dios mío», J. J. —dije, incrédula—. ¿Por qué no la has llamado?

Se hizo una pausa.

—Rachel me dijo que no lo hiciera. —Quizá hasta él se dio cuenta de lo patético que acababa de sonar, porque siguió hablando antes de que pudiera responderle a la defensiva—. De todos modos, me pasé por casa y no había nadie. ¿Lavender está herida?

–Claro que lo está, gilipollas. Todavía tiene todas las extremidades en su sitio, si es a lo que te refieres, pero su padre ha desaparecido –dije–. Cada día que pasas escondiéndote, el dolor de tu hija es más profundo y hay menos probabilidades de arreglarlo.

Él resopló.

–Es complicado.

Yo resoplé de vuelta.

–Deja que te lo simplifique: llama a tu hija. Si necesitas permiso, yo te lo estoy dando. Si necesitas un par de huevos no te puedo ayudar, porque parece que has dejado que Rachel los coja y se los traiga a Birchville. Suplica, pídelos prestados o róbalos, pero consigue un par y llama a tu hija. Hoy. Esta tarde. Le daré el móvil después de comer.

–¿Están las dos contigo en Alabama? –preguntó Jake–. ¿Están bien?

–No, no lo están. Cuando la persona más importante para ti te abandona, sientes como si se hubiera llevado consigo el mundo bajo tus pies. Es una caída larga y rápida, y no hay un aterrizaje suave –dije. Ya no estaba hablando solo por Lav. Estaba hablando también por mí, finalmente defendiendo a la niña que era cuando éramos Lay y J. J. y cuando hacíamos todo juntos. Cuando me folló y me jodió–. Puede arruinar a una niña. Pregúntame cómo lo sé.

–¿Estás hablando de ti? –preguntó, haciéndose el incrédulo. También intentó mostrar desdén, pero noté que se le trababa la respiración.

–¿Sobre mí? No. Pero tampoco hablo de Lavender o de Rachel. Esto es sobre ti. Esto va más allá –le dije–. ¿Cuántas veces vas a hacer esto, J. J.? ¿Crees que tienes nueve vidas como los gatos? Sigue así y terminarás teniendo que cambiar de residencia cuando tengas noventa años y hayas jodido a tu compañero de habitación. Cada vez que metes la pata cargas con las consecuencias a la gente que más te quiere. Podrías intentar disculparte. Intentar hacer las cosas bien. Sé de primera mano lo mal que sienta que huyas porque no puedes afrontar lo que has hecho. Yo pagué por lo que hiciste. Cada chico con el que he salido ha pagado por lo que hiciste, y yo solo era tu mejor amiga. Ahora hablamos de tu mujer. Y de tu propia hija. Si le haces esto a tu hija, Oregón nunca estará lo suficientemente lejos para que puedas huir de ti mismo. Ni siquiera Japón lo estará. Ni Marte. Tendrás que irte hasta el infierno para conseguir escapar, y si no llamas ya a tu hija, si la abandonas sin decir una palabra como si ella no fuera nada, entonces te mereces quedarte allí.

Definitivamente estaba llorando, pero no dijo nada. Y yo tampoco. No tenía nada más que decir.

Colgué la llamada con las manos temblorosas. Le había dicho unas palabras que llevaban veinte años pudriéndose en mi boca. Me sentía fresca, casi mentolada, limpia tras haber dicho todo eso. Quería haberle pedido que me prometiera que contactaría con Lavender, pero no lo hice. Sus promesas no significaban nada, al igual que sus lágrimas. Era probable que solo sintiera lástima por J. J., por el pobre Jake, y no por Lavender. Quizá llamaría, quizá no. No podía controlar eso. Pero, Dios, me había sentado genial poder decir por fin la verdad, morderle y masticarle como una serpiente de cascabel hasta vaciar mis glándulas de veneno.

Quería saborearlo, pero al mirar el reloj me di cuenta que tenía seis minutos antes de que Birchie y Wattie salieran por la puerta. Me pasé un cepillo por mi pelo de recién levantada y me puse de nuevo mi voluminosa falda que escondía a Digby. Había llegado a un punto en el que prácticamente vivía con esa falda puesta, o con pantalones de chándal o de pijama. Posé las manos sobre la barriga e hice tres respiraciones profundas para calmar el latido de mi corazón. Con tantas cosas sucediendo a la vez, mis emociones eran como un molinillo, ligero y movido por cualquier mínima ráfaga de aire. Cuando estuviéramos entre los muros de la Primera Iglesia Bautista, no podía perder los papeles o decir mi opinión.

Recé una pequeña oración al cielo mientras me apresuraba hacia el vestíbulo. Birchie no era ella misma, y estaba entrando en la jaula de los leones de la Iglesia de un pequeño pueblo desconcertado. No iba a dejar que fuera sin mí. No cuando ella era la que los había desconcertado.

Capítulo 12

Nos adentramos por el camino en formación militar. Lavender y yo íbamos primero, cada una con sus propias razones para querer encabezar el grupo. Después estaban Wattie y Birchie con sus sombreros, vestidos florales y zapatos de tacón bajo, la versión de ancianitas del sur de la armada del Señor. Rachel, solemne y silenciosa, estaba atrás.

Para nuestra mala suerte, Martina Mack estaba de pie al lado de la puerta de entrada al santuario, con un vestido floral y repartiendo el boletín. Tras ella estaba el familiar edificio de ladrillos rojos, con su alto campanario que se alzaba en el luminoso cielo matutino. Cuando nos vio, sus ojos de insecto mostraron sorpresa, y después una alegría ferviente y repugnante. Se deshizo de ambas expresiones con tanta rapidez que dudé que alguien más las viera. Continuamos avanzando hacia allí y Martina Mack le plantó la pila de boletines a su arpía fortachona, Gayle Beckworth, que los estaba repartiendo desde el otro lado de la puerta. Martina se acercó a través del enorme porche frontal para encontrarse con nosotras en las escaleras.

Los Granger y los Lester estaban entrando, pero se detuvieron cuando observaron a Martina acercarse a saludarnos. Vi a la familia Fincher caminando hacia la Iglesia por la plaza. Jerry Fincher era el diácono más joven y su mujer siempre estaba involucrada en todas las actividades de la Iglesia. Cuando nos vieron, Polly Fincher cogió a su hijo y lo dejó en los brazos de su padre. Después aceleró tanto que el carrito de su bebé rebotó contra el bordillo de la acera.

Lavender, ignorando los matices matriarcales, trotó rápidamente, esquivó a Martina y se dirigió al interior de la Iglesia para buscar a sus amigos. Yo me quedé al frente, como la última línea de defensa entre Birchie y Martina. Las tres subimos lentamente, en solidaridad con las rodillas de Wattie. Cuando llegué al final, el escuálido cuello de Martina Mack se alargó y enderezó la columna, mirando a Birchie por detrás de mí.

—Me alegra mucho que hayas venido —dijo Martina, y no mentía.

Sonrió de una forma tan escalofriante que casi pude ver a Violence en ella, con un hambre que la recorría con tanta profundidad que podría calificarse como caníbal.

—Nos alegra estar aquí —dije, aunque no estuviera hablándome a mí.

Le hablaba a Birchie como si estuviera ella sola. Más que sola. Como si Birchie fuera un cordero entre vallas en una ladera.

—¿Sabes que mi nieto va a irse de viaje a… Charleston? —lo dijo como si fuera Dr. Evil, pero la pregunta en sí era tan inocua que parpadeé, sorprendida. Estoy segura de que se notó que estaba confundida. ¿Charleston? ¿Qué narices estaba diciendo?

—Qué bien. Hace un tiempo fenomenal para ir a la playa —respondió mi abuela, bastante agradable. Los grandes ojos de Wattie se estrecharon.

Martina puso una voz más aguda para decir:

—No creo que Cody tenga tiempo para ir a la playa. Va a visitar todos los cementerios históricos.

Mi mandíbula se tensó al oír que mencionaba cementerios. ¿Tenía eso algo que ver con los huesos? Pero la época de los Birch en Charleston era historia antigua. Martina Mack también era historia antigua en términos humanos, ya que tenía ochenta y tantos, pero no era tan vieja como la guerra civil. Si los huesos nos llevaban a Charleston, sería una buena noticia para nosotras.

Nada en la sonrisa maligna de Martina, tan amplia que el sol resplandecía con intensidad sobre su uniforme dentadura postiza, indicaba que tuviera buenas noticias que darnos. Sally Gentry y toda la familia Boyd salieron corriendo de la Iglesia para ver qué estaba pasando. Tras nosotras escuché a más gente subiendo las escaleras. Martina estaba actuando para una audiencia cada vez mayor. Un bebé empezó a llorar y me di la vuelta. Era el de Polly Fincher. No le había gustado el rebote, así que había tenido que detener su carrera hacia aquel extraño drama para poder tranquilizarlo. Los Gentry y los Cobb también estaban subiendo. Frank Darian no estaba por ninguna parte.

—Pasearse por cementerios suena muy miserable con este calor. Pero cada uno tiene sus gustos peculiares —dijo Birchie. Esta mañana era ella misma.

—Hablando del calor, mi abuela no debería estar aquí al sol —recordé.

Di un paso adelante, lo que solo me hizo acercarme a Martina Mack. Ella se mantuvo firme, con un ligero olor a sudor ácido y a huevo duro escondido bajo el aroma de polvos de talco. Ahora estábamos demasiado juntas, llegó a ser incómodo, pero ella no se movió. Birchie y Wattie habían avanzado cuando yo lo hice, acorralándome en medio de un sándwich de viejecitas furiosas. Di un paso al lado, y entonces Birchie y Wattie acabaron frente a ella directamente.

Hubo un trepidante momento en el que todo el mundo a nuestro alrededor se quedó esperando algo. Fuera cual fuese el maldito cotilleo que Martina Mack se había inventado o había escuchado sobre los huesos, parecía que ya lo había compartido. Lo supe porque las miradas de la gente del pueblo habían cambiado desde la semana anterior, cuando todos nos trajeron tartas y guisos con preocupación y curiosidad. En aquel momento algunos parecían estar especulando, otros tenían una expresión extraña de confusión, y otros pocos estaban directamente plagados de hostilidad. Saqué el teléfono y le escribí un mensaje rápido a Frank Darian: «¿Qué es lo que Martina Mack sabe y nosotros no?».

Martina dijo:

—Cody encontrará la tumba de tu padre, ¿no? Igual podría

limpiarla un poco por ti. Siempre he pensado que fue muy raro que enterraras a tu padre en Charleston. Cuando te montaste en ese tren todos pensamos que ibas a traer su cuerpo a casa. Nunca volviste a Charleston, ni una sola vez en todos los años que llevo conociéndote, así que quizá estaría bien que alguien limpiara la lápida. –La voz de Martina Mack estaba repleta de una falsa amabilidad.

Se me erizaron los vellos de la nuca mientras hablaba. ¿Estaba insinuando que los huesos pertenecían al padre de Birchie? No era posible que lo supiera, pero, si se lo había inventado, quizá no iba tan desencaminada. ¿Le habría dicho algo Cody?

Lisbeth y Jack Barley habían salido también, rodeando a Gayle Beckworth, que observaba la escena con ojos ansiosos, aferrada a sus dos montones de boletines. Cada vez llegaban más familias que subían las escaleras y estiraban el cuello para escuchar, aunque en realidad Martina Mack no estuviese ofreciendo ninguna información interesante.

Todo Birchville sabía que Ellis Birch había muerto de un ataque al corazón en Charleston y que Birchie se marchó para salvar la fortuna familiar y enterrarlo allí. Cuando volvió a casa se casó inmediatamente con un hombre que Ellis siempre había considerado que no era lo suficientemente bueno. Los miembros más jóvenes habían escuchado la historia. Los más ancianos la habían presenciado. Pero el tono insinuante de Martina lo cambiaba todo. En el contexto de los huesos, secos y viejos, esos hechos también secos y viejos despertaban carne y sangre. Y dientes.

Martina seguía hablando:

–Seguramente querrá ir a presentar sus respetos. Y a ver esa lápida tan legendaria. ¿Dónde exactamente dijiste que estaba enterrado tu padre?

Podía sentir todas las miradas sobre nosotras, esperando la respuesta de Birchie. La mayoría de la congregación parecía más hambrienta que hostil, esperando a que Birchie negara, explicara o se defendiera. Cuanto más tiempo estaba

196

en silencio, esa mirada comunitaria se volvía más dubitativa, ansiosa y antipática.

Detrás de Wattie, Rachel estaba poniendo su mejor cara de póker, o quizá simplemente no estaba prestando atención. Ojalá hubiera salido de su letargo por quince segundos. Se le daban genial las discusiones de señoras de la Iglesia. No conocía la historia de Birchville, con sus pleitos de toda la vida y amistades tan estrechamente enlazadas que formaban parte del tejido de la vida en un pueblo pequeño, pero era lo suficientemente sociable como para intervenir de todas formas. Ella captó mi mirada de sufrimiento y encogió un poco los hombros. Nunca había pensado que los hombros de Rachel fueran capaces de hacer eso.

–Santo cielo… Señora Mack, ¿no? Su querido Cody es un chaval morboso –dijo Rachel. Su altura le permitía asomarse por detrás del hombro de Birchie–. ¿Limpiar lápidas? Suena a nombre de un tablero horrible de Pinterest.

Era suave, pero por lo menos Rachel seguía teniendo pulso.

–¿Nos vas a dar un boletín? –Le solté a Gayle Beckworth–. Birchie necesita sentarse.

Yo misma había empezado a notar una fina capa de sudor resbaladizo, y no era solo porque me mantuvieran cautiva bajo el sol de principios de verano. Si Birchie buscaba tomarle la temperatura al pueblo, ya estaba consiguiendo su respuesta. Hacía calor, y se estaba calentando aún más. Había dejado que la acusación de Martina creciera sin pegas, y estaba creciendo con el calor infernal de una Iglesia bautista sureña.

–¿Pero por qué no trajiste su cuerpo a casa? –preguntó Martina en voz alta–. Los Birch sois la primera familia del pueblo.

No pudo evitar dejar en esas palabras algo del rencor de los Mack. Cada vez tenía más ganas de intervenir, pero me daba miedo. No tenía ni idea de lo fiable que era su información.

Si los huesos pertenecían a Ellis Birch, ¿entonces mi abuela había…? Mi mente se opuso a pensar en eso. Pero debía decir algo. Me asustaba lo que los cuerpos de Lewy podrían obligarle a hacer a Birchie si Martina seguía insistiéndole. Me arriesgué a mirar a mi abuela y vi que sus fosas nasales se habían dilatado con delicadeza. El estrés hacía que estuviera peor, y era una situación muy estresante. A nuestro alrededor oía a gente susurrando en medio de una oleada de cuchicheos.

Martina se acercó aún más, se aclaró la garganta y dijo:

—Tu padre es el único Birch de tu familia que no está en la cripta de Birchville.

Wattie estaba agarrada al brazo de Birchie, y vi como le apretaba la mano, como recordatorio de que estaba ahí, pero también como advertencia. Birchie le dio una palmadita tranquilizadora en la mano a su amiga y sonrió con dulzura.

—Yo soy una Birch —dijo mi abuela, tan alto como Martina pero con un tono claro y valiente—. Soy una Birch, y no estoy en esa cripta.

No dijo «Aún no».

No hacía falta que lo dijera para recordarle a todo el mundo que estaba enferma. Más que enferma. Muriéndose. Y ahí estaba la reconocida estúpida de Martina Mack haciéndole estar de pie en las escaleras, con el sol del verano calcinándole la cabeza.

—¡Déjala entrar! —dijo la señora Partridge, seria, pero nadie más habló.

—Vamos —dijo Wattie, susurrándole al oído a Birchie.

Wattie caminó con ella en tándem. Martina dio un paso atrás, dando un pequeño saltito que desafiaba a su edad, y Wattie tuvo que detenerse de nuevo. O se detenía o empujaba a una pequeña ancianita despiadada para que se cayera de culo.

—Ni se te ocurra empujarme —amenazó Martina Mack a Wattie, con un tono que jamás se hubiera atrevido a utilizar con Birchie. Sus fríos ojos de anfibio la arañaban, de la misma forma en la que se rasca un chicle que se ha quedado pegado en un zapato—. ¡No me empujes en las escaleras de mi propia Iglesia!

–Esta también es su Iglesia –dijo Birchie–, cada dos semanas. Pero no lo era. Yo sabía que no. Y sobre todo aquel día. Pude sentir el movimiento y la negación que se propagaban entre la multitud.

–Señora Wattie, ¡sus pobres rodillas! Venga y siéntese. Señora Birchie, ¡tiene que ir a la sombra! –dijo Polly Fincher acercándose a nosotras entre la multitud, jadeando. Había abandonado a sus hijos y a su marido para subir corriendo las escaleras desde el otro lado. Fulminó con la mirada a Martina Mack y añadió–: ¿No se supone que usted debería estar repartiendo boletines?

Cody Mack apareció en la puerta de entrada junto a Gayle. Estaba vestido con un traje brillante de color marrón caca en vez de con su uniforme. Nos miró desde dentro del nártex y trotó hacia adelante, empujando a la gente, diciendo:

–¡Abuelita! ¡Abuelita!

Cogió a Martina del brazo y se la llevó, arrastrándola al santuario por delante de nosotras. Ella fue, cabizbaja. Él estaba muy nervioso, y me di cuenta de que debía estar agradecida de que Martina Mack fuera una viejecita tan arpía.

La poli había encontrado algunas pruebas, o información del antropólogo forense, que les había permitido dibujar una línea entre los huesos y Ellis Birch. Se suponía que no debíamos saberlo, pero Cody no había sido capaz de mantener la boca cerrada y Martina había desvelado sus cartas.

Gayle nos tendió un boletín, agarrándolo tan solo con dos dedos que pellizcaban el borde, como si estuviera dándole carne podrida a una manada de animales fétidos.

Birchie le lanzó una mirada penetrante y dijo:

–Gracias, querida.

Pasamos al interior del nártex. Los muros rojos me parecieron más estridentes, vívidos como los de un burdel, y las largas mesas de madera de teca en la entrada tenían un brillo verdoso que parecía casi venenoso y no podía parar de preguntarme «¿será verdad?».

Birchie había insistido en que ya sabía quién estaba en el baúl.

«Te lo dije la primera noche que pasaste aquí –me dijo–. Te lo dije en la cena».

En ese momento no entendí de qué me estaba hablando. ¿Pero ahora? Las insinuaciones de Martina Mack me estaban ayudando a atar cabos. La primera noche, mientras comíamos codornices y ensalada de tomate maduro, le pregunté a Birchie si quería que quitara el retrato de Ellis.

«¿Crees que sería tan fácil echar a mi padre de esta casa? –me había preguntado Birchie–. ¡No se puede! Podrías incluso quemar la pintura, pero él seguiría presente».

Dios mío, ¿lo decía en serio? ¿literalmente? Si Ellis Birch era el que estaba en ese baúl, entonces tenía toda la razón; sacarlo fuera había desencadenado que aparecieran los tres hombres Darian, un coche robado y la policía. Negué con la cabeza involuntariamente.

Polly Fincher estaba prácticamente arrastrándonos desde el nártex hacia el santuario. Toda la gente a la que conocíamos desde hacía años estaba arremolinada en un rebaño, algunos intentando huir de nosotras y otros tratando de acercarse para vernos. Era como intentar atravesar una capa de barro humano y molesto.

Cogí el teléfono y le envíe un mensaje a Frank:

«¿Dónde estás? La poli cree que los huesos son de Ellis Birch. Todo va fatal».

–Todos lamentamos mucho oír que estás enferma –le dijo Polly a Birchie, en alto y mirando alrededor.

Cuando entramos en el santuario se nos acercó el pastor Rick, larguirucho y chasqueando la lengua por el pasillo, con sus largas y pálidas manos batiéndose como si fueran pájaros.

–¡Oh, vaya, ya estamos todos! ¡Hola! Hola, señora Birchie. Polly tiene razón, todos lamentamos mucho sus problemas. O sea, sus problemas de salud. Todos sus problemas. ¡Anda, mira! Una visitante. ¿Quién es esta amiga tuya tan guapa? –me preguntó–. ¿Debe ser tu hermana, no? Claramente es la madre de la pequeña Lavender.

Lo decía como si los cotilleos del pueblo no le hubieran hecho llegar ya hace una semana que Rachel estaba allí, como mucho quince segundos después de que su coche aparcara en la entrada de casa. Él se giró hacia Birchie.

–¿La acompaño a su banco?

Ahora mi abuela estaba rodeada de caras amigas; Wattie por un lado, Polly, por el otro. Yo estaba con Rachel, haciéndome cargo de la retaguardia. El pastor Rick dio un paso a la derecha, como si quisiera reemplazar a Wattie.

–Está en buenas manos. Gracias, pastor –dijo Wattie con seriedad.

Todas nos detuvimos y el pastor Rick siguió inclinado hacia Birchie con las manos extendidas, como si esperase que Wattie se apartara para él. Eso era algo que nunca iba a suceder. La anciana miró hacia arriba, como pidiéndole a Jesús que se tomara un segundo para observar ese sinsentido. Birchie miró al pastor de arriba abajo, dispuesta a esperar a que sonaran las trompetas y aparecieran los primeros siete caballos del Apocalipsis trotando por una colina antes de que ella se separara de Wattie por un predicador larguirucho.

Pasaron seis interminables segundos y el pastor Rick empezó a caminar hacia atrás, haciendo unos exagerados gestos para que empezaran a avanzar.

–¡Por aquí, señoras, por aquí!

Miré el móvil de reojo. Frank me había respondido:

«Estoy de camino. ¿Nos vemos en el palco?».

–Ve con ellas –le susurré a Rachel.

Ella asintió y yo me di la vuelta. Había escaleras que llevaban al palco en ambos lados del nártex. Me apresuré de vuelta al final del pasillo para ir a las puertas, giré a la izquierda y me encontré con Cody Mack. Casi me choco con él, pero no me disculpé. Y él tampoco.

Miré hacia arriba, deseando ser más alta, y le dije:

—Mantén a tu abuela lejos de la mía, ¿me oyes? —No quería que me escuchara todo el mundo. Mantuve la voz baja, pero hablé de la manera más cortante que pude.

—No le hagas caso a la abuela —dijo, aunque no sonaba como una disculpa.

—Se supone que solo puedes hablar con nosotras a través de Frank. Birchie no es ella misma, y lo que ha hecho tu abuela ha sido de muy mal gusto. Los tribunales podrían pensar que ha sido tu estrategia para interrogarla ilegítimamente.

Lo dije en forma de amenaza. No creía que Cody hubiera mandado a Martina, de hecho pensaba que la bocazas de Martina nos había hecho un favor. Pero quería asegurarme de que él mantuviera a raya la maldad de su abuela a partir de ese momento. Dijo:

—Birchie nos debe respuestas, pero supongo que debe estar muy bien ser tan rica.

—No está mal, no —dije, con una alegría sarcástica.

No me puse a la defensiva, porque sabía que era verdad. La abuelita pobre y desprotegida de cualquier otra persona, estuviera enferma o no, tendría que haber respondido ante la policía llegados a ese punto. Pero mi abuela era una Birch en Birchville. Era la Birch reinante. Ver como su ataque no me afectó le hizo ponerse nervioso, como si le picara algo y no pudiera dejar de rascarse. Se acercó a mí, tanto que olí el café agrio y el beicon de días atrás en su aliento.

—Rica o no, la ley se toma muy en serio el parsidio.

Me hizo falta un segundo para darme cuenta de que Cody Mack se refería al parricidio, y tuve que reprimir una carcajada histérica.

Había un gran salto desde «¿Será Ellis Birch?» a «¡Asesinato!». Pero no podía evitar recordar la profunda fisura que coronaba la calavera. No podía escapar de la lógica de Hugh Darian: la gente que no ha sido asesinada no termina en baúles. Martina tenía mucho material disponible cuando se propuso volver a todo el pueblo en contra nuestra.

Negué con la cabeza. De todos modos, no podían saber que los huesos pertenecían a Ellis Birch. No tan rápido. Debían ser suposiciones, y podían estar equivocadas.

Pero en mi cabeza escuchaba a Birchie, diciendo: «¿Crees que sería tan fácil echar a mi padre de esta casa? ¡No se puede! Podrías incluso quemar la pintura, pero él seguiría presente».

Cody mostró una fea sonrisa ante mi silencio, con los dientes al descubierto como si fuera un burro engreído.

–Quizá deberías llevarla a la comisaría y tomar el control del tema. Déjale que diga la ver... –empezó, pero justo entonces el antiguo órgano tocó los primeros acordes de *Bienaventurada bendición*.

Nos asustó a ambos. Las campanas que daban las diez en punto aún no habían sonado. El Pastor Rick debía haber empezado antes de tiempo. Cody se dio la vuelta y salió por patas hacia el santuario.

Le dejé ir, aliviada y dirigiéndome igual de rápido a las escaleras de la izquierda. Los únicos que se sentaban arriba eran los del grupo juvenil, y cuando era pequeña, nos poníamos en el lado derecho. Llegué al palco y vi a los adolescentes, que estaban efectivamente sentados al otro lado. Eran un grupo más reducido. Birchville envejecía un poco más cada año, pero seguía habiendo un par de docenas de adolescentes, y Lavender estaba sentada entre ellos. Frank no había llegado todavía.

«Estoy en el lado izquierdo», le escribí a Frank, y caminé hacia el banco de enfrente.

Miré hacia abajo, buscando a Birchie desde aquel ángulo poco habitual. Encontré primero a Wattie, una manchita solitaria de color marrón intenso en medio de un mar de motas pálidas y rosadas. Rachel estaba en el otro flanco de Birchie. Hice uso de mi vista de halcón para tratar de averiguar cómo estaba reaccionando la congregación a mi abuela, a su enfermedad, a los huesos y a las acusaciones de Martina Mack.

La congregación había tenido que reorganizarse, lo cual había llevado a la Iglesia a unos desequilibrios extraños. Las familias solo dejaban su banco tradicional en los días de boda, cuando se alineaban en función de su relación el novio o la novia. Ahora todos los idiotas presentes estaban en fila en el lado del novio, detrás de los Mack. Solo un par de familias devotas se mantuvieron con nosotras en el lado izquierdo y el resto de familias antiguas que solían sentarse en el centro se habían movido para unirse a ellos: los Alston, los Gentry, la hermana de Frank Darian y sus hijos. La mayor parte de la congregación se había movido al medio, apiñados, indecisos y sentándose incómodos en sus nuevos e incorrectos bancos.

Pensaba que la enfermedad de Birchie haría que tuvieran más paciencia con ella, pero había mantenido en secreto la existencia de los cuerpos de Lewy, había arruinado dos matrimonios y había hecho que se fuera el pastor adjunto de la Iglesia. Además, podría apostar dinero a que Martina Mack había estado goteando veneno sobre los huesos en todas las orejas que encontró. Birchie, por otro lado, se había escondido en su colina, dentro de su gran casa blanca. Nuestro silencio parecía indicar admisión. El descontento del pueblo con nuestra familia iba a más cada minuto que Birchie se quedaba en casa sin ofrecer explicaciones.

¡Bienaventurada bendición, Jesús está en mí!
¡Oh, qué sabor a gloria divina en ti!

Cantaba el coro, balanceándose con sus largas túnicas azules.

Vi por qué Cody Mack había salido por patas y huido de mí. Le tocaba la oración inicial, por lo que estaba sentado en una de las tres sillas de la tarima, contra la tribuna del coro y justo al lado del pastor. La silla del pastor adjunto estaba vacía, por supuesto, y Jeannie Anne tampoco estaba presente.

Heredero de la salvación, hijo de Dios,
nació de su espíritu, se limpió en su sangre.

El coro siguió cantando, y la mitad de ellos titubearon al decir esa última palabra. Deseaba con todas mis fuerzas que el pastor Rick hubiera previsto no utilizar himnos que mencionaran partes del cuerpo. Si la siguiente canción era *Días de Elías*, habría una revuelta cuando cantaran la estrofa que habla de huesos.

El pastor ya casi había terminado de dar un sermón del cual no había escuchado una palabra cuando Frank Darian apareció por fin, deslizándose en el banco junto a mí.

–Lo siento. Estaba hablando por teléfono –me dijo al oído–. Tengo un amigo en la fiscalía que me debe un favor, así que le he llamado. Pero no tiene buena pinta.

–Cuéntame. –Miré hacia el pastor Rick. Birchie tenía razón. Era un predicador muy sudoroso.

–Regina Tackrey tiene el informe preliminar del antropólogo forense. Dice que los huesos tienen más de cincuenta años, aunque no muchos más. –El corazón me dio un vuelco. Ellis había muerto unos sesenta años atrás. Eso ya era lo bastante malo, pero Frank no había terminado–. Es un hombre, caucásico y zurdo. En algún momento se había roto la pierna en tres partes.

–Y todo indica que es Ellis Birch –dije.

–Es una señal bastante firme, sobre todo por la pierna –confirmó Frank–. Tienen una teoría, pero ahora tienen que probarla.

–Mierda –dije, en medio de la Iglesia–. ¿Y cómo harán eso?

–Tackrey va a pedir un test de ADN. De Birchie y de los huesos.

El pastor había terminado, y toda la congregación estaba de pie para el himno de clausura. Solo la mitad de ellos estaba cantando, por lo que las harmonías eran extrañas y estaban desafinadas, y las voces venían de forma irregular desde distintos lugares de la Iglesia.

Mi esperanza está construida en ti,
en el amor y en la benevolencia de Jesús;

No me fiaré de nadie más, créeme,
solo en tu corazón confiaré…

–Y aquí viene lo peor –susurró Frank–: La fisura de la calavera. Si es Ellis Birch…, bueno, el antropólogo dice que tuvo que ser golpeado en la cabeza con algo parecido a un martillo de bola. Desde atrás.

En la roca solida que es Cristo yo estaré.
En cualquier otra tierra me hundiré…

Negué con la cabeza, rechazando esa horrible información. No podía imaginarme a Birchie con un martillo y malas intenciones. Ni siquiera solo con un martillo. Quizá con una cuchara de madera, una pequeña pala de jardinería o una bandeja de galletas de caramelo. Pero ¿con un martillo? Ni siquiera la había visto nunca poniendo un clavo para colgar un cuadro. Tenía ideas muy anticuadas sobre las labores de la casa de hombres y mujeres. Llamaba a Frank para ese tipo de cosas.

–¿Pueden hacer eso? ¿Hacerle un test de ADN?

Frank asintió con la cabeza, afirmando ligeramente.

–Eso creo. El informe preliminar le da a Tackrey una causa probable, Leia. Intentaré evitarlo, pero sí. Creo que conseguirá llevarlo a cabo.

En cualquier otra tierra me hundiré…

Miré hacia abajo para observar a mi abuela. Estaba cerca de Wattie, ambas con la cabeza inclinada hacia su himnario compartido. Se sabían todas las palabras, por supuesto. E incluso si no lo hacían, la letra estaba proyectada en unas enormes pantallas que estaban colgadas a ambos lados de la pila baptismal. Aun así, ahí estaban, hombro contra hombro y cadera contra cadera, mirando el libro como si las pantallas no existieran. Al ver el suave y blanco moño de Birchie inclinado hacia el halo plateado de rizos de Wattie, me llegó una oleada de un sentimiento, tan feroz, que apenas pude reconocerlo.

Era amor, Amor u otro sentimiento sin nombre que era similar. Estaba llena de él. Tronó dentro de mí y lo movió todo. En ese momento no me importaba de quién fueran los huesos del baúl ni qué mano había sujetado el martillo hacía años. No importaba.

«Así», pensé. «Así es como empiezan los supervillanos».

Porque en ese momento estaba mirando la persona a la que quería, y me estaban diciendo que estaba en el lado equivocado. ¿Habría Birchie dado inicio a esa horrible historia con un martillo de bola? No me importaba. ¿Y si el pueblo se volvía en nuestra contra? ¿Y si el pueblo iba tras mi abuela? Me los comería. Me los comería vivos.

Capítulo 13

Esa noche fui yo quien llevó a Birchie a la cama. Sentía una necesidad casi primitiva de cuidar de su cuerpo, el querido y enfermo recipiente que contenía a mi abuela.

Había sido un día largo y estresante. A pesar de haberse echado una siesta, su conversación mientras cenábamos había consistido básicamente en incongruencias, pero Wattie dijo que no podíamos dejar que se fuera tan pronto a dormir. El desajuste en su rutina le haría más daño que estar muy cansada.

Wattie y yo la llevamos a su habitación exactamente cuando el reloj dio las siete.

Birchie se paró de golpe ante la puerta y me puso la mano sobre el brazo con urgencia.

—¡Se van a comer las gardenias!

—No te preocupes —le dije—. Plantaremos más gardenias.

—¡Van a aparecer más conejos malvados! —dijo, clavándome los dedos.

—¿Quieres escuchar grillos o el océano? —preguntó Wattie.

Birchie ladeó la cabeza, escuchando algo que yo no podía oír. Relajó los dedos.

—Grillos.

—Siempre elige a los grillos —me confesó Wattie mientras entrábamos—. Estar en una habitación que suene como si estuviera plagada de bichos no me ayudaría a dormir, si te digo la verdad. Pero a ella le encantan los grillos.

El dormitorio de mi abuela era un estallido de colores propios del principio del verano. Su amor por lo victoriano era mucho más visible allí que en cualquier otro lugar de la casa; desde su papel de pared color salvia con enredaderas rampantes y floreadas a las sillas con estampados detallados y la banqueta peluda de terciopelo que estaba a los pies del lecho. La acompañé a su cama, que tenía un alto cabecero de madera tallada. Dos cómodas con decoraciones de volutas y de la misma madera de cerezo estaban colocadas a ambos lados, como si fueran mesitas de noche. Birchie todavía llamaba a la que estaba más cerca de la ventana «La cómoda de Floyd», aunque ya llevase más de medio siglo viuda.

Mientras Wattie iba al tocador para poner en marcha la máquina de ruido, ayudé a Birchie a sentarse en el borde de la cama. Después me arrodillé ante ella y le quité los zapatos. No se había puesto medias. Veinte años atrás, o incluso diez, si le hubiera sugerido que saliera de casa sin ellas, aunque estuviésemos en pleno junio y llevara ese vestido que le llegaba a la mitad de la pantorrilla, me habría preguntado si por casualidad nos habíamos ido a dormir en Alabama y despertado al día siguiente en Babilonia.

Sus pies descalzos parecían más jóvenes que el resto de su cuerpo. Ella y Wattie iban todos los viernes al salón Pinky Fingers de la plaza para que les hicieran la manicura y pedicura. Sus talones estaban limados y suaves y esa semana había escogido un esmalte de uñas color coral.

Wattie se acercó a la ventana y cerró las pesadas cortinas de damasco ante el persistente sol de verano. Casi toda la luz venía de la lámpara de luz suave que Birchie tenía en su mesita. Se desplomó sobre la silla que estaba junto a la ventana con un suspiro que me indicó claramente lo exhausta que estaba, y después me empezó a explicar la rutina nocturna de Birchie.

Primero froté los pies, los gemelos y las manos de Birchie con su crema aromatizada a pétalos de rosa. Le deshice el moño, coloqué las horquillas en el cuenco de cristal de su mesita y cepillé su largo cabello. Brillaba con el mismo color que la luna bajo la luz de la lámpara. El tono rosado de su cuero cabelludo brillaba a través de los finos mechones de su pelo mientras lo trenzaba y se lo acomodaba sobre el hombro, y caía como si fuera una fina cola.

Cuando terminé, Birchie se puso de pie y levantó los brazos como si fuera una niña pequeña para que le sacara el vestido por la cabeza. Debajo llevaba un camisón anticuado, con encaje tanto por arriba como por abajo. Se lo quité también. Me resultaba muy extraño ver a mi abuela con su sujetador, grande y sencillo, y con el tipo de bragas que suelen llevar las ancianas. Yo misma llevaba bragas de abuela por aquel tiempo; holgadas, de algodón y de color azul bebé en honor a Digby. Las de Birchie eran rosa palo. Le desenganché el sujetador y la ayudé a quitárselo.

Cuando estaba vestida, parecía una empanadilla; pequeña, redondeada y suave. Desnuda, estaba hecha de pliegues y arrugas. Sus pechos se encontraban caídos, desinflados y marcados con estrías. Su suave barriga de anciana colgaba dentro de su ropa interior. Sus muslos parecían los de un bebé, arrugados y con pliegues, pero más tristes, de alguna forma. Las piernas no le brillaban con esa luz de la grasa nueva que tienen los bebés por la leche. Eran principalmente piel, fruncida y colgante.

Sentí un golpe de ternura por ese querido y anciano cuerpo. Cada parte de él proclamaba lo cansada que estaba, pero a la vez era precioso. Su historia estaba escrita en él, en las estrías que le dejó mi padre, en la cicatriz quirúrgica en su abdomen, en la marca arrugada de una quemadura en el interior de su brazo izquierdo, en la simple muestra de noventa años pasados intentando desafiar la gravedad. Digby giraba dentro de mí, y ante mis ojos estaba Birchie, desnuda y bostezando como una niña.

Levantó los brazos de nuevo y le puse por la cabeza el camisón largo estampado con rosas. Después la lleve al baño para que hiciera sus necesidades, se retirara y limpiara sus prótesis dentales y tomara la medicación nocturna. Las pastillas ya estaban clasificadas en un vasito en el lavabo, y había dos más de las que yo ya conocía. Una era una cápsula amarilla y naranja, estridente como un caramelo, y la otra era una pequeña pastilla azul que parecía una cuenta.

–No se ha tomado la dosis baja de aspirina –le dije a Wattie mientras volvíamos a la cama.

–Esa se la toma por la mañana –explicó ella, retirando las colchas de la cama.

Ya había colocado los cojines decorativos en la banqueta de terciopelo. La miré con respeto y pensando en que le debía disculpas.

–¿Haces esto todas las noches? –le pregunté. Se había pasado la última hora sentada en la silla de la ventana, pero aun así parecía exhausta.

Ella asintió.

–Dios mío, Wattie. Deberías haberme dejado… –Me detuve un momento.

¿Contratar a alguien? Lo había intentado y Birchie lo había parado. ¿Ayudar? No era consciente de que necesitaba tanta ayuda.

Wattie dijo:

–Si me hubiera pasado a mí, ella habría hecho lo mismo. No lo dudes.

No lo hacía. Wattie era una pequeña y suave empanadilla con su propio vestido holgado, pero la artista dentro de mí era capaz de ver por debajo. Sabía que en su cuerpo también habría una historia marcada con profundidad. Una historia que jamás conocería. Aunque Birchie sí. Habían cuidado la una de la otra durante toda su vida, a través de la adolescencia, el matrimonio, los bebés, las enfermedades, las pérdidas y los secretos.

–Necesito mis calcetines del avión –dijo Birchie, ceceando un poco sin su dentadura.

Miré a Wattie.

–En el cajón de la mesita.

Lo abrí y encontré un montón de calcetines de lana de colores vivos y variados. Ninguno de ellos tenía aviones y, además, mi abuela creía que volar era «un sinsentido». Ni ella ni Wattie se habían montado nunca en un avión en toda su vida.

–Le compraste un par como este en el aeropuerto una vez –dijo Wattie. Apenas recordaba eso–. Le encantaron, y Frank nos ayudó a pedir más por internet.

Me arrodillé para ponerle los calcetines y después me tocaba arroparla entre las suaves y limpias sábanas de color amarillo limón. Pero no lo hice. Me quedé arrodillada, mirándola.

Frank me había dicho que no preguntara. Quizá era mejor no saberlo, pero seguramente lo descubriría pronto de cualquier manera. La ciencia me lo diría. Prefería escucharlo de esta persona, a la que quería. Daba igual qué me dijera, no cambiaría nada.

–Birchie –dije–. Birchie, ¿es Ellis? ¿Es tu padre el que está en el baúl?

Ella me miró, con esos ojos luminosos como los de un pájaro y de color azul intenso. Alargó una suave mano para acariciarme la mejilla.

–Sí, cariño –contestó, casi como si sintiera lástima por mí.

–Leia–intervino Wattie, pero ignoré su llamada de advertencia.

–¿Lo metiste ahí, Birchie? –le pregunté.

–Sí, lo hice.

Desde ese ángulo parecía una muñequita, con los labios hundiéndose en su rostro porque no llevaba las prótesis dentales. Después me sonrió; era la sonrisa de un bebé, amplia y mostrando las encías y algunos dientes.

–¿Tu lo…? –No era capaz de preguntarlo, pero ella me respondió de todas formas.

Levantó la mano, doblando el brazo con el codo. Puso la mano en un puño como si estuviera agarrando un mango imaginario. Después la bajó una sola vez, con un movimiento definitivo.

–Dios mío, Dios mío –dijo–. Nunca olvidaré ese sonido. El ruido de los huesos. Era como estar pisando pedacitos de conchas.

Eso me quitó la respiración. Era muy específico. Parecía cierto.

—Pero fue autodefensa, ¿no? —dije con seguridad.

En Birchville, el nombre de su padre estaba ligado a las palabras «duro» y «orgulloso». «Sabía su valor y se aseguraba de que el resto también lo supiera», decía siempre Myra Rhodes cuando se mencionaba a Ellis Birch ante ella. Para todos los humanos del pueblo él era el «señor Birch», pero no para su hija. Para ella era «papi». Con todo, debió haberle dado una razón para hacerlo. Pero cuando intenté decirlo, salió en forma de pregunta:

—¿No tuviste otra opción?

Birchie me miró y no titubeó.

—Sí tuve otra opción. Pero lo hice —confesó, pero eso podía significar cualquier cosa. Quizá solo podía elegir entre vivir o morir, o quizá era su única opción para salvar a alguien en peligro. Quería que fuera una decisión que indicara que había hecho lo correcto, pero ella siguió hablando.

—Estaba sentado en la silla leyendo el periódico. Yo me acerqué por detrás.

Hizo ese gesto otra vez, y me recordó a Rachel, de alguna forma. Virginia no tenía equipo de béisbol, así que Rachel era fan de los Braves de Atlanta. Ella y Jake llamaban al equipo el «Tomahawk Chop» cuando se ponían camisetas rojas e invitaban a sus amigos fans del deporte, en referencia al movimiento que hacían los aficionados en los partidos, como si estuvieran usando un hacha.

—Los cuerpos de Lewy están hablando por ti. Eso no es verdad —le dije a Birchie, aunque ni siquiera yo me creía a mí misma.

Se le dilataron las fosas nasales y vi cómo el enfado le llegaba a los ojos. Estaba irritándola. A la verdadera Birchie, la que estaba viva por las mañanas, en algunos momentos de la tarde y en instantes nocturnos como ese.

—Ya basta. Es muy tarde para ponerse así —concluyó Wattie. Tenía en la mano uno de los ejemplares más recientes de

Persuasión de Birchie, tan leído que estaba casi desintegrándose.

–Venga, fuera. Deja que la arrope y que leamos un poco.

No sé cuánto tiempo me quedé en el pasillo, llorando con el rostro entre las manos y escuchando los grillos y la dulce y grave voz de Wattie leyendo en alto. Lloraba porque los huesos de mi bisabuelo habían estado en un baúl en el ático durante toda mi vida, y porque Birchie los había puesto ahí. Ahora era frágil y estaba arrugada, enferma y tan inocente como un bebé. Imaginé su pequeña mano con las uñas cortas y pintadas de coral y sus venas pálidas y azules. No era capaz de concebir esos dedos arrugados y secos como el polvo alrededor de un martillo.

Ni siquiera tenía un martillo en casa. Pero ese movimiento era claro. En algún momento había pegado a una persona con uno. A su propio padre. Cuando le dije a Lavender que los Birch tenemos mala suerte con los padres, quizá me quedé corta.

Ellis Birch había sido un orgulloso, pero también el benefactor del pueblo. ¿Era una persona horrible? Aunque lo hubiera sido, yo conocía a mucha gente horrible. Si ser desagradable fuera razón suficiente, a todo el mundo le sobresaldría de la cabeza un martillo de bola. Podría habérselo puesto yo misma a Cody Mack hoy, viendo cómo se había comportado. Una cosa era dejar que Violence se comiera a gente de papel, ¿pero, en la vida real? Las ancianitas no matan a sus padres y esconden sus cuerpos en el desván.

Pero mi querida ancianita sí.

Me quedé ahí, sollozando y llenando de mocos la bufanda hasta que ya no me quedaron más lágrimas. Después me quedé de pie, esperando, vacía y seca por dentro, porque ni toda la verdad ni todos los sollozos del mundo cambiarían mi decisión. La intensa oleada de amor que había sentido mientras estaba en el palco de la Iglesia seguía en mí. Y era más poderosa que la verdad o las lágrimas.

Siempre me había considerado una persona buena y honesta, pero esa vez no estaba haciendo lo correcto. Ni siquiera estaba segura de cuál era la decisión correcta, pero no la iba a tomar. Iba a utilizar cada arma de mi arsenal para proteger a Birchie. La pena, la opinión pública, su estatus en el pueblo, su dinero. Lo iba a usar todo.

Si mi abuela hubiera sido más joven y estuviera totalmente en su sano juicio, quizá habría sido una decisión más complicada. Pero ya era demasiado tarde para hacerle pagar por algo que había hecho hacía años y años. Puede que la ley no estableciera un plazo de prescripción para los asesinatos, pero la justicia había perdido su oportunidad. Dejé a un lado mi papel de justiciera. Esa vez le tocaba actuar a la ley.

Con el rostro húmedo pero decidida, esperé a que Wattie saliera, escuchando su voz a través de la puerta mientras leía sobre Anne Elliot con su perdido capitán Wentworth y su perdida juventud.

Wattie salió por fin. Estaba medio dormida, pero me miró y dijo:

—Ven aquí, Penurias. Necesitas un té caliente.

Debería haber dejado que se fuera a la cama, pero no podía.

—Creo que a las dos nos vendría bien un té calentito —dije, siguiéndola hacia la cocina.

Ella resopló.

—Olvida eso, cariño. ¿Después del día de hoy? Necesito burbon.

Eso me sorprendió. Birchie era bautista, pero era una bautista rica y blanca, lo que significaba que bebía tanto vino de Jerez como quisiera, champán en Navidad y que tenía una botella de burbon que usaba como medicina para conmociones y resfriados. Wattie, mujer de un pastor, casi nunca tocaba esas cosas.

La planta baja estaba vacía. Rachel y Lavender debían haberse ido ya a sus habitaciones. Saqué las tazas, la miel y la cajita de la infusión para dormir, y Wattie encendió el hervidor de agua. No volvimos a hablar hasta que ambas estuvimos sentadas al lado en la mesa de la cocina, sujetando nuestras tazas humeantes. Wattie había puesto un chorro generoso de burbon en la suya. Ambas dimos un sorbo y ella hizo una mueca al probarlo, por lo que cogió el bote de miel con forma de osito. Ni siquiera entonces parecía querer hablar.

–Quiero saber el porqué –dije.

Ella me miró, sorprendida.

–No te puedo decir eso.

–¿No puedes o no quieres? –pregunté.

Ella se encogió de hombros mientras disolvía la miel en su bebida y después dejó la cuchara en la mesa y extendió las manos, enseñándome sus pálidas y arrugadas palmas para demostrarme que no tenían respuestas.

–Debes tener una idea. Suponer algo. Cualquier cosa.

–Podría suponer mil cosas, pero solo Birchie y Jesús saben exactamente lo que pasó por su cabeza y lo que había en su corazón cuando se acercó a su padre con ese martillo.

Me estremecí al imaginarlo, pero me armé de valor.

–¿Y crees que Floyd sabía por qué?

Wattie hizo una mueca con los labios.

–No, claro que no. ¡Ese buen hombre! Ni siquiera supo jamás que el baúl estaba en el desván. Sabía lo mismo que tú.

–¿Cómo puedes estar tan segura? –pregunté.

Wattie me miró por encima del borde de la taza, como si estuviera analizándome. Tomó otro sorbo de su té medicinal y respondió.

–El primer verano de casados había un olor en la casa. Era muy suave, sí, porque habíamos envuelto el baúl muy bien, con plástico y con cal. Pero aun así, a veces, a través de los conductos de ventilación, llegaba algo de olor. En julio de ese año, Floyd miró debajo de la casa cuatro veces, buscando a la mofeta o a la zarigüeya que hubiera muerto ahí –dijo Wattie, y tomó otro gran y solemne sorbo de su té–. No lo sabía.

Mi cerebro se había quedado con una palabra: «habíamos».

–¿Así que tú estabas allí cuando… sucedió? ¿Lo viste? –pregunté.

Esa no era la verdadera pregunta. Lo que realmente estaba preguntando era cuántas ancianitas habían cometido un asesinato premeditado en esa casa, y ella lo sabía.

–No, cielo. Cuando llegué ya estaba hecho y había pasado un rato. Estaba tan frío como una tarta de helado. Nunca olvidaré el tacto de su piel cuando lo movimos. Parecía cuero encerado. Estaba en la alfombra, encima de su periódico arrugado. Su vasito de Oporto estaba en la mesa, así que había sucedido después de la cena. Solo me llamó porque no era capaz de moverlo por su cuenta y ya estaba empezando a ponerse rígido.

Wattie sonaba muy objetiva, tranquila y normal, pero yo sentía los ojos cada vez más secos por no pestañear. También tenía la boca seca, pero no me bebí el té. Sentía que mi garganta había olvidado cómo tragar. Tuve que pedirles a mis pulmones que respiraran porque también habían olvidado cómo hacerlo. Todos los procesos habituales de mi cuerpo se habían detenido ante esas palabras.

Eran nuevas para mí, pero Wattie las había llevado dentro durante sesenta años. Quizá ya había asumido su parte en ello hacía tiempo. O quizá no, porque tomó la taza y se lo bebió todo de una vez. Teniendo en cuenta el calor de mi propia taza, supe que la suya todavía quemaba también. Pero ella se bebió el té con determinación, incluso aunque apareciera una fina capa de sudor sobre su frente. Dejó a un lado la taza vacía.

–Bébete tu té también. Te hace falta el azúcar, estás más pálida que un fantasma.

–¿Te pasaste por ahí por casualidad? –pregunté, y después tomé un sorbo, obediente.

Ella negó con la cabeza.

–No, no. Me llamó por teléfono. Eran las diez pasadas, por lo que era tarde para usar la línea compartida. A esas horas de la noche, una llamada telefónica solo podía indicar que alguien había muerto o que algo estaba incendiándose, por lo que supe que no sería la única en contestar si llamaba por la línea. Sonaba cansada, y me dijo algo cómo: «¿Wattie, puedes venir? Necesito que me ayudes a preparar el baúl de viaje de papá».

Estaba tan aturdida que bufé y me atraganté un poco con el té. Wattie no parecía haber pillado su espantoso doble sentido. Me dio palmaditas en la espalda hasta que dejé de toser y después siguió hablando.

—Me dijo que su padre tenía serios problemas con el negocio. Que estaba casi en ruinas. En cuanto preparara su baúl de viaje se iría a Charleston. Era ingenioso, porque así le daba al pueblo algo de lo que hablar. La fortuna de los Birch en peligro. Tenía sentido que Birchie estuviera pálida y nerviosa los días siguientes. «Ya es una señora mayor», decía la gente. «¿Qué va a hacer ahora si su padre realmente lo ha perdido todo?». El dinero de los Birch mantenía al pueblo vivo de muchas maneras. Y aun así me parece que la gente no puede evitar amar una historia de ricos que se van al garete.

Vertió otro chorro de burbon directamente sobre los posos de la taza. Añadió miel. Lo removió.

—Cuando dijo que había muerto de un infarto en Charleston, la gente se lo creyó. Era Emily Birch. Claro que la creían. Y él siempre había sido un hombre rollizo y de cara enrojecida, lo cual ayudó. Tenía una buena tripa, ¿sabes? ¡Y estaba orgulloso! Metía de todo en el cuerpo. Morir de un infarto parecía algo muy propio de él. También ayudó que ese hombre no tuviera ni un solo amigo cercano en el mundo. Se aseguraba de que tanto él como Birchie estuvieran aislados, como si fuera el rey de la caca sobre su gran montaña marrón.

Eso me sorprendió. Había oído cómo describían a Ellis Birch diciendo que era un hombre muy orgulloso, pero casi siempre con tono respetuoso. Wattie se detuvo durante el suficiente tiempo para beberse el dulce y espeso líquido, haciendo una mueca pese a toda la miel.

—Entonces Birchie se fue a Charleston. Todos pensaban que traería a su padre para enterrarlo en la cripta familiar de los Birch, que está al otro lado de la calle. Pero no volvió hasta semanas después. Avisó de que los problemas del negocio la estaban reteniendo en la ciudad y que lo había enterrado allí. No tenía mucho sentido, pero fue suficiente. Hay muchos Birch enterrados en Charleston. Cuando finalmente volvió a casa, nadie sabía si era rica o pobre. Fue muy emocionante para ellos, como si estuvieran viendo una película. Mi madre fue a recogerla a la estación de tren, y yo también. Birchie nos hizo llevarla a la tienda de Floyd Briggs. Él estaba ahí, detrás del mostrador. Había mucha gente. Había más gente de la que podía entrar en la tienda, según dijeron después. Birchie, que en ese entonces aún era la señorita Emily, fue directa hacia Floyd, y, entre nosotras, no es que fuera la gran cosa. Era pelirrojo y pálido, pero tenía algo, ¿sabes? Tenía agallas.

Había sido el pretendiente más difícil de echar. Tenía don de la palabra y lo usaba para colar sus poemas en la Iglesia, hasta que el padre de Birchie se enteró y se lo prohibió. Tenía un buen corazón. Ella se acercó a él y le dijo «Quisiste casarte conmigo una vez». Y él dijo «Lo recuerdo». Ella le preguntó «Papá dice que solo querías nuestro dinero. ¿Era verdad?». Nadie respiraba en esa tienda. A decir verdad, solo había seis o siete personas, pero yo era una de ellas y lo sé; contuvimos la respiración. Él dijo «No, señorita. No era verdad».

Yo sabía que la fortuna de los Birch estaba bien. Nunca había estado en peligro. Pero Floyd claramente no lo sabía, al igual que cualquier otro habitante de Birchville. Floyd era un verdulero con la cara muy redonda, y Birchie ya era una soltera mayor, rechoncha y con arrugas alrededor de los ojos. ¿Pero cuando él se arrodilló y le tomó la mano ahí mismo, pidiéndole matrimonio frente a Dios y frente a todos? Bueno. Era como si fueran Humphrey Bogart y Lauren Bacall. Solo se hablaba de ellos. Hizo que la muerte de su padre se convirtiera en una noticia secundaria. Luego el pueblo se enteró de que después de todo había salvado la fortuna familiar. Algunas personas dijeron que su padre habría hecho algo para salvarla justo antes de morir. Ya te imaginas que en ese entonces a los muchachos no les gustaba pensar en una mujer encargándose del dinero. Y, bueno, durante dos semanas solo se habló de eso. Después alguien tuvo un bebé, luego la mujer de alguien se fugó con un vendedor de aspiradoras, los Estados Unidos pusieron un satélite en el espacio, Elvis se unió al Ejército… Siempre había noticias de las que hablar, así que eso fue todo.

Intenté imaginarme cómo debía haberse sentido al saberlo. Viendo que no pasaba nada. Birchie casándose inmediatamente sin malgastar un solo día porque en cualquier momento podrían pillarla. Pero, en vez de eso, el tiempo pasó y el cálido verano hizo su trabajo. Se percibía un ligero olor a mofeta muerta bajo la casa, después el olor de las hojas del otoño y luego nada.

Pasaron los años. Birchie tuvo un bebé. Enterró a su marido y después a su hijo. Dejó que muebles, libros y cajas se encargaran de enterrar a su padre. Cuando yo era pequeña, ninguna de ellas se inmutaba cuando les preguntaba si podía ir a jugar con las cosas viejas que había en el ático.

—¿Nunca le preguntaste por qué lo hizo? —pregunté.

—Le ayudé cuando me lo pidió, cariño, y ya está. La quería. Y la sigo queriendo —dijo Wattie. Retorció los labios carnosos, haciendo ver que esas palabras no le hacían justicia—. Él nunca me importó mucho.

Me salió algo parecido a una risa. Un sonido incrédulo y exhausto. Si no hubiera sido por Digby, me habría echado el resto del burbon en la taza. O quizá directamente en la boca. Sea como fuere, me quedé sentada, aferrándome al té calmante como si de un salvavidas se tratase.

Ella apartó su taza pegajosa como si ya hubiera terminado. De beber y de hablar. Apoyó las manos contra la mesa, preparada para levantarse e irse a la cama. La agarré del brazo, deteniéndola.

—¿Por qué ibas a ayudarle a esconder un cuerpo sin siquiera preguntarle por qué? ¿Por qué lo hiciste?

Cuando estábamos en la habitación me había dicho que si hubiera sido al revés, si Wattie tuviera cuerpos de Lewy y Birchie siguiera sana, mi abuela la habría cuidado de la misma forma ¿Cómo lo sabía? ¿Qué tipo de amor era ese? ¿Un amor tan incondicional?

–¿Qué hizo ella por ti?

–Mi querida niña, te he adorado desde que no eras más que un bulto dentro de tu madre, pero eso no es asunto tuyo. Tu abuela y yo llevamos en esta tierra mucho mucho tiempo. Crecimos en una época distinta a la tuya. Algunas noches, en los árboles sureños de por aquí cuelgan frutos extraños[2]. ¿Me entiendes? Pero yo no hablo de esas cosas. No con niñas blancas y guapas cuyos pies jamás tocaron la tierra hasta años después de que el señor Martin Luther King fuera enterrado en ella. Lo único que diré es esto: durante cada minuto de mi vida, tu abuela ha sido mi buena y leal amiga.

Posó la mano sobre mi cabeza como si me estuviese bendiciendo, y vi que en sus grandes ojos marrones había solemnidad y seriedad. Le quería hacer mil preguntas, pero me había dejado claro que no lo tenía permitido. Era como si hubiera oído el eco de una puerta cerrándose a lo lejos, tan lejos que el sonido había viajado durante años hasta llegar a mí.

Wattie tenía razón. Yo nunca sabría cómo había sido su vida hace ochenta años, o setenta, o cincuenta. O incluso ahora. Me abracé a mí misma con los brazos inconscientemente, sujetando al niño birracial al que adoraba aunque solo fuera un bulto en mi interior.

–Vete a dormir, Wattie. Estás exhausta –dije.

Ella rio entre dientes.

–Cielo, estoy más que exhausta. Estoy casi borracha. Por tercera vez en casi noventa años, perdóname, Jesús. Vete a dormir tú también, y no te inquietes, ¿entendido? Ahora las cosas

[2] En referencia a la canción antirracista de *Strange Fruit*, de Billie Holiday. *(N. de la T.)*

parecen difíciles, pero pasarán. Todo pasa, y después vienen cosas nuevas a ocupar ese espacio –Mientras hablaba, su tono cambió. Ya no estaba hablando sobre mí–. No puedes pasarte la vida agarrando con la mano esa cosa horrible que hiciste y mirándola constantemente. Tienes que preparar la cena, poner gasolina en el coche. Tienes que plantar más gardenias.

Se dio la vuelta y se fue a dormir.

Me quedé un momento desplomada en la silla. Parecía que fueran las tres de la mañana, pero mi reloj indicaba que ni siquiera era la hora del telediario de la noche. La casa entera estaba en silencio. Al parecer todas nos habíamos pasado al horario de ancianitas. Cenábamos pronto, dormíamos pronto y nos levantábamos con el amanecer para poder pasar tiempo con Birchie en su mejor hora. Ella necesitaba que la casa estuviera en silencio a partir de las ocho.

Me levanté y volví a mi sofá de la sala de costura, sintiéndome destruida mientras me ponía el pijama y me cepillaba los dientes. Me tumbé, pero no podía dormir. No sé cuánto tiempo estuve dando vueltas antes de que el sonido de una notificación en mi móvil me activara.

El sonido me recordó que, hacía unos mil años, cuando estaba autoconvenciéndome de que los huesos eran una especie de pieza arqueológica de la guerra de Secesión, había llamado a Jake y lo había dejado entre la espada y la pared. Sabía que era un gilipollas, claro, pero tampoco es que hubiera matado a nadie. Que yo supiera.

Me espabilé y cogí el teléfono.

Pero no era Jake. Era Batman.

«¿Estás despierta?».

No estaba de humor para cotillear al padre de mi bebé secreto.

«Estoy con un asunto familiar –le escribí, lo cual era cierto, aunque sonara un poco cortante–. Qué ganas del miércoles –añadí para suavizar».

Me respondió con el emoji del pulgar hacia arriba.

Pero no aparté el teléfono.

Lavender tenía problemas con su padre (vivo) y yo había jurado arreglarlos. Lo había hecho hacía mucho, pero aún importaba. Me agarraba a la mínima posibilidad de que Jake hubiera hecho algo remotamente similar a lo correcto. Esperaba que por lo menos le hubiera enviado a su hija un emoji de una rana muy mona, saludando y con un cartel que dijera HOLA. También podría haberle escrito «Te quiero» o «Siento mucho que te haya tocado el peor premio en la lotería de los padres».

Negué con la cabeza. La paternidad no debería funcionar de esa manera. Los padres no deberían tener el derecho a decidir si quieren ser padres o no cuando su hija ya tiene trece años. Los padres que estén vivos deberían hacer su puñetero trabajo. «Asumiendo que sepan que tienen un hijo», pensé, pero aparté eso para después. Tenía que pensar en Lavender.

La verdad es que me sentía bien pensando en los problemas de Lavender y sumergiéndome en las tierras prohibidas de los problemas de Rachel en vez de pensar en términos como «estatuto de limitaciones» y «premeditado». Ahora, gracias al burbon, podía añadir a Wattie y «cómplice del acto» a mi lista de preocupaciones.

No había forma de conciliar a mi querida Birchie con una persona que era capaz de hacer lo que hacía Violence. ¿Ves a un tío malo? Te lo cargas. Lo eliminas mientras está sentado, bebiéndose su vino de Oporto y leyendo el periódico. Lo único que podía hacer era aferrarme a mi nuevo rol de mala y protegerla de todas formas. Jake, aun con sus problemas monetarios y su cobardía, era más fácil de gestionar, porque sabía que yo tenía razón. Podía intentar arreglar eso y así no pensar en...

Espera. ¿Así es como se siente ser Rachel?

Quizá sí. Estaba embarazada con un bebé secreto birracial, llevando a cabo un proceso de tonteo para investigar al padre de mi hijo (que no sabía que tendría un hijo) y realmente tenía la vida menos jodida entre todas las adultas que había en esa casa. Me empecé a reír al pensar en esto. Cuando comencé no pude parar. Así era ser Rachel. Estar sentada en el asiento de «la menos jodida». Era una cosa que no había llegado a comprender antes. Pero, Dios mío, era un buen sitio. Ahora entendía por qué no quería compartirlo.

Cuando conseguí calmarme, le envié a Jake otro mensaje.

«Llama a tu hija. Si no lo haces voy a ir a por ti en plan Bloodaxe. No me subestimes, Jake. Llegado a este punto, soy capaz de cualquier cosa».

Sonaba cierto, porque lo era. Había sangre en mi historia, asesinato en mis genes y una Violence en mi corazón. Wattie me había explicado el cómo, pero nadie excepto Birchie sabía el porqué.

Me pregunté cuánto tiempo tendríamos hasta que los cuerpos de Lewy se apropiaran de esa respuesta también.

Capítulo 14

No me había dado cuenta de que me había dormido, pero lo había hecho, y muy profundamente. Había babas en la almohada. Me despertó un sonido. Algo similar a un clic.

La sala de costura compartía una pared con la cocina. ¿Acaso era ya por la mañana y alguien estaba preparando el desayuno? Estaba oscuro. Miré el reloj, desorientada. Eran las 2:04 h.

Después oí pasos por las escaleras de madera que se dirigían al jardín trasero.

Me senté. Joder, el clic había venido de la puerta. La puerta trasera se estaba cerrando.

De repente estaba completamente despierta. Podía imaginarme a Birchie intentando caminar por esas largas y empinadas escaleras, tambaleándose y con conejos imaginarios jugueteando entre sus tobillos. Un segundo después me quité las mantas de encima, intentando levantarme para acercarme a la ventana.

¿Y si los cuerpos de Lewy la habían enviado a llevar a cabo un recado nocturno? Wattie me había dicho que mi abuela solía estar muy inquieta cuando dormía. En noches muy malas, cuando estaba muy estresada, se levantaba e iba a intentar recolectar moras, o a la feria del pueblo, o, una vez, al funeral de su marido que llevaba años fallecido. Wattie era de sueño ligero y su habitación estaba justo al lado, por lo que siempre la pillaba y la llevaba con delicadeza a la cama. Pero aquella madrugada Wattie estaba descansando entre los cálidos brazos del burbon.

Me apresuré hacia la ventana y me asomé. Si era mi abuela, yo estaría a punto de mostrarle a Birchville mi pijama de friki por vigésima vez, con suerte antes de que ella se cayera y se rompiera el cuello.

Pero no era Birchie. Era Lavender.

Pude ver su pelo rubio destelleando por la brillante luz de luna veraniega. Ya había bajado las escaleras y se estaba apresurando por el jardín trasero. Llevaba un vestido de verano amarillo limón que brillaba tanto como su cabello.

«La peor ninja de la historia», pensé.

Tenía una botella verde en la mano que esperaba que fuese Sprite y llevaba algo esponjoso en una bolsa de plástico del supermercado. Entrecerré los ojos. ¿Era un cojín? ¿Una manta grande, blanca y doblada? De cualquier forma, no eran cosas que me gustaría ver llevar a una niña de trece años en medio de una noche oscura en la que había chicos por doquier.

Lo de ser ninja no le había salido bien, pero sus habilidades de *femme fatale* eran demasiado precoces. Escaparse de casa en medio de la noche para quedar con un chico era algo propio de bachillerato, no de inicios de la secundaria. Además llevaba ropa de cama y una botella. Estaba acercándose a cosas que ni siquiera yo había sido capaz de manejar con responsabilidad a mis treinta y ocho puñeteros años. Digby y yo podíamos contarle perfectamente cómo terminaba esa historia.

Lavender ya estaba desapareciendo por la esquina de al lado de casa, pero estaba descalza, sin bata y con un enorme pantalón de pijama a cuadros rosas y una holgada camiseta negra en la que ponía MANTÉN LA CALMA Y VENCE AL MAL. Pensé en abrir la ventana del todo y gritarle que volviera ya, pero no quería asustar al resto de la casa. La rutina de Birchie era sagrada, y Rachel se convertiría en She-Hulk con su ansiedad de madre. Encima Lav ni siquiera me escucharía. Seguramente llevaba los auriculares puestos y estaba escuchando a Selena Gómez cantar mucho sobre chicos guapos, besos y toqueteos y muy poco sobre clamidia.

Me cambié los pantalones de pijama por unas mallas negras y confié en mi enorme camiseta para esconder a Digby y disimular que no llevaba sujetador. Corrí lo más rápida y silenciosamente posible a través de la casa hasta que llegué a la puerta trasera. No tenía tiempo para buscar calcetines y atarme las Converse. Wattie tenía un par de Crocs azul eléctrico junto a la puerta trasera, a los que llamaba sus «zapatos de jardín». Metí los pies en ellos y me dirigí a buscar a Lavender. Menos por los zapatos y la frase escrita en rosa palo, la verdad es que se me estaba dando bien lo de hacer de ninja.

Cuando bajé las escaleras y atravesé el jardín trasero, Lavender ya estaba fuera de mi vista. Di la vuelta a la casa y me adentré con tranquilidad por la calle bien iluminada que rodeaba la plaza. Sabía perfectamente a dónde había ido. Bajé por la calle a paso rápido hasta llegar a la casa de los Darian, acercándome al lado más apartado del jardín.

Pero no estaba ahí. La ventana de la habitación de Jeffrey estaba cerrada y oscura, mientras que la de Hugh estaba abierta de par en par, dejando que se escapara el aire acondicionado. Tenía una escalera de incendios de color amarillo neón fuera de la ventana y llegaba hasta el césped del jardín, una de esas escaleras que se pueden extender y que los padres de niños que viven en casas de dos plantas siempre tienen en el armario. La había colocado para usarla sin permiso y subir y bajar por ella de noche.

Presioné las palmas de las manos contra mis ojos por un momento, insultándome a mí misma por ser tan estúpida. Cuando yo era adolescente y me estaba empezando a familiarizar con el insomnio, solía escaparme a menudo para encontrarme con J. J. Nos llevábamos linternas y nos sentábamos a leer cómics en la caseta de juegos que había en un parque cercano. En ese entonces solía tirar piedras a su ventana para hacer que saliera, porque no teníamos móviles. Ahora las piedras eran algo digital, y a Lavender no le hacía falta ir a la casa de los Darian para quedar con Hugh. Se habían organizado por mensajes para saber dónde encontrarse, y ya estarían dirigiéndose hacia allí.

No creí que estuviera en peligro. Hugh era un buen chaval.

El único problema era que él estaba a un paso de empezar a conducir y estaba listo para más cosas que ella en el ámbito romántico. Lavender no era lo suficientemente madura para decidir hasta qué punto llegar y cuándo era suficiente. Una niña de trece años no debería estar decidiendo eso, sin supervisión, con un chico de instituto. Era trabajo de sus padres asegurarse de que no lo hiciera, pero Lav se había escapado por el hueco que había entre ellos.

Me giré lentamente en semicírculo, analizando la silenciosa plaza.

¿A dónde irían un par de niños sin coche en una noche de verano, con una bolsa llena de ropa de cama y unos cuerpos hasta arriba de hormonas? Cuando era adolescente, las parejas de jóvenes quedaban en el cementerio histórico que había tras la Iglesia. Me apresuré hacia allí. Había una pendiente con césped entre las criptas de los Alston y los Rhodes, resguardada y privada. Había algo en la proximidad con Dios que hacía que morrearse ahí pareciera algo prohibido. O quizá eran las filas silenciosas de lápidas antiguas y ángeles desmoronados los que hacían que los toqueteos fueran más placenteros.

Un verano, en una de esas noches sin dormir en las que deambulaba por ahí, me encontré a Jeannie Anne con el chico con el que estuviese saliendo entonces en otro hueco cubierto de hierba que estaba justo detrás de la cripta de mi familia. La cripta en la que estaban todos los Birch ya fallecidos.

Una vocecita en el fondo de mi mente apareció para decir: «Todos los Birch menos Ellis».

Eso era un camino mental por el que no quería pasar. Los huesos de mi bisabuelo habían empezado a rondar por las profundidades de mi cabeza, incluso aunque estuviera recordando a Jeannie Anne tumbada en el césped cubierto de rocío besándose con un chico que llevaba vaqueros y que presionaba la pierna entre las suyas. Había metido el brazo por debajo de su camiseta para poder manosearle la teta. Su mano parecía un ser viviente, apretando y palpitando bajo la fina tela de la camiseta de Jeannie Anne.

Me disculpé y me fui. Ni siquiera me habían oído.

Tenía dieciséis años en ese momento. Verlos me había hecho sonrojar, pero no solo por la vergüenza. Era una friki que nunca había besado a nadie, tímida y nerviosa con cualquier chico que no fuera J. J.

«Esa seré yo algún día», pensaba, imaginándome a mí misma intercambiando besos en una lápida con un chico, escupiendo a la muerte con cada beso. Nunca me había imaginado besando a J. J. Nunca a él. No había pensado en él de esa manera. Para mí era mucho más que un amor platónico. Y supongo que por eso tuvo tanto poder para destrozarme.

Y ahí estaba, en la calle, a oscuras y andando con rapidez hacia la puerta del cementerio para buscar a su hija, porque él lo había vuelto a hacer: se había comportado fatal y después había desaparecido. No había llamado a Lavender. Si lo hubiera hecho me habría enviado un mensaje para decírmelo, más que nada para quitarme de encima. Había abandonado a Lavender como si la vida fuera una película en la que las cosas no importasen y el de ese año hubiera sido *J. J. es un gilipollas parte dos: El no-retorno de J. J.*

Por lo menos le había llamado la atención esa vez. La gente no se tomaba esas mierdas lo suficientemente en serio y hacían como si el sexo fuera algo que los publicistas neoyorquinos hubieran inventado para vender más Coca-Cola y jabón. El sexo se ofrecía como una aspirina a alguien con un leve dolor de cabeza. «Solo te hace falta un polvo», se decía la gente guapa en la televisión y en las películas después de una ruptura, un problema laboral o si alguien estaba un poco gruñón. Como si el sexo fuera un pecado tan tonto como comerse una segunda cucharada de helado Ben & Jerry's.

En realidad es una fuerza. Es parte de la naturaleza, como el océano. Ya viviendo en Norfolk, pasé gran parte de mis veranos en la playa con mi sobrina, y ambas tratábamos al océano

Atlántico como si fuera nuestra propia piscina privada. Cuando jugábamos allí nos olvidábamos de que el océano era algo muy poderoso. Era divertido hasta que alguien era arrastrado por una corriente y se ahogaba, o hasta que un tiburón se comía a una persona. El sexo era igual, tan placentero que terminé olvidando su poder. Hacía como si fuera algo que pudiera controlar, lo cual es para reírse. Me había levantado y después me había dejado en tierra como una persona diferente ya en dos ocasiones.

Llegué a la puerta del cementerio más cercana. El cementerio en sí estaba justo detrás de la Iglesia, con puertas de hierro forjado a cada lado. Me giré para mirar la casa de mi abuela, que estaba al otro lado de la calle. Estaba oscura y tranquila, la luz del porche estaba apagada y las ventanas del piso de arriba no estaban iluminadas. Ninguna de las dos había despertado a Birchie al escaparse. Bien.

Entré. La luna llena se alzaba sobre todo, pintando de blanco las lápidas y criptas que se estaban desmoronando poco a poco. Todas las lápidas estaban inscritas con nombres antiguos. Los primeros Gentry, Granger y Mack tenían lugares de honor, pero no había habido espacio para nuevas tumbas desde hacía ya un siglo. Solo las cinco familias que tenían criptas podrían descansar allí cuando fuera su hora. Me detuve frente a la puerta, intentando escuchar crujidos o voces susurrantes. Nada.

Deseé haberme traído el móvil. Podría haber llamado a Lavender para decirle que la había pillado. O incluso podría haberle enviado mensajes una y otra vez para seguir el ruido de campanas de viento que hacían las notificaciones de su teléfono. Pero lo único que oía era un búho ululando, misterioso e inquisitivo.

Revisé el hueco entre las dos criptas, pero no había nada. Crucé al otro lado lo más rápido que pude para mirar entre la cripta de los Darian y la de los Fincher, aunque debido al camino de rocas desparramadas que había entre ellas, no eran una buena opción. Finalmente me apresuré hacia la cripta familiar de los Birch, la más grande, que estaba en la parte más trasera y central del cementerio. La fachada estaba hecha de granito y nuestro nombre se encontraba escrito en la parte superior, con letras grandes y austeras. La puerta de acero estaba cerrada y unos ángeles de piedra la resguardaban por ambos lados. Fui a la parte de atrás y lo único que encontré fue otra puerta. Daba al parque, detrás del cenador. Miré a través de las rendijas de la puerta y vi que en el parque tampoco había nadie. Las tiendas y los restaurantes del pueblo estaban cerrados a estas horas de la noche.

Hugh y Lav no estaban ahí. Se alejaban más a cada minuto que pasaba. ¿Acaso los jóvenes ya no iban allí a enrollarse?

Me giré lentamente, escuchando y dándole vueltas a la cabeza para tener alguna idea de a dónde ir ahora. Por el rabillo del ojo vi un destello de movimiento al otro lado del cementerio, fuera de la puerta de hierro forjado más grande. Cuando me di la vuelta para mirar ya se había ido, por lo que creí que una persona, o la sombra de una, acababa de pasar por ahí durante un segundo.

No tenía miedo, estaba en mi pueblo. Tampoco creía en los fantasmas, aun estando rodeada de muertos. De hecho, extrañamente, la palabra que me vino a la mente fue «Batman».

Pero era una tontería. Birchville no tenía nada que ver con Gotham, y Batman era un personaje ficticio. Y mi Batman, ¿qué pintaba ahí? Hasta donde él sabía, nuestra relación solo consistía en un polvo de borrachos en una convención, unos mensajes y una especie de cita nocturna jugando a *Palabras con amigos*. Si estuviera allí significaría que había entrado de lleno en territorio de acosador turbio. No parecía que fuera de esos.

Pero no podía deshacerme de esa sensación. La sombra que había visto pasar por la puerta era alta, oscura y definitivamente masculina. Con orejas. Unas pequeñas orejas puntiagudas que le sobresalían de la cabeza.

Debía ser la luz de la luna jugándome una mala pasada. Tenía que ser Hugh, un perro, o nada. Volví hacia la otra puerta para revisarlo.

Justo entonces escuché un suave chillido, agudo y acompañado por risitas, procedente de la dirección opuesta. Apenas lo escuché, pero era Lavender. Sonaba lejano, fuera de la plaza, un sonido transportado por el limpio aire del verano.

El perro o el Batman imaginario que había visto tendría que esperar. Salí y corrí por el parque, yendo hacia Pine Street lo más rápido que pude y prácticamente en silencio gracias a los zapatos de goma de Wattie. Pine Street terminaba en una intersección en T en Oak Street y me paré ahí, jadeante, intentando escuchar algo más. Me pareció escuchar algo a mi izquierda. ¿Por qué iban a estar dirigiéndose hacia la autopista?

Esa zona era de calles residenciales, y no había tráfico a esa hora. Las casas que estaban en los alrededores de la plaza eran más pequeñas y cuadradas. El barrio estaba formado principalmente de casas de estilo rancho, hechas con ladrillos ordenados y construidas en Birchville en los años cuarenta.

No oí nada, así que recé y giré hacia la izquierda, corriendo por Cypress Street. Me paré en la siguiente esquina con las manos en las rodillas y la cabeza agachada, intentando recuperar el aliento y escuchar algo. Nada. O estaban en completo silencio o yo había elegido el lado incorrecto y estaba alejándome de ellos. ¿A dónde podían ir unos chavales a toquetearse un poco en ese barrio?

Allí no había espacio para esas tonterías. Si habían bajado hasta Loblolly estarían a un bloque de distancia de la autopista, al lado de una gasolinera. ¿Acaso habían ido a por unos Snickers y un granizado? Negué con la cabeza. Hugh sabría que ese lugar cerraba a medianoche.

Lo demás eran solo casas. ¿Quién vivía allí? Esa era la pregunta adecuada. De repente supe exactamente a dónde iban. Y también supe lo que había en esa bolsa, y que me estaba preocupando por las cosas equivocadas.

Salí disparada trotando ligeramente. Los chicos estarían en Crepe Myrtle, pero no quería dar toda la vuelta al bloque. Busqué un jardín sin valla y sin casita de perro y atajé por ahí.

Me abrí paso a través de un montón de azaleas y de repente estaba en el jardín trasero de Martina Mack. No estaba vallado del todo, pero fuera de la puerta trasera tenía una zona para que el perro corriera y un poste con una cadena.

Oí a Lavender decir algo, a Hugh haciendo «Shhh» y después las risas ahogadas de ambos. Esperaba que no despertaran a los perros de Martina. Tenía tres o cuatro, de color marrón con manchitas y de tamaño mediano, con cabezas cuadradas y ojos pequeños. Juntos podían despertar hasta a los muertos con sus ladridos.

Al rodear la casa, los vi. Jeffrey no estaba. Tenía alguna esperanza de que hubiera ido a la habitación de Hugh para usar la misma escalera, pero solo estaban ellos dos. Me detuve para analizar el jardín. Solo había estado un par de minutos por detrás de ellos, pero habían progresado mucho.

Hugh parecía un profesional. Vi como soltaba un rollo de papel higiénico Charmin sujetando el final. Se extendió en una forma perfecta, dejando un rastro blanco mientras se iba desenrollando y elevándose sobre una rama del alto pino que se encontraba en el centro del jardín de entrada de Martina Mack. Ese árbol ya estaba cubierto en su totalidad con un patrón en zigzag que se extendía por las ramas, de color blanco brillante bajo la luz de la luna. También habían envuelto el gran arbusto de gardenias junto al buzón, y sus flores blancas estaban tan cubiertas que parecían una sola rosa enorme hecha de papel higiénico.

La bolsa del supermercado estaba abierta sobre el césped baldío, y al parecer ya habían utilizado al menos la mitad de los rollos del gigante paquete de papel higiénico.

−¡Perfecto! −susurró Lavender, admirando la forma de tirar los rollos de Hugh.

Se notaba que era nueva en eso. Tiró el suyo con demasiada

fuerza y el papel se rompió, haciendo que el rollo cayera y rodara por el césped. Ella fue tras él, tan ágil como un ciervo, y sus extremidades se movieron de forma tan grácil cuando saltó que hizo que se me llenara el corazón.

Estaban emocionados por el placer que les producía su propio atrevimiento al llenar la casa de papel higiénico en respuesta al horrible acoso de Martina Mack a Birchie en la Iglesia. Como método de venganza era, por un lado, bastante suave (si hubiera tenido la oportunidad de arrojar a Martina Mack en el Sarlacc para que pasase miles de años siendo digerida, habría estado bastante tentada), aunque, por el otro, era demasiado. No estaba bien llenarle de papel higiénico el jardín a una ancianita, aunque fuera maligna. Sobre todo Martina, que estaba muy orgullosa de su casa. Su ordenada casa tenía corazones recortados en las contraventanas y unos parterres de flores tan bonitos como los de Birchie.

Tenía que parar aquello antes de que fuera a peor, pero la verdad es que se estaban divirtiendo mucho. Verlos brincar y jugar con esa asombrosa inocencia me hacía feliz a mí también. Me hacía falta un poco de ese sentimiento esa noche.

Me subí al porche de ladrillos, refugiándome de la luz de la luna bajo las sombras del tejado y del muro, con los brazos cruzados para cubrir las letras rosa palo de mi camiseta. Como toda mi ropa era negra, era invisible en la oscuridad, por lo que les di otro minuto. Les haría volver por la mañana para disculparse y limpiarlo todo. Pero tenía que dejarles disfrutar de la gloria de ver los rollos de papel desenrollándose, las risas ahogadas, ese sencillo placer.

Noté movimiento por el rabillo del ojo. La puerta mosquitera que estaba junto a mí se abrió sigilosamente. Los perros estaban en silencio, lo que solo podía significar que alguien les había hecho callar.

Martina Mack salió vestida con un voluminoso camisón de estampado floral que le llegaba por las rodillas y una bata de verano a juego abierta sobre el camisón. Sus delgadas pantorrillas sobresalían como si fueran un par de ramas bajo el dobladillo, desapareciendo dentro de unas zapatillas de casa enormes y mullidas. Su cabello, gris y despeinado como el de una bruja, colgaba por su espalda. Se movía de forma lenta y astuta y los niños, enfocados en seguir con su pequeño caos, no la vieron, al igual que a mí.

Levantó el labio superior como si fuera un burro enfadado y vi que se tomó su tiempo para ponerse la dentadura. Debía haber estado despierta y haberles visto desde el principio. Estaba a punto de hablar con ella para asegurarle que arreglaríamos aquel desastre, cuando vi lo que estaba acunando entre sus brazos.

Me quedé tan helada al ver una escopeta de dos cañones que no me salió voz. La levantó y vi la piel arrugada que colgaba de sus brazos. Apuntó con la escopeta con un movimiento ligero. No apuntó al cielo. Ni al suelo. Martina Mack elevó el cañón plateado, y, sujetándola con sus manos manchadas por la vejez, apuntó a los niños con la escopeta.

Capítulo 15

No era el calor. Era la humedad, tan densa que me sentía como si estuviera suspendida en un líquido. Birchville se había convertido en Atlantis y yo estaba sumergiéndome a través del aire, denso y salado, hacia esa escopeta. Era muy lenta. Flotaba como Digby y cada movimiento se mitigaba y se volvía inofensivo como un aleteo. El cañón se levantó en ese aire gelatinoso y se movía con lentitud, con un largo e interminable movimiento. El acero brillaba, helado, bajo la luz de la luna. La escopeta era prácticamente lo único que veía, mi vista solo captaba su brillo.

Sentí las manos sobre ella y el metal estaba tan frío que me quemó, como si fuera hierro y yo fuera mitad hada. Dio un brinco cuando lo agarré, como si de un animal se tratase, y el estruendo, cuando llegó, fue más ruidoso que el de los planetas colisionando. En medio de ese sonido, con pitidos en el oído y la peste del humo y los químicos, no podía saber si había llegado a tiempo.

Tuve que mirar, con los ojos llorosos, para ver que el cañón estaba apuntando hacia arriba, como si Martina Mack y yo nos hubiéramos puesto de acuerdo en ametrallar a esa creída y gorda luna con un proyectil justo en su pálido rostro.

Después el aire volvió a ser solo el aire ardiente de verano. Me estremecí en él, empapada con mi propio sudor debido al pánico. Los niños ya estaban corriendo en diferentes direcciones. La camiseta de Hugh resplandecía, tan blanca como la cola de un ciervo en retirada. Habían abandonado la bolsa del supermercado y los últimos rollos de papel higiénico Charmin estaban tirados por el césped. ¿Sabía Lav que yo estaba ahí?

¿O solo había visto una sombra oscura moviéndose para bloquear la rala cabeza de Martina Mack? Era como Catwoman contra la Bruja del Pantano.

El horrible «boom» de la escopeta seguía retumbando en mis oídos, pero ahora también escuchaba, muy a lo lejos, a unos perros que se estaban volviendo locos. Martina no tenía tres o cuatro. Estaba equivocada. Tenía por lo menos mil, todos sabuesos del infierno, a juzgar por el ruido que hacían. Estaban agónicos e inmersos en la tarea de no parar de ladrar, histéricos de alegría o de furia, ¿quién podría saberlo? El estridente coro de ladridos se hacía más intenso a medida que mis oídos se despejaban, y vi a los perros empujándose entre ellos a través de mi visión periférica. Martina había cerrado la puerta mosquitera tras ella, porque si no estaría rodeada de ellos.

La señora gruñó, con su perlada dentadura uniforme y cuadrada resplandeciendo, y tiró de la escopeta con sus garras venosas. Pero tenía unos mil años y yo estaba tan inundada de adrenalina que tenía superfuerza. Tiré también del arma y la fuerza de mi arrastre se la arrancó de las manos. Ella gritó, emitiendo un graznido escandalizado bajo los ruidos caninos.

–¿Estás loca? –le espeté a la cara. Mi voz sonaba lejana por el ruido del disparo que seguía en mis oídos y por el clamor incesante de los perros histéricos–. ¿Has perdido la puta cabeza?

La mujer, que acababa de disparar a unos niños, palideció ante mis malas palabras y después soltó las suyas:

–¡Esos mocosos eran unos intrusos! ¡Tenía todo el derecho!

–¿De disparar? ¿De disparar a unos niños? ¿Acaso peligraba tu vida por unos rollos de papel higiénico doble capa, Martina?

Estaba aferrada a su maldita escopeta con tanta fuerza que se me pusieron blancos los nudillos, y quería gritar entre el ruido, tan fuerte que las palabras me hacían daño en la garganta. Di un paso atrás, intentando calmarme.

Ella se giró hacia la puerta y gritó:

—¡Perros! ¡Ya basta! —Los ladridos cesaron. Totalmente—. ¡Sentaos!

Los perros se sentaron de repente. Pude ver que nos miraban a través de la mosquitera. Resulta que solo había tres, lo cual parecía imposible teniendo en cuenta el escándalo que habían creado.

Martina Mack y yo nos miramos la una a la otra, tan agobiadas que jadeábamos al unísono.

—Devuélveme la escopeta —dijo.

—¿Por qué? —solté—. No veo a ningún bebé al que puedas disparar. ¿Quieres ir a buscar a Bambi?

Ella extendió las manos, inflexible.

—Dámela.

Abrí la escopeta y retiré el último proyectil que quedaba. Pesaba sorprendentemente poco. Le entregué el arma, ya descargada.

Martina me la arrebató, diciendo:

—¿Qué tipo de mujer adulta trae en medio de la noche a un grupo de adolescentes para atormentar a una anciana?

Me quedé tan atónita ante eso que se me desencajó la mandíbula.

—¿Crees que los he traído yo para que te llenen la casa de papel higiénico?

—Eso parece —dijo.

—¡Yo no los he traído! He oído a Lavender escapándose de casa, así que por supuesto he salido a buscarla para poder dispararle con una escopeta. Ah no, espera. No he hecho eso, porque es una puta locura. He salido para intentar encontrarla y llevarla a casa.

Aunque en realidad no era del todo cierto, ¿no? Me había detenido para mirar, cautivada, durante un largo y cómplice minuto. Añadí algo cierto para sentirme mejor:

—Cuando vi lo que estaban haciendo, tenía la intención de hacerles venir a pedirte disculpas por la mañana. La sigo teniendo. Estarán aquí después de desayunar para limpiar todo, asumiendo que accedas a no enterrar minas terrestres por todo el jardín para volarles los pies, claro.

Ella se aferró la escopeta al pecho, resentida y con desconfianza.

De verdad se pensaba que yo había formado un equipo de justicieros adolescentes para que le llenaran el jardín de papel higiénico.

–¿Martina? –dijo una temblorosa voz que venía de la izquierda. Era su vecina, igual de anciana, la señora Teasedale. Era metodista, pero la conocía de vista–. ¿Estás bien? ¿Debería llamar a la policía? –dijo «policía» con una larga «o», enfatizando la primera sílaba.

–¡Estamos bien, Fanny! ¡Vuelve dentro! –le gritó Martina.

–¿Qué es eso blanco que hay en tu jardín? –dijo Fanny Teasedale.

–¡Estamos bien! –repitió Martina, esta vez gritando con tono violento, y la señora Teasedale se retiró.

Probablemente fue a llamar a la policía si es que ningún otro vecino se le había adelantado ya. El oficial que estuviera de guardia estaba seguramente viniendo hacia esa dirección. «Por favor, Dios mío, que no sea Cody».

–Más te vale limpiarlo ahora mismo con tus propias manos, o haré que te arresten.

Me incliné hacia ella, tan cerca que resultaba incómodo.

–Hazlo. No puedo esperar a decirle al juez que te levantaste de la cama y te tomaste el tiempo de ponerte la dentadura. Que callaste primero a los perros para que no asustaran a los niños. Que la luna estaba alta y enorme y que esos dos estúpidos niños llevaban camisetas de colores veraniegos. Los viste, viste exactamente quiénes eran y sabías lo que estaban haciendo. No te sentías en peligro, ni por asomo, y tampoco estabas disparando al cielo para asustarlos. Te vi. Querías hacerles daño. Así que, por favor, trae aquí a tu nieto para que me arreste, y buena suerte. Gastaré mi llamada con el jefe de policía para contarle lo que has hecho, y tú y yo podremos sentarnos juntas en la celda por la mañana. Yo me pido el catre.

Ella ladeó la cadera como lo hacía Lavender cuando estaba irritada, en un gesto insolente y relajado.

—Mi escopeta solo está cargada con sal gruesa —dijo, malhumorada—. La uso para espantar a gatos y zarigüeyas.

¿Sal gruesa? Con razón el proyectil pesaba tan poco. Aun así, no podía calmarme. Los químicos de mi cerebro habían llegado hasta Digby, que estaba despierto dentro de mí, explotando como si fuera un paquete de Peta Zetas. Respiré profundo, intentando bajar el ritmo de mi corazón.

—Ah, vale, entonces solo ibas a rasgarles la piel en tiras y quemarlos con sal. O igual sacarles un ojo —dije, rezumando sarcasmo y rabia a partes iguales.

—Sí, quería quemarles un poco la piel a esos vándalos. ¿Y qué? Para darles una buena lección, y ya está. Los Mack no matamos a gente. —Eso me golpeó de lleno, y lo vio en mi rostro.

Levantó el labio de nuevo, haciendo una mueca de desdén con sus falsos dientes blancos. Esa cara que había puesto me resultó tan familiar que parpadeé con fuerza un par de veces y di un paso atrás. Ella me siguió, aprovechando su ventaja.

—Supongo que esa pequeña celda va a estar llena cuando tu abuelita se una a nosotras.

—Nadie va a mandar a Birchie a la cárcel —dije, aunque con un ligero tremor en la voz que ambas oímos—. Tiene noventa años y una enfermedad terminal.

Martina encogió los hombros con insolencia y volvió a elevar su labio de burro. ¡Dios, conocía esa mirada! ¿Por qué era tan engreída? Su amenaza con llamar a la poli me dio exactamente igual, pero estaba actuando como una arrogante.

—Puede ser, puede ser. Es lo suficientemente rica para poder eximirse de cincuenta asesinatos, eso es cierto. Pero Cody dice que si alguien la ayudó a cubrirlo…, bueno, pagará como si hubiera asesinado también. Es la ley.

Sentí cómo se me sonrojaban las mejillas.

—Wattie no tuvo nada que ver con eso —dije, antes de detenerme a mí misma.

Debería haber fingido que no tenía ni idea de a quién estaba haciendo referencia. Ahora sonaba a la defensiva y, peor, sonaba falsa.

—Claro que tuvo que ver. Todo el mundo lo sabe —replicó ella, tan segura de sí misma que casi parecía que estaba improvisando—. Si adiestras bien a un negro, puede ser tan leal como esos perros.

Señaló la puerta con el pulgar, mirándome fijamente para ver cómo me sentarían sus palabras. Me golpearon en la piel como si fueran una bofetada. Apreté el puño con el proyectil sin usar en la mano, sintiendo cómo la sal se movía dentro de la funda de plástico. Mi otra mano fue directa a Digby, como si aquellas horribles palabras pudieran quemarle los tímpanos o retorcer su pequeño estómago.

Cody debía dejar de confiarle cosas a su abuelita. No sabía mantener su asquerosa boca cerrada. Iban a atacar a Birchie utilizando a Wattie, y no debería haberme hecho falta que Martina Mack soltara sus espantosas palabras en una noche veraniega para saberlo. Debería haberlo adivinado el domingo en la Iglesia, al notar ese silencio tan esclarecedor después de que mi abuela dijera que la Primera Iglesia Bautista también era la de Wattie. Cuando vi al pastor intentar quitarle el sitio junto a Birchie a la señora Wattie. Cuando Cody me cerró el paso en el nártex con esa misma asquerosa mueca de burro en la boca, la razón por la que la expresión engreída de Martina me resultaba tan familiar.

Había visto esa mueca en el rostro de Cody hacía años, cuando tenía unos doce años y asistí al Encuentro de Jóvenes de Verano de la Primera Iglesia Bautista. Treinta y tantos niños de once a dieciocho años comiendo nubes con chocolate hechas al microondas y cantando *Blue Skies and Rainbows*, jugando al escondite por todo el edificio y después juntándose a medianoche para hacer un círculo de oración. Sobre las dos de la mañana la mayoría de niños ya estaban durmiendo; las chicas en la sala para jóvenes y los chicos en la capilla de oración. Yo todavía estaba despierta y dando vueltas por ahí, intentando encontrar un lugar tranquilo donde sentarme a leer *El regreso del caballero oscuro*.

Me encontré con Cody Mack en la cocina con otros tres chicos del instituto y sin ningún adulto. Estaba haciendo lo que me pareció que era un truco de magia. Había puesto un plato sopero poco profundo lleno de agua en la encimera de linóleo que unía la cocina con la sala principal.

—Vale, esto es el pozo para nadar —dijo sin molestarse en susurrar, y algo en su tono me indicó que estaba tramando algo.

Me recordó al encuentro de jóvenes del año anterior, cuando coló una botella de zumo de naranja con licor de melocotón. Todos los niños que seguían despiertos a las tres de la mañana la habían compartido. Yo era la más pequeña de los que quedaban despiertos. Siendo el eslabón más bajo de la cadena alimenticia, fui la última en recibir la botella, cuando apenas quedaba un dedo de líquido naranja a temperatura ambiente. Durante años pensé que el alcohol sabía a saliva humana. Pero me había sentido valiente y bien al estar incluida, así que en vez de pasar de largo, me acerqué a la encimera a observar.

Cody tomó el salero y el pimentero que estaban en el fogón y volcó el primero sobre el plato.

—¿Veis? Miradlos, aquí están todos los niños blancos nadando en el río Coosa. ¿Parecen contentos, verdad? —Sentí cómo de repente los músculos en mi barriga se retorcían. Supe qué es lo que iba a decir un segundo antes de que levantara el pimentero, vertiera un poco en el plato y dijera—: Pero de repente aparecen todos esos niños negros.

Había oído esa forma de hablar antes, claro. La había oído en el colegio. Había oído a un hombre gritando cosas en alto esa misma semana en la tienda Dillard's en Montgomery. Pero jamás entre los muros de la Iglesia de Birchie. Siempre me hacía sentir mal oír esas palabras, pero, ¿allí? Allí me sentí mucho peor. Ese día Wattie había venido a casa para pasar la tarde enseñándome a preparar caramelos de chocolate para llevar al encuentro. Hicimos tres bandejas y ella los cortó en cuadrados. Oír a una de las bocas que habían comido su delicioso caramelo decir esa palabra hizo que se me retorciera el estómago como si acabara de dar la vuelta en una montaña rusa.

–No digas eso –dijo una voz aguda y triste, y esa voz era la mía.

Cody Mack me ignoró. Bueno, casi.

–Aquí están todos esos niñitos negros, haciendo sus cosas de negros en este bonito pozo de blancos. –No se dirigió a mí directamente, pero las repeticiones estaban dedicadas a mí.

Uno de los chicos, James Beecham, dijo:

–Yo no... yo... –Pero su voz era suave y temblorosa, y Cody Mack agarró una botella de jabón de platos y habló por encima de él.

–¡Oh, mirad!¡Aquí viene el Ku Klux Klan! –Vertió un poco del jabón en el agua, y automáticamente los granos de pimienta se apartaron por una reacción química, moviéndose más rápido de lo normal y acumulándose en el borde del plato. La mayoría de la sal se mantuvo al fondo.

Cody Mack y los otros chicos rieron y bufaron, menos James Beecham, al que se le notaba tan tenso como a mí. No me gustó hacer contacto visual con él, porque sabía, ambos sabíamos, que deberíamos haber hecho algo más, dicho algo más o haberlo parado. Pero James era un niño larguirucho como un gusano y de piel problemática. Yo era una Birch, pero solo estaba allí en verano. Ellos eran estudiantes de segundo en el instituto, jugaban al béisbol y les daba exactamente igual lo que dijeran las chicas, sobre todo si tenían el pecho plano, eran frikis y todavía no estaban en el instituto. Ninguno de los dos volvió a hablar. Nuestro silencio compartido hizo que fuera difícil mirarlo.

Miré a Cody en su lugar, y vi esa expresión de su cara que estaba siendo reproducida veinticinco años después en la de su abuela. Ese labio de burro que se elevaba con soberbia. Cody actuaba como si la Primera Iglesia Bautista fuera suya, un edificio que mi familia había construido para celebrar una fe que requería de amor y compasión. Pero esas palabras y toda la historia que conllevaba le dieron poder. Su boca desdeñosa, manchada del caramelo de Wattie, había dicho con tranquilidad esas palabras frente a mí, al igual que Martina las estaba diciendo, con ganas.

En ese congelado instante, Birchville se dividió en dos ante mí.

No, más que eso. No era solo Birchville. Vi que había un segundo sur.

Durante toda mi vida solo había visto uno. Amaba mi sur, aun viendo que estaba roto y plagado todavía con el legado de la esclavitud, de la guerra y de la segregación. El territorio estaba dividido por la historia y por cientos de muros invisibles, y por eso teníamos una Iglesia bautista negra y una blanca, y el fino pasillo entre las mesas clasificadas por colores del comedor del instituto era un abismo invisible lleno de dragones. Con todo, siempre pensé que mi tierra natal era un solo lugar. Estaba equivocada.

El sur era como esa ilusión óptica que muestra un dibujo de un pato que es al mismo tiempo un conejo. Siempre veía el pato primero, con su ojo redondeado y alegre y su pico que parecía estar sonriendo. Pero si lo miraba de otra forma, el pico del pato se convertía en unas orejas aplanadas y con aire preocupado. El ojo alegre, al revés, mostraba miedo, y lo único que podía ver era un conejo solemne. Las dos partes del sur eran como ese dibujo. Ambas existían por sí mismas, pero estaban tan fusionadas que no podía salir de una y entrar en otra sin moverme.

El sur en el que había nacido era todo té helado, decencia y Jesús, y era un lugar real, un lugar verdadero. Había crecido allí porque mi familia vivía allí. La familia de Wattie también era propietaria de un inmueble allí. El segundo sur estaba siempre presente, y en él la decencia tan solo era una portada fina y verdosa que cubría la tierra rancia de nuestro pasado oscuro. Ambas partes estaban siempre presentes, en cada metro cuadrado, en cada espacio, en ambas Iglesias, en ambas mesas. Martina Mack me había movido de mi sur al suyo, y aun así seguíamos pisando la misma tierra.

Los Mack habían nacido y se habían criado dentro del segundo sur, y ahí habían vivido durante todas sus vidas, como si no existiera nada más. Su mirada nunca había cambiado. Nunca vieron el pato o, si lo vieron, cerraron los ojos y lo ocultaron. ¿Y yo? Yo no quería ver ese ruinoso y maligno conejo.

Tiré al suelo el proyectil porque necesitaba posar las manos en modo de protección sobre mi barriga. En medio de aquella noche interminable y bañada por la luna, acababa de entrar en el segundo sur y había visto que el mío era un lujo que no era consciente de tener. Podría pasar a través del nuevo sur una y otra vez sin sentir diferencia alguna.

Por primera vez, comprendí que dentro de mí había un niño que siempre notaría esa diferencia. En aquel momento, oculto en mi interior, mi hijo estaba protegido por el revestimiento que le daba mi piel blanca. Yo podría dejarme llevar y ver solo la parte buena del sur si así lo deseaba. Pero una vez naciera mi hijo, un ser individual y de piel oscura, él no tendría esa opción.

Ya sabía que no quería criar al niño en Birchville, pero no entendía del todo el porqué. No de esa manera profunda y furiosa que me hacía levantar la barbilla y que encendía una furia maternal justificada en mi barriga.

El segundo sur quería ir contra Wattie también. Wattie, quien había sido aceptada en la Primera Iglesia Bautista por algunos fieles que la querían y la valoraban. Pero había bancos de la Iglesia, muchos, cuyas bases estaban apoyadas sobre el segundo. Toleraban a Wattie como un apéndice adjunto a Birchie. La gente que se sentaba en esos bancos jamás recordaba que ella no era (y nunca había sido) la empleada de Birchie. Si conseguían desplazarnos y llevar las miradas al lugar donde Wattie no era más que esa palabra, podrían derrumbarla. Podría estar perdida.

Solo yo sabía exactamente cómo de profunda había sido la implicación de Wattie hacía sesenta años, pero todo el mundo sabía que ayudó a Birchie a mover el baúl. Robó mi coche de alquiler y lo chocó intentando proteger a mi abuela. Ella era la que había actuado peor, pero Wattie era vulnerable de otra forma, una que ni Birchie ni yo habíamos experimentado jamás, y aquella injusticia me sacudió.

—Ve a por ella entonces, escoria racista —dije, e incliné la barbilla para imitar el ángulo insolente de Martina.

En ese momento pensé en la vehemente insistencia de Wattie en que sus hijos y sus familias no vinieran a Birchville, ante Martina Mack, que estaba lo suficientemente indignada como para apuntar con una escopeta de sal a unos pudientes niños blancos. ¿Con qué apuntaría al temperamental Stephen si iba a defender a su madre? ¿Qué haría Cody, con una placa que respaldaba el uso de la pistola? Wattie sabía hacia dónde iba a ir aquello mucho antes que yo, y había decidido mantener a su familia alejada de la línea de fuego. Estaba poniendo su frágil y ligero cuerpo entre sus hijos de sesenta y tantos, ya mayores, y los problemas. Al parecer, la maternidad era una tarea para toda la vida. Sentí que el corazón se me hinchaba con orgullo ante su valentía. Pretendía enfrentarse al segundo sur sola, pero yo me había quitado la venda de los ojos.

—Wattie te va a hundir. Todas lo haremos. Y no te atrevas a pensar que lucharemos junto a ella porque algo de ella nos pertenezca. No es nuestra. Wattie forma parte de nosotras.

Me marché pasando por el pino admirando los cientos de papeles blancos entrecruzados colgados. Me hacía extremadamente feliz irme dejando atrás la casa marcada y estropeada, aunque solo fuera hasta por la mañana. La familia Mack había dejado sus propias cruces en los jardines hacía años. Me giré junto al árbol, pisando su sombra con mi enorme camiseta negra arremolinándose a mi alrededor.

Ella me gritó:

—¡Más te vale hacer que los niños vengan a limpiar esto! ¿Me oyes? ¡Más te vale!

Y eso haría. Iba a bajar con ellos para verlos limpiarlo, y pediría a Birchie y a Wattie que vinieran también. El pueblo tenía que ver que hacíamos que los niños hicieran lo correcto. Necesitaba que todos y cada uno de los humanos de mi sur estuvieran de nuestro lado. Y quizá lo harían. Al fin y al cabo, Wattie era muy querida en Redención, y en la Primera Iglesia Bautista solo unas veinte personas se habían movido para sentarse tras Martina Mack.

Por otro lado, tampoco es que los sitios tras mi familia estuvieran a rebosar. Me animó ver que algunos de los miembros más jóvenes de la Iglesia, liderados por Jim y Polly Fincher, se habían sentado en el banco habitual de los Partridge, justo tras el nuestro. Nuestros queridos Partridge tan solo se habían movido a un banco que estaba una fila por detrás. Teníamos por lo menos cinco familias más que Martina. Aun así, la mayoría de la congregación se había arrebujado de forma incómoda en los asientos del medio, inseguros. Indecisos.

Sentí cómo se me enderezaba la espalda. Ya no tenía doce años. Era una Birch en Birchville. Mi hijo de piel oscura iba a ser también un Birch en Birchville, aunque no fuera más que una mala palabra para escoria como Cody Mack. No podría vivir en el pueblo tal y como yo lo conocía. No iba a vivir en el sur ni en la América que yo conocía. No entendí lo profundo, antiguo y peligroso que era todo eso hasta aquella noche.

No podíamos escondernos en casa y esperar a que se decidieran.

Era una guerra. Una guerra muy muy antigua que había empezado antes de que yo naciera y que probablemente no terminaría mientras yo estuviera viva. Pero tenía que luchar en ella. Iba a tener que aprender a hacerlo.

Capítulo 16

Caminé pisando con fuerza hacia casa, tan inmersa en mis propios pensamientos que casi me dio un infarto cuando Lavender se materializó en el lado oscuro del jardín de Martina.

–¡La has dejado por los suelos! ¡Joder, eres súper guay! –me dijo, agarrándome la mano. Así que había dado la vuelta para escuchar la discusión. Genial.

–No digas «joder» –le advertí, lo cual no era muy propio de una tía guay. Ahora mismo me encontraba sumida en mi lado maternal.

Estaba en mi modo madre, con mentalidad maternal y con una rabia feroz y protectora respecto a Digby. Mi hijo cada vez se hacía más grande y pataleaba más. Iba a nacer, y yo estaba viendo el mundo en el que nacería con otros ojos.

–Ah, y ni se te ocurra, jamás, escaparte de casa en medio de la noche para quedar con un chico. Tendrías que estar en casa, no por la calle a estas horas de la noche escuchándome gritarle como una bruja a una ancianita. Vas a estar castigada.

Ella se encogió de hombros, despreocupada, balanceando nuestras manos.

–Ha merecido mazo la pena.

Sacudí la cabeza. Bueno, quizá para una niña de trece años sí había merecido la pena. Hugh era muy mono. Respiré hondo, sintiéndome un poco mejor agarrándole la mano a mi sobrina. En realidad, me encantaba que me hubiera llamado «superguay» y que estuviera de mi lado. Y también del lado de Digby. Esperaba de todo corazón que toda su generación fuera así.

–¿La gente sigue diciendo «mazo»? –pregunté.

–Sí, claro. Pero como irónicamente –me dijo–. ¿De verdad tenemos que volver Hugh y yo a arreglarle el jardín?

–Por supuesto –contesté.

Y hablando de algo irónico, estaba involucrada en un nivel superior de ironía, ¿no? Había decidido proteger a Birchie aunque hubiera hecho lo peor que podía hacer un ser humano; había quitado una vida. También estaba firmemente del lado de Wattie, y Wattie le había ayudado a esconder el cadáver. Pero ¿iba a dejar que mi también querida sobrina se fuera de rositas tras un insignificante acto de vandalismo contra unos gilipollas de manual? Aparentemente no.

Lavender hizo una pedorreta.

–Bueno, se lo merecía.

–Sí, mazo –dije, como si fuera una joven a la moda, y se rio–. Os ayudaré a limpiar.

Estábamos al final de Pine Street, donde se cruzaba con la plaza. Giramos y bajamos por el lado de la acera que pasaba por las casas antiguas. Las farolas estaban en el otro lado, junto a la plaza en sí, pero pensé que para aquella conversación no nos vendría mal algo de oscuridad.

Cuando pasamos por la casa de los Darian me detuve a revisar el jardín para asegurarme de que el otro delincuente en ciernes hubiera llegado a casa sano y salvo. La escalera había desaparecido, y la ventana de Hugh estaba cerrada. Me lo tomé como una buena señal.

Mientras miraba hacia la ventana oscura, Lavender dijo:

–Quería esperarse conmigo, pero le dije que estaría a salvo contigo. Y que quizá lo matarías.

–Quizá lo haga, pero no por llenarle de papel la casa a Martina. Ese chico es demasiado mayor para ti –dije. Estaba más tranquila, y noté que Digby también se había calmado. Giró, dando una lenta vueltecita en mi barriga.

–No es nada de eso –dijo ella–. Solo somos amigos.

–Yo creo que sí es algo de eso, porque si no habríais invitado a Jeffrey a vuestro paseo nocturno –rebatí. Le lancé una mirada de reojo, pero ella no dijo nada. Era un silencio que hablaba por sí solo–. Puedes ser su amiga en la sala de estar, con tu madre arriba y yo en la cocina. Podéis ser amigos en la pastelería Cupcake Heaven con Jeffrey también. Pero no seáis amigos los dos solos a las dos de la mañana. No estás lista para ese tipo de amigo nocturno.

–Vale –concedió, con demasiada rapidez como para creer por un segundo que decía la verdad. Pero, cuando volvió a hablar, lo hizo en serio–: Es solo que Hugh me entiende, ¿sabes? No tonteamos ni hablamos de cosas cursis. Hablamos sobre nuestras vidas, sobre cosas reales. Mi padre y su madre. Jeffrey se pone nervioso, no le gusta hablar de eso, pero a mí y a Hugh sí.

Se supone que aquello debía reconfortarme, pero no lo hizo. Ella era demasiado joven para saber que sus conversaciones sobre las cosas que más importaban eran mucho más peligrosas. Eran el equivalente conversacional al tequila, un camino mucho más rápido a la intimidad que el del tonteo. Lavender tiró de mi mano, llevándonos hacia la oscura casa de Birchie. La luz del porche estaba apagada, y solo la sala de estar tenía una tenue iluminación. Wattie siempre dejaba encendida una de las lámparas de las mesitas, para ahuyentar a los ladrones que no existían en Birchville. Dirigí a Lav al otro lado, pensando que debíamos dar la vuelta hacia la puerta trasera. Estaba abierta y pensé que teníamos más posibilidades de entrar de esa manera. No quería arriesgarme a despertar a nuestras exhaustas ancianitas. Y mucho menos a Rachel. Ya había tenido suficientes problemas para una noche.

Giramos, pero algo captó mi atención por el rabillo del ojo. Algo en las profundas sombras del porche de Birchie. Me detuve de golpe, observando. Pude, a duras penas, distinguir la figura de un hombre. Estaba sentado en el columpio del porche. La luz estaba apagada y la luna se estaba poniendo, pero se veía su sombra contra la tenue luz dorada que emitía la lámpara de Wattie.

Reconocí la sombra que había visto antes pasando por la puerta cuando estaba en el cementerio. No había sido producto de mi imaginación, ni un perro, después de todo. Era ese tío. Vi esos puntos en su cabeza que se parecían un poco a unas pequeñas orejas.

Hubo un momento extraño, en un abrir y cerrar de ojos supe que era Batman, estaba segura. De alguna manera había descubierto la existencia de Digby, y esa noticia le había importado muchísimo. Se había apresurado a cruzar la frontera entre estados, desde Georgia a Alabama, con prisa por ver a su hijo.

Lavender se había detenido conmigo. Dijo «¿Qué?» en alto, con voz nerviosa.

–¿Por qué hemos parado? ¿Te has asustado?

La figura del porche se movió y se levantó cuando Lavender habló.

El tipo era tan alto como Batman, aunque quizá demasiado alto para ser él, y tenía los hombros más anchos. Era demasiado robusto. Sentí un extraño pinchazo con una mezcla de alivio y decepción al ver que bajaba las escaleras hacia nosotras. Lavender le escuchó, y cuando lo vio, se quedó completamente quieta también.

–¿Papi? –dijo.

Cuando lo dijo, lo reconocí. Había engordado un poco durante las dos semanas que había estado ausente. Los puntos en su cabeza tan solo eran sus rizos desaliñados. No lo había visto sin el pelo moldeado con un tupé sobre la frente desde hacía años.

Pero seguía siendo Jake, y en el momento en que oyó la voz de Lavender, aumentó la velocidad. Se apresuró por las escaleras y Lav me soltó la mano para correr, tan rápido que parecía una pequeña Flash en medio de la menguante luz de la luna. Él llegó al último escalón y empezó a correr también. Se encontraron en mitad del jardín. Ella se subió sobre él, él la levantó y Lavender le rodeó con fuerza el cuello con los brazos. Sus pies colgaban y una de sus sandalias se cayó al suelo, pero no pareció darse cuenta. Pude oír que decía algo, con voz demasiado entrecortada por las lágrimas como para poder descifrar sus palabras. Pero no pasaba nada. No eran para mí.

Al verlos desde la carretera sentí una punzada por Hugh, porque lo suyo había terminado. Ella quizá no lo sabía aún, pero yo sí. Jake se balanceó con delicadeza, como si estuviera sujetando a un bebé mimado en vez de a una niña en pleno desarrollo.

Jake dijo:

—Shhh, cariño, shhh. Estoy aquí. —Ella siguió hablando y llorando, incoherente y con el rostro enterrado en su cuello.

Miré alrededor para buscar la furgoneta de Jake y la encontré al otro lado de la carretera. Debía haber llegado justo cuando vi su sombra cruzar por la puerta del cementerio.

Subí por la inclinada pendiente del jardín, dirigiéndome hacia ellos. De cerca se le veía peor. Tenía bolsas bajo los ojos y su piel lucía un brillo que no parecía saludable, como si se hubiera alimentado a base de latas de conserva y burbon sin tener a Rachel para que le preparara su salmón salvaje con remolacha orgánica.

—No pasa nada —le decía Jake a Lav, pero sus ojos estaban puestos en mí.

—Si queréis hablar aquí fuera en el columpio, os puedo dejar la puerta trasera abierta —propuse, en bajo.

Había intentado con todas mis fuerzas sonar amable, hospitalaria y no resentida, porque aquello era algo bueno. Había hecho algo mejor que llamar. Había venido, y podía ver que eso era lo que Lav necesitaba.

—Gracias —dijo él con sentimiento, como si estuviera agradeciéndome por algo más que por dejarle la puerta abierta.

—No hay de qué —dije, y esa vez sí me quedó algo cortante.

Qué mal. Incliné la cabeza hacia Lav y le dije a Jake:

—No he hecho nada por ti.

—Lo siento —dijo él. Estaba todavía meciendo a su hija, abrazándola con fuerza, pero sus ojos estaban fijos sobre los míos, abiertos con tanta sinceridad que prácticamente podía ver todo el color blanco alrededor del iris–. Entré en pánico y hui. Estuvo mal, y lo siento muchísimo, joder. No debería haber desaparecido así.

Tenía el rostro hinchado por los kilos que había ganado y supuse que también por beber demasiado. Así se suavizaba su marcada mandíbula. Junto al pelo, que sobresalía en pequeños pinchos, ya se parecía más a mi viejo amigo J. J. que a Jake. Me hizo preguntarme si su plan de irse a Portland consistía en crearse una tercera vida. Quizá sus recientes obstáculos habían hecho que se abriera, exponiendo el verdadero chico al que había escondido bajo esa pasión por el fútbol, por jugar al golf y esa risa estridente y varonil. Quizá solo había estado corriendo. Quizá era más cobarde que frío.

Lavender pronunció un ahogado «No pasa nada» apoyada en su cuello, pero él no estaba hablando con su hija.

No del todo.

Bajo el Jake que estaba pidiéndole perdón a su hija, podía ver al J. J. gordo, friki y totalmente enamorado de Rachel hablando con mi yo de diecisiete años. Venía con veinte años de retraso y estaba sirviendo también como disculpa a Lavender, y apenas era suficiente. Seguía siendo el mismo gilipollas que se presentó en la fiesta de Navidad de mis padres, casi tirándome al suelo e ignorándome con bravuconería para ir hacia Rachel. Por otro lado, por fin reconocía que yo había sufrido. Que él me había hecho daño. Estaba intentando pagar una deuda muy muy antigua con una moneda que no valía nada, pero por lo menos lo intentaba. Quizá esa era la única que tenía.

–Ahora estás haciendo lo correcto –le dije, sin apenas sonar rencorosa–. Eso cuenta.

J. J. se tomó mis palabras como si fueran muestra de que lo perdonaba. Vi la gratitud pura que se dibujó en su rostro y, para mi sorpresa, me di cuenta de que, de hecho, sí las había dicho en forma de perdón. Él se balanceó en silencio durante un momento más con su niña en brazos. Perdonarle era como un bálsamo sobre una herida dolorosa y antigua, y me resultó más dulce que sus disculpas. Incluso más dulce que el momento en el que le dije todas las cosas que me había guardado dentro durante veinte furiosos años. Perdonarle era un alivio.

Jake bajó a Lav. Estaba respirando con fuerza por la nariz y mantenía los brazos enroscados alrededor de la cintura de su padre, apoyando el rostro húmedo sobre el costado de él.

–Entrad cuando queráis, pero no hagáis ruido. Mi abuela no está bien y está durmiendo –dije, y los dejé solos.

Rodeé la casa para ir hacia las escaleras traseras. «Puto J. J.», pensé, pero con menos rencor del que habría tenido cuatro minutos antes.

De todos modos, si hubiera llegado aunque fuera media hora antes, podría haberse encontrado con su propia hija que salía de casa y yo no tendría que ayudar a unos niños a quitar tiras de papel higiénico húmedo del arbusto de gardenias de Martina Mack al día siguiente. Pero él no se había metido en el coche para dirigirse directamente a Birchville. No como Rachel. Él lo había estado pensando durante varias horas, dándole vueltas, intentando decidirse. Como si ir a por su preocupada y afligida hija no fuera la única opción posible.

Con perdón o sin él, creía que el Ken Disculpas seguía siendo un gilipollas. Sí, claro que habría peores padres en el mundo. Jake no pegaba a su familia ni fumaba cristal, pero eso era poner el listón muy bajo. La forma de ejercer la paternidad de Jake me parecía un poco como comer tiza. No es tóxica. No mata a nadie, pero eso no hace que sea buena.

Pero seguía pensando en la cara de Lavender cuando lo reconoció. La manera en la que corrió hacia él e incluso la forma en la que él la levantó, como si estuviera acogiendo en su cuerpo una pieza que faltaba, como si tuviera una mano que se hubiera marchado caminando sola y ahora hubiera vuelto a engancharse en su muñeca. Quizá, cuando se trata de padres, ser un poco gilipollas es mejor que estar ausente.

Yo no podía saberlo con exactitud. Lo único que había conocido era la ausencia.

Entré en casa encendiendo los dos interruptores junto a la puerta para encender los focos del porche trasero y el candelabro de techo de latón, sobre la mesa del desayuno, para ellos.

A Jake le haría falta una siesta, pero no tenía ni idea de dónde narices podríamos meterlo. ¿En la habitación de la princesa? Lavender podía meterse en la cama con su madre. Aunque quizá no servía de mucho. Cuando Rachel se levantara y lo encontrara ahí, era probable que todas tuviésemos que limpiar pedacitos húmedos de Jake tirados por los arbustos de gardenia.

Me retiré a mi nido en la sala de costura, aunque estaba tan inquieta que era imposible que me durmiera. Había caminado hacia casa esperando encontrar a Cody Mack aquí, esperándome en su coche de policía. Igual no estaba de guardia, o quizá era lo suficientemente listo para saber que disparar a unos niños con una pistola era más grave que llenar de papel higiénico un árbol. Pero la noche no había terminado, por supuesto. Aún podía aparecer en la puerta y arrestarme por vandalismo.

Mi libreta de bocetos estaba sobre la mesita Singer, abierta por la página que le había molestado a Rachel. Me senté y observé mi versión de la plaza del pueblo en ruinas. A la derecha, Violet se acurrucaba con el «batgato» apocalíptico. Estaba en el mundo tal y como lo había dejado Violence, un lugar que no tenía futuro, y de repente me entró el impulso de poner algo de esperanza en él. Quería poner un niño en ese mundo. Lo que quería en aquel instante era dibujar a Digby.

Tomé el lápiz y dibujé a mi chico justo en medio del mundo de Violence. No lo dibujé en forma de feto ni de bebé recién nacido. Para mí todos los bebés eran iguales; unas patatitas adorables. Dibujé a Digby como me lo imaginaba en unos cinco años, cuando la columna hundida y la tripita de bebé se hubieran enderezado y convertido en líneas finas y rectas. Con cinco años, Digby ya tendría su propio rostro distintivo.

Le puse mis pómulos altos, mis serias y rectas cejas y mis ojos hundidos. Dejé que tuviera las largas pestañas de Batman (de nada, pequeño) y su recta y amplia nariz. Le añadí una oscura pelusilla rapada de cabello infantil. Estaba trabajando con el lápiz, pero, cuando lo dibujara en color, tendría la piel de un tono marrón cálido que pareciera emitir luz desde el interior, como el buen burbon. Tenía esa visión.

Digby tomó forma sobre el escaso césped que sobrevivía, vestido con unas botas de trabajo minúsculas y unos pantalones cortos color caqui sobre las piernas, finas como hilos y cada una con una rodilla nudosa en medio. Su postura mostraba seguridad, con un toque de contoneo. Tenía las manos metidas en los bolsillos y los hombros relajados, o quizá incluso con aire valiente. Estaba en un lugar aterrador, pero sonreía de todas formas, porque el lápiz estaba en mi mano y yo quería que así fuera. Miré al niño, tan radiante y seguro de pie sobre el área de césped más grande que pude hacer para él en el parque en ruinas de Violet.

«Digby en el segundo sur», pensé.

A través de la pared escuché unas suaves voces y el tintineo de sartenes en la cocina. Lavender y su padre habían entrado en casa mientras trabajaba. Estaban hablando bajito, preparando unos huevos o chocolate caliente.

Volví a mi dibujo. La mandíbula de Digby no estaba bien. Era demasiado redondeada. Quería que tuviera una forma más similar a la de Batman. Más suave y joven, pero parecida, aun así.

Encendí el portátil y entré en el perfil de Batman. Tenía tan pocos ajustes de seguridad que podría haber visto su galería de fotos entera. Pero eso me parecía de acosadora, por lo que tan solo abrí sus fotos de perfil. Ahí seguramente encontraría fotos de su cara en primer plano, y solo necesitaba un par de buenos ángulos para que la mandíbula de Digby quedara bien.

Empecé a pasar las fotos. Ahí estaba el padre de mi bebé, capturado en momentos que habían sucedido en su vida real.

Batman sonriendo, después Batman serio. En casa sentado en un sofá, luego fuera, en un lago, o vestido con un gorro de esquí con unas montañas nevadas de fondo.

No cambiaba su foto de perfil a menudo, porque un clic más me llevó a una foto del árbol de Navidad de su familia de hacía tres años. Me había hablado de ello mientras jugábamos a *Palabras con amigos*. Ese año, su padre y él habían tramado un plan con todos los nietos mayores para escandalizar a su madre, que era muy religiosa. Convirtieron su árbol en una escena digna de Star Wars.

Eligieron el abeto del color verde más oscuro que pudieron encontrar para después colocarle luces blancas parpadeantes como si fueran estrellas y grandes bolas de colores para hacer de planetas. Colgaron por todo el árbol ornamentos en forma de cazas TIE, volando en formación contra los Ala-X. Unas tiras de espumillón colocadas cuidadosamente hacían de rayos láser, y retorcieron papel maché de color rojo, naranja y amarillo en forma de llamas, pegándolas estratégicamente sobre las naves dañadas. Su padre encontró incluso una decoración para la parte superior en forma de Halcón Milenario para reemplazar al ángel.

Me quedé observando la pantalla por varios interminables minutos. No podía despegar la mirada. No era por el árbol. O sea, el árbol era muy guay, sin duda, y estaba en medio de la foto. Aun así, no era realmente una foto de un árbol. Era una familia. Una familia completa. Sus padres, él y todos los niños que habían ayudado estaban alrededor del enorme árbol de Star Wars.

Me estaba costando tragar. La madre de Batman era alta y elegante, una mujer de tez muy oscura con una corona de trenzas grisáceas, que miraba al árbol con una mueca cómica de horror. Su padre, delgado y con gafas, tenía una nuez enorme y llevaba pantalones de abuelo de tiro alto. Era el mayor friki que había visto jamás en una foto, quizá exceptuando a mi propio padre. En una competición de frikis no habría habido un claro ganador, pero ambos habrían entrado en el equipo olímpico. Le había dado a Batman esos grandes ojos y las pestañas ridículamente largas.

Batman estaba ahí, rodeando con un brazo a su padre y con el otro sujetando a un bebé adorable de tripita redondeada. Su padre acunaba a un recién nacido. Todos los niños mayores estaban repartidos, los tres más mayores de rodillas frente al árbol y poniendo manos de jazz. Había siete de ellos en total, y cada uno tenía un tono de piel distinto; desde tonos bronceados a colores más oscuros. No importaba cómo naciera, estaba claro que Digby encajaría en su espectro.

No estaba viendo un árbol, estaba viendo un cofre del tesoro.

Una «mawmaw» y un «poppy», como llamaban a los abuelos los hijos de su hermana. Tías y tíos, que no aparecían pero sin duda estaban cerca, uno de ellos sujetando la cámara con la que se sacó aquella foto. Siete primos que pronto serían ocho. Su hermana más joven iba a parir en un par de semanas, según me dijo él. Sus primos iban desde la edad de Digby a la de Lavender. Primos que se parecían a él. Primos, tías, tíos y abuelos que sabían lo que era crecer en América teniendo la piel oscura. Estaban repartidos entre Georgia, Alabama y Carolina del Sur, una familia que no tenía que cambiar su visión para darse cuenta de cuándo habían cruzado al segundo sur. Una familia que siempre lo sabía.

Digby merecía tenerlos, estar con aquellos seres humanos sonrientes que estaban agrupados juntos. Poppy mecía a la bebé más pequeña con unas manos sabias que parecían haber mecido a muchos otros bebés antes que a ella. Esas manos merecían la oportunidad de sujetar a Digby, y Digby merecía que lo sujetaran.

Pero, sobre todo, Digby merecía tener un padre. Podía vetar a Batman para siempre si lo quería. En algún momento empezaría a ver a través de su resplandeciente personalidad y notaría sus defectos, los que fueran. Quizá incluso terminaría siendo un poco gilipollas, pero había un gilipollas de manual en la cocina de Birchie en aquel momento, y estaba haciéndole un chocolate caliente a su hija.

—Dios santo —dije, más como oración que como blasfemia, y noté que mi voz sonaba extraña, susurrante y ronca. Tenía que decírselo. Tenía que decírselo ahora, mientras estaba lo suficientemente aturdida, exhausta y grogui para hacerlo. Si esperaba, encontraría mil razones para no hacerlo. Me acobardaría y me convencería de que era lo lógico.

Cogí el teléfono y abrí nuestro largo historial de mensajes para después entrar en su número. Lo presioné, con el corazón latiendo con tanta fuerza que podía sentirlo en los ojos, en la garganta y en mis manos temblorosas.

Cogió el teléfono tras dar dos tonos. Al igual que J. J. cuando lo llamé desde el teléfono de su hija. Quizá ese era el número de tonos necesario para llamar a un hombre a ejercer la paternidad.

—¿Hola? —dijo.

Lo había despertado. Incluso si no fueran las cuatro de la mañana pasadas, lo habría sabido por su voz áspera. No podía responder. No sabía qué decir. Debía haber mirado la pantalla y visto que era yo, porque dijo:

—¿Leia? ¿Hola? Si me has llamado sin querer, puede que te mate después. —Pero no sonaba enfadado. Tan solo divertido y dormido.

—No ha sido sin querer —dije. Mi voz sonaba asustada y pequeña.

—Hola. ¿Estás…bien? —se preocupó. Sonaba más despierto. Un poco titubeante.

—Estoy bien, todo bien. Solo estoy… —Me detuve con el corazón latiendo con fuerza. Quería decir que lo había llamado sin querer. Quería colgar. Pero no paraba de pensar en sus sobrinas y sobrinos, todos juntos y sonriendo junto al extraño árbol de Navidad de Star Wars que habían hecho con él—. Embarazada.

Era la única manera de terminar la frase.

–¿P-perdona? –dijo, sin reaccionar. Educado. Como si no me hubiera oído bien.

–Estoy embarazada. Estamos. Tú y yo –dije, aunque él no lo estaba. Solo era yo, en realidad–. O sea, no, la biología no funciona así. Quiero decir que los dos juntos hicimos que yo esté embarazada.

Hubo un silencio, y después dijo:

–Yo...yo... –Y después dejó de hablar.

Estaba agarrando con tanta fuerza el móvil que me sorprendió que la pantalla no se rompiera en pedazos. Él estaba respirando al otro lado del teléfono como si acabara de dejar de correr. Y yo también, de hecho. Ambos estábamos jadeando como perros, casi al unísono. No estaba yendo muy bien, aunque no estaba segura de qué debía suceder para poder cualificar una llamada así como buena.

–Me gustaría que dijeras algo –pedí.

–Yo...yo... –dudó, y se detuvo de nuevo–. No puedo hablar.

–Vale –dije al teléfono–. Es comprensible.

Lo era. No había querido hablar de ello durante meses, y ahora le había despertado, bombardeando su apenas consciente oído con la noticia. Pero al mismo tiempo, una parte egoísta de mí quería que su reacción inmediata fuese distinta, o al menos más definitiva. Si tan solo hubiera gritado que era mi puto problema, o si hubiera dicho que dudaba que fuera suyo y hubiera colgado... Sería horrible, pero al menos todo estaría decidido. En un mundo ideal, podría haber hecho alguna pregunta con interés, o haber dicho palabras esperanzadoras o de apoyo.

Intenté pensar en las cosas más amables que me habría dicho mi test de embarazo si fuera una persona.

–Sé que necesitas tiempo. Tienes que asimilarlo. Por lo menos para mí fue así. No me pareció real al principio, y siento mucho haber tardado tanto en decírtelo. Pero está sucediendo, así que tienes que pensar en lo que quieres hacer. Yo sé lo que voy a hacer. Voy a tener un bebé –pensé que terminaría aquí, pero quería poner todas mis cartas sobre la mesa.

No quería que tomara una mala decisión sin considerar nada más solo porque fuese lo más fácil. No quería ser una de esas mujeres que se martirizan diciéndole al tío que las ha preñado: «No tienes por qué involucrarte. Puedo hacer esto yo sola» y a las que el público aplaude y corea, como si decirle a un hombre que su único valor es ser un recipiente de esperma y que a su propio hijo no le hará falta fuera lo más noble.

Continué hablando:

–También me gustaría que sepas que estoy contenta. Tu hijo va a ser muy querido por aquí. Y tengo suerte. Tengo un buen trabajo, una buena familia y muchos amigos con niños. Hay bebés que nacen con muchísimo menos y tienen una buena vida… Lo sé. Es solo que quiero muchísimo a este niño. Quiero que lo tenga todo. Y por eso te lo estoy diciendo. Quiero que conozca a su padre. Quiero que conozca a tu familia.

Hice una pausa más larga, y después Batman habló. Dijo solo una palabra, en bajito:

–¿Niño?

–Ah, sí. Lo siento –dije, avergonzada, porque había salido fatal. Cuando Rachel estaba embarazada, organizó una fiesta de revelación de sexo el día después de la ecografía. Mamá, Keith y yo nos juntamos con sus amigos más cercanos en su casa, llena de escuetas decoraciones blancas y negras. Rachel trajo una tarta blanca como la nieve y la puso frente a J. J. Cuando él la cortó, todo lo que se veía era rosa y relleno de fresa. Batman había descubierto que iba a tener un hijo por un desliz en la misma tensa conversación en la que se había enterado de que su rollo de una noche en una convención de fans se había complicado–. Es un chico. Voy a tener un chico.

Después mi móvil sonó y vibró directamente en mi oreja, como si fuera un insecto. Miré la pantalla, sobresaltada. Me había llegado un mensaje. Abrí la aplicación de mensajería y vi que lo había mandado él. Mientras estaba al teléfono.

«Literalmente no puedo hablar ahora mismo», decía el mensaje.

Me quedé observando las palabras, y me entró un pinchazo de miedo a que no estuviera solo. Tragué saliva. En su perfil de Facebook ponía que estaba soltero, y parecía feliz cuando cogió el teléfono, pero aun así. Tenía en la cabeza la imagen de otra mujer a la que había conocido la noche anterior y a la que también le gustaban los justicieros con capa y el tequila. Podía estar durmiendo a su lado en ese mismo instante, exhausta tras una muy larga noche creando a la hermanita de Digby.

¿Y por qué no? No me debía nada. De hecho, apenas me conocía. Solo habíamos pasado un buen rato en Facebook y tonteado por mensajes. Ahora probablemente estaba solo, pero podría tener a cincuenta mujeres a su disposición, todas guapas y delgadas y que no requerían ataduras. Quizá jugaba a *Palabras con amigos* todas las noches con mujeres diferentes que ya estaban embarazadas de él, repartidas por toda la Costa Este.

Tampoco es que importara. ¿Qué significaba eso para mí? Nada. Pero entonces, ¿por qué me picaban los putos ojos, y por qué sentía un nudo en la garganta?

—Bueno, llámame cuando puedas hablar —dije, y colgué la llamada.

Capítulo 17

Fuimos a casa de Martina Mack justo después de desayunar, cuando Birchie tenía algo de energía. Esa mañana no se encontraba especialmente bien, pero necesitaba que la gente viera a Birchie y a Wattie. Ir a la Primera Iglesia Bautista me había enseñado que incluso la comunidad más cercana a Birchie estaba dividida, y que la mayoría de la gente no estaba segura de qué opinar sobre ella. Wattie era para Redención lo mismo que Birchie para la Primera Iglesia Bautista, y esa congregación debía ser igual de activa. Wattie debía desconfiar sobre cómo la acogerían allí, lo suficiente para saltarse la ceremonia del domingo pasado.

Necesitaba que más gente estuviera firmemente de nuestro lado, sobre todo gente importante en la comunidad. El fiscal del condado estaba pidiendo un test de ADN. Si (o cuando) demostrara que los huesos pertenecían al padre de Birchie, lo que Regina Tackrey hiciera con ellos después se basaría en la opinión pública. ¿Era Birchie un monstruo pillado en el último momento o la Birch más querida del pueblo, ahora demasiado mayor y enferma para explicarse? ¿Presentar cargos se veía como un acto de justicia necesario o como una persecución a dos ancianas?

Las respuestas del pueblo se extenderían por todo el condado. De momento nos habíamos escondido y habíamos dejado que Martina y los de su especie se encargaran de dar forma a la conversación. Una mala idea, sobre todo teniendo en cuenta que los Mack y los Tackrey tenían vínculos antiguos. Si algo me habían enseñado esos últimos dos días era que Cody y Martina nos estaban llevando por un camino que terminaba en horcas y antorchas. Y escopetas.

No llevábamos ni media hora trabajando cuando Alston Rhodes llegó caminando por la avenida Crepe Myrtle, aparentemente ignorando la multitud que formamos en el jardín de Martina. Solía jugar con Martina todos los veranos, por lo que la reconocí en el instante en el que dio la vuelta por la esquina. Su pelo no había cambiado desde 1994, cuando se lo cortó para que pareciera que acababa de salir del plató de *Friends*. Iba muy maquillada, pero vestida con un pantalón de chándal y unas Nikes y arrastrando de la correa a su carlino obeso, Punchkin. Punchkin era la peor excusa para cotillear que jamás había visto. Intentó sentarse dos veces mientras Alston caminaba con él.

Además, estaba fuera de su vecindario, pero ya nos habíamos encontrado con bastante gente de la Iglesia mientras veníamos. El sistema de comunicaciones estaba activado y Alston formaba la primera misión de reconocimiento del pueblo, manteniendo cuidadosamente la mirada sobre el cielo, la hierba, los coches aparcados, los árboles y todo lo que no fuéramos nosotras mientras caminaba hacia nuestro grupo; era una mujer con un cometido. Me alegraba que hubieran elegido a Alston o que ella se hubiera presentado voluntaria. Era una buena señal. Alston se había sentado con firmeza en el lado de Birchie de la Iglesia el domingo anterior.

Dejé a Birchie y a Wattie en el porche frontal, bajo la sombra de un árbol. Eran cebo, y Alston no podía llegar a ellas sin antes pasar por Rachel y por mí, que estábamos recogiendo trocitos de papel higiénico de entre las hojas de la gardenia que estaba junto al buzón. Le di a Rachel la bolsa de basura e intercepté a Alston en la acera.

—¡Anda, hola! —dijo Alston, haciéndose la sorprendida pero genuinamente alegre de vernos fuera de nuestro escondite. En cuanto dejó de caminar, Punchkin se desplomó sobre su barriga, jadeando—. Dios mío, ¿qué ha pasado aquí?

—Tienes adolescentes —le dije, sonriente—. Creo que te lo puedes imaginar.

Ambas hicimos una pausa para ver a Lavender arrancando otra tira de papel higiénico de entre las azaleas. Frank Darian tenía que ir a los juzgados, pero Hugh estaba con nosotras. Había ayudado a Jake a traer la enorme escalera de su padre.

Era extraño ver a Jake aún en Birchville, con la cara roja y sudando a través de su polo. Cuando por fin dejé de dibujar para ir a desayunar algo, Birchie y Wattie estaban en la cocina y Lavender se había sentado en la mesa del comedor, devorando alegremente un huevo frito y unos bollitos con sirope. Me dijo que sus padres se habían ido a dar una vuelta. Me pregunté si Jake volvería del paseo. Rachel podría mandarlo a Norfolk de vuelta o, más probablemente, quizá dentro de unos años alguno de mis descendientes encontrara sus huesos escondidos en un baúl del desván. Pero Lavender no parecía estar preocupada por que su padre volviera a desaparecer. Estaba resplandeciente.

–Termina de comer y ponte los zapatos –le dije–. En cuanto estés lista bajaremos a arreglar el jardín de la señora Mack.

Jake volvió con Rachel justo cuando nos íbamos a marchar, con expresión avergonzada y los ojos rojos y cansados. Ella estaba cubierta en un manto de rubia y fría dignidad. No iban de la mano como antes, pero Jake no se fue y rechazó la siesta que Birchie le ofreció para venir a ayudarnos.

Y ahí estaba Jake sujetando la base de la escalera contra el tronco del enorme pino de Martina. Hugh Darian estaba arriba, en mi opinión a demasiada altura, intentando tirar de los trozos de papel que había tirado con tanta profesionalidad la noche anterior. No iba demasiado bien.

Había mucho rocío, y el papel higiénico húmedo se enganchaba en todo y se desintegraba con facilidad. Estábamos retirándolo prácticamente trocito a trocito. Mientras Hugh sacudía las tiras, se rompieron, y quedaron pedazos en la copa del pino, fuera del alcance de la escalera. Harían falta los bomberos o el Circo del Sol para poder llegar a ellos. En secreto desee que esos pedacitos blancos se quedaran ahí durante días, hasta que la lluvia o el viento los disolvieran o se los llevaran, lo cual probablemente no decía nada bueno de mi carácter. Parecían unos pequeños banderines que proclamaban la estupidez de Martina.

–Por Dios, ¡Hugh Darian! Esperaba más de ti. Espero que mi Connor no te ayudara... –le dijo Alston a Hugh–. Esos dos son uña y carne –me dijo a mí.

–¡No, señora! –gritó Hugh–. Solo estábamos Lavender y yo.

Tras ella, desde Crepe Myrtle, en la otra dirección, vi a Grady y a Esme Franklin caminando a paso ligero hacia nosotras. Eran una pareja rolliza y tranquila de unos cincuenta años, y acababan de vaciar el nido. Grady era diácono en la Iglesia de Wattie y era quien solía recogerlas para llevarlas a Redención cuando les tocaba. Nuestra marcha por la plaza había activado también el sistema de comunicaciones de Redención, al parecer.

Los Franklin vivían cerca, al oeste de Cypress Street. En esa parte del barrio todos tenían los mismos jardines de anuncio y los mismos ranchos de ladrillo. La mayoría de las casas estaban bien cuidadas, aunque algunas tenían jardines con áreas peladas y sofás podridos en el porche frontal, como aquí. Pero las familias blancas vivían en ese lado de Cypress Street, y este lado del barrio era blanco.

Agarré, implacable, el brazo de Alston.

–Anda, mira, por ahí vienen Esme y Grady Franklin.

Caminé rápido hacia ellos para interceptarlos, arrastrando por la acera conmigo a la reacia Alston y a su exhausto Punchkin y hablando alto y con tono feliz por encima de las quejas de ella.

–¿Os conocéis? Ven, te los presento.

Mientras intercambiábamos «buenos días» y apretones de manos, Lavender vino y se unió a nosotras. Se arrodilló frente a Punchkin, diciendo:

–Deberíamos haber traído botellas de agua. Este pobre necesita beber algo.

–¡Sí, y todas! –dije, demasiado alegremente. Lo que yo deseaba era beber tequila–. Lav, igual podrías llevarte a Punchkin y darle algo de agua de la manguera. No creo que a la señora Mack le importe. Tiene perros, y hoy parece que va a ser un día abrasador.

A Martina seguramente sí le importaría. Pero me daba igual. Yo estaba por allí haciendo trabajo de relaciones públicas. Sería maravilloso que saliera a la calle y le negara públicamente un trago de agua a un carlino. Lavender cogió la correa y arrastró a Punchkin hacia la casa.

–Sí, lo parece –dijo Alston–. ¿Estarán bien la señora Birchie y la señora Wattie ahí fuera?

Era el comienzo que necesitaba.

–No creo, pero han insistido en venir. Se sienten responsables. Lav y Hugh estaban defendiendo su honor, al fin y al cabo. –Incliné la cabeza repetidamente hacia la casa y Alston siguió mi mirada. Las cortinas de la ventana frontal se movieron; Martina Mack estaba mirando. Añadí, dirigiéndome a Esme y Grady–: La señora que vive aquí insinuó algunas cosas bastante hostiles sobre mi abuela y sobre la señora Wattie en la Iglesia el domingo.

Rachel se iba acercando a nosotras mientras yo hablaba, captando fragmentos que la ayudaban a descifrar la conversación.

–¡Oh, no! –dijo Esme. Después entendió lo que implicaba y preguntó, sorprendida–. ¿O sea que los niños le llenaron la casa de papel por eso?

–Es una forma de reaccionar propia de unos jóvenes, ¿no? –le contestó Alston a Esme, riendo entre dientes.

–Sí, pero demasiado «ojo por ojo» para Birchie y Wattie. Querían mostrarles a Lav y a Hugh que hay que ignorar esas cosas. –Lo había adaptado un poco a la audiencia de ese pueblito bautista, pero había verdad en ello. Les estaba recordando el tipo de mujeres que eran. El tipo de mujeres que siempre habían sido–. Aunque eso signifique estar de pie en medio de una humedad del ochenta por ciento asegurándose de que

271

unos adolescentes quiten hasta el último pedacito de papel higiénico de un arbusto.

Los tres intercambiaron miradas de aprobación, asintiendo entre ellos en señal de solidaridad paternal. Yo me mantuve al margen de ese momento, aunque secretamente era un miembro en ciernes de ese club.

Alston dijo:

—La verdad es que no culpo a los niños, después de las cosas que insinuó la señora Martina...

Estaba cuestionándola delicadamente, y no de forma directa, pero estaba cuestionándola igualmente. Alston estaba sacando el tema de Birchie y los huesos. Era la razón por la que todos estaban allí, ¿no? Grady parecía bastante incómodo, metiendo las manos en los bolsillos, mientras que Esme se acercó más.

—Fue horrible. Sabía que iba a ser así. Yo no quería ir a la Iglesia —dije con franqueza. Me giré hacia Esme y añadí—: Por eso no fuimos a Redención el domingo pasado. Wattie y Birchie ni siquiera han ido a la frutería ni a la mercería esta semana. No se sentían bienvenidas.

Mientras yo hablaba, Rachel dejó de fingir que estaba trabajando y se unió al grupo. De momento se había mantenido muy firme sobre no cuestionarme. No había preguntado sobre los huesos, ni siquiera de forma indirecta, desde que vio que Lav no estaba en peligro. Era como si se hubiese inmerso en la conspiración sin necesidad de saber lo que era, intercambiando su silencio y el no hacer preguntas por poder estar refugiada en casa de Birchie mientras Jake estaba ausente. Bueno, ahora estaba presente, y Alston había llevado la conversación al tema más esencial.

—Espero que la señora Wattie sepa que no es cierto. Claro que la queremos en la Iglesia —comentó Esme, y después añadió—: y a ti y a la señora Birchie también.

—Gracias —dije.

Había visitado Redención en múltiples ocasiones y Birchie

solía rezar allí cada dos semanas, pero podíamos entrar con pases diarios, porque Wattie nos quería.

–Sabíamos que algunas personas dirían las peores cosas imaginables, ¿y qué podíamos hacer? Mira lo que pasó cuando fuimos a la Iglesia Bautista. Martina sabía perfectamente que estaba haciendo preguntas que a Birchie no se le permitía responder –para contextualizar a los Franklin, añadí–: Su nieto es policía, Cody Mack.

Grady asintió.

–Lo conozco –su tono era tranquilo y cuidadosamente neutral. Conocía a Cody, por lo que parecía, bastante bien.

–¿A qué te refieres con que no le permiten responder? –preguntó Esme.

Alston dijo:

–¿Por razones legales?

Ahora tenía que entrar en la parte más jugosa, y los tres tenían ojos hambrientos. También Rachel, de hecho. Pero bueno, eran humanos y era un tema muy interesante.

–En parte sí –dije–. Pero miradla.

Todos la miramos, y quizá me vino bien que Birchie no estuviera muy fina esa mañana. Estaba haciendo movimientos con las manos, como intentando ahuyentar algo, y Wattie estaba de perfil, susurrándole algo al oído.

–¿Qué está haciendo? –preguntó Esme.

No estaba segura, pero me hacía una idea.

–Está intentando que los conejos del sexo dejen de…, bueno, de hacer lo que hacen los conejos.

–¡Los conejos del sexo! –dijo Grady.

–Sí. Tiene alucinaciones –dije–. Esta enfermedad hace que la gente vea cosas, normalmente animales o personas. También hace que tengan problemas de memoria. La policía podría preguntarle cinco veces sobre los huesos, y cada vez recibirían una respuesta distinta. ¿Quién sabe cuál podría ser verdad? Si es que alguna lo es. No podemos dejar que se incrimine a sí misma cuando no tenemos forma de saber qué es real y qué es solo producto de los cuerpos de Lewy.

–Dios santo, eso es terrible –murmuró Alston. Me puso la mano en el brazo con amabilidad y añadió, en confianza–. Ya noté que le pasaba algo a la señora Birchie en la Fiesta del Pescado Frito, cuando dijo la palabra que empieza por «P» y...–Se detuvo.

Me llevó un segundo darme cuenta de cuál era «la palabra que empieza por P». Se me pasaron por la cabeza varias posibilidades peores hasta que caí en la cuenta de que la palabra a la que Alston se refería era «pene». Era un término médico, pero, como Birchie lo había utilizado para describir una parte del cuerpo del pastor asociado que se utilizó para cosas ilícitas en la sala del coro, resultaba lo suficientemente profana para tener que utilizar un eufemismo.

Yo asentí, y dije:

–Puede que nunca sea capaz de contarnos lo que pasó.

Otra exageración, aunque no era del todo mentira. La mayoría de mañanas, después de dormir bien y de tomar un buen desayuno, mi abuela parecía ella misma. Pero no había forma de saber cuántas buenas mañanas le quedaban. Aquel día no eran ni las diez de la mañana y ya estaba ahuyentando conejos. Si la policía la interrogaba en un mal día, era capaz de decir cualquier cosa.

–¿Así que ni siquiera vosotras lo sabéis? –preguntó Esme, sorprendida, mirándonos a mí y a Rachel.

–No. No tenemos ni idea –dijo Rachel con honestidad. Yo negué con la cabeza, algo menos honesta.

–¿Y Wattie? –preguntó Grady.

–Tampoco –mentí con seguridad, mirando a Grady a los ojos.

–¿Le has preguntado? –quería saber Esme. La simulación de que aquello no fuese una misión de reconocimiento se había caído ahora que yo estaba hablando directamente del tema. No era muy sureño por mi parte.

–¡Por supuesto! –dije, más cómoda. Ya había dicho la mentira importante, la que tenía que decir para proteger a mi abuela y a su más querida amiga. Todo lo que me quedaba por decir era totalmente cierto–. Entre nosotras, yo habría hecho exactamente lo mismo que Wattie. Habría ayudado a Birchie a mover el baúl si me lo hubiese pedido. Que le den a la ley. Está enferma, y Wattie la quiere mucho –dije delante de tres bautistas de pueblo, pero estaban tan interesados que apenas pestañearon ante aquella ligera blasfemia–. Sinceramente, no me importa quién está en el baúl ni cómo llegó hasta ahí. Ya no. He aceptado que tampoco sabré jamás por qué...

Se me quebró la voz, y eso no era actuado. Sí quería saber el porqué. Quería que Birchie me lo dijera. Pero, incluso si nunca lo hacía, creía firmemente en lo que iba a decir a continuación:

–Conozco a Birchie. Conozco su carácter. Tú también, y Wattie, y todo el pueblo. Lleva siendo la misma persona desde hace casi un siglo. Pasó algo malo entremedias, pero una caja con huesos no puede borrar los noventa años en los que Birchie ha sido ella misma. No importa qué hizo, qué sabía o qué ocultó, yo la perdono. Es demasiado tarde para cualquier otra cosa. Es muy mayor, y está demasiado enferma para explicarse o defenderse. Así que la perdono por lo que sea que haya que perdonar, y voy a defenderla. Y Wattie también. No vamos a escondernos en casa como si nos avergonzáramos de ella. Vamos a ayudar a mi abuela a seguir con su vida durante el tiempo que pueda, y no dejaremos que la gente la cuestione o la juzgue. Wattie no lo permitirá. Y yo tampoco. No puede ser.

Esas eran las poderosas palabras de Birchie. Las dije por ella, haciendo uso de su autoridad y su entonación, y Alston levantó la barbilla en respuesta. Esme se acercó y me dio un golpecito en el hombro.

–Muy bien –dijo Esme, y Grady la siguió–. Muy bien por las dos.

–Claro que conocemos a tu abuela. He conocido a la señora

Birchie durante toda mi vida. –Los ojos de Alston brillaban, y se le pusieron rojos mientras hablaba.

–¿Muy bien el qué? –dijo Lavender. Había vuelto con Punchkin.

Alston sacudió la cabeza ligeramente. Le sonrió y cogió la correa de Punchkin.

–Tú no te preocupes, señorita. ¡Tienes trabajo que hacer! Y yo aquí estoy, de charleta y dejando que me baje el ritmo cardiaco.

–Ah, sí, nosotros también –dijo Esme–. El doctor de Grady dice que tiene que caminar por lo menos tres kilómetros todos los días.

Se detuvieron solo para saludar a Birchie y a Wattie, y después Esme y Grady se apresuraron hacia su casa, desapareciendo al girar la esquina. Alston también se fue a una buena velocidad, pero el pobre y anciano Punchkin se arrastraba tras ella, sufriendo. Después de un par de arduos pasos, se paró y lo miró con desesperación y cariño. Él volvió inmediatamente a desplomarse sobre su tripa. En Birchville a los cotilleos se les llamaba «noticias», y tenerlas te aportaba valor en la sociedad. Acababa de darles muchas a Alston y a los Franklin, y los cotilleos no esperaban a ningún perro exhausto. Alston lo cogió y se lo puso bajo el brazo como si fuera un bolso peludo, y después continuó caminando a buen ritmo.

Todas volvimos al trabajo. Alston debía haber cogido el móvil en el segundo en que desapareció de nuestro campo de visión, porque no habían pasado ni diez minutos cuando Darnette y Larry Pearson salieron de su rancho de ladrillos rosas, paralelo al de Martina. Cada uno de ellos cargaba con una cómoda silla acolchada de su patio trasero. Fueron directos hacia Birchie y Wattie y colocaron las sillas en la sombra para charlar con ellas.

Esperaba que nadie le hiciera a Birchie preguntas que no debía responder. Especialmente porque ya había empezado a ver conejos. Wattie estaba ahí en caso de que alguien lo intentara, y yo había sido lo más clara posible al hablar con Alston y con los Franklin. Seguía recogiendo pedacitos de papel higiénico, manteniéndome ajena al pueblo mientras se movía y agitaba. El aire parecía estar cargado con cientos de llamadas telefónicas llevándose a cabo simultáneamente y que se expandían por las rutas aéreas. Pero las sillas eran una buena señal, sobre todo porque los Pearson decidieron sentarse en la sección central el domingo pasado. Eso podría cambiarlos al lado de Birchie.

Durante la siguiente media hora, incluso los bautistas más sedentarios de ambas Iglesias tuvieron la repentina necesidad de dar paseos matutinos que pasaran justo por delante de la casa de los Mack. La mayoría de esas personas no habían presenciado personalmente el baúl siendo abierto. Solo habían oído cosas sobre los huesos, la calavera con las cavidades oculares vacías y la reveladora cicatriz de la cabeza. Oírlo no era lo mismo a verlo.

Allí, en el soleado jardín, a la gente le resultaba difícil imaginarse a Birchie con un martillo o a Wattie robando un coche. Hasta a mí se me dificultaba imaginar esas cosas, aunque hubiera presenciado el choque de Wattie contra el buzón. También había puesto calcetines sobre los pies descalzos de Birchie mientras hacía el gesto de golpear con el martillo, con los ojos azules vacíos y sin ápice de sentimiento de culpa. Todo eso parecía un sueño desagradable ahora, al ver a la gente de ambas Iglesias solidarizándose con ellas.

Dejé de trabajar y tan solo observé cómo los coches aparecían. Estaba lleno de gente que vivía demasiado lejos para venir andando. Conté emisarios de más de treinta familias, y muchos eran gente de la Iglesia que había tomado asiento en el centro el domingo. Incluso vi a RaeAnn Leefly, que estuvo sentada en los bancos detrás de Martina. Estaba rígida e incómoda al principio, pero se relajó cuando Birchie le preguntó por su herpes zóster y por su hija pequeña, que estaba teniendo problemas matrimoniales en Montgomery. Birchie, por muy enferma que estuviera, estaba tan inmersa en la vida diaria de Birchville que recordaba todo. O quizá era Wattie susurrándole y recordando cosas por ella, pero sin duda había cariño detrás de todas las preguntas.

A mi abuela le estaba viniendo bien estar entre amigos otra vez. Sus pequeños ojos azules brillaban y no paraba de oír su risa de señorita mientras terminábamos. Todavía podía ver algunos movimientos en las cortinas de vez en cuando. Martina Mack no debía estar disfrutando aquello. El placer de vernos sudar recogiendo papel en su jardín debía estar siendo amargo para ella. Bien.

—Se les dan bien las multitudes, ¿eh? —me susurró Rachel, a lo que yo asentí.

Pero era más que eso. Mi abuela y Wattie habían sido una fuerza importante en la vida de toda esa gente. Una fuerza para el bien. Habían llevado mantas tejidas a mano para dar la bienvenida a nuevos bebés y bandejas calientes de guiso de jamón y patatas para incontables funerales. Birchie era la propietaria del terreno donde estaban las tiendas, y en años duros les había ayudado a mantener sus negocios y en algunos casos, sus hogares. El marido de Wattie había sido pastor en Redención durante décadas y Wattie había compartido con él su labor, enseñando en la escuela dominical, aconsejando a novias y sentándose con aquellos que sufrían.

El jardín estaba lleno, con gente saliéndose por la carretera, y me di cuenta de que jamás había visto a tantos miembros de las dos congregaciones juntos. Parecía como si Birchie y Wattie estuvieran dirigiendo una asamblea bajo un árbol, sentadas lado a lado con las barbillas elevadas y las piernas cruzadas. Un constante flujo de peregrinos les traía sonrisas, noticias y, en el caso de Lois Gainey, un plato enorme de magdalenas. Birchie y Wattie tomaron las ofrendas como su simple cometido, siendo dos ancianitas que hacían de enlace entre las dos comunidades que se reunían en el jardín. Eran un solapamiento humano.

Dentro de mí crecía un niño que pertenecía a ese jardín. Ese día, en esa hora irrepetible, el jardín de los Mack parecía suyo por derecho de nacimiento.

Un coche familiar aparcó, lleno hasta arriba con los miembros de la enorme familia Ridley. Los niños salieron de la parte trasera con jarras de limonada fresca y un *tupperware* lleno de galletas de jengibre. Empezaron a servir bebidas y a repartir galletas.

La pequeña Denise Ridley corrió hacia mí con sus trenzas rebotando, llevando un pequeño vasito con estampado de flores. Me tendió la pequeña ración de limonada junto a una galleta igual de pequeña.

–Gracias, cielo –le dije.

Me metí la galleta en la boca. Bebí el contenido del vaso, todo mientras observaba la congregación a la que pertenecía mi hijo, a sabiendas de que solo existía durante ese momento. Tragué y sentí que estaba participando en una unión especiada, agria, extraña y rara. Era el sabor del mundo como yo quería que fuera.

Dentro de la casa las cortinas se movieron. El mundo real estaba presente y observando. Aquella paz, aquella belleza, eran temporales. El mundo, tal como era, estaba todavía viniendo a por nosotras.

Capítulo 18

De camino a casa, se quedó atrás a propósito, mirándome y arqueando las cejas. Lo único que pensé fue «¿Qué pasa ahora?». La mañana había sido como una bocanada de aire fresco y dulce incontaminada por mis problemas. Quería quedarme ahí y seguir respirando ese aire. Cuando Rachel me tiró de la manga para mantenerme junto a ella, una imagen se coló en mi cabeza: una foto de color azul cielo que no paraba de aparecer en mi página de inicio de Facebook. Llevaba unas letras en color blanco que decían algo sobre que Dios nunca le da a una persona más de lo que puede manejar. Tuve el repentino e irracional impulso de pedirle a Rachel que me disculpara un segundo. Lo suficiente para encontrar a cada amigo que hubiera compartido esa imagen y pegarles una bofetada en el rostro engreído.

Terminé resignándome a mantener su ritmo, y Rachel se ralentizó aún más. Tenía que esforzarse bastante para poder ir por detrás de Birchie y Wattie. Iban agarradas por el brazo, marcando el ritmo la una a la otra mientras paseaban lentamente hacia casa. Jake y Hugh estaban al frente, llevando la delantera con dificultad al estar cargando con la gran escalera de Frank Darian. Lav había ido delante del todo para estar con su padre y ni siquiera fingió ayudar con la escalera; tan solo estaba cotorreando con Jake.

Seguí el ritmo de caracol de mi hermanastra, y cuando estábamos lo suficientemente atrás para que nadie nos escuchara, habló:

—Jake nos ha dicho que lo llamaste. —Estaba cabizbaja y sus mejillas se sonrojaron ligeramente—. Quería darte las gracias.

No era lo que me esperaba. Me había entrometido, al más puro estilo Rachel, en su sagrada vida privada. Esperaba que Jake no se lo dijera a ella y a Lav, porque no necesitaba ver a mi hermanastra abrir las fosas nasales e invitarme fríamente a alejarme de sus asuntos.

–Quiere que vayamos a terapia. Ya veremos. Mañana nos iremos a casa para empezar por lo menos a solucionar la parte de papeleo de este desastre.

No era solo un gracias, también era información sobre su vida. Sobre la parte mala de su vida. Yo siempre había sido la primera a la que Rachel llamaba cuando Jake la sorprendía con un crucero o cuando Lav entraba en la lista de mejores alumnos, pero las cosas tristes se las guardaba para ella. Quizá eso eran sus buenas noticias, lo mejor que podía contar. Aun así, el ritmo lento de nuestro paseo era algo nuevo y acogedor. Echó un vistazo a mi cara y dijo:

–Ya nos han hecho una oferta por la casa, así que eso va bien. No me sorprende, está en la costa. Ahora tenemos que decidir qué hacer después. Me dijiste que podríamos quedarnos en tu casa un tiempo…

–Por supuesto –dije–. Solo prométeme que no te pondrás a reorganizar mis armarios.

Rachel rio entre dientes y enlazó su brazo con el mío.

–Lo intentaré.

Me sacaba una cabeza, lo cual nos desequilibraba a las dos. De todos modos, me mantuve agarrada a su brazo mientras salíamos del barrio y caminábamos hacia la plaza. Por primera vez en nuestra larga relación de casi hermanas, parecíamos estar a la par. Rachel no estaba sacudiendo su trofeo a la «menos jodida» y mirándome por encima del hombro ofreciéndome su ayuda. Y yo tampoco. Ninguna de las dos estaba intentando ya obtenerlo.

No tenía ninguna esperanza de que eso durara. Ella encarrilaría su vida, ofreciendo orientación económica y emocional para su familia. Volvería a su trabajo y a ser increíble; había sido una organizadora de bodas muy eficiente los años antes de tener a Lavender. En todo caso, seguramente había perfeccionado esas capacidades después de convertirse en esposa y madre a tiempo completo. Esperaba que su matrimonio sobreviviera, pero, por el bien de Lavender, si Rachel se divorciaba de Jake, lo haría de una forma tan perfecta que la separación amistosa de Gwyneth Paltrow parecería una pelea de bar. No dudaba en que *Rachel: El retorno* iba a ser una gran historia épica, con múltiples moralejas e infinitas oportunidades para que me las explicara, pero pensé que, después de lo ocurrido en Birchville, no me iba a molestar tanto.

Estábamos llegando al parque a través del lado trasero de la plaza. Jake y Hugh giraron a la izquierda para dar la vuelta por el lado que los dejaría más cerca de la casa de los Darian. Birchie y Wattie giraron a la derecha, y Lavender se quedó atrás para unirse a ellas. Rachel y yo seguíamos detrás, y ahora era yo la que mantenía nuestro ritmo ralentizado. Quería arreglar algunas cosas propias en este inusual momento en el que Rachel era vulnerable.

—Rachel, siento mucho que Violet se parezca a ti —dije—. No está basada en ti, pero... —Esto fue difícil de decir—: Quería que fuera guapa. Y tú eres la idea de guapa en mi cabeza.

Eso le hizo sonreír, pero no con esa sonrisa irritante que parecía haber bajado hacia mí desde el Olimpo de los dioses. Me agarró del brazo con un poco más de fuerza.

—¿De verdad? Eso es muy bonito. Pensaba que la habías dibujado así para reírte de mí —dijo—. Es muy estúpida. ¿Qué tipo de chica va dando saltitos por un callejón con tan mala pinta?

—Es una metáfora —expliqué—. Pero al parecer yo soy ese tipo de chica, porque en realidad está bastante basada en mí.

Seguimos caminando, girando a la derecha para seguir a Birchie, Wattie y Lav hacia casa. Mi hermanastra preguntó:

—¿Crees que están enamoradas?

—No, la verdad es que no —dije, aunque era una teoría muy popular en los foros de *Violence in Violet*.

Los locos por los *ships* que querían que estuvieran enamoradas discutían con aquellos obsesionados con Jekyll y Mr. Hyde, que pensaban que Violet se convertía en Violence cuando se veía amenazada. Había un tercer grupo que pensaba que Violence no era real, sino que solo era una extensión de la voluntad de Violet. Un pequeño grupo pensaba que Violet no era real. Era bastante rebuscado, pero escribían páginas y páginas «demostrando» que Violence se la había inventado como excusa para poder volar por los aires el planeta.

Me preguntaban acerca de esas teorías todo el rato en las convenciones y en mi página de fans, pero siempre decía que la gente tenía que tomar sus propias decisiones. De todas formas, en mi cabeza, Violence era real y Violet era un ser separado, porque yo me veía a mí misma en ella. Quería que Violence, que comía a personas y terminó por destruir la tierra, estuviera separada de mí.

Pero ahora había estado de pie en el balcón de la Iglesia Bautista, mirando desde arriba a Birchie y a Wattie. Me sentía capaz de hacer el mal. En ese momento habría tirado abajo el techo de la Iglesia justo encima de la mitad de la gente si hubiera tenido superpoderes. También me habría comido tranquilamente a Martina Mack de dos bocados, frágiles y escuálidos. Resulta que sí había algo feroz en mí. Al igual que un día, sesenta años atrás, hubo algo feroz en mi abuela.

La Violence que había en mí era la que había destruido cada relación que podría haberse convertido en algo real. Me di cuenta cuando acepté esa débil disculpa de Jake, que iba dirigida a mí, a su hija y quizá también a Dios. Cuando acepté mi parte de la disculpa sentí como si estuviera aliviando un dolor tan antiguo que ya estaba acostumbrada a él. Tanto que no me había dado cuenta de su presencia cuando destruía todos mis posibles futuros y reducía a cenizas todas las familias que podría haber tenido.

Pensé que quizá aquellos obsesionados con Jekyll y Mr. Hyde habían tenido razón todo el tiempo.

Dije, principalmente dirigiéndome a mí misma:

—Siempre me había imaginado a Violence como maternal o como una hermana mayor, pero no como nada romántico. Ahora que lo pienso, ¿y si Violet realmente es Violence? No he sido capaz de escribir una historia sobre su origen que no la incluya. No puedo imaginarme a Violence sin ella. La forma en la que la mira, con sus pajaritos y conejos, dulces e inocentes…, quizá así es como se ve a ella misma al principio. Está protegiéndose a sí misma, y no lo sabe.

Me emocioné bastante por la idea, pero Rachel estaba riéndose.

—No estaba hablando de tus historias —dijo ella—. Me refería a ellas. A Birchie y a Wattie. ¿Crees que están enamoradas?

Estaba teniendo buenas ideas, pero eso me sacó completamente de mis imaginaciones.

—¡Ugh! ¡Claro que no! —respondí inmediatamente. Caminaban frente a nosotras y estaban girando por la última esquina, agarradas del brazo y charlando con Lavender. Tenían casi la misma altura y sus hombros se tocaban en un ángulo perfecto—. ¡Ambas estaban casadas!

—¿Y? —dijo Rachel—. Era otra época. Quizá…

—Ni de coña —la interrumpí.

Mi abuelo había muerto antes de que yo naciera, pero sí había conocido al marido de Wattie. Habían tenido un buen matrimonio. Él siempre tenía la mano sobre su cadera, su espalda, su hombro, y ella siempre se acercaba a sus caricias. No me podía imaginar a Wattie teniendo hijos con él, trabajando con él en la Iglesia, llamándolo «Big Bear» y estando mientras tanto enamorada de mi abuela en secreto.

—¡No seas grosera!

—Y luego dices que yo soy homófoba… —dijo Rachel delicadamente, sin rencor.

Yo reí.

—Lo eres. Un poco. Mira, no es eso. Compartieron cuna, Rachel. Prácticamente tuvieron la misma madre.

Birchie me había contado historias sobre Vina de la misma forma en que yo le contaría algún día a Digby historias sobre Birchie. La base de tarta que ella y Wattie preparaban era la receta familiar de Vina. Birchie estuvo al lado de Vina con Wattie y sus hermanos mayores cuando murió, y llevaba flores a su tumba cuatro veces al año.

—Vina trató a Birchie como a una hija. Ella y Wattie apenas se llevan un año. Se criaron juntas.

—Pero no están emparentadas de sangre —apuntó Rachel, girando ligeramente la cabeza mientras las observaba.

—Tú y yo tampoco —le dije—. ¿Insinúas que si fuéramos lesbianas me darías un morreo?

—¡Ugh! —resopló Rachel al segundo.

Yo reí entre dientes.

—Te gustaría que nos tumbáramos en la playa e hiciéramos...

—¡Para! ¡Ugh, para! Voy a necesitar que me laven el cerebro. ¡Vale, vale! Ya lo he pillado.

Otro muy buen momento. Ambas retomamos la velocidad, ganando terreno, quizá para dar por finalizada esa conversación casi perfecta antes de que se volviera contra nosotras. Ya estábamos cerca de la Primera Iglesia Bautista, casi en casa. Viendo a mis pequeñas ancianitas pensé en que debería haber traído un parasol. No me gustaba ver cómo el sol les daba directamente, convirtiendo el cabello corto y rizado de Wattie en plata derretida y rebotando sobre el voluminoso moño de Birchie.

Mientras las alcanzábamos, Rachel dijo:

—Dejando el incesto a un lado, yo creo que podrías haber hecho a Violet parecida a ti. Eres muy guapa, Leia. —Agradecí el cumplido, pero después añadió lo siguiente—: Aunque más gente se daría cuenta si me dejaras hacerte las cejas. También has ganado un poco de peso. Cuando estés en casa, si quieres podemos ir juntas a correr. Voy a tener que renunciar a mi suscripción del gimnasio...

Negué con la cabeza y le golpeé el hombro con el mío. Ahí estaba Rachel, incapaz de contenerse, lista para encargarse de mi peso y de cualquier otra cosa que no fuera perfecta. Aunque, de alguna forma, no me fastidiaba.

Lav vio que nos acercábamos y dio un paso atrás para alcanzarnos, insertándose entre nosotras y cogiéndonos de la mano. Hizo que nuestros brazos se balancearan.

—¿Estás lista para volver a casa mañana? —preguntó Rachel.

—¡Sí! —dijo, despreocupada—. ¡Pobre Hugh!

Ella tiró de nosotras hacia delante, casi saltando, cambiando nuestro ritmo con su emoción de adolescente y acercándonos a Birchie y a Wattie mientras cruzábamos la calle hacia nuestro jardín. Me quejé, pero mantuve su ritmo, con ganas de llegar a casa. Digby y yo necesitábamos tumbarnos.

Junto a mí, Birchie y Wattie caminaban juntas hacia la entrada, pero de repente se detuvieron en seco, observando el porche.

—¿Qué pasa? —dije—. ¿Estáis bi...?

Seguí sus miradas, y lo vi sentado en el columpio del porche, leyendo. Me quedé helada y dejé de hablar. Sentía que mi corazón había dejado de latir, o quizá solo era el tiempo, que se había tomado una pausa.

—¡Ostras! ¡Si es Batman! —dijo Lav.

Pero no era Batman realmente.

Era Selcouth Martin, prácticamente un desconocido, con su cuidado corte de pelo, recto por los lados y con forma cuadrada en la parte de arriba, en vez de una capucha. Tampoco llevaba capa ni cinturón de herramientas; solo unos vaqueros oscuros, una camiseta gris y unas Converse bajas de color rojo. Estaba inmerso en la lectura de una novela gráfica, esperando bajo el sol donde ayer Jake había esperado en medio de la noche, sentado en el mismo columpio y con el mismo propósito. Selcouth Martin había venido para encargarse de su hijo.

—¿Batman? —preguntó Rachel, confundida.

–¡Sí! –dijo Lavender, emocionada y apretándome la mano con tanta fuerza que casi me hacía daño–. ¿Es él, no? ¡Es él!

Mi boca seguía sin funcionar, así que me venía bien que se hubiera respondido a sí misma la pregunta. Estaba allí, en vivo y en directo, en la puerta de mi casa solo unas horas después de mi llamada. Sabía que estaba quedándome con mi abuela en Birchville, por lo que debía haber puesto el nombre del pueblo en el GPS y haberse dirigido a mí. Había hablado bastante sobre el pueblo. Recordaba haberle dicho que Birchie vivía justo frente a la Iglesia de la plaza. ¿Había encontrado la casa por su cuenta? Solo esperaba que no hubiera parado en la cafetería Brother's Café o en la gasolinera Tiger Gas para preguntar dónde vivía. El pueblo se llenaría de especulaciones, sobre todo si llevaba esperando en nuestro porche más de cinco minutos.

Birchie y Wattie me miraron, y los ojos de Birchie brillaban como los de un pajarillo.

–¿Es él? –susurró Birchie.

Se agarró con más fuerza al brazo de Wattie y soltó una extraña y vibrante risita, que tenía un toque histérico que no me gustó. «Quizá deberíamos haber ido en coche a casa de Martina», pensé, pero después Birchie añadió:

–Wattie, ¡creo que es el padre!

Wattie entrecerró los ojos, especulando, y después dijo:

–No me esperaba a ese jovencito –con tono seco.

–¿El padre de quién? –preguntó Rachel, pero estaba demasiado anonada para poder responder. Miró a Batman y lo vio pasar una página. Estábamos todavía en la entrada hablando en bajo, por lo que aún no nos había visto–. Es… Leia, ¿tienes novio?

–¿Lo sabéis? –les pregunté a Birchie y a Wattie, cuando mi boca decidió permitirme emitir esas dos palabras.

–Oh, cariño, claro que lo sabemos –soltó Wattie, como si estuviera haciendo una pregunta tonta.

–¿Saber el qué? –dijo Rachel–. ¿Es su novio secreto? ¿Lo

has mantenido en secreto porque es negro? —Bajó de volumen cuando dijo esa última palabra. Miró a Wattie con expresión arrepentida y le dijo—: O sea, porque no somos negros. No tenemos a nadie así en la familia.

—Lo supimos en cuanto te vimos —dijo Wattie, ignorando a Rachel.

Birchie añadió:

—Estás igual que yo cuando llevaba cuatro meses.

—¿Cuatro meses dónde? ¿Qué me estoy perdiendo? —continuó Rachel, que empezaba a frustrarse—. ¿Quién es Batman?

Lo dijo lo suficientemente alto para que nos oyera. Miró hacia delante. En cuanto nos vio, metió el libro en la bolsa de deporte que tenía junto a los pies.

Se levantó, alzando la mano, normal y sin guantes, para saludar, incómodo. Su camiseta tenía una imagen de la evolución del ser humano, con un *Homo habilis* al principio de una línea de figuras que se volvían más altas y rectas. Al final de la línea, un enorme robot estrangulaba a un hombre moderno. Era una broma, pero en Birchville no haría gracia. Ni Birchie ni Wattie pensaban que hubiera nada gracioso sobre la evolución.

—El peso se te está yendo sobre todo a las caderas —dijo Wattie.

—En nuestra familia eso significa que es un niño —comentó Birchie.

Rachel nos miró a todas una a una, confusa. Pestañeó y negó ligeramente con la cabeza, y después vi en su rostro que lo había entendido. Se giró de golpe para mirarme.

—¿Mamá lo sabe? —Yo negué con la cabeza y sus ojos se abrieron, horrorizada—. ¡Oh, Dios mío! ¡No debería haber dicho que estabas gorda! ¡No estás gorda!

Era algo tan Rachel que sentí como una burbuja de risa histérica y salvaje se hacía paso dentro de mí, y tuve que esforzarme para contenerla.

—Vamos —nos animó Birchie, y cruzó el jardín hasta las escaleras del porche, emitiendo una larga exhalación. Estaba diciendo algo, como si fuera un suspiro lleno de sílabas «Papá, papá, papá», es lo que decía. No sabía si se refería a Batman o a su propio padre. Al que mató con un martillo. De cualquier forma, se había esforzado demasiado esa mañana.

Yo la seguí. Todas lo hicimos. Cuando llegamos al final de las escaleras del porche, Selcouth Martin cogió la bolsa y se acercó a la parte superior de estas. Estaba diferente, mejor que en sus fotos de perfil. Había asumido que quizá lo había visto con otros ojos debido a la cerveza y al tequila en la FanCon, pero simplemente no era fotogénico. Ahora estaba viendo al hombre al que me había llevado a la cama. Allí estaban su preciosa boca y su estrecha mandíbula, esos ojos grandes y las pestañas ridículamente largas. Las fotos no hacían justicia a lo bien que combinaban sus rasgos en persona. «Por lo menos para mí», pensé, y noté como se me enrojecían las mejillas.

Lavender nos soltó la mano y subió corriendo las escaleras sobrepasando a Birchie y a Wattie para llegar primero a él.

–Hola, Batman –dijo, riendo entre dientes.

–Hola –dijo Batman.

–¿Lavender conoce a tu novio? –preguntó Rachel, susurrando. Después añadió, en voz más alta–: Espera, ¿Lavender sabe que estás embarazada?

Selcouth Martin la oyó. Tensó la mandíbula y yo le lancé una sonrisa de impotencia. Pensaba que me llamaría durante los siguientes días o que me mandaría un mensaje para que nos reuniéramos en su canal de TeamSpeak. Había asumido que tendría tiempo para pensar en qué pasaba después. Pero estaba pasando en ese mismo momento.

–Entra, que hace mucho calor –le dijo Wattie, abriendo la puerta.

Los seguí a todos, pero no me parecía que estuviera escapando del calor. Ni por asomo. Estaba entrando en él.

Capítulo 19

Nos adentramos en fila por el vestíbulo, entre la sala de estar y el gran comedor formal. Lavender había dejado sobre la mesa el pegajoso plato del desayuno y un tenedor con yema de huevo que se estaba solidificando, pero por lo demás la casa de Birchie estaba inmaculada, como siempre. Birchie y Wattie se detuvieron frente a las escaleras y al pasillo central, girándose hacia nosotros. Nos colocamos en una especie de semicírculo desordenado mirándolas, como si todos fuéramos niños que se habían portado mal.

Estaba yo, después Rachel, luego Lav y finalmente Selcouth Martin al final, sujetando su bolsa de deporte. Lav estaba pegada a él, con los ojos muy abiertos y una sonrisa deslumbrante. Yo había invocado a su padre, y ahora su emoji de una rana diciendo ¡HOLA! había traído hasta allí al de Digby también. Estaba encantada consigo misma.

Eché un vistazo al final de la fila para verlo, y su expresión era indescifrable y estoica. Su llegada había sido tan rápida que parecía estar decidido, como si ya supiera lo que tenía que hacer. Eso me asustó. Barajé los escenarios posibles: quizá estaba allí para obligarme a firmar un papel que lo absolviera de la paternidad. O no, igual quería reclamar la custodia compartida desde el principio. ¿Acaso era legal que me hiciera enviarle un bebé recién nacido a doce horas de Norfolk cada fin de semana? Le había llamado porque Digby se merecía tener un padre y conocer a la familia de este. Pero ahora Selcouth Martin estaba allí, en Birchville. Era una persona real, de carne y hueso. Tenía un corazón latente y un cerebro lleno de ideas propias. Y me aterrorizaba pensar en cuáles podrían ser.

Me detuve, paralizada en la entrada de casa con mi familia como si fuera un ciervo que se siente más seguro en medio de la manada. Pero los ciervos no hablan. ¡Vaya lujo! Deseé no ser capaz de hacerlo tampoco en el momento en que empecé a presentarlo y me di cuenta de que nunca le había escuchado decir su nombre. Por lo menos, no estando sobria. No que yo recordara. ¿Y si decía «Sel-cauz» y me corregía diciéndome «No, en realidad es Sel-coz», dejando claro al instante que estaba embarazada de un hombre cuyo nombre no sabía siquiera pronunciar? De hecho, era cierto, pero no era el tipo de cosa que me gustaría incluir al anunciar un nacimiento. Tampoco es que pudiera decir «Este es Batman», como si fuera Lavender. Presentarlo como «señor Martin» parecía demasiado formal, considerando que estaba embarazada con su bebé.

Así que me quedé en blanco. Fue solo un segundo de silencio incómodo, porque Birchie saltó al ataque, con tanta rapidez que hasta mi hermanastra experta en ser sociable quedó reducida a cenizas.

—Soy Emily Birch Briggs, joven. La abuela de Leia —anunció, dando un paso al frente con la mano extendida. Sus ojos aún brillaban, como si hubiera un incendio de fuego azul encendido tras ellos—. ¿Y usted es?

—Selcouth Martin —dijo, estrechándole la mano.

Vale, al menos ahora sabía que era «Sel-cuz». Después añadió:

—Casi todos... me llaman Sel.

—Se podrá imaginar que todas tenemos mucho interés por conocerle, señor Martin —dijo mi abuela, manteniéndose aparentemente bajo control. Pero esa mañana había lidiado con conejos en sus pies, y después había estado susurrando «papá». Estaba pálida, y aunque la casa estuviese tan fresca que el aire llegaba a ser frío, se le formó sobre la frente una ligera capa de sudor—. Mi pregunta es: ¿cuánto hace que sabes lo del bebé?

Selcouth, o, más bien, Sel, echó un vistazo rápido a su reloj y dijo:

–Uhm… desde hace unas siete horas.

–Seis horas y cincuenta y cinco minutos más que yo –dijo Rachel, en bajo y resentida.

–Bueno, él es el padre –le susurré.

En un mundo ideal, él lo habría sabido desde mucho antes. En un mundo en el que sabía sus horarios y cómo pronunciar su nombre. Seguía dándole vueltas en la cabeza a todas las posibles razones siniestras para que se hubiera presentado allí, y mis peores escenarios se expandían: quizá quería la custodia primaria. O igual intentaba amenazarme para que abortara.

–¿Y encima mi hija adolescente lo sabe? –susurró Rachel, lo cual me hizo perderme la primera parte de lo que estaba diciendo Wattie.

–…vuelos desde Norfolk. Has tenido suerte de poder montarte en un avión –dijo, con tono de aprobación.

Sentí el calor de mis mejillas que se sonrojaban. Atlanta estaba a solo dos horas en coche, pero, al igual que Rachel, Wattie estaba asumiendo que Sel Martin era mi novio y que había venido en avión desde Virginia.

Eso, por supuesto, no tenía ningún sentido para Sel, que dijo:

–Yo… eh…

Lo salvé continuando bruscamente con las presentaciones, posponiendo lo inevitable mediante buenos modales:

–Esta es la señora Wattie Price, nuestra querida amiga de la familia.

Él le tendió la mano, asintiendo, solemne y en silencio. Parecía más tímido que en la FanCon. Pero, claro, en aquella sala estaban mis familiares y su hijo nonato.

–Esta es mi hermanastra, Rachel, y su hija, Lavender.

Él me miró de reojo mientras se giraba para darle la mano a Rachel, y había olvidado lo oscuros que eran sus ojos. Lejos del sol, a esa distancia, parecían negros, tanto que no podía distinguir el iris de la pupila. Hacían que su expresión fuera difícil de leer. Tuve la urgencia repentina de acercarme.

Acercarme mucho, lo suficiente para entrar en él y ver qué estaba pensando.

Se giró hacia Lavender, tendiéndole la mano. Ella se la estrechó con ambas manos y le sonrió, tan emocionada que apenas podía contenerse.

—¡Yo fui quien te encontró! —proclamó ella.

Él pestañeó, desconcertado, y dijo:

—Acaso estaba, eh…

«Perdido», pensé yo. Esa era la palabra que terminaba su pregunta pero que se le había quedado atascada. Prácticamente podía verla ahí, estancada. Tuve la necesidad repentina de decirla por él, pero me contuve. Me pareció que era indiscreto e impertinente hablar por él.

Cerró la boca, tragó saliva y una palabra distinta salió por su boca:

—¿Extraviado?

—¿No se lo dijiste? —me preguntó Lav, girándose ligeramente hacia mí y soltando una risita, y después le dijo a Batman—: Yo te envié el emoji de la rana.

—¿Qué? —le dijo él, y su mirada volvió a encontrarse con la mía.

—¿Qué? —repitió Rachel, severa—. No entiendo cómo has llegado aquí tan rápido desde Norfolk.

—No, es de Atlanta —le corrigió Lavender, tan contenta y nerviosa como un cachorro.

—Vaya, vaya —dijo Wattie, casi a sí misma—. Hijos, estáis en un buen lío.

Lav seguía explicando:

—Se conocieron en la FanCon, y ella le perdió la pista, pero lo encontré en Facebook. Bueno, Hugh y yo lo encontramos.

Lo decía como si todo esto fuera muy romántico, como si estuviéramos en una escena de una de esas películas antiguas de Julia Roberts que le encantaban a Rachel y yo estuviera a punto de decir: «Solo soy una chica embarazada de pie frente a un Batman», con música de violines de fondo y todo el mundo aplaudiendo, feliz, viéndonos besarnos.

Rachel, descontenta, dijo:

–¿En la FanCon? Le has contado a mi hija, a mi hija de trece años, que te llevaste a un tío a…–Se detuvo por un segundo mientras se le ocurría otra cosa–. Dios mío, Leia, ¿acaso lo conoces siquiera?

Wattie me observó con una mirada muy muy bautista.

–Bueno, hablando bíblicamente, tenemos buenas razones para creer que Leia conoce muy bien al señor Martin.

Birchie era la única que parecía no inmutarse.

–¡Bien dicho! –dijo, como si tuviera un perro llamado «Dicho» y le acabara de traer las zapatillas.

Después su tono cambió abruptamente, y me preguntó:

–¿No vas a presentarnos? –Con voz quejumbrosa y en alto–: Deberías haberme presentado la primera. Soy tu abuela.

Le empecé a explicar que ya se había presentado ella misma, pero Wattie se giró hacia ella y habló por encima de mí.

–Lo sentimos mucho, lo hemos hecho mal, señor Martin. Esta es Emily Birch Briggs, la abuela de Leia.

A su favor, Sel siguió el hilo, estrechándole la mano a Birchie y sonriendo. Después de todo, era enfermero, y yo ya le había hablado de los cuerpos de Lewy que tenía Birchie.

Empezó a hacerle una pregunta a mi abuela. Empezaba con la «C», pero se quedó atascado en ella. Sonaba como si la letra estuviera atrapada en su boca. Siguió diciendo la «C», pero el resto de la palabra no llegaba. Se detuvo y se posó brevemente la mano sobre los ojos.

Demasiadas partes de mi familia, de mis secretos y suposiciones falsas estaban colisionando. Birchie estaba peor ahora que a la hora de dormir, y eso que todavía no había comido. Rachel quería asesinarme y Jake volvería en cualquier momento, quizá incluso junto a Hugh y Jeffrey. La última cosa que necesitábamos en esa habitación era un gilipollas y dos adolescentes más.

–¡Bien dicho! –volvió a soltar Birchie, y Wattie se giró del todo para susurrarle algo al oído.

Batman pivotó hacia mí y extendió las manos, como si estuviera intentando pedir perdón.

–Tartamudeo –era la primera cosa que me decía a mí directamente, y la primera palabra que le había salido bien por el momento.

–Vale –dije, perpleja. No lo había visto tartamudear en la FanCon ni cuando jugamos a *Palabras con amigos*.

Me dirigió su bonita sonrisa y dijo, como si me hubiera leído la mente:

–La cerveza ayuda y… s-se intensifica cuando estoy bajo estrés. Estoy m-muy estresado ahora. Me sorprende que haya p-podido decir algo. –Toda la frase le salió con apenas un par de interrupciones, como si contarme que tartamudeaba le hubiera ayudado a relajarse lo suficiente para aparentar que no era cierto.

Rachel estaba pasándose el pelo por detrás de las orejas, avergonzada por él. La conocía demasiado bien; no estaba segura de si era políticamente correcto continuar con su decidida furia ahora que acababa de anunciar que tenía una discapacidad menor. Lavender parecía consternada. Lo había encontrado para mí, lo había traído como si fuera un regalo, y ya se estaban viendo las imperfecciones.

–Vale –dije de nuevo, y la sensación principal que tuve fue alivio. Me llegó en una oleada tan intensa que una tonta sonrisa se dibujó sobre mi cara. Era demasiado amplia, pero no podía evitarlo. ¡Tartamudeaba! Por eso «no podía hablar» cuando le conté lo de Digby. No había entrado en un ataque de odio ni tenía compañía femenina. Literalmente no había sido capaz de emitir palabras–. Esto es bastante estresante para todos, sí.

Él me dedicó una sonrisa de vuelta, y por un segundo parecía que solo estábamos él y yo en la habitación.

–Quería estar aquí. Quería que supieras que voy a estar aquí.

Le salió perfecto, directo a mí, y eso era lo que necesitábamos. Ser las dos únicas personas en la sala. Saqué un billete de veinte del bolsillo y se lo tendí a Lavender.

–Lav, ve a por tu padre antes de que llegue. Dile que te lleve a tomar un helado junto a cualquier Darian que vaya con él.

–¡Venga, no fastidies! –protestó Lav, pero Rachel me defendió.

–Es una gran idea. Ve –lo dijo en el idioma incuestionable de madre, el cual debía aprender. Era muy efectivo.

Mi sobrina puso los ojos en blanco, pero cogió el dinero.

–Rachel, será mejor que vayas con Lavender –dijo Wattie, tranquila y sosegada. Pero no era solo para ayudarme a mí. Birchie estaba balanceándose al son de un ritmo interno, con la mirada fija en el comedor–. Creo que Birchie necesita estar un rato en silencio.

–¿Necesitas ayuda? –preguntó Rachel, concentrada en ello.

–No creo, ¿no, Birchie? –dijo Wattie–. Nos hace falta una bebida fresquita, comer algo y tumbarnos un rato. Estaremos perfectamente solas.

–Nunca vamos a estar solas –dijo mi abuela de forma siniestra, aún con la mirada fija en el comedor. Señaló con el dedo a su propio sitio al final de la mesa–. Sal de ahí.

Pero no nos estaba hablando a nosotras. Estaba hablándoles a los conejos malvados, o a cualquiera que fuera el animal que estaba profanando su mesa junto a los platos sucios de Lavender.

Rachel me dirigió una mirada que lo decía todo sin palabras, pero cogió a Lavender por los hombros y la llevó hasta la puerta.

–Lo siento –me susurró Lav mientras se iba.

–No pasa nada –le respondí.

Wattie estaba de perfil de nuevo, susurrándole algo a Birchie, convenciéndola de que debía sentarse a descansar y prometiéndole un vaso fresquito de limonada.

Birchie parecía estar al borde del llanto, enfadada.

–Mejor champán. Floyd fue abstemio durante toda su vida, ¿sabes? Pero yo no. Papá tampoco, pero eso no será lo que nos lleve a ambos al infierno.

Incluso con la puerta cerrada, oía a Lav llamando a su padre mientras trotaba como un poni por las escaleras del porche, lo cual significaba que en treinta segundos podríamos haber tenido aquí a Jake, en medio de todo. Por lo menos eso no había sucedido.

Wattie susurraba a un volumen tan bajo que solo se dirigía a Birchie, y le ayudó a sentarse en la mesa.

—Nosotras vamos a tomar limonada. Vosotros no —les dijo mi abuela a todos los seres inexistentes que no estaban en las sillas vacías, aún enfadada, pero también fría y con tono recto, como si estuviera diciendo hechos. «El sol es una estrella amarilla, la gravedad funciona y la limonada es solo para las ancianitas, estúpidos conejos».

Wattie, que estaba tras Birchie, me indicó que me fuera con la mano.

—Vamos —le susurré a Sel Martin.

Lo guié en silencio a través del pasillo, hasta llegar a la sala de costura. Abrí la puerta y entró. Ya en el interior, atravesó la habitación y se quedó frente al arcoíris de retazos de tela que había sobre las estanterías, sujetando su bolsa de deporte, incómodo. Cerré la puerta y me quedé ahí, junto a ella.

Deseaba tener yo también una bolsa a la que aferrarme. No sabía qué hacer con las manos. Todo lo que se me ocurría era demasiado falso, parecía un posado o enviaba algún mensaje silencioso. Las manos enlazadas al frente parecían sentenciosa, por la espalda parecían las de una niña traviesa, y los brazos cruzados me hacían parecer a la defensiva, o peor, enfadada. Los dejé a los lados, colgando, a la vista y normales.

Eso era lo que quería, pero, en ese instante, con la puerta cerrada, estaba recordando que la última vez que estuve sola en una habitación con él fue cuando creamos a Digby. Sabía que aquel hombre, casi desconocido, tenía una cicatriz en el abdomen. «El apéndice», me dijo mientras me pasaba la lengua por encima. Era el mismo hombre que había besado la diminuta marca de nacimiento que tengo escondida en el interior de mi muslo izquierdo, pero ahora vestido y en el lado opuesto de la habitación.

—Deberíamos hablar —dije, y me sonrojé al instante. Era la peor forma de iniciar conversación con alguien que me acababa de decir que tartamudeaba. Me corregí—. O sea, quiero disculparme. No debería haberte llamado a las tantas de la noche para soltarte lo de Digby de repente…

—Dig… Dig… D —dijo, intentando repetir el nombre, y me di cuenta de que lo había vuelto a hacer: le había dado información vital por un desliz, como cuando le dije que iba a ser un niño sin querer.

—Lo siento. He estado llamando Digby al bebé.

—Oh —dijo, con cuidado de no mostrar ninguna expresión facial.

—¿No te gusta? —le pregunté, porque que al padre de Digby no le gustara el nombre era algo que no había pasado por mi cabeza. No hasta que estuve delante del padre de Digby.

—Me e-e-ncanta —mintió. No se le daba muy bien.

Por extraño que parezca, esa obvia mentira que dijo para agradarme me hizo sentir un poco mejor. Quizá era como eso que dicen sobre las serpientes; tenía tanto miedo de mí como yo de él. Me quedé en mi lado de la habitación, intentando descifrar su silencio, sus ojos oscuros y su lenguaje corporal cuidadosamente neutro, que mostraba incomodidad como el mío. ¿Tendría él en la cabeza sus propios escenarios horribles de todo lo que podría pasar?

Lo primero que me había dicho era «Quería estar aquí. Quería que supieras que voy a estar aquí». Y era realmente lo único que importaba. Había dejado todo para aparecer allí pocas horas después de que le anunciara que estaba embarazada.

Mientras tanto, tenía a su hijo en el cuerpo. Eso hacía que Digby fuera mío, de momento. No había contactado con Sel durante meses y, cuando finalmente lo hice, no mencioné al bebé. Podría haberme guardado a Digby para mí durante toda la vida, y él era consciente.

Quizá ese era el peor escenario que se imaginaba. ¿Le daba miedo que lo apartara de la vida de su propio hijo? Quería sus palabras, que me lo dijera él, pero estaban atrapadas dentro de su boca. Así que lo tomé como mi mejor suposición y fui con ella.

—Digby puede ser solo el nombre con el que le llamamos mientras estoy embarazada, como Rachel, que llamaba a Lavender «Beanie» antes de que naciera. Podemos pensar en su nombre real después. Algo que nos guste a los dos. Si quieres.

Vi su sonrisa aparecer, preciosa y aliviada, y supe que mis suposiciones eran acertadas antes de que dijera:

—G-g-g... —Intentaba decir algo para afirmar. «Genial», o quizá «guay». Cerró la boca y se le dilataron las fosas nasales, frustrado.

—No estés nervioso. Estamos del mismo lado, creo. ¿No? Pienso en Digby, o sea en Digby ahora, o el nombre que le pongamos, y estoy de su lado. ¿Tú también? —Él asintió, sincero y en silencio—. Vale. Entonces tendremos que buscar una manera de hablar. Te ofrecería una cerveza, pero no tenemos en casa. Tenemos burbon, pero entre tu camiseta de la evolución y lo de beber antes del mediodía, puede que Wattie vaya a buscar su vieja escopeta para fusilarte.

Su mirada había adquirido una expresión reflexiva. Yo estaba balbuceando y mis propios nervios hacían que salieran palabras por mi boca, intentando compensar por las que a él se le atascaban.

—¿Y si usamos los móviles? Podríamos estar en la misma habitación y chatear. Es muy moderno. Lavender y sus amigos lo hacen a todas horas.

Él posó las manos sobre los ojos brevemente de nuevo. Cuando las quitó, su expresión era triste. Levantó un dedo haciendo el gesto de «Espera un segundo», y ahora él era el que estaba sonrojándose. Mucho. Tanto que podía ver cómo la tonalidad rojiza se extendía por su piel, sobre todo en las puntas de las orejas.

Se dio la vuelta y dejó la bolsa de deporte sobre la mesita, junto a mi portátil, y apartó su libro. Era un ejemplar de tapa dura de *Saga*, con las esquinas tan desgastadas como las de mi querida copia que tenía en Norfolk. La verdad es que tenía un muy buen gusto para los cómics. Sacó de la bolsa una tela negra enrollada y la desplegó, dándome la espalda, y se la puso sobre la cabeza.

Era la capa, la misma que recordaba de la FanCon, con las orejas de murciélago que sobresalían. La larga capa caía sobre él hasta la mitad de sus pantorrillas. Tiró de la parte del cuello, moviendo simultáneamente los hombros para colocarla correctamente de un solo movimiento, con práctica. Después se dio la vuelta para mirar hacia mí.

—Hola —dijo Batman. Y era él. Sel Martin había desaparecido. Ese era el Batman buenorro, con su bonita boca y esa sonrisa traviesa que me atrapó en el bar del hotel. Sus ojos destelleaban a través de las hendiduras de la máscara.

—Hola —dije.

La bolsa de deporte estaba vacía. No se había traído el resto del traje, pero no importaba. Las piezas que tenía iban bien con la camiseta gris y los pantalones oscuros, como si me hubiera encontrado con Batman en un viernes casual.

—Hablemos de este niño —dijo, sin tartamudear. Ni un poco.

—Joder —dije, y me di cuenta de que estaba sonriéndole como una tonta. Dejé de hacerlo, avergonzada. Señalé su capa—. ¿Esto te funciona?

—Siempre. —Se encogió de hombros—. Incluso cuando era pequeño y corría por casa con el pijama del Caballero Oscuro y una funda de almohada con hendiduras para los ojos cortadas a mano.

—¿Lo llevas al trabajo? —le pregunté, fascinada.

Lo cierto es que deseaba que lo hiciera. Personalmente, me encantaría que me llevaran al quirófano y ver que mi anestesia está gestionada por uno de los Superamigos. Aunque quizá sería un poco desconcertante para quienes no sean tan frikis.

—No suelo tartamudear en el trabajo —dijo en voz baja, como siempre, pero podía escucharle bien en esa habitación silenciosa—. Ni con mis amigos. No me pasa desde que era pequeño. Solo se pone difícil cuando hablo con mujeres guapas. O cuando me entero de que he creado un bebé accidentalmente. O cuando estoy solo con una de mis artistas favoritas. Hoy he marcado tres de tres.

—Vaya frase de mujeriego —dije, acercándome un paso.

El ambicioso monstruo del arte que había en mí quería saber quiénes eran sus otros artistas favoritos y en qué número de su clasificación entraba yo, pero dejé eso para después.

Él encogió los hombros con descaro.

—Eres guapa. Estás embarazada. Y eres la puñetera Leia Birch. ¿Sabes cuántas veces he leído *Violence in Violet*? Además, tengo todas las series para las que has dibujado guardadas.

—¿Todas las series? —dije—. No creo que tengas el número de *Hellboy*. —Fue un ejemplar que salió como edición limitada y que realicé con un escritor que me gustaba.

—Ah, sí —dijo—. ¿Esa secuencia en la que Hell Boy está corriendo por los túneles y el fuego le pasa por encima? ¿Su cara? Es buenísima.

Me di cuenta de que estaba tocándome el pelo, halagada. Estaba muy orgullosa de cómo había captado el placer y la vergüenza de Hell Boy mientras lo envolvían las llamas. Bajé mis traicioneras manos a los lados de nuevo.

—Test de frikis —dije, cambiando de tema—. ¿DC o Marvel?

—DC, claro —dijo, como si fuera algo obvio.

Wonder Woman era de DC y él llevaba un traje de Batman, así que quizá sí lo era. Era algo, para empezar, en lo que sabía que estaríamos de acuerdo.

—¿Los Cuatro Fantásticos o La Patrulla Condenada? —me preguntó él, y era una pregunta más atrevida. Más arriesgada.

—La Patrulla Condenada —dije—. Sobre todo, la edición de Grant Morrison.

—Sí, joder. Richard Case —dijo, totalmente de acuerdo conmigo, y después dio un paso hacía mi–. No he venido aquí directo. Primero he pasado por Macon, para ir a casa de mis padres.

Era como si nuestra exitosa ronda de test de frikis hubiera hecho más sencillo hablar sobre cosas que daban más miedo.

–Eran las cuatro de la mañana, pero tenía que hablar con mi padre.

–¿Sois muy cercanos? –pregunté, y me acerqué un poco más, como si decir la palabra en voz alta hiciera que mi cuerpo actuase. Ya sabía que tenían una buena relación. Era obvio en la foto con el árbol de Navidad de Star Wars.

–Es mi mejor amigo –dijo Batman–. ¿Suena muy a pringado?

–La verdad es que sí. –Sonreí–. Pero me gustan los pringados. Joder, yo misma lo soy.

–Bueno, pues se lo conté. Le hablé del bebé, de ti y de la FanCon. Me dio unos buenos consejos, pero daba igual. Yo ya sabía que iba a venir aquí a verte. Lo sabía cuando abrí la puerta. Era tan pronto que lo había despertado. Parecía malhumorado, pero en cuanto me vio, antes de poder preocuparse, se le iluminó la cara. –Hablaba con seriedad, y su voz baja se había vuelto más intensa–. No quiero que mi hijo crezca a doce horas de mí. Tengo sobrinos y sobrinas, y los quiero mucho, pero solo los veo tres o cuatro veces al año. Cada vez que los veo han crecido y son personas distintas. No quiero que me pase eso con mi hijo. No quiero verlo crecer por fotos. Quiero ser el tipo de padre que yo he tenido.

Ahora mis manos estaban frente a mí, y las retorcía y enredaba con ansiedad. Eso era todo lo que quería para Digby y se me estaba ofreciendo, como su derecho de nacimiento. No estaba segura de como aceptarlo. Era demasiado pragmática.

–Me encanta lo que dices, pero ¿cómo podemos hacer eso? No es como si fueras a hacer las maletas y mudarte a Norfolk mañana mismo –lo dije de la misma manera en la que diría «No es como si fueras a salir volando al estilo Douglas Adams y tirarte al suelo y fallar».

—Claro que no —contestó, pero después añadió—: Mañana no, claro. Nunca he estado en Norfolk. Quizá no me guste, ¿quién sabe? Pero vas a criar a mi hijo allí. Así que está claro que quiero echarle un vistazo a la ciudad.

Ahora era yo la que no podía hablar. Cualquier respuesta de sabelotodo que fuera a decir se quedó atascada en mi boca y me dejó en silencio.

—También quiero que vengas a ver Atlanta. Quizá te enamores. Hay mucho más en mi ciudad que la FanCon.

Tragué saliva. Jesús, todo eso eran palabras mayores.

—¿Y si no me gusta?

—Ven a descubrirlo —dijo él—. ¿Y si sí?

—¿Y si tú odias Norfolk y yo odio Atlanta? —dije, y sonaba como si estuviera entrando en pánico—. ¿Entonces qué?

Él se encogió de hombros.

—No lo sé. Miramos en Wilmington. O en Asheville. ¿Por qué no? Tú eres autónoma y yo soy un CRNA, lo que significa que puedo encontrar trabajo en cualquier sitio. Si no nos gusta ni Wilmington ni Asheville, podemos visitar Myrtle Beach y Greensboro. Escogeremos un lugar juntos, al igual que escogeremos su nombre.

Mientras hablaba, ambos nos habíamos acercado aún más. Estábamos casi en el medio de la habitación, y ahora podía ver la profundidad de sus ojos dentro de la máscara. Sus pupilas se habían agrandado y el iris era un aro fino, casi negro.

Hacía que todo pareciera posible, y quizá lo era. Eso esperaba, porque Digby estaba dentro de mí, despierto y dando vueltas, pequeño y certero y de camino hacia allí. En ese momento deseé con todas mis fuerzas ser optimista. Rachel lo era. Una vez, irritada por mi negatividad, me dijo:

—¿Alguna vez ves el vaso medio lleno?

Y yo le solté:

—Claro. Medio lleno de abejas.

Ella se rio y me dijo:

—Medio lleno de veneno. Medio lleno de radiación mortal,

pero siempre medio vacío cuando se trata de azúcar o de luz del sol. –Y tenía razón. Mi mente jamás iba directa a las mejores conclusiones. Solo había que ver cómo había terminado *V in V.*

–¿Y si discutimos, nos odiamos tanto que no podemos vivir en la misma ciudad y jodemos a nuestro hijo, nuestra vida y después morimos? –dije, en parte bromeando. Pero no del todo.

Él consideró mi funesto escenario durante unos segundos, y después dijo:

–Test de frikis: ¿Predicador o Bella Muerte?

A esa sí tuve que darle vueltas.

–Bella Muerte –dije–. Pero por un pelo.

–¿Ves? Va a ir todo bien –dijo, mirando al frente con una arrogante seguridad.

Me reí. No pude evitarlo.

–Vale, todo perfecto –dije–. De ahora en adelante nada puede ir mal.

–Bueno, puede que no –contestó, sonriendo–. Pero tiene que haber un pueblo en algún lugar, entre tu familia y la mía, donde ambos podamos ser felices. Donde él pueda crecer con ambos –dijo Batman, y después bajó la mirada y su voz se hizo más baja aún, haciéndome acercarme más–. Estoy aquí. Empecemos. Pasa el día conmigo y enséñame este lugar.

Eso me sorprendió.

–¿Birchville? ¿Quieres considerar Birchville?

–Claro –asintió–. Tú tienes vínculos fuertes aquí. Está suficientemente cerca de Montgomery para que yo pueda ir a trabajar.

–Creo que quizá no es el mejor sitio para un niño birracial. No hay una Iglesia donde… –Empecé a hablar, pero después me detuve, avergonzada al darme cuenta de que estaba a punto de explicarle cómo funcionaba el racismo a un hombre negro. Muy probablemente ya se habría dado cuenta, sin mi ayuda, de que nuestra tierra tenía algunos problemas en este aspecto–. Lo siento.

Ahora era yo la que estaba sonrojada.

Él se acercó más.

—Oye, para. Eso pasa en todas partes —dijo—. Da igual dónde lo criemos, será negro.

Empecé a objetar, porque al fin y al cabo Digby era mitad mío también. No iba a ser negro. Sería… En ese momento me detuve a mí misma, antes de decir nada. Sel Martin tenía razón.

Mi hijo iba a ser negro. Incluso aunque estuviera alimentándolo en mis brazos, sería una mujer blanca con un niño negro. No existía el concepto de birracial en el sur, ni en Estados Unidos en general. Todo el país llamó a un hombre birracial «el primer presidente negro». Lou Elle Peterson, que llevaba el club All Sisters de Redención tenía los ojos de color dorado claro, y su piel no era más oscura que la de Rachel en verano. Pero era negra. Todo el mundo la consideraba negra. Yo la consideraba negra, y cuando admití eso, me entró una extraña ola de pánico. Los cientos de vídeos de Facebook por los que había llorado se volvieron espantosamente relevantes para mí en nuevas maneras. Me llevé las manos a la barriga y negué con la cabeza hacia Sel, con todas las palabras atascadas.

—Nunca podrá llevar una sudadera —dije al final, lo cual no tenía sentido, pero estaba entrando en pánico.

—Vale —dijo Sel, muy tranquilo—. Tenemos que hablar de muchas cosas. Pero ya lo haremos cuando haya tiempo.

Lo miré con los ojos a punto de desbordar, pero él estaba tan tranquilo que hizo que yo me calmara también. Apenas había unos centímetros de espacio entre nosotros, y era agradable estar tan cerca de él. Podía leer su mirada, y era amable. No estaba pensando que era estúpida, y no me estaba culpando por estar ciega. Él podía imaginar la vida de Digby de maneras en las que yo no era capaz, y sabía cómo era el mundo por el que tendría que navegar. Él estaba presente, entrando y apoyando a un hijo cuya existencia había conocido hacía apenas unas horas.

El corazón se me hinchó dentro del pecho, y pensé en que se merecía la capa. Se había ganado ese traje, y, ¿qué bebé podría estar más seguro que ese, acurrucado a pocos centímetros de Batman?

—Vale —dije, inclinándome hacia él—. Hay tiempo.

—Sí. Solo tenemos un problema ahora mismo —dijo.

—¿Cuál? —pregunté, y él agachó la cabeza para besarme.

Sin más contacto físico. Solo su boca, firme y segura, encajando con la mía, buscando una respuesta. Mi cuerpo se la dio, balanceándose sobre el suyo. Después cubrió mi cuello con la mano, metiéndola entre mi cabello y enredándolo.

Sentí la adrenalina por esa sensación ligera de estar en una montaña rusa. Se me cortó la respiración y mis manos lo rodearon, entrando bajo su capa, y mis dedos recordaron las suaves líneas de los músculos de su espalda. Su mano libre estaba ahora en mi cadera, atrayéndome hacia él. Los latidos abandonaron mi corazón y se extendieron por todo mi cuerpo. Sentía el pulso en los ojos, en mis manos temblorosas y por debajo del vientre.

Él rompió el contacto, pero se mantuvo cerca.

Yo respiré de forma irregular y dije:

—Joder.

Podía convencerme de que eran las hormonas del segundo trimestre. Podía convencerme de que solo era por la capa. Era una friki de la vieja escuela, y Dios sabe cuánto me gusta un tío con capa. Pero no eran solo esas cosas, y no había sido solo el tequila esa noche en la FanCon.

Ahora que estaba tan cerca, pude recordar su olor. Bajo el ligero y fresco aroma de algún tipo de loción de afeitado, notaba el olor de un hombre, de este en específico, y me gustaba. Cuando me besaba era como si todo encajara, como si fuera ciencia pura, química y segura. No sabía mucho sobre Batman, pero ¿esa parte? Esa parte funcionaba demasiado bien.

Él se quitó la capucha, dejándola colgando tras él junto a la capa.

–Menos mal. Me preocupaba que solo yo tuviera este p-problema –dijo Sel Martin.

–No. Lo tenemos los dos –dije, y él sonrió–. No sonrías así. Esto da miedo.

Su cara no cambió en absoluto, por lo que arqueé las cejas.

–En serio. Debemos tener cuidado el uno con el otro.

No dejó de sonreír.

–La puñetera Leia Birch –dijo, con admiración en todas las palabras, por lo que estaba claro que mi boca le sonrió también.

Estúpida boca. No habíamos solucionado nada. Seguíamos siendo casi desconocidos, yo estaba embarazada y teníamos vidas separadas en ciudades que estaban lejos. Vivíamos en una América distinta.

La suya era más peligrosa que la mía, y nuestro hijo iba a vivir ahí también. De hecho, solo habíamos deshecho una cosa que ya estaba solucionada, porque Digby necesitaría un nombre real en un par de meses. Pero estábamos muy cerca, sonriéndonos el uno al otro de todas formas como si fuéramos unos tontos que se besaban cuando debían estar hablando de cosas difíciles y tomando decisiones duras.

Unos idiotas brillantes. Su mano seguía descansando en mi cadera, como si ese fuera su lugar, y pensé que quizá lo más sabio que podía hacer era tirar de él hacia mi cara y besarlo, solo un poco más.

Y, por supuesto, ese fue el exacto segundo en el que Birchie empezó a gritar.

Capítulo 20

Fue una explosión en *staccato* de gritos, corta y aguda, acompañada de un golpe fuerte y estrepitoso. Salí por la puerta y corrí por el pasillo, incentivada por el sonido de cristales rotos. Batman corrió conmigo, con la máscara colgándole por la nuca y la capa ondeando detrás de nosotros. Pasamos por las escaleras, frenando de golpe tras Wattie cuando Birchie empezó a emitir el grito más largo, un furioso e interminable «¡No!».

Frank Darian estaba junto a la mesa del comedor, de nuestro lado y claramente asustado. Había alzado las manos y tenía una postura defensiva casi cómica hacia mi abuela, como si intentara apaciguar a un dios enfadado de moño voluminoso.

Mi abuela estaba de pie, con las piernas estiradas en el otro lado de la mesa. Su rostro brillaba por el sudor y tenía unos círculos rojos ardiendo en sus mejillas, en señal de agitación. Llevaba el tenedor sucio de Lavender en uno de los puños, levantado como si fuese un arma.

Wattie, estaba hablando con tanta dulzura que parecía estar cantando una nana.

—Venga, ahora «Shhh» —dijo, levantando la mano para guiarnos cuando Batman y yo llegamos, manteniéndonos tras ella.

Nos lanzó una rápida mirada por encima del hombro.

—Ahora no. Birchie necesita un poco de espacio.

Nunca había visto a mi abuela de esa manera, violenta, inquieta y agitada. Pero Wattie estaba tan tranquila que pensé: «Ella ya ha visto esto. Ha visto a Birchie así antes, y más de una vez. Que Dios nos ayude». Yo le obedecí, posando la mano sobre el brazo de Sel Martin por un segundo para mantenerlo conmigo.

La silla de Birchie estaba en el suelo, y la jarra de limonada se había caído o había sido empujada de la mesa. Ahora solo era un gran charco decorado con hielos medio derretidos y pedazos de cristal a nuestro alrededor. El vaso de Birchie estaba volcado sobre la encimera, y su limonada seguía extendiéndose por la madera. Un chorro del líquido, y después otro, llegaron al borde de la mesa y empezaron a gotear sobre el suelo. Era un sonido calmante, un tintineo como el de la lluvia de verano.

Ese sonido no pegaba nada en esta sala ecléctica, donde Birchie acababa de decirnos, con un chillido enfurecido:

—¡He dicho que no, he dicho que no, he dicho que no!

Iba uno a uno, con el brazo doblado sujetando el tenedor sucio a la altura de la oreja, apuntándonos a cada uno con él como si fuera un cuchillo de carnicero.

Frank Darian estaba hablando con Birchie, como pidiéndole disculpas por algo. No pude seguir la conversación porque Batman me preguntó, bajo:

—¿Qué medicación está tomando?

Yo no me acordaba del nombre, pero Wattie dijo:

—Exelon y Sinemet.

—Lo siento mucho —repitió Frank—. Debería haber llamado.

—¿No toma nada para la ansiedad? —El tartamudeo de Batman no había llegado a la habitación. Quizá era por la capa, que seguía colgando por su espalda, o quizá es que estaba en modo enfermero.

—¿Qué estáis susurrando? —dijo Birchie, girando el tenedor hacia nosotros, con ira—. ¿Estáis escondiéndome secretos? ¿Más secretos?

—Estaba diciéndole al señor Martin que tienes el Valium para cuando te enfadas así —dijo Wattie—. En el armario de la cocina, a la izquierda de los fogones. ¿Quizá Frank pueda ir a por uno para ti?

Era una pregunta amable, aunque todas las personas que estábamos en la habitación, excepto Birchie, lo sentimos como una orden.

—Por supuesto —dijo Frank, y empezó a dirigirse hacia allí.

—Ve por el camino largo, Frank —recomendó Wattie.

Él obedeció, alejándose y subiendo por el vestíbulo mientras Wattie continuaba, diciendo:

—Quizá todos deberíamos sentarnos. —Ignoró el tenedor y la forma en la que Birchie jadeaba.

—¿Y cómo narices voy a hacerlo? ¡Él se ha llevado mi silla! —dijo Birchie—. ¡Esto no puede ser! ¡No, no puede ser!

—Tu silla se ha caído. Frank no se la ha llevado. Solo ha ido a por tus pastillas —dijo Wattie, dulce y razonable.

—Estás sangrando —observó Sel Martin.

—¿Qué? —dije yo, pero él estaba hablándole a Wattie.

—¡No, Frank no! No digas tonterías. Me refería a él —dijo Birchie, girándose para señalar con su tenedor a la nada, hacia su propio hueco vacío en la mesa.

Mientras estaba de perfil, Sel dio un paso adelante a través de los trozos de la jarra rota. Ignoró el crujido del cristal bajo sus pies y cogió la servilleta de lino de Lavender de la mesa. Se acercó a Wattie y se inclinó para examinar su brazo, a la altura del hombro.

—Parece bastante profundo —dijo. Presionó la servilleta contra su brazo, y unas manchas rojas empaparon el lino blanco.

—¿Te lo ha hecho ella? —le pregunté a Wattie, pero ella me ignoró—. ¿Birchie te ha hecho daño?

—¿Cómo has vuelto a entrar en mi casa, maldito bastardo? —mi abuela habló por encima de mí, furiosa.

Estaba mirando el retrato colgado a la izquierda de la cabecera de la mesa. Su padre, Ellis Birch, la observaba con sus orgullosos ojos pintados.

—Te sacamos de aquí. ¿Cómo has conseguido meterte en mi casa? ¡Te golpeamos con el coche! —Estaba enfurecida, como si los huesos hubieran escapado del armario de pruebas, se hubieran recolocado solos y hubieran venido directos a casa a reclamar la cabecera de la mesa de los Birch. Había sido su hueco desde hacía sesenta años.

Me hizo querer que volvieran los conejos. Los conejos de Birchie eran malignos, pero por lo menos ella sabía que no estaban realmente ahí. No los maldecía ni les gritaba. Eso se lo guardaba para Ellis Birch, su padre, el hombre al que mató con un martillo. La peor parte era que esa chirriante versión de mi Birchie que levantaba el tenedor no sentía remordimientos. Parecía estar lista para acabar con él de nuevo.

—Mantenga la presión y tenga el brazo levantado. Tenemos que limpiarlo —le dijo Sel a Wattie, haciéndole poner la mano sobre la servilleta—. ¿Cuándo fue la última vez que se puso la vacuna antitetánica?

Birchie lo oyó y miró hacia él, con el tenedor aún en alto. Cuando vio a Sel, empezó a reírse. Era una risa aguda, como de niña pequeña, muy estridente al provenir de su pequeña y anciana boca.

Agitó el tenedor hacia el retrato y preguntó, aún con una risita nerviosa:

—¿Sabes que es negro? ¡Mira qué negro es! —Se inclinó, presionando los labios.

—Sí, me he dado cuenta —dijo Wattie, sin inmutarse, como si Birchie estuviera hablando con ella. Estaba intentando que mi abuela hablara con alguien que estuviera realmente presente.

Sentí como se me sonrojaban las mejillas y le dije a Sel:

—Está enferma.

—No pasa nada. Ya sabía que soy negro —me dedicó una rápida sonrisa antes de girarse hacia Frank, que había vuelto con las pastillas.

No me había dado cuenta de que estaba detrás de nosotros hasta que me tendió una botella de color ámbar. Sel le dijo:

—¿Puedes traer su botiquín?

—¡Te he dicho que mires lo negro que es, maldito bastardo! —Birchie seguía hablándole al retrato.

Frank, cuyo rostro se había vuelto rosa por la vergüenza y el estrés, dijo:

—Sí, claro, está en la despensa. —Y volvió a irse por el pasillo.

Birchie miró al retrato de arriba abajo.

–Vamos a tener un pequeño bebé negro. El año que viene habrá un pequeño Birch negro comiendo en tu mesa, devorando la receta de los boniatos de Vina. Comiendo de tus cucharas. Malvaviscos tostados. De tus cucharas. ¿Qué te parece? –Volvió a emitir esa risa horrible e infantil–. ¿Te querrás sentar en esta mesa entonces?

Estaba soplando, exhalaba el aire y después tomaba un pequeño respiro para inhalar. Los círculos rojos de sus mejillas se habían extendido, y ahora eran manchas que iban desde su barbilla hasta sus cejas.

–¿Cómo se hacían esos boniatos? –preguntó Wattie, sujetándose la servilleta contra el brazo–. Se me ha olvidado. ¿Llevaban azúcar moreno o melaza?

Birchie se balanceó, con la cabeza ladeada. Estaba escuchando, pero no a Wattie. El tenedor temblaba en su mano. Se le había acumulado saliva en las comisuras de la boca.

–No le gusta, Wattie –dijo Birchie con una extraña alegría y con la mirada fija en el retrato.

–Seguro que no –la siguió Wattie–. Pero necesito que me ayudes, ¿cuánta mantequilla hacía falta?

–Que les den a los boniatos –profirió Birchie, con la furia reavivada, aunque al menos estaba hablándole a su amiga. No a un retrato. No a unos huesos–. ¿Por qué no me escuchas, Wattie? Lo conoces, pero nunca me escuchas.

Volvió a dirigir la mirada al retrato, y supe que la habíamos vuelto a perder.

–Ella te conoce, a ti. Cabrón, cabrón, cabrón.

–¿Birchie? –dije yo, pero estaba ida.

Mi abuela corrió de repente hacia el retrato, gritando obscenidades, y no la había visto moverse tan rápido en décadas. Llevó el tenedor hacia la cara de su padre. Sus insultos se convirtieron en un agudo quejido animal, y lo apuñaló una y otra vez, con toda la fuerza que tenía, ensañándose con su ojo derecho. Se le caían las babas por la barbilla, y le escupió en la cara cuando el tenedor se quedó atascado. Lo sacó con fuerza, arrancando el ojo entero. Entonces se dirigió al segundo ojo, apuñalándolo con fuerza y arrastrando el tenedor por él, rasgándolo.

No la reconocía. No conocía esa versión de ella. Me puse las manos sobre las mejillas, y estaban mojadas.

Sel apareció en su lado de la mesa con tanta rapidez que no me di cuenta de que se había ido. Apareció tras ella, ignorando sus aullidos y su forma de apuñalar salvajemente el retrato. Sujetó a Birchie en brazos con un movimiento rápido, cogiéndola de la muñeca antes de que pudiera seguir apuñalando la pintura. La rodeó con sus largos brazos, bloqueando los de mi abuela. Ella gritó y dio patadas al aire, levantando los pies, y el moño se le deshizo al mover la cabeza de un lado a otro.

–¡Ay, no, no no! –dije, desesperada, viendo como mi abuela gritaba y se agitaba en sus brazos.

–No pasa nada, no pasa nada –dijo Sel Martin, tan tranquilo como Wattie, mientras llevaba a Birchie hacia atrás para que no se hiciera daño si golpeaba la pared con los pies. Se le habían salido ambos zapatos, y esperé que los cristales rotos estuvieran en mi lado de la mesa.

–No la hagas daño –dije, pero no se lo estaba haciendo.

La estaba rodeando con los brazos de forma firme y segura, mientras ella se agitaba como un pez recién pescado.

Los gritos de Birchie disminuyeron y se convirtieron en una sola palabra. Un nombre.

–¡Wattie! ¡Wattie! –llamó Birchie, con voz temblorosa. Su cuerpo empezó a calmarse poco a poco. Primero los pies, y en cuanto dejó de patalear, su amiga estaba ahí, frente a ella, tirando la servilleta empapada de sangre al suelo para poder abrirle la mano y quitarle el tenedor–. ¡Wattie!

–Calla, cielo, calla –dijo Wattie, tirando al suelo el tenedor también, que repiqueteó contra el suelo de madera. Puso las manos sobre las mejillas de mi abuela para calmar su cabeza. Su brazo seguía sangrando, pero lo ignoró. Puso la cara junto a la de ella y la miró a los ojos–. Estoy aquí, estoy aquí. Calla, calla.

–Llama a una ambulancia –me dijo Sel, tranquilo y seguro.

–No te atrevas –dijo Wattie, con la misma voz que había usado Rachel para mandar fuera a Lavender. Era el idioma incuestionable de madre, y funcionó con todos nosotros. Menos con el profesional médico.

–Creo que deberíamos –nos recomendó Sel–. Aunque sea llamar a su médico.

–Lo siento mucho. ¡No quería molestarla! –dijo Frank. Había vuelto con el botiquín de primeros auxilios de la despensa entre las manos. Lo puso en la mesa y después levantó la silla de Birchie, lo cual agradecí instantáneamente. Era una cosa mal puesta menos en esta sala llena de cosas mal puestas.

–Está todo bien –dijo Wattie. Mantenía los ojos fijos en los de Birchie–. Estoy aquí. ¿Me ves? Solo estamos nosotras. Vamos a tomar la medicina. ¿Vale?

Wattie sujetaba el rostro de Birchie firmemente entre sus manos, con los mechones de pelo del moño cayendo por su cara y por las manos de Wattie. Empezó a llorar.

–Estoy muy cansada –dijo–. Estoy muy cansada.

Me temblaban las manos, por lo que me resultó difícil abrir la botella. Conseguí abrir la tapa y colocar una pastilla de color azul cielo sobre la palma de mi mano. Había un vaso de limonada que había conseguido milagrosamente mantenerse de pie, medio vacío frente a la silla habitual de Wattie. Dejé la botella de color ámbar sobre la mesa, me froté los ojos y cogí el vaso.

Di la vuelta a la mesa y dije:

–¿Birchie? Tengo tu pastilla, ¿vale?

Tras una larga pausa, Birchie dijo:

–Vale, está bien.

Sel todavía la sujetaba, pero le había soltado la muñeca. Le tendí a Birchie la pastilla y ella se la puso en la boca. Después bebió un poco de la limonada de Wattie para tragarla. Sel la agarraba con menos fuerza, y ahora sus pies estaban sobre el suelo. Birchie se levantó, balanceándose suavemente en los brazos de Sel, con los ojos azules en blanco y la boca arrugándose. Parecía que tuviera mil años, con su cabello blanco cayéndole por los hombros en forma de finos lazos enredados. Dejé el vaso sobre la mesa de nuevo, y, cuando levanté la mirada, Birchie estaba guiñándome un ojo, confundida, pero sonriendo.

—¡Leia! Cariño, ¿cuándo has llegado? —Arqueó las cejas con ligera preocupación—. Creo que no hemos comprado el pavo. Wattie, ¿hemos comprado el pavo?

—Lo tenemos, no te preocupes. Y además es uno bien gordo —dijo Wattie, y después se dirigió a Sel—: Ya puedes soltarla.

Más que soltarla, me la dejó a mí. Me giré y le rodeé la cintura con un brazo, dándole apoyo. La mantuve cerca de la pared mientras caminábamos, haciendo de barrera entre sus pies descalzos y la jarra rota. Eché un vistazo al retrato de Ellis Birch mientras nos íbamos, y no se podría arreglar. Uno de los ojos estaba arrancado hasta dejar el lienzo a la vista. El otro estaba como si un pequeño Lobezno lo hubiera arañado.

Le pregunté en bajo a Sel, por detrás:

—¿Puedes revisarle el brazo a Wattie? Frank ha traído el botiquín.

—Sí, voy a… —empezó.

—«Shh», señor Martin —interrumpió Wattie, no en alto, pero sí con firmeza. Era capaz de hablar en el idioma incuestionable de madre incluso en voz baja. Era una gran virtud—. Espere un momento. Si le oye o le ve, puede que vuelva a ponerse nerviosa.

Yo estaba susurrándole a Birchie mientras me la llevaba.

—¿Quieres echar una siesta? ¿Quieres que nos tumbemos juntas? Podemos ir arriba y encender el ventilador para que puedas descansar fresquita.

—Suena perfecto, cariño —dijo Birchie.

Fuimos lenta y cuidadosamente por las escaleras hacia la habitación de Birchie, y cerré la puerta. Moví los cojines y retiré las sábanas. Mi adrenalina había cesado, y cada parte de mí era como vidrio marino; limado y gastado. Incluso Digby, que daba pequeñas vueltas dentro de mí, parecía liso y lento.

Birchie se sentó al borde de la cama, bostezando, y yo le cepillé el cabello enredado con cuidado y se lo trencé. Estaba tan tranquila como un niño adormilado. Cuando la arropé, con las luces apagadas y el ventilador de techo girando lentamente, los párpados le pesaban por el cansancio y el Valium.

Me quité los zapatos y me tumbé junto a ella por encima de las sábanas. Estaba exhausta. Había estado despierta toda la noche, persiguiendo a Lavender, llamando a Batman y preocupándome, pero no me iba a poder quedar dormida. Estaba demasiado nerviosa. Wattie estaba herida y, lo que era peor, Birchie era quien la había herido. Las noticias de Frank debían ser muy malas para haberla puesto así de nerviosa. ¿Tackrey había emitido la orden judicial? Tenía que volver abajo y descubrirlo. Sin mencionar que había abandonado a Batman. Wattie querría analizarlo, y Rachel volvería en cualquier momento. No podía dejarlo desprotegido y sin supervisión con esas dos mujeres. De todos modos, quería que el Valium le hiciera todo el efecto antes de dejar a mi abuela. Esperé en silencio, acariciándole suavemente la espalda hasta que su respiración se calmó y se volvió regular.

«Mejor espero otro minuto para asegurarme de que...», pensé, y eso fue lo último que recuerdo que pasara por mi cabeza.

Capítulo 21

Cuando me desperté, la habitación estaba casi a oscuras. El sol de la tarde brillaba con un tenue tono anaranjado sobre los bordes de las cortinas de damasco. Birchie no estaba en la cama. Me levanté y fui hacia las escaleras. Quería bajar para averiguar cómo de malas eran las noticias que había traído Frank, pero escuché la voz de Batman en una conversación en la sala.

Eso me hizo detenerme y retroceder para ir al baño de invitados. No quería hablar con Batman teniendo la boca con la extraña sensación postsiesta. Pero me había llevado el cepillo de dientes y el neceser al baño de abajo. Pensé en usar el de Rachel, pero si se enteraba, tendría que ir directamente a terapia. Usé su hilo dental e hice gárgaras con su Listerine. Mis ojos parecían cansados y estaban hinchados, pero me parecía demasiado obvio e infantil ponerme a acicalarme ahí, echándome su crema con color, máscara de pestañas marrón y brillo de labios como si fuera una Bella cuya Bestia esperaba para cortejarla. Decidí robarle un poco de su contorno de ojos carísimo y pasarme su cepillo por el pelo para desenredarlo.

Al bajar, vi que había platos para tarta vacíos sobre las mesitas; me había perdido la cena. Birchie y Wattie estaban sentadas juntas en uno de los sofás dobles. Wattie llevaba una venda blanca en el brazo. Lavender estaba sentada cerca de Batman en el otro sofá, orgullosa y casi un poco posesiva, lo que me hizo sospechar que la tarde había ido bien. Estaba contenta consigo misma por haberlo encontrado, aunque tartamudease.

Jake y Rachel, que claramente no estaban por la labor de sentarse juntos, estaban en las sillas junto a la chimenea. Había aproximadamente medio metro de aire fresco entre ellos. Con todo, estaban en la misma sala con su hija. Hasta que yo me entrometí sin permiso y sin que me lo pidieran, habían estado con una separación de cuatro estados entre ellos. Era como si hubiera ganado un premio a la gilipollez y se lo hubiera entregado a Lavender. Cuando miré a Jake, también me sentí extrañamente orgullosa e incluso un poco posesiva. Era bastante extraño sentirme así con Jake Jacoby, de entre todo el mundo.

Esperaba que Lav no hubiera heredado su gusto al estilo Rachel de entrometerse en los asuntos ajenos. Estaba bastante segura de que yo volvería a mi estado habitual en el que solo me encargo de los míos cuando estuviera en casa, pero Lav podría tener más problemas; entrometerse iba en sus genes, y sus primeros intentos habían salido bien. Ahora mismo había dos padres desaparecidos en la sala, lo cual era un récord en esa casa. Aunque uno era un misterio y el otro un poco estúpido.

Birchie, que estaba sentada en el sofá que miraba a las escaleras, fue la primera en verme. Tenía las mejillas rosadas y parecía contenta. O el Valium seguía haciéndole efecto, o Wattie le había dado otro. Bajé dos escalones más y me fijé en que estaba descalza. Abajo. Nunca antes había visto los pies descalzos de Birchie en una sala que no fuese su dormitorio. Era tan desconcertante como ver a Rachel vestida con un camisón. Quería subir y traerle los calcetines del avión. O quizá solo quería una excusa para huir de nuevo a la planta de arriba.

—Qué bien, ¡estás despierta! —dijo Birchie, y todos los ojos de la sala se giraron hacia mí. Me sentí inmediatamente tan llamativa y chillona como un cono de tráfico. Si Birchie hubiera permitido alguna vez que entraran ratones en su casa, también me habrían mirado—. No queríamos despertarte, necesitas descansar. Pero me empezaba a preocupar que no te despertaras hasta por la mañana.

Mientras hablaba, Lavender dio una vuelta completa para sonreírme, poniéndose de rodillas sobre el sofá y con los brazos cruzados por detrás. Sel levantó la mano para saludarme suavemente, como si no estuviera seguro de cómo me lo tomaría. Estaba principalmente sorprendida, y se lo expresé con la cara. Jake no me importaba, pero conocía a las mujeres de esta sala, incluida la adolescente. La interrogación debía haber sido implacable, pero Sel había aguantado. Además, su bolsa de deporte estaba junto a sus pies, con todo guardado, por lo que estaba listo para irse. Inteligente. Deseaba poder irme también. Todas estaban mirándonos a los dos. Sentía que todos mis movimientos y todas mis respiraciones estaban siendo catalogadas, medidas e interpretadas.

—No queríamos que te perdieras a Sel —irrumpió Wattie, y entonces supe que había ido bien. Cuando llevé a Birchie al dormitorio, Batman seguía siendo el señor Martin—. Tiene que irse dentro de poco. No puede faltar al trabajo mañana también.

—Pero te ha esperado, ¿verdad, Sel? —dijo Birchie—. Y ahora tendrá que conducir hacia casa a oscuras.

Batman se levantó, añadiendo:

—Por lo menos no iré en ho-ho-hor…

—En hora punta —dijo Rachel por él.

Supe que a él no le había gustado. No es que reaccionara mucho, pero vi como parpadeaba dos veces seguidas, algo que yo solía hacer para reunir paciencia. Lo había hecho muchas veces durante mi recorrido como hermanastra de Rachel.

Jake añadió:

—He oído que el tráfico en Atlanta es una locura. —Muy de hombre a hombre.

—Mmh —dijo Sel, haciendo un sonido afirmativo.

Esperaba que una sola tarde con Rachel no hubiera sido suficiente para espantarlo de Norfolk. Aunque al mismo tiempo pensé que quizá treinta y cinco años de vivir con o cerca de ella ya habían sido bastante.

—Te acompaño a la puerta —me ofrecí.

—Yo también —dijo Lavender, dando un saltito para ponerse de pie.

Me quedé anonadada. Le debía demasiado como para decirle que no. Gracias a Dios, Rachel irrumpió y lo hizo por mí, diciendo:

—No, señorita. Tú tienes que llevarte todos estos platos a la cocina.

Tuve que admitir por millonésima vez que Rachel tenía recursos. Me volvía loca la mitad del tiempo, pero no tenía dudas de que me quería.

Jake añadió:

—También podrías meterlos en el lavavajillas, ya que vas.

Lav gruñó y protestó, pero solo un poco. Creo que parte de ella estaba feliz por recibir órdenes de sus dos padres al mismo tiempo.

Sel se levantó para decirle adiós, después a Birchie y luego a Wattie. Aproveché la oportunidad para decirle a Rachel:

—Oye, siento haber dejado que Lav se metiera en mis asuntos de adulta. De verdad que fue un accidente.

—Ya no estoy enfadada. Lavender me ha contado lo que pasó. A veces puede ser un poco... imparable —dijo Rachel.

Tanto ella como Jake se levantaron para despedirse, y mi hermanastra añadió un muy afilado:

—Espero volver a verte. Pronto.

Cuando cerramos la puerta tras nosotros, Sel y yo respiramos, aliviados, en perfecta sintonía.

—¡Has sobrevivido! —dije, mientras bajábamos las escaleras—. Ha debido ser un interrogatorio intenso. ¿Cómo te las has apañado?

—He tarta... —Se detuvo y negó con la cabeza.

Deslizó la mano dentro de la bolsa de deporte medio abierta y cogió la capa. Inspiró y exhaló. Me miró:

—He tartamudeado. Mucho. Así que no han podido sacar mu-mucho de mí.

—Muy ingenioso —dije.

Bajamos cada escalón muy muy lentamente, como si nos hubiéramos puesto de acuerdo.

—Gracias por quedarte. Conocerte un poco lo ha calmado. Lo he notado. Y quitarle un poco de estrés de encima a Birchie nos ayuda mucho ahora mismo.

—No me ha costado mucho —dijo, y arqueó una ceja—. Tu her-hermana ha terminado todas mis frases por mí.

Eso me hizo reír.

—Me lo puedo imaginar. También termina las mías.

—Mmm… Creo que ahora me debes una buena co-comida incómoda con mis padres —dijo, cambiando de tema.

No dijo nada más sobre Rachel y era prácticamente el primero en no hacerlo. La mayoría de los hombres se fijaban en lo guapa que es Rachel, y sentían la necesidad de mencionármelo, antes de darse cuenta de lo controladora que podía llegar a ser. Si es que se daban cuenta.

—Es lo mínimo que puedo hacer —me ofrecí. La verdad es que quería conocer a sus padres.

Llegamos al final de las escaleras. Él giró a la derecha, siguiendo el camino hacia la entrada, y yo fui con él. Mantuvimos unos quince centímetros de aire entre nosotros. Creo que ambos sentíamos a mi familia observándonos desde casa. Él era un tipo de ciudad, por lo que seguramente yo era la única que también se sentía observada desde las ventanas de todas las casas que estaban en nuestro lado de la plaza. Apostaría dinero a que todos los teléfonos de Birchville estaban siendo utilizados en ese momento.

—Ahora estás muy cerca de Ma-ma-ma… Atlanta y Ma…

Estaba intentando decir Macon. Lo sabía, pero esperé. No quería marcarme un Rachel. Sus fosas nasales se dilataron y volvió a sonrojarse intensamente. Posé la mano sobre su brazo, aun con todos los ojos que nos observaban, paramos en el jardín y lo miré.

—No te preocupes por eso —dije—. No me molesta que tartamudees. Y si necesitas decir algo urgentemente y no te sale, me gustas bastante con la capucha de Batman.

Sentí cómo mis propias mejillas se sonrojaban, porque lo

que había dicho era una subestimación. Me gustaba mucho ver a Sel Martin con la capucha de Batman. Y si encima se ponía esa larga y ondeante capa, empezaba a preguntarme por qué se había inventado la ropa interior. Llevarla puesta me podría empezar a parecer innecesario.

—Claro —dijo—. Aquí, en medio de la plaza de S-Smallville.

—¿Y por qué no? —dije—. Están acostumbrados a ver cosas muy frikis cuando estoy yo en el pueblo. Solía correr por aquí todos los veranos vestida de Wonder Woman y con unas pulseras de plástico muy poco resistentes a las balas.

Parpadeó y sus pestañas, ridículamente largas, se movieron.

—P-pero seguramente tenías ci-ci-cinco años.

—Más bien quince —dije—. Ya te lo he dicho. Cosas muy frikis. Solo paré porque me crecieron las tetas. Birchie decía que era un escándalo y que ella y Wattie no me harían un traje nuevo.

Él soltó una risita, analizándome al mismo tiempo para ver si lo decía en serio. Lo decía totalmente en serio, y él relajó un poco los hombros.

—Macon —dijo, con total claridad, y alzó un poco las manos en señal de victoria—. No est-estaré siempre tan nervioso alrededor de ti. Espero.

Retomamos el camino, aunque muy lentamente, vagando por la calle hacia la línea de coches aparcados alrededor de la plaza. Así se sentía cuando el chico era nuevo, olía bien y todo lo que decía parecía interesante. Había pasado un tiempo, pero recordaba eso. Éramos como niños jugando a «No, cuelga tú primero», pero con un pueblo entero observando. Él también debía sentirse observado, aunque fuera un chico de ciudad, porque no me había besado. Y quería hacerlo. Podía sentirlo.

—Tú también me pones nerviosa —dije—. Pero son nervios buenos, ¿sabes?

Me mostró esa sonrisa traviesa que me gustaba. Él lo sabía.

—Sé que tienes muchas cosas por las que preocuparte aquí,

pero en un p-p-pu... lugar pequeño como este, debe haber días aburridos. Tómate uno libre pronto. Y ven a ver mi ciudad. A co-conocer a mi gente.

–Lo haré. Lo antes que pueda. Tengo que asegurarme de que mi abuela vuelva a su rutina y esté estable antes de poder irme.

Sel asintió. Birchie estaba tan lejos de ser estable que había apuñalado a su querida Wattie con un tenedor. Todo eso, por supuesto, asumiendo que Regina Tackrey entrara en razón y no sacara a Birchie y a Wattie de sus rutinas para llevarlas a prisión.

–Es complicado. Birchie está metida en bastantes líos. No es solo la enfermedad. Es largo, horrible y difícil de resumir, pero básicamente hay cosas por las que tengo que estar aquí.

–Ya –dijo–. Los hu-hu-huesos.

Me quedé pasmada.

–¿Cómo lo...?

Pero no tuve que terminar la frase.

–Lavender –dijimos los dos. Él se atascó brevemente en la L, por lo que fue con una sílaba de retraso respecto a mí.

–Es una niña muy útil –dijo, y yo esperé, preparada para lo que dijera, pero no dijo nada más.

Me aliviaba que no fuera a hacerme preguntas ávidas y morbosas. O por lo menos no en aquel instante. También me había preocupado que se indignara o que me echara la culpa de algo, teniendo en cuenta que a Lavender se le había escapado que era ella quien lo contactó. Por otro lado, me alegraba no tener que enviar más emojis de ranas adorables diciendo ¡HOLA!. Pero ahora sabría que, en la FanCon, me levanté y tiré la nota con su número de teléfono. De hecho, la tiré por el váter, junto al único condón usado que había, aunque deberían haber sido dos. Tenía que saber que, si hubiera habido dos, no habría bebé y nunca habría vuelto a saber de mí. Un tío como, por ejemplo, Jake Jacoby, se habría tomado aquello como un golpe a su ego y habría necesitado algo que lo aliviara.

Batman simplemente lo dejó pasar con una frase amable «Es una niña muy útil», y me dio la sensación de que Sel Martin era un tío fácil de tratar.

—Los huesos, sí —dije.

Que no preguntara nada me hizo más fácil decir:

—Me parecía demasiado para explicar mientras jugábamos al *Palabras con amigos*.

—No es precisamente una conversación de segunda cita —confirmó él, y se paró frente a un Subaru Outback de color gris oscuro—. Este es el mío.

—No me imaginaba que el batmóvil fuera un Subaru —dije, y él sonrió.

Pensé en que, si le habían puesto al corriente, quizá sabía más que yo. Puede que supiera por qué había venido Frank y qué era lo que había puesto de los nervios a Birchie.

—¿Tackrey ha conseguido la orden judicial para el test de ADN? —pregunté.

—Ah, sí. Te lo has perdido. La ha conseguido —dijo él.

—Mierda —resoplé—. Vaya mierda.

Pero no estaba sorprendida. Me lo esperaba.

Rachel tenía razón. No era optimista. En el fondo no había creído en ningún momento que mi picnic improvisado de relaciones públicas en el jardín de los Mack fuera a frenar a las ruedas legales que ya estaban en movimiento.

—Y... ¿será positivo? —preguntó Sel, humano y curioso.

—Eso creo —admití—. Pero es una tontería, llegados a este punto. Me gustaría haber podido grabar a Birchie esta tarde. No es alguien a quien se pueda juzgar como responsable de algo que vio, supo o incluso... hizo. Fue hace sesenta años y ahora no puede defenderse.

Los cuerpos de Lewy la habían devuelto a su propia inocencia inicial. Estaban robándole los recuerdos, el intelecto y la capacidad de elección, tanto que ya casi podía ver a los conejos reuniéndose a su alrededor. Aunque, en realidad, tenía dudas de que un vídeo de Birchie reasesinando a su padre con un tenedor fuera a ser de ayuda. Ese ataque era lo contrario a unas disculpas.

—Estoy de acuerdo —dijo él—. Creo que, llegados a cierto punto, el testimonio de su médico hará que paren.

Él sí era un optimista. Incluso si Birchie era inimputable, si Tackrey seguía con aquello, el estrés mataría a mi abuela, o llevaría su enfermedad al punto de hacer que se mudara directamente al mundo de los conejos. Además, también había que pensar en Wattie. Ella estaba perfectamente cuerda y no tenía el nombre ni la influencia de Birchie. Si Tackrey continuaba, Wattie podría perfectamente pasar sus últimos años en prisión. Me pregunté, y no era la primera vez, si debería mencionarles a sus hijos lo real que era el peligro. Pero ella no me lo agradecería ni me perdonaría, y Wattie estaba bien mentalmente. Tenía que dejar que fuera su decisión.

—De todas formas, esta tampoco es una conversación para una segunda cita —dije—. Es solo que estoy muy frustrada. Es como que, llegados a este punto, cuando todo va tan mal, parece que no hay nada después, ¿sabes? Termina. *Game over.* Fin. Y no hay más.

Me estaba mirando con expresión curiosa y sincera. Se apoyó contra el coche.

—No estoy diciendo que tengan que imputar a tu abuela. Pero, ¿hablando filosóficamente? Siempre hay algo después.

—Eso es hablando filosóficamente, no si te mueres —dije, de forma tan deprimente que le hizo gracia.

Me alegraba cambiar de tema a algo menos tangible que los restos humanos y la persecución legal de mis ancianitas.

—Incluso si te mueres —respondió él, interesado. Quizá se había olvidado de estar nervioso, porque no estaba tartamudeando en absoluto—. No lo ves, pero siguen pasando cosas de todas formas. Con o sin ti.

—Ya, lo sé, pero…—empecé, pero después me detuve, porque esa frase, «Siguen pasando cosas, con o sin ti» hizo clic con algo que tenía enterrado en el cerebro—. ¿De verdad crees eso?

–Sí. Por lo menos hasta que no se acabe el mundo –dijo, pero quizá tenía más razón de la que él pensaba. Pensé que quizá había algo incluso después de eso, y después mi cerebro hizo esa típica cosa de artista en la que dejaba de estar en la calle o en mi propio cuerpo. De repente estaba en el mundo de Violet y Violence. Un lugar en ruinas al que no seguía nada. Cuando volví a la realidad, tuve una pregunta.

–Test de frikis –solté–. Esta es la pregunta del millón. ¿Estás listo?

Él asintió, fingiendo solemnidad, y le hice la pregunta de Rachel.

–Violence y Violet. ¿Están enamoradas?

–Nah –dijo, seguro e inmediato. Como si fuera algo obvio–. Violet es Violence. Pero no lo sabe.

Llevaba tiempo inclinándome hacia esa posibilidad, pero cuando le oí decirlo en voz alta, la artista en mí supo que era cierto.

–En la escena del almacén, Violet se tapa los ojos con las manos y la mayoría de los animales se esconden también, menos los conejos. Ellos observan a Violence comerse al jefe ese de la droga, y tú ya habías escondido las sombras de unos conejos en el pelo de Violence. No me di cuenta cuando lo leí por primera vez. Eres bastante disimulada. Pero una vez que los vi, me pareció obvio. Son reflejos.

Y tenía razón. Había escondido todo tipo de cosas en ese libro, *easter eggs*, referencias y bromas visuales, habitualmente en el pelo de Violence y en las sombras de su alrededor. En ese panel, los conejos que observaban estaban reflejados, uno a uno. Eran piezas de Violet y se veían a sí mismos cuando miraban a Violence. Los había dibujado de esa forma, así que en el fondo debía haberlo sabido desde siempre, que ambas eran una y ambas estaban vivas dentro de mí.

Tenía que llamar a Dark Horse para decirles que tenía que romper el contrato. Cambiarlo. No podía escribir la historia de origen que querían, porque no había forma de ir hacia atrás.

Había dejado a Violet y a Violence en un mundo que ellas mismas habían destrozado, pero ahora sabía que algunas cosas habían sobrevivido. Ya las había dibujado. Gatos, de alguna forma, y esos encorvados cuerpos de Lewy con extremidades giratorias y la boca llena de dientes. Esos cuerpos de Lewy personificados podrían ser lo que quedaba de la raza humana, convertida en monstruos. Quizá también había pequeños grupos de supervivientes humanos, frágiles y vulnerables. E igual había otros tantos con mutaciones interesantes. Supermutantes. Todos intentarían sobrevivir con recursos limitados…

Las imágenes empezaron a desplegarse por mi mente, creando el inicio de una historia. Podía verla. Podía ver el mundo, y Violence y Violet tenían que encontrar la manera de vivir en él. Vivir con lo que habían hecho. Había algo después, incluso tras un apocalipsis.

No sé cuánto tiempo me quedé ahí, parada y perdida en mis pensamientos, pero cuando volví a mi cuerpo, él estaba esperándome.

—Tienes razón. Son lo mismo —le dije—. Luces parpadeantes, campanas y premios. ¿Qué te gustaría?

—T-tú. Que vi-vi-visites Atlanta —contestó, tímido de nuevo, pero diciéndolo igualmente—. Pronto.

—Lo haré —dije—. Lo prometo.

—Será mejor que me vaya metiendo al co-coche —dijo, pero ninguno de los dos se movió.

—Sí, deberías —dije, y nos mantuvimos quietos.

—Mmmhm —murmuró él.

«Cuelga tú. No, cuelga tú».

—Vamos —le dije. Quería besarlo, pero, Dios mío, nos estaban observando.

En vez de eso, le dije:

—Esto también tendrá un «después».

Él sonrió. Yo no era una optimista, pero sabía que aquello sí era verdad.

Se montó en el coche y lo vi marcharse a través del atardecer.

Literalmente. Se dirigió al oeste por Main Street, y era una silueta oscura contra la espectacular bola naranja que se iba hundiendo. Pero solo literalmente, porque yo iba a ir a Atlanta. Más pronto que tarde. Sel Martin y yo nos habíamos metido en un buen lío e íbamos a tener un bebé, y había un «después» para los tres. La diferencia era que ese no me asustaba. Siempre había huido de cualquier posibilidad, pero no pensaba que lo fuera a hacer de nuevo si se me daba la oportunidad. Había algo que por fin había descansado cuando hablé con Jake, al aferrarme a esa lamentable disculpa compartida que ofreció. Empezó a crecer una nueva valentía en mí cuando el feto, conocido por el momento como Digby, apareció en mi vientre. Todas juntas, estas cosas formaban un gran cambio. Habría algo después, y en un lugar en el que la mitad de mi familia y un tercio del pueblo no estuvieran mirándonos por las ventanas.

Me giré para volver a casa de Birchie, y escuché como las cortinas se cerraban inmediatamente, y la gente desapareció apresuradamente. La parte más débil de mí deseaba haberse montado en el batmóvil y desaparecer en el atardecer con Sel.

Pero comencé a caminar hacia la casa. Había un «después» dentro también, y tenía que estar ahí para verlo. Esa continuación vendría de la mano de Regina Tackrey, armada con muestras y ciencia para encontrar algo de verdad en el frágil cuerpo de mi Birchie.

Capítulo 22

A esa hora temprana de la mañana, en el ático hacía un calor ligero, seco y polvoriento. Podía sentir el sudor que provocaba que me picara la piel mientras trepaba entre las pilas de trastos. Frank Darian y sus chicos habían hecho un buen agujero en la sala trasera para desenterrar el baúl de Birchie. Habían apilado muebles en descomposición, cajas y cofres por todas partes en la zona más concurrida de la sala frontal. Rachel y yo llevábamos casi media hora buscando ese par de cuadros de barcos que le gustaban a mi abuela.

Tenía que encontrarlos, porque Cody Mack, de entre toda la gente, vendría a casa a las nueve de la mañana para recoger la muestra de ADN de Birchie. Su rutina sagrada se había desestructurado como si hubiera ido y venido del infierno durante los últimos días; teníamos que mantenerla tranquila y en lugares donde se sintiera cómoda y calmada. Arrastrarla a un laboratorio desconocido donde un extraño le metería un bastoncillo por la boca parecía una manera fácil de desencadenar otro episodio de apuñalamiento con un tenedor. Tackrey había accedido a recoger la muestra en nuestra casa, pero insistía en mandar a Cody. Era una decisión premeditada; Birchie había donado de todo, desde botiquines de primeros auxilios hasta chalecos antibalas al cuerpo de policía de Birchville, y Cody era el único oficial que tendía a ponerse en contra de los Birch en vez de a favor.

No quería que él viera ese retrato de Ellis con los ojos arañados, como pruebas de una peor partida de *Cluedo*: «La señora Birchie en el comedor con un tenedor sucio del desayuno». «La señora Birchie en la mesa con un martillo».

La noche anterior había descolgado los retratos y los había guardado en la sala trasera del ático, envolviendo a Ethan, pero sin molestarme con el destrozado Ellis. Los había apilado en un armario, con Ellis encima, bocarriba con sus ciegos ojos apuntando al ventilador de techo.

Por desgracia, descolgar los retratos había dejado unos rectángulos de otro papel de pared del comedor muy visibles. Como diría Birchie, no iba a funcionar.

Buscar en el ático era un trabajo lento, por un lado, porque debíamos tener cuidado de no causar una estampida de trastos, y por otro porque estaba muy nerviosa. No creía que hubiera ningún otro ser que llevara años muerto metido ahí, pero al mismo tiempo sentía escalofríos cada vez que abría un baúl.

Rachel y yo estábamos solas. Jake se había marchado a las siete en punto porque quería empezar cuanto antes el viaje de diez horas hasta Norfolk. Lav se había ido con él. Pensé que quizá le daba miedo que su padre desapareciera de nuevo si lo dejaba solo.

Rachel sacó una alfombra enrollada de una serie de cajas muy grandes y prometedoras. Ella estaba encargándose de levantar las cosas pesadas (ventajas del embarazo) y trabajaba mucho más rápido que yo porque estaba ansiosa por irse. Cada minuto que pasaba le hacía estar más lejos de su familia, y Lavender no era la única que no se fiaba de dejar a Jake sin supervisar.

Mientras me arrodillaba para abrir la primera caja, ella dijo:

—Tuve una idea anoche.

—Oh, oh —canturreé. Eran palabras peligrosas.

—No, era una buena idea. Creo que debería contarles a papá y mamá lo del bebé —dijo, arrastrando la pesada alfombra para quitarla de en medio—. Cuando llegue a casa.

Levanté la mirada del batiburrillo de ropa vieja y cacharros de cocina extraños de los setenta que había en la primera caja.

—¿Mi bebé? ¿Y por qué narices?

—Porque ya sabes qué es lo que va a pasar —dijo Rachel, retirándose un mechón de pelo de la cara–. Mamá entrará en pánico preocupándose por lo que pensará la gente y papá se volverá loco intentando arreglar todo en vez de dejarla hablar.

Rachel apoyó la alfombra sobre un armario en el que ya habíamos mirado, y después vino y se arrodilló junto a mí para abrir la siguiente caja.

–Se pelearán y después ella llorará, y luego él saldrá por la puerta y hará cincuenta horas de jardinería como penitencia. Al final estará todo bien. Es su nieto, al fin y al cabo. ¿Por qué deberías estresarte por estas cosas? Ya tienes suficiente por lo que preocuparte.

Eso era verdad, de hecho. Me había costado dormir la noche anterior pensando en el test de ADN. Lo único que podía hacer era permanecer junto a Birchie. Me sentía impotente, como si estuviera cruzada de brazos mientras veía que una piedra se acercaba hacia ella para aplastarla y destrozarla. Después seguiría de brazos cruzados y vería como los daños salpicaban a Wattie también.

No podía encargarme de más cosas, así que negué con la cabeza de forma empática, diciendo:

–Van a entrar en pánico. Se montarán en el coche y vendrán directos hasta aquí.

¿Y por qué no? Todos los demás lo habían hecho.

–No, no lo harán –dijo Rachel–. Les diré que solo estoy traicionando tu confianza porque te preocupa cómo puedan reaccionar. Les haré jurar que no te lo mencionen hasta que tú se lo digas. ¿Ves qué bien?

Me llevó un segundo procesar su idea, pero en cuanto lo hice me di cuenta de que era muy ingeniosa. Un poco maligna, pero ingeniosa. Les daba tiempo a mamá y a Keith para planificar su reacción y me quitaba un buen peso de encima. Era una idea que implicaba bastante manipulación, y horrible al estilo particular de Rachel, pero muy tentadora. Dudé, con los brazos hundidos en montones de poliéster de colores de Pascua, y ella siguió.

—Para cuando vuelvas a casa, ya se les habrá pasado el pánico y te apoyarán.

—La verdad es que suena como la manera más fácil de gestionarlo —admití, pero no cabía la posibilidad de que lo aceptara. Era el estilo de Rachel, no el mío.

—Bien, porque ya lo he hecho —soltó—. Llamé a papá anoche.

Me dejé caer sobre el trasero, sorprendida por estar sorprendida, porque estaba claro que lo había hecho. Eso también era el estilo de Rachel.

—Joder, Rachel… —empecé, pero ella me interrumpió, señalando algo.

—¿Esos son los barcos? —Desde la posición en la que estábamos se veían un par de rectángulos envueltos con una lona, apoyados sobre la pared detrás de una mesita.

—Eso creo —dije, porque no tenía nada más que decir.

Mamá y Keith lo sabían. Lo hecho hecho estaba, y Rachel era Rachel. Y, honestamente, era un alivio. Quizá debería haber llamado a Margot Phan para que les comentara las noticias a nuestros jugadores de los martes y a mis amigos de la Iglesia de la misma forma. Así todos podrían asimilarlo juntos sin mí. Volvería a casa para encontrarme un *baby shower* para nada sorprendente, y mi problema con los pañales y los *bodies* de bebé se vería solucionado.

—Sé que no tenías mala intención, pero, por favor, habla conmigo la próxima vez, ¿vale?

Esas mismas palabras habían salido de mi boca tantas veces que ya debería tener una manivela que las dijera automáticamente.

Pero siempre eran ineficaces, porque incluso mientras estábamos bajando las pinturas, Rachel estaba diciendo:

—Como me voy a quedar en tu casa, debería empezar a preparar la habitación del bebé. Por lo menos pintarla. No puedes estar expuesta a los vapores de la pintura.

Vi cómo mis paredes de color azul Superman desaparecían y

se cambiaban por unas de color gris paloma moderno o verde menta voluta.

–Gracias. Es muy amable por tu parte. Pero Sel querrá ayudarme a elegir el color y la decoración.

Lo dije puramente como defensa, y después me di cuenta de que quizá era cierto. Le importaba el nombre, ¿pero acaso les importaba a los hombres también la ropa de cama del bebé? Era muy fan del Caballero Oscuro, por lo que probablemente pensaba que Superman era un pringado. Quizá la decoración debería ser de John Henry Irons. Su alter ego, Steel, vestía los colores de Superman y compartía sus ideales, además de parecerse más a como probablemente sería Digby.

–¡Ah, por supuesto! –dijo Rachel, echándose atrás.

Casi parecía avergonzada, una expresión tan poco común en su rostro que no tenía un aspecto definido. Me miró con los ojos entrecerrados y dijo:

–Vosotros elegís y yo pinto, si te parece bien. No me gustaría entrometerme en... lo que sea que esté pasando entre vosotros.

En realidad, no era una pregunta, pero respondí de todas formas:

–Algo está pasando, pero quiero mantenerlo separado. O sea, en mi cabeza estoy más o menos saliendo con Batman, y eso podría acabar de distintas formas. ¿Pero Sel Martin? Él estará para siempre en nuestra vida. Tengo que estar de buen rollo con él, da igual lo que pase con su alter ego. ¿Tiene sentido? –pregunté.

–De hecho, sí –dijo ella, lo cual me sorprendió.

Muy pocas frases que incluyeran las palabras «Batman» o «alter ego» tenían sentido para Rachel. Se detuvo al final de las escaleras, y añadió, con voz rígida y seria:

–Yo estoy teniendo sentimientos parecidos respecto a mi marido.

Yo también me detuve, sorprendida. Rachel estaba confiando en mí. Un poco. Nueve palabras, dichas tras confesar su última

335

maniobra con las noticias sobre mi bebé. Pero, aun así, era una frase entera, vulnerable y recíproca.

Me había sentido culpable por entrometerme y llamar a Jake, pero desde entonces Rachel había estado más abierta conmigo que en toda su vida. Para ella, entrometerse en los asuntos de los demás era amor. Quizá, al interferir, finalmente le había dicho que la quería en su propio idioma. Apoyé la pintura del barco sobre la pared por impulso y la abracé, con el cuadro y todo.

—¡Oh, Dios mío! —dijo ella, abrazándome de vuelta lo mejor que pudo con los brazos ocupados.

—Gracias, Rachel —le dije, y esa vez lo decía sin más adjetivos.

—Gracias, Leia —contestó ella, palabras tan extrañas que era casi como oírla hablar en klingon. Luego añadió, con su habitual tono mandón: —Ven a casa pronto.

«Que Dios la oiga», pensé mientras nos dirigíamos al comedor para colgar los cuadros sobre los mismos clavos que anteriormente sujetaron a Ethan y a Ellis. Quería irme a casa. O por lo menos quería que aquello, lo de los huesos y los problemas desenterrados con sesenta años de retraso, terminara. Incluso la tristeza humana normal por el envejecimiento de la abuela y su debilitada mente y memoria serían mejores que estar removiendo estos secretos antiguos y mohosos. Leer folletos de residencias y discutir con Birchie y Wattie era una mierda, a no ser que la otra opción fuese ver a Regina Tackrey mandando a ambas a la cárcel.

—El tuyo está más alto —dijo Rachel mientras daba unos pasos atrás para analizar los cuadros.

Incluso yo podía ver que tenía razón. La goleta tenía un alambre ligeramente más largo, pero los parches de papel de pared brillante estaban tapados.

—Está lo suficientemente bien —repuse.

—Te va a volver loca —dijo Rachel, lo que quería decir que a ella le volvería loca.

Pero se iba a ir, y que la goleta estuviera medio centímetro más baja que el clíper no me iba a quitar el sueño por las noches. Yo encogí los hombros, pero ella dijo:

—Déjame arreglarlo.

No todo podía arreglarse, incluso aunque lo intentara mi hermanastra.

—¿Y cómo vas a hacerlo? ¿Te crees que Birchie tiene un martillo en casa? —le pregunté, lo cual terminó la discusión con rapidez.

Birchie no tenía ninguna herramienta. Quizá las había tirado todas por superstición, como la madre de la Bella Durmiente cuando tira todas las ruecas sesenta años después de que su hija caiga en una siesta infinita.

Birchie y Wattie entraron con un cazo lleno de avena con arándanos y un plato de bollos con beicon. Eran estrictamente comidas que podían comerse con cuchara o con la mano, y, por supuesto, no había tenedores en la mesa. Tampoco cuchillos de ningún tipo. Wattie ya había untado mantequilla en los bollos y había sacado el bote de miel en vez del de mermelada.

—Deberías comer —le dije a Rachel—. Así te ahorras una parada.

Mi abuela parecía estar bastante bien a primera vista. Iba vestida con una falda larga de estampado floral y un cárdigan ligero de verano. Quizá le brillaban demasiado los ojos, pero su voluminoso moño estaba perfecto y sus mejillas empolvadas estaban rosas por el colorete líquido. Supo quién era Rachel sin que se lo dijeran. Teniendo en cuenta el espectáculo del día anterior y el estrés del horario matutino, estaba mejor de lo que esperaba. Mantuvimos una conversación fluida a su alrededor, hablando sobre rutas y tiempos de conducción mientras comíamos. Birchie comentaba algo de vez en cuando. La mayoría de sus comentarios tenían sentido. Solo uno iba dirigido a los conejos. Para cuando ya estábamos listas para despedirnos de Rachel, estaba bastante segura de que Birchie no atacaría a Cody Mack con la cuchara de la miel.

En la entrada, Rachel agradeció a Birchie y a Wattie por su hospitalidad, besando a cada una de ellas en la mejilla. A mí me dejó para el final, abrazándome con fuerza y diciéndome al oído:

—Nos vemos pronto, preñada.

¿Pronto? Definitivamente Rachel era una optimista. Yo ya estaba preocupándome por si Digby tendría que nacer en Birchville después de todo.

—¿Acompañamos a Rachel fuera? —le preguntó Wattie a Birchie, ayudándola, pero Birchie no respondió. Estaba con la mirada fija en el comedor, observando su propio sitio.

—¿Birchie? —dije yo, y ella soltó una risita.

Era similar al sonido agudo y chirriante del día anterior, el que había presagiado el desastre. Hizo que se me erizaran todos los vellos de la nuca.

—¿Birchie? —repitió Wattie, intentando llamarla.

Cogió a mi abuela por los hombros y la giró cuidadosamente hacia nosotras.

—¿Birchie?

Birchie dejó de reírse, y sus ojos se quedaron fijos.

—Mi padre es un barco —nos dijo, con la voz llena de confusión.

Capítulo 23

Cody Mack llegó sonriendo y con gafas de aviador puestas. Llevaba un maletín en la mano. Era de polipiel marrón, muy brillante, y las esquinas de latón resplandecían, lo cual era bastante extraño teniendo en cuenta la ocasión. Las bisagras tenían polvo. Parecía el atrezo que le darían a un niño en un musical del instituto para que la audiencia entendiera que es importante en la obra.

Frank Darian llegó con él, cargando con su propio maletín. Parecía cansado, y ese sería uno de sus últimos actos como nuestro abogado; nos había recomendado empezar a buscar un abogado criminalista. «Uno muy bueno», nos dijo, tendiéndonos una lista de nombres, y esas palabras me asustaron más que cualquier otra cosa. Tampoco tenía nada que ver con sus propios problemas con el divorcio. Lo había dejado claro. Cuando tuviéramos los resultados de ADN y se probara definitivamente que Birchie había estado escondiendo el cuerpo de su padre en el ático, Frank creía que Tackrey seguiría adelante. Y con energía, a no ser que la opinión pública cambiase. Tenía contrincantes en las primarias por primera vez en años.

Entraron en la sala de estar y Birchie y Wattie no se levantaron de su sitio juntas en el sofá doble. Seguí su ejemplo y me quedé plantada en la silla que estaba más cerca de Birchie, furiosa por una serie de cosas que odiaba. Odiaba que mi familia hubiera hecho algo malo. Odiaba que Cody Mack, ese gilipollas racista, estuviera aquí dando lecciones de ley y orden. Estaba reprimiendo en mi cuerpo los impulsos de hacer que todo aquello parase, pero no tenían a donde ir. Lo que más odiaba era sentir esa impotencia.

Frank tomó postura de vigilante frente a la chimenea, con las piernas extendidas y las manos detrás de la espalda, e intercambiamos saludos formales y fríos con él. Todas menos Birchie. Ella no dijo nada, aunque su rostro indicaba que algo olía mal en la sala.

Cody vino pavoneándose y moviendo las caderas de un lado a otro antes de dejar el ostentoso maletín en la mesita diagonalmente opuesta a mí y a Birchie. Se tomó su tiempo para abrir los cierres y levantar la tapa. El maletín estaba aún más polvoriento en el interior. Debía de haberlo bajado del ático libre de cadáveres de su abuela como compensación, porque estaba totalmente vacío excepto por tres kits de muestras, cada uno en una pequeña cajita. Podría haberlos llevado perfectamente en una bolsa de plástico del supermercado, o en las manos.

–Vale, esto va a ser fácil y no le va a doler –le dijo Cody a mi abuela, aunque ella aún no lo había saludado siquiera.

Mientras hablaba, Cody tomó uno de los kits de muestra y lo abrió, dejando las piezas en la base del maletín: un sobre acolchado, una bolsa transparente con cierre de zip, un hisopo sellado en un papel, un par de guantes de látex azules y una pequeña pila de formularios y pegatinas.

–Si coopera, puedo estar fuera de su casa en cinco minutos. O menos –continuó, poniéndose los guantes.

Ahora que estaba dirigiéndose a ella directamente, Birchie bajó la mirada. Estaba mirándose las manos, colocadas recatadamente sobre su regazo. Wattie, a su lado, adoptó una postura casi idéntica, ambas inclinadas de manera que sus hombros se tocasen.

–Por favor, explícanos el proceso –dijo Frank, para ayudar a Birchie.

Cody cogió el hisopo y lo desenvolvió.

–Voy a colocar este hisopo en su boca –dijo, y después se dirigió a Birchie directamente–. Se pasa por los lados, así que no se preocupe por las arcadas ni nada por el estilo. Después lo pasaré por el interior de la mejilla. Eso tarda un momento, porque tengo que recoger células con él. Lo he probado en mí mismo, así que sé que no es para nada incómodo. Y ya está. Su parte está hecha. ¿De acuerdo?

Estaba portándose lo mejor posible, y pensé que Tackrey debía haberle metido un miedo extremo en el cuerpo. La propia Tackrey no podía estar presente, o se arriesgaba a convertirse en testigo de su propio caso.

Birchie finalmente levantó la mirada de sus manos. Le mostró una educada sonrisa, esa que mostraba a quienes no eran bienvenidos, esa que era peligrosa. Una sonrisa que escondía hielo y acero.

—Creo que... no —le dijo Birchie.

Cody giró la cabeza hacia Frank y después hacia mí. Ninguno de los dos podía ayudarlo. Wattie estaba aún en modo recatado, aunque le pegaba tanto como le pegaba a Rachel el rostro avergonzado.

Intenté mantener la respiración lenta y tranquila por el bebé. Viendo como estaban yendo mis primeros cuatro meses, mi hijo podía salir tan duro como el pedernal o completamente neurótico. Tenía que ir a clases de yoga o de meditación zen inmediatamente. Esa latente necesidad de actuar volvió a recorrerme, empujada por mi corazón y transportada por mi sangre. Chispeaba entre mis articulaciones y no tenía otro lugar al que ir que no fuera el centro de mi cuerpo, donde mi incansable corazón volvía a mandarla por todo mi ser.

Cody volvió a intentarlo:

—Señora Birchie, no puede creer que no. No puede creer nada, porque tenemos una orden judicial. Se la puedo enseñar si lo desea. Ya se la he enseñado a Frank también. No tiene elección.

Frank finalmente irrumpió:

—Terminemos con esto, señora Birchie, ¿de acuerdo?

—Gracias, pero no —replicó ella de manera educada, y después cerró la boca.

La cerró del todo. Sus labios siempre habían sido delicados

y muy pequeños para su rostro, y la edad los había hecho aún más finos. Estaba apretando los labios formando una pequeña y arrugada estrella. Sus ojos estaban emitiendo un fuego helado hacia Cody Mack, que estaba lo suficientemente frustrado para sacar sus gafas de aviador y mirarnos a los cuatro, uno a uno. Terminó mirando a Frank.

—Tienes que hacer que tu cliente cumpla —dijo Cody, balanceando las caderas de nuevo. Hacia delante y hacia atrás, como contoneándose en el sitio. Se giró hacia mí y hacia Wattie.

—O vosotras. La única razón por la que estáis aquí es para hacer que esta mujer coopere.

—Señora Birchie, esto no es opcional —le dijo Frank—. Es la ley.

Birchie estaba escuchando, pero no a él. Sus ojos se estaban fijando en algo tras Cody, hacia el comedor, y había ladeado la cabeza. Estaba escuchando a los conejos. O algo peor.

—¿Podemos hacer esto otro día? —pregunté, intentando sonar amable. No quería que se hiciera en general, pero hacerlo más tarde podría ser mejor. O nunca—. Hoy está muy dispersa.

—No, no podemos —me dijo Cody—. Ya estamos adaptándonos suficiente a vosotros por ser los Birch, teniendo que venir yo a hacer esto. Si queréis que las cosas se pongan feas, se pondrán feas. Si se niega, tengo derecho a arrancarle unos pelos. Y eso será más invasivo, porque necesito la raíz.

Cody pronunció de una forma extraña la palabra «raíz», lo cual hizo que no entendiera lo que decía por un segundo. Después lo hice, y dije, incrédula:

—¿De verdad nos estás amenazando con arrancarle unos pelos de la cabeza a Birchie?

—Sí señora —confirmó—. Y si se resiste, tendré que usar la fuerza para contenerla.

Tuve una visión de lo mal que iba a ir eso. Ella lucharía. No tenía dudas. Nadie que la hubiera visto ayer dudaría de ello, pero era muy pequeña y frágil. Lucharía y se haría daño.

Wattie empezó a susurrarle a Birchie al oído. Pude captar

alguna palabra suelta. Estaba intentando convencerla. Pacíficamente. Sin tenedores.

Mi abuela le dio unos golpecitos en la rodilla y dijo:

—Ya sabes que eso no puede ser, Wattie. No puede ser.

Yo entré en desesperación. Solo quería parar eso, pero, al pensar en el daño que las manos ásperas de Cody podrían hacerle a Birchie, dije:

—Birchie, por favor. Acabemos con esto.

—Es asqueroso —me dijo a través de su pequeña boca.

La cerró con aún más fuerza; las cosas empezaban a ser ridículas. Era como si estuviera viendo a tres humanos adultos intentando que un bebé al que solo le gustan los dulces comiera espinacas. En cualquier momento Cody Mack movería el hisopo hacia ella, diciendo «¡Aquí viene el avión, pi, pi!». Pero ese bebé goloso tenía a Violence dentro, y sus huesos eran tan frágiles como una estrella de mar. Rodeé la habitación con los ojos, analizando todas las cosas que Birchie podría utilizar como arma. El atizador de la chimenea, la pesada vela aromática en un bote de cristal y sus propias uñas de color coral. Podría hacerle daño si se aprovechaba del factor sorpresa. Cody, con su robusto pecho y sus brazos musculosos, procedería a triturar hasta convertir en polvo sus huesos de anciana, para defenderse.

—¡No es asqueroso! —dijo Cody, con tono irritado. Se inclinó hacia ella con el hisopo, agitándolo frente a su cara—. Lo acabo de sacar de un envoltorio estéril. Todos me habéis visto hacerlo. Ahora, última oportunidad, abre la maldita boca.

Birchie estaba perdiendo la calma de nuevo. Podía verlo en su barbilla, firme.

Me levanté, lo cual me hizo sentirme bien, aunque estuviera actuando en contra de todo lo que quería.

—Dame el hisopo, Cody.

—No, señorita. Tengo que recogerlo yo. Cadena de custodia.

—Bueno, ahí tienes dos kits más. Déjame enseñarle lo que le vas a hacer. —Estaba intentando ser amable y racional pero mis palabras me controlaban–. Quizá podríamos terminar esto sin derramar sangre, y antes de que el resto de nosotros cumplamos noventa años también. Estoy segura de que tienes una larga lista de ancianitas enfermas a las que atormentar hoy.

Él se encogió de hombros e hizo una ligera reverencia sarcástica, para después pasarme el hisopo.

Me incliné hacia Birchie.

–Solo te lo voy a enseñar –le dije–. ¿Puedes abrir la boca?

Lo único que hizo fue cerrarla con aún más fuerza.

–¡Gran trabajo! –se burló Cody, disfrutando de mi fracaso. Menudo gilipollas.

–Prueba conmigo –dijo Wattie abriendo la boca e inclinándose hacia delante.

Era una buena idea. Di un paso, con los ojos brillantes de Birchie examinando cada movimiento que hacía bajo sus escasas y sospechosas cejas.

–Ponlo en el lateral. Después frota de arriba abajo en el interior, como si estuvieras cepillándole los dientes. Menos en la mejilla –explicó Cody.

–Te acabo de oír explicarlo hace tres minutos –le dije.

Hice lo que dijo, insertando el hisopo y frotándolo de arriba abajo con un poco de presión.

–¿Durante cuánto tiempo?

–Cuarenta y cinco segundos. He puesto el cronómetro con el reloj –dijo él.

Seguí frotando mientras Wattie hacía sonidos afirmativos, mirando de reojo a Birchie con la boca estirada en la sonrisa más falsa que jamás había visto. Me di cuenta de que ella también estaba desesperada con el deseo de hacer que todo se detuviera. Pero ahí estábamos las dos, incapaces de dejar de ayudar. Después de lo que parecieron veinte años, Cody dijo:

–Suficiente.

–Bueno, pues no ha sido nada –concluyó Wattie mientras le sacaba el hisopo de la boca y se lo enseñaba a Birchie. No tenía sangre y no era desagradable en absoluto. Tan solo era un hisopo húmedo.

—¿Lo ves? Eso es todo. Wattie lo ha hecho.

Las amenazas con laboratorios y tirones del pelo le habían dado igual, pero recordé como Wattie usaba recetas en vez de otras cosas de la vida cotidiana para traerla a la realidad. Lo usé en su contra, diciendo:

—Wattie quiere que plantéis las calabazas hoy, y si no hacemos esto tendrás que poner calabazas del súper en el porche en octubre. ¿Es eso lo que quieres?

Eso hizo que abriera la boca, solo para reprenderme.

—Leia Birch Briggs, ¡preferiría no tener calabazas en absoluto! ¿Sabías que la mitad de las que hay en el súper ni siquiera vienen de América?

—Bueno, pues haz esto y vamos a plantarlas. Junio no durará para siempre —dije, aunque daba igual cómo saliera aquello, porque Birchie no estaría allí para recoger esas calabazas en octubre.

Mi abuela miró el hisopo, desconfiada, pero Wattie me asintió ligeramente, de forma casi imperceptible, animándome.

—No es propio de una señorita —dijo Birchie. Por lo menos ahora me estaba hablando y no tenía los labios apretados—. Es que mira, tiene su saliva. Su saliva humana, y estás ahí agitándolo por la sala.

—Se guarda inmediatamente —dije.

Aparté a Cody de en medio y cogí la pequeña bolsa de plástico con cierre zip. La sujeté donde ella pudiese verla, metí el hisopo dentro y la cerré.

—¿Lo ves? Incluso queda sellada. Hagámoslo. ¡No va a haber diversión en el jardín hasta que esté hecho!

Era mi primer intento de hablar el idioma de madre incuestionable. Intenté sonar como Rachel diciéndole a Lavender que limpiara los platos del desayuno. Intenté sonar como la propia Birchie había sonado durante todos los veranos de mi infancia, diciéndome que recogiera mis pinturas antes de poder irme a jugar a la plaza. Me resultaba extraño usar este tono con una de las mujeres que me lo había enseñado, pero me di cuenta de que su voz también era mía, al fin y al cabo. Funcionó, lo cual me hizo sentir una mezcla entre ira y tristeza. Le hizo dejar de ser madre y convertirse en una niña.

—Dios mío, no hace falta hacer tanto escándalo —dijo Birchie, malhumorada, y abrió la boca como si fuera una cría de pájaro.

Me aparté del camino de Cody, superrápido, antes de que Birchie se olvidara de haber consentido. Él se acercó, lo suficientemente listo para decidir mantener la boca cerrada durante un minuto. Me quedé tras él, enarcando las cejas animadamente mientras Cody abría una nueva caja y montaba un gran espectáculo para ponerse unos guantes limpios. Wattie se inclinó hacia ella, susurrándole una tranquilizante lista de todas las semillas que tendrían que plantar después; boniatos, guisantes y melones, mientras Cody tomaba la muestra. Fue un minuto tan largo que Wattie estaba ya recitando el programa de plantas de invierno cuando terminó. El hisopo ya estaba fuera y Cody lo estaba metiendo en la bolsa, y gracias a nosotras nadie terminó apuñalado o con un hueso roto. Gracias a nosotras, el estado tenía todo lo necesario para destruirnos.

Frank hizo un rápido gesto diciendo «¡Uf!» y yo le sonreí, pero burlona.

Aquello no era una victoria que pudiera celebrar.

—¿Ha sido tan difícil? —dijo Cody, sujetando la bolsa de plástico para que Birchie la viera.

Ella se puso una mano sobre el pecho, con el desagrado registrado en sus labios y el ceño fruncido.

—¿De verdad? —le dije en bajo detrás suyo—. Como te tire la bolsa al suelo, me voy a partir de risa. Y buena suerte para conseguir otra muestra. No puedo esperar a oírte explicárselo a la señora Tackrey…

Pero él ya estaba colocando la bolsa en la base de su maletín, diciendo «Vale, vale, vale» por encima de mí hasta que dejé de hablar.

—Solo se lo estaba enseñando —se defendió, lo cual era falso. Estaba intentando irritarla. Era el mismo matón que había sido en su infancia. En vez de crecer y cambiar sus defectos, solo se había vuelto lo suficientemente mayor para causar daños reales con ellos.

Birchie bajó la mirada, con las manos juntas, de nuevo en modo recatado.

—¿Y ahora qué? —pregunté mientras Cody buscaba en su bolsillo de la camisa un boli con el que escribir en la etiqueta de la pegatina.

—Ahora lo guardo y lo entrego en el laboratorio —dijo él, revisando el maletín polvoriento y después palpando su bolsillo trasero para intentar encontrar un bolígrafo que no estaba ahí.

Creo que, si tenía algún plan, fue ahí cuando lo tracé. No era realmente un plan. Era simplemente darse cuenta, un clic lógico que entendí demasiado rápido como para pensarlo en palabras: había una pequeña bolsa llena de células en la polvorienta base de su maletín. Células que yo había ayudado a recoger, aunque pudieran llevar a Birchie a la cárcel. Había otra bolsita llena de células, anónima e idéntica en mi mano. Células que no ayudarían a la policía ni a Regina Tackrey en absoluto.

—Yo tengo uno —dijo Frank, tendiéndole su boli. Cody se giró hacia la chimenea para cogerlo, bloqueando la vista de Frank hacia la maleta. Estuvo dando la vuelta durante un segundo, o quizá dos. No era suficiente tiempo si tenía que pararme a pensar en ello. Pero no pensé. Mi cuerpo estaba listo, esperando, lleno de una acción acumulada durante todo ese tiempo. Me moví, dejé mi bolsita y cogí la suya. Listo.

Wattie me vio. Solo ella. Sus ojos se ensancharon, aterrorizada, y abrió la boca. Pero la volvió a cerrar. Cody ya estaba volviendo. Estaba escribiendo en la pegatina. Vi como la adhería a la bolsa equivocada, tan horrorizada como Wattie. Mis malvadas manos temblaban y vibraban, por lo que tuve que esforzarme por no tirar al suelo la bolsa que contenía la verdadera muestra.

«Esto es un crimen –pensé–. Estoy sujetando un crimen, y lo he cometido. Con esta rapidez puede moverse la mano de una persona, casi sin permiso. Un impulso, un respiro y ya está hecho, y entonces cometes un crimen que es para siempre».

No quería pensar en Birchie con un martillo ni en lo que hizo en su peor momento, pero lo estaba haciendo. Agarré la bolsa con tanta fuerza que los nudillos se me pusieron blancos.

Wattie estaba entrando en pánico. Podía verlo en sus ojos, los había abierto de par en par. Abrió la boca de nuevo y después la cerró. Estábamos enviándonos mensajes mediante la mirada la una a la otra, en total silencio.

Me estaba diciendo que era una estúpida, y la verdad es que tenía razón. Mis manos habían cometido un crimen que no podía deshacerse. Cody ya había puesto la muestra equivocada en la caja y la había etiquetado.

Si hubiera sido nuestro jefe de policía, Willard Dalton, podría haber dicho «Espera, he hecho algo malo y estúpido». Podría haberlas intercambiado o haber tomado una nueva muestra. De hecho, si hubiera sido Willard Dalton, observador e inteligente, jamás habría tenido la oportunidad. Pero era Cody Mack. Si hablara ahora, tendría que salir de casa con esposas.

«¡Cállate, cállate! No quiero tener a mi bebé en la cárcel», le trasladé mediante el pensamiento a Wattie, y ella cerró la boca por tercera vez.

Frank, ignorando lo sucedido, comenzó una ronda de despedidas formales mientras Cody cerraba su estúpido maletín. Wattie y yo también emitimos una especie de despedida. Esperaba no estar tan roja y sudorosa como creía. Apenas podía oírme a mí misma con la sangre que me bombeaba en las orejas.

–¿Cuándo llegarán los resultados? –preguntó Frank.

–Bueno, este tipo de cosas pueden tardar meses –dijo Cody,

y sentí sus palabras como un alivio, pero también como una espada que pendía de un hilo, colgando sobre mi cabeza.

¿Meses? Meses sin saber si me iban a pillar. Meses de mi bebé creciendo aquí en Birchville y de mi abuela sin poder salir del estado, atrapada en aquella casa llena de tenedores y escaleras. No podía llevarla a un lugar temporal hasta que pudiera mudarse cerca de mí. No cuando no tenía ni idea de dónde iba a vivir y cada pequeño cambio era tan duro para ella. Pero aquello también significaba pasar unos meses posponiendo la persecución legal. ¿Cuál era peor? Después, Cody mostró una enorme y asquerosa sonrisa, y añadió:

—Pero Tackrey se encargará de que esta la hagan rápido. Así que una semana, o diez días.

Ahí tenía mi respuesta. Que lo hicieran rápido era peor.

Ahora Frank estaba acompañando fuera a Cody, saliendo junto a él y murmurando cosas formales. Birchie y Wattie se quedaron pegadas al sofá doble, ambas en completo silencio por diferentes razones.

Cerré la puerta cuando los hombres se fueron. Me giré y me apoyé contra ella porque me temblaban las piernas y estaban débiles, como si estuvieran hechas de gomas elásticas y masilla.

—Vamos a plantar calabazas —dijo Birchie, alegre, como si todo lo desagradable ya hubiera pasado.

No respondí. Wattie y yo ladeamos la cabeza, escuchando las voces y los pasos de los dos hombres que bajaban las escaleras hasta que ya no se les oía. Después Wattie se levantó tan rápido que parecía que hubiera pedido prestadas unas rodillas nuevas. Llegó desde el otro lado de la sala hasta mí en un instante, sujetándome el brazo con tanta fuerza que me hizo daño.

—Niña, ¿qué has hecho?

—No lo sé, lo siento, ¡no lo sé! —dije, sujetándola por los hombros.

—¿Qué ha pasado? —preguntó Birchie desde el sofá, aún sentada y despreocupada.

–Vas a compartir celda a nuestro lado. Tus huellas dactilares deben estar por toda la bolsa –dijo Wattie, agitada, intentando no gritarme a la cara.

–¿Por qué iban a hacer pruebas a la bolsa? Si no pueden identificar el cuerpo, ¿qué van a hacer? ¿Sin una teoría que funcione? –Estaba intentando convencerla a ella tanto como a mí misma–. El caso no se resolverá nunca, y algún día la gente hablará sobre los huesos de la misma forma en la que hablan sobre el hombre cerdo del valle o el pez lagarto gigante del lago Martin, serán solo los misteriosos restos encontrados en la casa de los Birch.

Wattie puso los ojos en blanco, más calmada, pero tampoco demasiado.

–¿Eres estúpida? ¡Les has dado mis genes, niña! ¡Mis genes! Que Dios te ayude. Que Dios se apiade de tu bebé... ¿Tú te crees que soy negra porque me han pintado la piel? ¿Crees que él también lo será?

No la entendí por un momento.

–¿Te refieres a que pueden saber por esa muestra que eres negra?

Eso no me parecía bien. De hecho, me parecía un poco racista que los genes supieran eso. Que los genes contaran eso. Quería que todos fuéramos iguales bajo la superficie.

–¡Pues claro que pueden! Que Dios se apiade de tu bebé –repitió Wattie, levantando las manos. Después metió los puños entre sus cortos rizos mientras se alejaba de mí y volvía al otro lado de la sala. La seguí.

–Tenemos que llamar a Willard Dalton. Ya. Y hacer que cambie las bolsas.

Yo negué con la cabeza.

–No podemos. Tackrey no se fía de él. Cody va a llevarse esa caja directamente al laboratorio. No se va a quedar en Birchville.

–¿Qué has hecho? –dijo Birchie, que ahora estaba alarmada.

El estrés de Wattie, recta en la silla, había penetrado la extraña niebla que se había acumulado a su alrededor.

—Ha intercambiado los tests. El tuyo y el mío —dijo Wattie, nerviosa, frenética y todavía con las manos entre el pelo—. Les ha dado mis células.

Birchie se puso una mano en el corazón, levantando las cejas.

Yo seguí hablando con Wattie.

—No importa. No se fijarán en si los genes son de una persona negra o blanca. No si hacen un test de paternidad —hablé con toda la autoridad de una persona que una vez se quedó en la sala de espera del dentista sin un libro y tuvo como único entretenimiento un programa de la tele. Estaban haciendo una cosa que el presentador exagerado llamaba «revelando la paternidad», donde el tío que creía ser el padre nunca resultaba serlo y se lo decían por televisión.

—Solo miran esos marcadores. Unos específicos. Creo. Estoy bastante segura. —Quería preguntárselo a Google, pero no me convenía especialmente tener esa búsqueda en mi historial. Tenía que ir a una biblioteca. Una grande con un montón de ordenadores anónimos. Lejos.

—¿Las has intercambiado? ¿Mis células y las de Wattie? —me preguntó Birchie. Se levantó, aún con la mano sobre el pecho.

Asentí, sorprendida de que se hubiera enterado de todo.

—Lo siento mucho —dijo Birchie. A Wattie, no a mí.

Las fosas nasales de la anciana se dilataron y se empezó a tirar del pelo con las manos, diciendo:

—No lo sientas.

—Lo siento mucho, lo siento mucho —repitió mi abuela. Vino desde el otro lado de la habitación, dirigiéndose hacia ella.

—No lo sabemos —dijo Wattie, seria y sin moverse entre sus brazos—. No lo sabes.

Estaban teniendo una conversación de la que yo no formaba parte.

Birchie dijo:

–Sí lo sé, y tú también.

Wattie se derrumbó. Se rompió en lamentos, aun tirándose del pelo con las manos. Era un sonido horrible, largo y agudo, un aullido vibrante. Finalmente se retiró las manos del pelo para ponérselas sobre el rostro. El sonido se convirtió en llantos, tan intensos que hacían que temblara y se retorciera. Se agitaba tan violentamente que pensé que sin los brazos de Birchie a su alrededor, su cuerpo se desharía. Estaba presionando con tanta fuerza su rostro que debía estar haciéndose daño.

–¿Qué pasa? –dije, pero para ellas yo ni siquiera estaba en la habitación. Era tan inexistente como uno de los conejos de mi abuela, era prácticamente imaginaria. Birchie la balanceó de delante hacia atrás mientras Wattie lloraba.

–Sí lo sabes –dijo–. Lo siento mucho.

Wattie se retorció entre sus brazos, diciendo algo que no pude entender.

–¿Qué pasa? –pregunté de nuevo.

Birchie me miró por encima de los hombros de Wattie, y ahora sus palabras parecían estar dirigidas a las dos.

–Ese test va a salir positivo. Da igual que los hayas cambiado. La respuesta va a ser la misma –dijo ella.

–No –contesté yo, como un rayo de negación.

No podía ser. Pero mis ojos de artista estaban buscando algo, sin permiso. Una vez que lo dijo, mis ojos no podían dejar de verlo.

Pero no en su rostro. Birchie tenía los ojos pequeños, juntos. Los de Wattie eran grandes y redondos y estaban más separados. Tenían narices diferentes y estaban hechas con paletas de colores completamente distintas.

La verdad estaba escrita en sus cuerpos. Mientras se sujetaban la una a la otra, Wattie retorciéndose por los llantos y Birchie con los brazos alrededor de una tristeza que era más grande que la habitación, pude verlo en sus formas. La bajada de sus hombros que se tocaban, el redondeo de sus caderas y barrigas, la curva de sus similares pantorrillas. Tenían la frente amplia y barbillas pequeñas y puntiagudas, de forma que sus rasgos dispares estaban colocados en corazones que se complementaban. Sus cuerpos me contaban mi propio futuro, y mi cuerpo les hablaba de su pasado; me habían visto y ambas habían sabido que estaba embarazada. Lo habían sabido porque ambas habían reconocido sus formas en mí.

—Jesús —dije—. Jesús, Jesús.

No era capaz de no verlo, por lo que me quede como testigo. No sabía qué más hacer en presencia de un dolor tan horrible.

Wattie finalmente levantó la mirada, con los ojos bañados en lágrimas.

—Escúchame —dijo, con total claridad—. Mi padre era Earl John Weathers, y ya está.

—Lo sé. Sé que lo era —dijo Birchie, y vi que las lágrimas se derramaban por sus mejillas también—. Y Vina Weathers fue la única madre que yo conocí. Me pariera ella o no.

Estaba diciendo que el amor de Vina las había hecho hermanas, pero mi visión de artista veía que eran hermanas doblemente. Hermanas de corazón y en sus historias, dos mitades encajadas juntas en un enredo de buen amor y malas historias.

Pensaba que todos los secretos humanos terminaban siendo, hasta cierto punto, demasiado viejos como para importar, pero los ecos de este llenaban la habitación. Lloraron entre los brazos de la otra, y yo también lloré. Se convirtieron en una sola cosa bajo mi visión borrosa, juntas, apoyándose la una en la otra. Giraron el rostro, ambos en forma de corazón, hacia mí, con sus rasgos diferentes pintados sobre el mismo lienzo, y ahora que lo había visto, siempre lo vería. Aquello era el pasado levantándose para devorarnos. La historia latente. Viva en sus cuerpos, y reflejada en el mío.

Capítulo 24

Emily Birch era una solterona definitiva cuando tenía veintinueve años, pero lo era por decisión propia. Era la Birch más
importante de Birchville, y los chicos que iban a cortejarla en
su juventud eran demasiado reservados y se encogían como
perros ante su padre. Ella lo sabía sin que se lo dijera: no eran
adecuados.

Quedaba claro en la forma divertida y piadosa en la que Ellis
Birch los invitaba a entrar cuando aparecían con sus trajes im-
polutos y con el pelo peinado hacia atrás. No paraban de sudar
durante sus horas en el salón, y ningún vaso de agua fresca
podría evitar que sus margaritas de campo y sus zanahorias
silvestres se marchitaran en su presencia.

Clayton Mack tomó un camino diferente. Se unió a Emily
mientras ella daba un paseo a solas, seguro de sí mismo y
demasiado informal, y apareció por detrás de ella para tirarle
de la trenza. La hizo reír. Clayton no pasó por casa formal-
mente para presentarse ante su padre, y pronto se vio invitado
a perseguir otras oportunidades fuera. En Georgia o en Mi-
sisipi. Mientras Alabama cerraba sus puertas tras él, la mala
sangre que ya había entre las familias se volvió más amarga.

Emily era demasiado querida y estaba demasiado ocupada
para sentirse sola, sobre todo porque su padre practicaba
aquello que siempre predicaba: ella era la única persona en
Birchville digna de recibir su amor. Él se había quedado viudo
pronto y tenía dinero, por lo que las damas, las solteronas
y las viudas se peleaban por él. Era inmune a los guisos, a
la simpatía que le mostraban y a los toquecitos maternales
que le daban a su bebé, y todas marcharon indemnes con la

misma divertida condescendencia que ofrecía a los pretendientes de Emily.

Esa actitud tan pública significaba que Ellis Birch era más respetado que querido. Su padre había sido simplemente «Ethan» para varias familias, pero Ellis era el señor Birch para todos, siempre. Sin embargo, para Emily era «papá», y ella se llevaba cada rayo de su escasa luz. Era poca, y toda era para ella.

«Pero, señor, quiere mucho a su hija», decía la gente en Birchville, como un refrán o un coro indulgente cuando su orgullo inundaba la habitación. Su pequeño y frío Dios había tenido la suficiente fuerza para llevar al pueblo a través de la Gran Depresión y más allá. Nunca trató a Emily como algo decorativo. Desde su nacimiento, se le dijo que su vida tenía grandes propósitos, y ya dormía sobre las rodillas de su padre cuando iban a reuniones del consejo o de lo diáconos, antes de poder hablar. Cuando cumplió los veinte ya gestionaba todos los clubs para mujeres que su madre había manejado cuando vivía: Las Amigas de la Biblioteca, el Club del Jardín y las Mary-Marthas.

Floyd Briggs no fue un pretendiente desde el principio. Solo era amable y divertido cuando ella entraba en su tienda para complementar su jardín con sus verduras frescas, y se dio cuenta de que él se sentaba en los bancos del parque cuando hacía buen tiempo, leyendo poesía y novelas de Austen, E. M. Forster o de las hermanas Brontë. Todas sus favoritas. Poco después empezaron a intercambiarse libros en la Iglesia. Él empezó a introducir sus propios poemas, escritos a mano y sin firmar, entre las páginas. Eran bastante buenos, y un día Emily se encontró en su tienda comprando cebollas cuando ya sabía que las de su jardín estaban listas.

También supo, antes de que él preguntara, que Floyd Briggs no tendría un pase con su padre. Ellis se había deshecho de chicos con pedigrís más altos, mejores posibilidades y nombres de más peso. Ellis era el único y verdadero Birch y Emily su única heredera. Pero cuando llegó la pregunta, estuvo lo suficientemente tentada por ella como para hablarlo con su padre.

No despotricó ni le impidió nada, porque aquello solo habría precipitado a su hija, de fuerte voluntad, hacia los brazos de Floyd.

Fue tranquilo y considerado, cuestionando los motivos del joven. Después de todo, Emily iba a ser bastante adinerada. No intentó culparla por el hecho de que, si ella se casaba, él se quedaría solo en la gran casa de la colina. Ella ya lo sabía. Él mismo no se había vuelto a casar, y el mensaje implícito era que ella era suficiente. Al final, a ella le parecía una traición decirle que él no lo era. Ella mantuvo su nombre y dejó ir a Floyd.

Ahí fue cuando su figura de niña empezó a desaparecer. Solo estaban Emily y su padre, comiendo los platos caseros que Vina les dejaba cada noche. Algún día Emily sería la última Birch de Birchville, y al pensar eso optaba por servirse otro tomate frito y otro pedazo de tarta.

A los veintinueve años, si su apellido hubiera sido cualquier otro que no fuera Birch, todos habrían sentido pena por ella. Otra muchacha soltera sentada en la pequeña fila de las solteronas que iban ganando peso. Lo que ella hizo fue casarse con el pueblo. Se aferró a Birchville, sacándolo adelante como siempre habían hecho los Birch, y el pueblo honró cada uno de sus pasos. Pasó de los trabajos femeninos en el comité a convertirse en la planificadora y recaudadora de fondos para reconstruir la biblioteca del pueblo. Jesús había indicado claramente en un pasaje jamás encontrado de la Biblia que las mujeres no podían ser líderes de la Iglesia, pero los diáconos la nombraron su secretaria. Después cambiaron sus leyes para poder darle a la secretaria derecho a participar en las reuniones y votar.

Amaba al pueblo y amaba a su padre. Amaba a Vina y a Wattie, y amó al reverendo «Big Bear» Price cuando Wattie se casó con él. Amó a los bebés de Wattie cuando llegaron.

Todo lo que ella amaba la amaba de vuelta. Era una buena vida. Su padre le dijo, mediante su ejemplo, que era una vida buena, completa, y que era suficiente. Y ella creyó en él.

Lo hizo hasta el día en el que llegó antes del Club del Jardín con un fuerte dolor de cabeza. Se acercó al despacho de su padre para decirle que se iba a echar una siesta hasta la hora de comer. La puerta estaba abierta, y lo vio. Y, en ese caso, verlo significó dejar de creer en él.

Entendió lo que está pasando, claro que lo hizo. Birchville es un pueblo pequeño, de campo, lleno de perros, caballos y gatos de granja. Los Partridge tenían cabras, y la propia Birchie tenía pollos y un gallo que se pavoneaba por ahí. Había visto a animales colocados de esa forma, con sus rostros sin cejas en blanco, y picos incapaces de sonreír o hacer muecas. Los rostros de los animales permanecen pasivos, extrañamente pasivos, aunque estén creando a otros animales.

Y así era el rostro de Vina en ese instante. Vina, doblada sobre el escritorio de su padre, era un animal. Solo eso, porque Vina no estaba dentro de su cuerpo. Su boca estaba quieta. Los ojos miraban sin ver. La mejilla de Vina estaba aplastada contra la madera, y su cara se resbalaba hacia delante y hacia atrás por ella, convirtiendo sus rasgos en formas que eran solo formas y no expresiones. Su mejilla se balanceaba por el movimiento del cuerpo que estaba tras ella.

Era perversión en su estado más puro, porque Vina era la única madre que jamás había conocido. Ese hombre, su padre, aún tenía un rostro humano, concentrado. Su cara parecía estar separada de su cuerpo mientras se centraba en la actividad animal que estaba llevando a cabo. Emily había visto esta cara cuando lo veía equilibrando los libros de cuentas, calculando y llegando a conclusiones.

Ella se alejó, pero un sonido salió de su garganta. Vina, que no estaba en la habitación, ni en la casa, ni en el planeta, no reaccionó en absoluto, pero su padre la vio. Su rostro era de asombro, pero su cuerpo, involucrado, siguió empujando una, dos veces. Ella desapareció antes de que su rostro humano pudiera hacer que su cuerpo se detuviera.

Corrió hacia la entrada y se adentró en la cocina, donde unos guisantes se encontraban burbujeando en una olla, brillando por la grasa de cerdo. Vina los había preparado. Está pensado para alimentarlos una vez que se complete el horror en el despacho de su padre y Vina pueda volver a casa. Corrió al comedor. El retrato de Ethan estaba en el suelo, apoyado contra la pared. El clavo que lo sujetaba se había caído, y su padre debería estar recolocándolo, mientras ella estaba en el Club del Jardín. Pero no estaba haciendo eso. Estaba ocupado con otros asuntos.

Su padre continuaba en el despacho, pero los ojos de su retrato la seguían mientras caminaba en consternados círculos, dos veces alrededor de la mesa. Fue hacia el salón y los ojos la siguieron, más serios de lo que jamás había sido su mirada real. Él estaba en la entrada. Ella corrió rápidamente por las escaleras, cerrando la puerta de su habitación con un ruidoso portazo. Él no la siguió.

Caminó de un lado al otro de la habitación y entró en la torrecilla. Se sentó en el asiento de la ventana, pero su cuerpo no era capaz de estar quieto. Se balanceaba hacia delante y hacia atrás, y apenas era capaz de aguantar estar dentro de su propia piel. En cualquier otro momento, Vina tenía un rostro humano. Un rostro que la miraba con amor. Lo que Emily había visto era peor que ver a la cabra de Bill Palmer, con la cara en blanco y resignada. Era peor que su propio gallo que se tiraba encima de cualquier gallina que le gustara. Algo horroroso estaba sucediendo, en secreto, en su casa.

Entró en la torrecilla y se volvió a sentar, pero se levantó inmediatamente para vomitar en el bol blanco de cerámica que había en las estanterías. Abajo, la falda de Vina ya estaba en su lugar. Estaría removiendo los guisantes y contando los huevos para el pan de maíz.

Pensó en Wattie, en su casa con Big Bear y su nuevo bebé,

pequeño y gordo. ¿Y ahora? Ahora que había visto eso, veía cosas. Veía cómo estaba escrito en la forma en que su cuerpo se parecía al de su amiga. ¿Cuánto tiempo lleva pasando eso bajo su techo? Su buen cerebro de Birch, al que se le daban bien las sumas y las figuras, estaba teniendo problemas. Wattie tenía veintinueve años.

Mientras Emily estaba en su habitación, el sol se movía por el cielo. El pan de maíz había salido del horno. Podía olerlo, pero para Emily el tiempo no había pasado. ¿Cómo era posible que Vina estuviera tocando la campana de latón del porche que indicaba que la comida está servida?

¿Cómo era posible que Vina ya estuviera de camino a casa para estar con su marido? ¿Cómo era posible que el sol ya casi se hubiera puesto?

Alguien debía parar a su padre. Alguien debía decirle que no podía hacer esto. Pero no se le ocurría quién. No podrían ser ninguno de los buenos hombres blancos del pueblo que llevaban negocios dentro de los edificios de su padre, trabajaban en su molino y que recurrían a él para préstamos cuando sus hijos caían enfermos o los gorgojos se comían sus cosechas. Todos los policías se quitaban el sombrero cuando él pasaba. Los diáconos se habían reunido con su padre hacía menos de una semana para pedir dinero para un nuevo órgano. Lo habían visto escribir un cheque con la suma completa.

Tampoco serían los buenos hombres negros de Redención, que bebían de las fuentes solo para gente negra y lo llamaban «señor». Si uno de ellos se llevara a la cama a una mujer blanca, habría una fruta extraña colgada de los árboles de las afueras del pueblo.

¿Podía recurrir Emily a las mujeres, entonces? Las esposas. ¿Qué sabrían ellas? Probablemente hacían lo mismo mirando a sus maridos, sonriendo, creando sus bebés mirándose a los ojos y tomándose la mano, como hacía Wattie con Big Bear. Wattie se lo había contado en secreto; lo que pasa en la cama matrimonial es algo maravilloso. No había visto lo mismo.

Ningún hombre tenía el poder de detenerlo, ni mucho menos ninguna mujer ni niño de cualquier tono de piel.

Ni siquiera la propia Vina podía hacer que parara. No había sido capaz en más de los años que llevaba Wattie en el mundo. El marido de Vina perdió su pierna por la gangrena. Aquel trabajo le salvó la vida, pagó su operación y sus medicinas, alimentó a sus bebés y les dio un techo bajo el que vivir. Si Vina lo contaba, ¿quién la creería? Si los Birch la echaban, ¿quién en Birchville querría acogerla? No tenía voz.

La única persona a la que Ellis Birch reconocía como igual estaba escondida en esa torre, vomitando. Su hija poseía la única voz que quizá escuchara.

Emily no recuerda haber bajado las escaleras, pero pasó más tiempo del que pensaba sin ella. Su padre había comido, y sus platos vacíos contaban una historia: no había perdido el apetito. El plato de ella también estaba vacío e impoluto. Los guisantes y la berza la esperaban en platos cubiertos. El pan de maíz estaba envuelto en una servilleta para que se mantuviera caliente.

Su padre había vuelto a colgar el retrato de Ethan. El martillo y el pequeño montón de clavos estaban sobre la mesa. Por la mañana, Vina los encontraría y los volvería a colocar en la caja de herramientas bajo el porche trasero. Emily se preguntó si lo haría antes o después de que la volvieran a violar.

Su padre estaba sentado en su cómoda silla en la sala, tomándose su vino de Oporto. Estaba de espaldas a ella, y sus ojos reales no la miraban. Los ojos del retrato la observaban, inexpresivos.

—Anda, aquí estás —dijo su padre—. ¿Te has quedado dormida?

—No —dijo, porque tenía que hablar con él. Nadie más podía hacerlo—. Me sentía enferma tras lo que he visto.

—Claro, es normal —contestó su padre, comprensivo y tranquilo—. No es agradable de ver para una señorita. No pienses en ello. Ve a cenar.

Sus obedientes pies caminaron hacia la mesa, pero no podía imaginar meterse los guisantes en la boca. Olían a azufre mezclado con grasa rancia. Le quitó la tapa a la berza, y brillaban, repugnantes, ante sus ojos arruinados.

–Tienes que parar –le dijo a la berza.

Esas son todas las palabras que tenía, pero él tenía más. Llegaron hacia ella de muy lejos, y el cielo estaba oscuro, aunque no era capaz de recordar cuándo se había puesto el sol. Quizá no lo hubiera hecho. Quizá aún era la tarde y el sol se había vuelto negro, muestra de que el mundo había caído en ruinas. Pero todo era igual. Nada había cambiado, excepto su forma de ver, el movimiento de las imágenes que le mostraban a otro padre, un padre secreto. Vio que también había otro pueblo, un pueblo secreto, siempre presente y vivo entre las líneas del pueblo que veía. El pueblo que amaba.

Quizá aquella oscuridad había llegado para comerse sus ojos por haber visto. Ella deseaba que así fuera. Deseaba que también se llevara sus orejas, que las llenara de hollín para no poder escuchar a su padre diciéndole con voz calmada y palabras tranquilas que los hombres tienen necesidades que Emily jamás entendería. Que ninguna dama puede entenderlo, y no pasa nada. Le dijo que no se preocupara por Vina, que Vina no era como ella. Dijo que a Vina no le importaba.

Estaba diciendo que Vina era un animal. Le está diciendo a Emily que la mujer que la había criado, su madre en el corazón, siempre era y siempre había sido nada más que una cosa inexpresiva apoyada sobre el escritorio. Pero ella sabía que no era así. Su padre desprendía a Vina de su cuerpo cuando convertía su cuerpo en un mal lugar en el que estar. Estaba matándola durante esos minutos, y él creía que tenía el derecho a hacerlo. Emily Birch estaba metida de lleno en el segundo sur. Su familia había ayudado a crearlo, y su padre lo había mantenido. Él era el segundo sur, y ella era él.

–Tienes que parar –dijo Emily, porque nadie más en el pueblo se lo diría–. Tienes que parar. Tienes que parar.

Eran las únicas palabras que tenía.

—Venga, cariño. No te preocupes. Ve a cenar —le dijo su padre, y cerró la conversación. Volvió a darse la vuelta y dio un sorbo a su vino de Oporto—. Hay tarta de limón para después en la nevera.

No iba a parar, y nadie podía ayudar. Nadie. Lo sabía porque estaba casada con el pueblo. Ella y el pueblo compartían el mismo padre poderoso, que había hecho a ambos a su imagen.

Emily se quedó junto a la mesa, mirando el martillo, y lo dijo por última vez:

—Vas a parar.

—Cielo, no vamos a discutir sobre esto —contestó su padre, empezando a impacientarse—. Créeme. Esos no son como tú. No les importa.

Ellos. Ni siquiera usó el nombre de Vina, o la dignidad del pronombre singular para referirse a ella como persona. Emily sabía que «esos» eran los negritos, aunque él no usaba esa palabra. Los Birch decían «gente de color», porque no eran basura como los Mack o los Beckworth. Eran mejores. Ella misma era demasiado buena para quedarse con Carter Mack, que la hacía reír. También era demasiado buena para estar con Floyd Briggs, que le pidió la mano con un poema tan bonito que hizo que su corazón diera un vuelco.

En vez de eso, decidió ser una hija merecedora de su padre, el cual era un horror. Su corazón estaba repleto de un terrible amor por él. Él estaba lleno de decencia, de té helado y de Jesús, y él era un buen lugar en el que estar si eras blanco, adinerado y bautista y no dejabas que la gente que no era así fuera humana. No iba a dejar de hacer daño a Vina, seguiría creyendo que los Birch eran mejores que todos y demasiado buenos para todo.

Su mano tomó el martillo, y lo dijo por última vez:

—Vas a parar.

Lo dijo desesperada, porque él no iba a hacerlo y ella no iba a dejar que continuara. Levantó la mano tras él, y él dijo, esa vez con voz severa:

—No se va a discutir más sobre esto. Ya está.

Lo dijo y él era el pueblo, él era el tiempo, y tenía razón: ya está. El martillo ya había bajado, y el crujido y el golpe le recordó al sonido de pisar las conchas blancas que él había importado para poner en la entrada.

Siempre había sabido que era fuerte, porque él se lo había dicho. Nunca había pensado que era horrible, pero eso significaba que aún era hija de su padre.

«Nadie puede acusarme ahora de ser demasiado buena para Floyd», pensó ella, y se oyó reír a sí misma. Era una risa enferma y sin vida.

Se sentó en la silla vacía con el martillo ensangrentado en el regazo, se bebió el vino de Oporto y esperó a que se hiciera de día. El tiempo, que antes había pasado tan rápido, se había detenido. En mil años, cuando el sol saliera, Vina llegaría, lo vería y recogería los clavos. La policía se llevaría el martillo. A ella se la llevarían, encontrarían a una solterona rechoncha junto al frío cuerpo de su padre. Pensó en qué historias saldrían de aquello. Ninguna buena. ¿Iba a dejar que ese fuera el legado de su familia? La arrastrarían a desperdiciar su vida durante los siguientes treinta años, al igual que su padre le había hecho malgastar los primeros treinta. El pueblo, el mundo, iba a seguir como él lo había creado. Y ese no era el pueblo que ella quería hacer.

Pensó: «No». Y después, pensó: «No si puedo evitarlo».

Había hecho lo peor que podía hacer una persona, pero en esa oscura hora, decidió que pagaría por sus pecados bajo sus propias condiciones. Era Emily Birch, después de todo.

Se puso a trabajar y creó su propia historia. Se casó con Floyd y reemplazó lo que había visto con una nueva verdad sobre lo que es un hombre para una mujer. El tiempo pasó. En casa apareció un olor y después se fue. Los Estados Unidos lanzaron un satélite al espacio y Elvis se unió al Ejército; Wattie tenía razón. Una persona no puede estar siempre observando lo que ha hecho y teniéndolo en la palma de la mano. Emily Birch Briggs empaquetó sus pecados y amontonó días, meses y años por encima, sirviendo al pueblo como pago por lo que había hecho.

Esta es la historia que mi abuela le contó a Regina Tackrey en sus oficinas cerca de Lake Martin. Era por la mañana, la mejor hora de Birchie, y nos sentamos en una sobria sala de conferencias junto a Frank, Wattie y Willard Dalton en nuestro lado de la mesa. En el otro lado estaban Regina Tackrey y otros cuatro trabajadores que no conocía. El cabello rubio de Tackrey estaba recogido en un moño, y llevaba un vestido de estampado floral con una chaqueta verde por encima. Eran partes de un disfraz, referencias a la dama sureña que peleaba contra sus ojos severos y sus hombros musculosos. Tras ella, otro hombre operaba una cámara sobre un trípode. Podía ver a Birchie junto a mí en una gran pantalla sobre el extremo de la mesa. Con su traje rosa con cinturón, medias y un pequeño sombrero rosa enganchado a su moño, parecía tan dulce y delicada como un huevo de Pascua de mil años de antigüedad.

Wattie se sentó a su lado y lloró y se balanceó en silencio, escuchando y cogiendo de la mano a Birchie. Mi abuela estaba triste y tranquila, y su historia era verdadera, los cuerpos de Lewy le habían dejado contarla. A su lado, sentí como me enredaba y rompía en tiras al oír sus historias y secretos. Los cuerpos de Lewy se reunían en las sombras, comiéndose las historias de Birchie en todos los futuros posibles. En seis meses o en un año se habrían comido esta historia también, y al ver a Wattie sollozar, casi deseé que lo hubieran hecho.

Solo habían pasado tres días, pero Birchie hizo nueve comidas completas y durmió tres noches, y no quería esperar más. Quería confesar antes de que llegaran los resultados del test de ADN. No quería escuchar a Frank, ni a mí, ni a Wattie. No quería contratar a un nuevo abogado. Insistió en que la trajéramos allí para contar la verdad y nada más que la verdad, hasta llegar a la parte del martillo. Después empezó a tergiversar la historia, y pensé en que esa era la razón por la que había insistido tanto. Quería confesar mientras aún tenía la capacidad para mentir.

Vi cómo Wattie se ponía rígida cuando la historia de Birchie dio un giro; en todas las partes en las que Wattie había participado, había reemplazado a Wattie por Floyd. Floyd, el hombre que la quería, al que no le importaba aquello y quien no podía ser condenado. Dijo que Wattie nunca había sabido qué había en ese baúl hasta que lo abrió; ayudó a Birchie a moverlo solo porque se lo suplicó. Wattie no dijo nada, aunque apretó los labios en señal de desaprobación.

–¿Y por qué me cuenta esto ahora? –quería saber Tackrey–. ¿Por qué ahora y no cuando descubrimos los huesos?

Los ojos azules de Birchie empezaron a brillar, pero no cayeron lágrimas y su voz no tembló cuando dijo:

–No quería que Wattie lo supiera. Nunca he querido que supiera que mi padre era también el suyo.

Era la verdad. Cogió la mano de su hermana y vi cómo los dedos de Wattie se habían vuelto grisáceos durante esos últimos días difíciles. Tenía los ojos rojos por las noches que había pasado llorando. Parecía una mujer a la que se le había caído el mundo encima. Y así era, aunque sospechaba que Wattie siempre había sabido parte de ello. Sabía por qué Birchie había cogido ese martillo, pero nunca había hecho las cuentas. No quería ser la hermana de Birchie, por lo menos no de esa forma.

–¿Pero ahora lo sabe? –preguntó Tackrey–. ¿Cómo?

–Los cuerpos de Lewy se lo han dicho –dijo mi abuela, resignada–. Digo cosas que no quiero decir. Hago cosas que no quiero hacer. Cosas horribles. Solo hace falta preguntarle a Frank.

Vi que los dos hombres sentados junto a Tackrey intercambiaban miradas. Sabían lo que había pasado en la Fiesta del Pescado Frito, lo que significaba que tenían relación con Birchville. Al mirarlos, identifiqué que el de la izquierda parecía un

Partridge, pelirrojo y de caderas redondeadas. La historia de Birchie nos acompañaría a casa. Birchie seguía hablando:

—A veces veo a mi padre. Viene a hacerme sentir mal cuando los cuerpos de Lewy se lo permiten. También veo conejos, ¿sabe? Tiene seis, en fila, justo detrás.

—¿Así que se lo dijo a la señora Price? —dijo Tackrey.

—No exactamente —dijo Birchie, y sonrió de manera beata—. Intercambié nuestro ADN. Cambié el mío por el suyo.

De repente, el rostro se me empezó a calentar y empecé a sentir cómo apretaba los labios tanto como Wattie. Bajé la mirada también, y sentí que mi boca se abría. ¿De cuántos pecados compartidos podía apropiarse Birchie en una sola confesión? Me acercó y me agarró de la mano con la que tenía libre, apretando con fuerza. Tanto que me dolieron los huesos y mi boca se cerró de golpe.

—Wattie se dejó tomar una muestra primero para enseñarme cómo se hacía.

Tackrey, pasmada, dijo:

—¿Pero qué narices…?

Birchie rechistó.

—Mi nieta dejó el hisopo de Wattie cerca de mí, y los cambié justo cuando Cody no estaba mirando. Es un policía malísimo, he de decir. Debería haber mandado a Willard —reprimió Birchie.

Se giró hacia Willard.

—Tú nunca me habrías dejado salirme con la mía, ¿verdad?

El jefe Dalton, tan horrorizado como yo, pero por sus propias razones, ahogó un grito:

—¡Dios mío, no!

—¿Pero por qué? —preguntó Tackrey, consternada—. ¡No tiene sentido!

—Los cuerpos de Lewy no suelen tenerlo —le dijo Birchie, negando con la cabeza.

—¿Por qué lo hizo? —preguntó Tackrey, hablando por encima de ella.

Estaba llena de una furia justificada, pero detrás de ella giraban los engranajes de una política. Había insistido en Cody. Había sido su hombre de confianza, y la había cagado. Y sí, eso era cierto. Lo había hecho.

—¿Por qué intercambiar el ADN si no quiere que la señora Price lo sepa?

—Los conejos me dijeron que era una buena idea. Aunque ahora, obviamente, veo el problema —dijo Birchie. Se tocó el sombrero y dejó que su voz adquiriera un tono malhumorado—. Tampoco sé por qué están a tu lado de la mesa. En fila contra mí. Son mis conejos, al fin y al cabo.

Estuve a punto de hablar, pero entonces Digby se estiró y pataleó, llevando a cabo su propia pequeña asamblea. Puse las manos sobre él, y decidí guardármela dentro. No veía cómo dejarlo nacer en prisión ayudaría a nadie. Birchie, recatada y decorada con su sombrero rosa, no estaba tan controlada desde hacía semanas; no creía que hubiera ni un solo conejo en la sala mientras confesaba los peores horrores que cada humana de la habitación había cometido.

Ahí fue cuando Frank la detuvo.

—Creo que mi cliente casi ha llegado a su límite —dijo—. No está bien.

Tackrey fue lo suficientemente inteligente para darse la vuelta y apagar la cámara antes de decir:

—No hace falta que lo digas.

Salimos del edificio y caminamos hacia nuestros coches.

No fue hasta que Frank se metió en el suyo que me dijo, en voz baja:

—Este seguramente haya sido el fin del asunto.

Si se refería a procedimientos legales, pensé que tenía razón. Se montaría un gran escándalo si se filtrara que las pruebas habían sido intercambiadas y la culpa le llegara a Tackrey. La historia de Birchie absolvía a Wattie, y no quedaba nadie vivo que pudiera contradecir su versión. Legalmente, pensé que quizá podíamos estar tranquilas. Pero si Frank creía que todo había terminado, era un ingenuo. Había un Partridge en la habitación, y Tackrey, cuya familia siempre había tenido buena relación con los Mack, tendría mucho que contarle a esa familia.

Había electricidad en el aire por las líneas telefónicas que se encendían en patrones de zigzag por todo el condado. Las tres nos metimos en mi nuevo coche de alquiler, y seguimos la historia de Birchie hasta su casa.

Capítulo 25

Todo empieza con Digby. Digby en el segundo sur.

Meses antes de que mi hijo naciera, lo traje al mundo con un lápiz. Cuando lo puse junto a Violet en la plaza en ruinas del pueblo, solté su nombre dentro de mi arte. Ahí es donde pertenecía; era el avatar de un niño real al que deseaba conocer con todas mis fuerzas. Él empezó la historia en maneras en las que Violet no podía hacerlo.

En el panel inicial, Digby no se da cuenta de que está en peligro. Salta por el escaso césped del borde del parque, corriendo por la parte trasera de la plaza. Se ven un par de tiendas a su derecha, y tras él, el techo de la Iglesia de ladrillo se alza sobre el cielo oscurecido. El campanario está roto, y su dedo puntiagudo apunta al sol cubierto.

Lleva sus pantalones cortos y sus botas, usando un tirachinas para cazar a un monstruoso conejo postapocalíptico. Se parece a los andrajosos conejos que rondaban alrededor de Violet al final de la antigua novela gráfica, pero sus orejas en forma de catana están inspiradas en el Batman de Kelley Jones en *Red Rain*. Digby está muy delgado y hambriento, tanto que su piel se estira, tensa, sobre su cabeza. Pero aún se puede ver su bravuconería; su osadía infantil inmortal está presente en las líneas de su cuerpo mientras caza. Solo hay una palabra en esa primera página, escrita dentro de un pequeño cuadrado blanco para mostrar que es un pensamiento, no un diálogo.

«Hola».

La vista se expande. Violet, resguardada por el muro de piedra del cementerio, lo ve a través de la puerta de hierro forjado. Viste unos harapos de camuflaje y lleva ajustados los pantalones con un pedazo desgastado de cuerda. Lleva el pelo enroscado por la espalda en seis largas trenzas, que sujeta para apartar de su rostro con un trapo ruinoso que antes era su vestido amarillo. En este segundo panel (y en todos los paneles en los que vemos a Digby a través de los ojos de Violet) sus pasos dejan un rastro de enredaderas con hojas, pájaros, ratones, ardillas bebé que lloran y conejos sin mutar. Su sucia camiseta roja brilla para ella.

Violet piensa: «Una persona. Una persona real, un rayo de sol vivo en este lugar oscuro y asqueroso».

Ahora el plano llega más lejos: se ve a Digby cazando y a Violet observando, y las sombras encorvadas que se aglutinan en los escaparates en ruinas y en los vanos de puertas que se han caído. Mis abultados cuerpos de Lewy, con sus finos brazos de palo, han evolucionado hasta convertirse en una horda de caníbales postapocalípticos a los que Digby llama los «ex». Expersonas, quiere decir. Ellos cazan a Digby del mismo modo en el que él caza al conejo.

Violet los ve primero.

«Como cualquier luz en la oscuridad, atraes cosas», piensa ella. Los ex no son conscientes de la presencia de Violet. Si le avisa, les mostrará su posición.

–¡Oye, niño! –le grita igualmente. Ya no es una pequeña inútil en un vestido brillante. Ahora es dura. Ha pecado y lo siente–. Niño, detrás de ti.

La bravuconería de Digby se convierte en miedo, y mira tanto a ella como a los monstruosos ex. Y después corre. Hacia ellos. Como si fueran el mal menor, y quizá lo son.

–Oh, jope –dice Violet, pero no duda.

Digby está corriendo directamente hacia los monstruos, por lo que Violet salta tras él y lo agarra. Lo arrastra de nuevo hacia el cementerio, lo cual se le complica por su resistencia. Cierra la puerta de hierro forjado tras ellos, pero hay más ex llegando desde el portón frontal y saliendo de la puerta trasera de la Iglesia. Violet y Digby, rodeados, terminan apoyados contra una cripta. Ella suelta a Digby. Él se aleja unos centímetros, pero no tiene otro lugar al que ir. Se quedan juntos, aplastados contra la fría piedra. Digby tiene su tirachinas en la mano, listo para ir a luchar.

–Ella va a venir –le dice Violet.

–Nadie viene –dice Digby, un pequeño pesimista–. Nunca viene nadie.

Los ex se acercan poco a poco, con los bultos de los ojos brillando, de color blanco deslumbrante, alargando sus dedos deshilachados. Olfatean a Digby con sus fosas nasales altas y hendidas. Aspiran el sabor de Violet a través del aire y sonríen. Sus dientes, cuadrados y enormes, chorrean con una saliva hambrienta.

–Va a venir –repite Violet, y Digby aparta los ojos de las criaturas durante el tiempo suficiente para lanzarle una mirada cínica.

Después hay un primer plano de su cara, con los ojos abiertos de par en par, sorprendido.

Se acerca aún más y se ve el blanco de los ojos alrededor del iris. El cambio de Violet se ve por primera vez así, en la lente reflectiva de su inocente mirada.

–Hola, niño –dice Violence, y después hace lo que Violence suele hacer.

Estoy orgullosa de la escena de pelea. Es de mis mejores trabajos, con los cuerpos en movimiento, empapados de color contra unos fondos oscuros y estáticos. Violence es incontrolable, y Digby la respalda, tirando rocas a los ex con su tirachinas. Al verlo, ella hace una mueca roja y negra. Mientras persigue a los pocos que han sobrevivido, sus pies, enfundados en botas, aplastan dos esqueletos polvorientos que están abrazados en un hueco entre dos criptas más pequeñas.

Se vuelve a girar hacia Digby, que se erige con las piernas extendidas y el tirachinas apuntando a su cara.

–Oh, niño, qué valiente –le dice Violence.

Le deja irse. Deja que corra. Violet es la que lo sigue, viéndolo desde la distancia hasta que se gana su confianza lo suficiente para acercarse. Pero no es fácil. Ella es rubia y tiene los ojos azules, y en ese nuevo mundo con recursos limitados, los pocos supervivientes que siguen siendo humanos están agrupados en pequeñas tribus. Todo el grupo de Digby cayó víctima del genocidio mientras él pescaba. Volvió para encontrarse con que era huérfano, pero no pudo encontrar el cuerpo de su hermana entre la carnicería que habían dejado. Está buscándola, y Violence y Violet van con él; por duro que sea, es demasiado pequeño para sobrevivir solo. Digby terminará queriendo a la mujer doble a la que llama Vi. Sabe que es la Bella y la Bestia, todo en el mismo paquete, como la mayoría de nosotros.

En Dark Horse se volvieron locos con este inicio. Les encantaba mi antiheroína que buscaba redención en una versión en ruinas de Estados Unidos. Estaba llena de monstruos, niños perdidos, guerras raciales y seres con poderes, y tenía planes de añadir a humanos con mutaciones también. Supervillanos que podrían retar a Vi y a Digby durante los siguientes años. Cambiaron la precuela por una serie nueva, y yo firmé un contrato más largo y extensivo.

Si iba bien, con el tiempo lo llevaría otro equipo. Quizá escribirían la historia del origen de Vi, y quizá formaría parte de eso, o quizá no. De momento era suficiente empezar, dejándola avanzar por lo que aparecería en la versión sombría de Birchville.

Tenía que ambientarlo allí; Birchville era el lugar donde conseguí ver claramente los monstruos que plagaban el verdadero paisaje de mi tierra. Todos ellos tenían sus avatares en el mundo de Vi y Digby. La artista en mí quería explorar el segundo sur en términos más amplios, pero no podía evitar meter a un monstruo Mack en algún momento. Le cambiaría el nombre, claro, pero seguiría teniendo esas greñas plateadas de bruja y la boca de un asno. Quizá metería a Tackrey, aunque nuestros acuerdos con ella habían terminado bien después de que Birchie hiciera su gran y (casi) honesta confesión.

Ese día, cuando volvimos a casa de la oficina de Regina Tackrey, vimos que los Franklin ya estaban de pie en nuestro porche. El hijo de Wattie, Sam, les abrió la puerta. Sam y su mujer, junto a su hija mediana, habían llegado hacía dos días. Wattie les había contado la verdad por fin.

Sam salió y esperó junto a los Franklin en el porche cuando vieron aparecer mi coche. Esme sujetaba una olla que sabía que contendría su famoso pudin de maíz. No podía imaginar cómo había tenido tiempo para prepararlo. Cuando llegamos al final de las escaleras, lo dejó entre mis manos para poder abrazar a Wattie, y sentí lo helada que estaba la olla.

La había sacado del congelador, prehecha como testimonio de la condición humana. Los problemas y el hambre siempre llegaban, y la mayoría de los habitantes de Birchville tenían algún guiso de emergencia preparado. Esme cogió el suyo y corrió hacia nosotras, sin esperar a descongelarlo o calentarlo. Aunque estuviera frío, era comida de funerales, reconfortante y llena de mantequilla, y Esme y Grady venían vestidos de negro. Habían venido a estar de luto.

Mientras Esme y Wattie seguían abrazadas, un Honda azul aparcó en nuestra esquina. Grayle Peck, otro diácono de Redención salió de él, y vi que la prima de Wattie, Genia Price, estaba en el asiento del copiloto. Había sacado a Genia de su residencia para que así Wattie tuviera más familia allí; Stephen no podía venir hasta la semana que viene.

Birchie abrió la puerta principal, dejando que Esme y Grady entraran para precalentar el horno. Sam avanzó, pero nosotras tres esperamos en el porche. Mientras Genia se hacía camino lentamente agarrada del brazo de Grayle, apareció otro coche, y después otro más. Dos más giraron en la plaza. Todos los coches estaban llenos de gente que reconocí de la Iglesia de Wattie. Iban vestidos con ropa oscura y llevaban comida. Redención se acercaba con fuerza.

Las ancianas formaron una línea improvisada para recibirlos al final de la larga escalera, saludando a la Iglesia reunida de Wattie. Me quité de en medio y las observé.

Agarradas del brazo, Birchie y Wattie eran una bisagra viviente. Eran el lugar en el que el sur se encontraba consigo mismo, y pensé que eso era algo bueno, aunque su propia relación de hermanas hubiera traído consigo una fiesta de luto. Era horrible, pero era donde estábamos. Allí era donde nos había traído la historia, y dentro de mí, un bebé al que no llamaría Digby giraba, como promesa de que vendrían cosas mejores. Me pertenecía a mí y a ellas. Él era el futuro por el que Birchie y Wattie habían arriesgado todo.

Caminé hacia un lado más alejado del porche para que no me escucharan. Me senté en el columpio, saqué el teléfono y llamé a Polly Fincher.

—Oh, cariño —dijo, en vez de «hola». Debía haber visto mi nombre en la pantalla.

—¿Te has enterado? —pregunté, aunque ya sabía la respuesta. De hecho, no esperé a recibirla—. Entonces ven. Por favor, ven.

Hubo un momento de duda, y después Polly dijo:

—No estábamos seguros de que Birchie quisiera… No estábamos seguros.

—Os necesitamos —dije—. Y también a Alston, a los Partridge y a Frank Darian. Y a cualquier otra persona que se te ocurra. Birchie necesita a su Iglesia.

—De acuerdo. Déjame hacer unas llamadas y voy para allá —dijo ella, firme, y colgué.

No todos los que recibieron la llamada vendrían. Algunos de los miembros de la Primera Iglesia Bautista que sí vinieron se darían la vuelta al ver la casa llena de miembros de Redención. De la misma forma, cuando empezaron a llegar miembros de la Primera Iglesia Bautista, algunos de los miembros de Redención se incomodarían y otros se irían. Pero no todos.

En la intersección de quiénes vendrían y quiénes se quedarían se encontraba una Iglesia que no existía. Todavía no. Pero ya había presenciado esta congregación en el jardín de Martina Mack, comiendo galletas de jengibre y bebiendo limonada. Iba a volver a formarla, a propósito.

Juntos consolaríamos a Wattie, y ofreceríamos absolución a Birchie. Podía sentirlo, como una presencia naciente que se movería y crecería dentro del pueblo igual que mi hijo crecía y se movía dentro de mí. Algo posible. Una promesa. Una intersección a la que mi niño pertenecía.

La primera oleada de gente de Redención había sido acogida e invitada a entrar, pero yo intercepté a Birchie y a Wattie antes de que pudieran seguir a sus huéspedes dentro de casa.

—Me voy a quedar —les dije, y lo decía en serio.

Me iba a quedar hasta que Birchie no me necesitase. Y quizá después también, por Wattie, porque, ¿por qué debería mudarse? Sel estaba abierto a ello, y si él podía ser feliz allí, yo podría quedarme más tiempo. Al fin y al cabo, era una Birch, y mi hijo también. Aquel era nuestro pueblo. Se convertiría en lo que nosotros construyéramos.

—Me voy a quedar con vosotras en Birchville.

—Lo sé, hija —dijo Wattie, como si supiera que no había otra opción posible.

Y no la había. No desde el momento en el que ella y su hermana lo habían decidido.

—Muy bien, mi niña —sonrió Birchie, tirándome de la cara para darme un beso.

—Pero vamos a poner una rampa en este porche. Esas escaleras son una trampa mortal—les dije, severa, y Birchie rechistó.

—¿Y arruinar las líneas de la casa? —replicó mi abuela—. No, eso no va a funcionar.

—Va a funcionar, y muy bien. Y tú te vas a mudar a la habitación de abajo —dije.

Yo volvería a mi habitación y convertiría la sala de la torre en una habitación para el bebé, con paredes azules y plateadas y ropa de cama de color rojo intenso.

Vi acercarse por la calle la coleta rubia de Polly Fincher,

brillando bajo el sol mientras se apresuraba hacia nosotras, cargada con su propio guiso de emergencia congelado. Frank Darian estaba saliendo de su casa con una bolsa de patatas fritas del supermercado, acompañado de Hugh y Jeffrey.

Estaba empezando. Me quité de en medio y dejé que así fuera.

Birchie vivió lo suficiente para conocerlo: James Birch Briggs-Martin. Nació el día después de Acción de Gracias en Alabama. Llegó al mundo gritando, baboso y ensangrentado, pesando tres kilos y doscientos gramos, y absolutamente precioso. Sel lo cogió y me lo puso sobre el pecho.

Birchie pasó sus últimas horas meciendo a mi hijo conmigo a su lado. A veces lo reconocía.

—James, James —le dijo ella entonces, meciéndolo y recordándolo, aunque casi siempre pensaba que era uno de los hijos de Wattie o su propio hijo al que perdió.

Cuando se acercaba al final, no lo reconocía en absoluto. Pero seguía alargando el brazo hacia él, lista para marcharse mientras le daba la bienvenida, observando su rostro inocente.

—Hola, hola —decía ella cuando lo puse en sus brazos, un pequeño desconocido.

Sus ojos se iluminaron, y sonrió. Mi niño le hizo enamorarse inmediatamente, de esa manera que tienen los bebés de hacerlo; es su derecho de nacimiento. Es su superpoder. Ella tocó su diminuta palma abierta, su mejilla y la erizada pelusilla oscura de su cabeza. «Hola».

Agradecimientos

Querida persona que tiene este libro en la mano, gracias a ti, en primer lugar, por leer. Sin lectores, no hay libros. Sois valiosos e increíbles, y soy una de vosotros. Gracias por comprar mis libros en particular y por difundirlos y hablar a otros sobre ellos. Gracias, vendedores honestos, especialmente a aquellos que habéis puesto mi libro en las manos de los lectores adecuados y les habéis dicho «Te va a encantar». Hacéis que mi trabajo sea posible.

Gracias, Emily Krump, editora, campeona y muy probablemente santa patrona de la paciencia. Gracias, Jacques de Spoelberch, por orientarme y por tu suministro infinito de fuerza de voluntad. Esto es para ti. Gratitud infinita a todos aquellos en Morrows que han apoyado este libro: Liate Stehlik, Lynn Grady, Jennifer Hart, Carolyn Marino, Tavia Kowalchuk, Kelly Rudolph, Kate Scha fer, Libby Collins, Mary Beth Thomas, Carla Parker, Rachel Levenberg, Tobly McSmith, Ploy Siripant, Mary Ann Petyak, Madeline Jaffe, Shelby Peak, y Maureen Sugden (también conocida como la persona que evita que ponga la palabra «pequeño» en cada frase).

Sara Gruen, Karen Abbott y Lydia Netzer, sois más que notas, sugerencias y la presión justa y necesaria. Sois mis casi hermanas. Mis queridos compañeros escritores locales han hecho que este libro sea sensato y me han mantenido (relativamente) honesta: Anna Schachner, Reid Jensen, Ginger Eager y El Reverendo Doctor Jake Myers. Gracias, Caryn Karmatz Rudy y Jill James. Gracias, Alison Law: sin ti solo hay errores técnicos y palabras malsonantes.

Gracias a los maravillosos y talentosos frikis que me han

ayudado a que la parte artística sea correcta. Todos los errores son míos: Bobby Jackson, Ross Boone y su alter ego Raw Spoon, y Katie Cook.

Gracias a las personas que me han ayudado con las partes médicas y sobre asesinatos. Todos los errores son míos: doctor D. P. Lyle (autor de *Forensics for Dummies* y de la saga *Dub Walker*), doctor Steven Rippentrop y Frank Turner Hollon, novelista y fiscal.

Mis últimos años siendo profesora han cambiado mi corazón, mis historias y mi relación con la escritura en sí. Agradecimientos a mis estudiantes de la prisión estatal Lee Arrendale. Gracias, Reforming Arts, por crear un espacio en el que las mujeres pueden encontrar y explorar sus voces, y gracias por dejarme estar presente en él.

Os quiero, Scott, Sam, Maisy Jane, Bob, Betty, Bobby, Julie, Daniel, Erin Virginia, Jane y Allison. Os quiero, gente de Slanted Sidewalk, Small Group, STK y The New Revised Standard Version of Fringe. También os quiero, Primera Iglesia Bautista de Decatur. Gracias por intentar ser un lugar donde todo tipo de humanos rotos podamos ser bienvenidos y queridos. Es un camino cuesta arriba, ¿verdad? Pero, caray, me encantan las vistas. *Shalom* a todos.

Índice